何常在◎著

作家出版社

目录

第一章	九十年代初期的往事	\1
第二章	尽管向上的过程中有些曲折与盘旋	\6
第三章	时代的气息扑面而来	\10
第四章	如果你身边有人很优秀并且你打不败他	\16
第五章	改变世界，先从改变自己开始	\21
第六章	别抱着一成不变的眼光看待问题	\26
第七章	越是缺什么，就越喜欢表现什么	\31
第八章	出道即巅峰，巅峰便谢幕	\36
第九章	三县之地	\40
第十章	大胆但并不新颖的想法	\45
第十一章	我们生命中遇到的每一个人	\50
第十二章	演绎和真实	\55
第十三章	要抱着发展的眼光看待问题	\60
第十四章	说服一个人很难，但打动一个人容易	\65
第十五章	让步其实才是进步	\70
第十六章	棋手之所以是棋手	\75
第十七章	假如这是一道必答题	\80
第十八章	想不想成为时代的商务舱乘客	\85
第十九章	对自己清醒的认知和对别人清醒的认知	\89

第二十章	大时代之下的小契机	\94
第二十一章	赶紧结算前面的沉没成本	\99
第二十二章	与其去赌未来，不如当下拼搏	\104
第二十三章	财富是一个人身上所能彰显的最明显的光环	\109
第二十四章	此时出手，可以利益最大化	\114
第二十五章	走在正确的大道上	\119
第二十六章	不但目标不一样，连方向都不一致	\124
第二十七章	除了有钱之外，一无所有	\129
第二十八章	不管你看到的是什么，肯定不是你想的那样	\134
第二十九章	有一身不管走到哪里都被人民需要的本事	\139
第三十章	任何决策都有风险	\144
第三十一章	有一个豪华陪练天团不好吗	\149
第三十二章	可以编织神话，但不能相信神话	\154
第三十三章	市场永远是对的，错的只有自己	\158
第三十四章	开始试着从全局考虑问题	\163
第三十五章	核心的圈子	\168
第三十六章	人生，总是需要一些短板来平衡	\173
第三十七章	越是想要禁止的，越不容易禁掉	\178
第三十八章	请继续上课	\183
第三十九章	没有人可以逃脱时代的洪流	\188
第四十章	人生就是一场聚散的游戏	\193
第四十一章	得知道自己的能力边界在哪里	\198
第四十二章	实用主义和美学主义结合的典范	\203
第四十三章	农业大国和农业强国	\208
第四十四章	选择无所谓对错，只有轻重缓急	\213
第四十五章	用不确定的事情来下注一个确定的未来	\218
第四十六章	人是好人，但下次别这样了	\223
第四十七章	许多假设中的事情未必不会发生	\228

第四十八章	世界永恒不变的就是变化	\233
第四十九章	时代脉搏强有力的跳动	\238
第五十章	新的时代，新的山乡巨变	\243
第五十一章	将会改变一切	\248
第五十二章	从来没有一刻远离时代的主旋律	\253
第五十三章	还需要付出足够的智谋以及相应的代价	\258
第五十四章	在同一个历史节点上	\263
第五十五章	殊途同归，目标是一致的	\268
第五十六章	一幅更大更辽阔的画卷	\273
第五十七章	时代的大潮已经扑面而来了	\278
第五十八章	直接说重点	\283
第五十九章	在大潮之下被冲击的一小部分人	\288
第六十章	每个人的成功都有其独特性、时代性	\292
第六十一章	如果说生活是一个大飙演技的超级舞台	\297
第六十二章	单一糖的手段	\302
第六十三章	除非涉及了不可调和的利益矛盾	\307
第六十四章	能够回馈以丰厚的未来	\312
第六十五章	人所在的位置决定了他看问题的边界	\317
第六十六章	时间才是最宝贵的部分，谁也没有办法绕过时间	\322
第六十七章	留住人才不能靠道德绑架	\327
第六十八章	实际上是为下一个五年在下注	\331
第六十九章	成为棋手，是每个不甘于平凡的棋子的觉悟	\336
第七十章	实际上是赚到了	\341
第七十一章	未来之城的未来	\346

第一章

九十年代初期的往事

夏向上从小就很有名。

作为出生在华北平原腹地的容县拒马河镇小头村村西头一户普通人家的夏向上,他的成名之路颇为坎坷并且充满了戏剧性,经历了好几个阶段的起伏。

第一阶段的出名是美名远扬,是因为成为神童——他3岁会写毛笔字,5岁就能为全村写春联,1996年,6岁的他上小学时已经自学学完了小学二年级的课程。

到10岁时,提前完成小学全部课程的夏向上小学毕业,引发了全校乃至全村的轰动,被全村的父老乡亲公认为神童。

夏向上整个小学阶段都是父老乡亲教育孩子学习、引导孩子向上的榜样。

乡亲们都以为在大学生无比稀缺的90年代,夏向上从此一发不可收必定会走向初中、高中、大学的成才之路,不料10岁时的夏向上遇到了比他大12岁的李继业和大6岁的温任简,天天跟在李继业和温任简的屁股后面玩,从拒马河到白洋淀,从网吧到酒吧,疯狂玩耍,夜以继日。

学业就被荒废了,成绩一落千丈,神童之名成了被打脸的过往,10岁上初中的夏向上,15岁初中才毕业。曾经凭借天才能力跳级预支的时间,都被他后来用玩耍的本事浪费掉了,算是打平。

李继业是安县人,温任简是雄县人,和夏向上所在的容县并称为三县。三县紧密相连，如同一县，县城与县城之间的距离也就是20多公里。李继业技校毕业后，在安县开了一个电子产品销售与维修的店面，取名为继业电子。后来，他又在容县和雄县都开了分店，因此得以认识了雄县的温任简。

温任简出生于1984年，师范学校毕业后，回到雄县中学任教，他不甘心只有一个中专文凭，就自学了大学本科。因BP机维修，认识了李继业，二人很聊得来，一来二去就成了好友。

夏向上和李继业的认识，也是因为他喜欢电子产品，在李继业的店里为老爸夏想明挑选小灵通时，才10岁的年纪却对各种电子产品如数家珍，就引起了李继业的兴趣，一问才知夏向上就是远近闻名的神童，李继业当即以成本价交个朋友，赢得了夏想明和夏向上的好感，也和夏向上打开了友谊之门。

夏向上虽有神童之名，毕竟年纪太小，对新鲜事物充满了好奇，玩心重，很快就在李继业和温任简的带领下，不是出去游玩，就是鼓捣各种电子产品，或者打游戏。结果就是学习成绩从刚升初一时的全年级第一迅速下滑到了倒数第一。

学校的老师多次苦劝夏向上收心，好好学习，别像仲永一样昙花一现，夏向上不听，更新换代很快的电子产品和游戏的吸引力，他无法抵抗。

于是，夏向上进入了人生第二阶段的出名——臭名远扬。当年所有认为夏向上是神童的人，包括小学老师和父老乡亲，再次提起他时都不免摇头，都认为这孩子完了，没戏了，别说大学了，高中能顺利毕业就谢天谢地了。怪不得都说先胖不算胖，后胖压倒炕，有多少孩子都是小时候机灵得很，长大后就啥也不是了。

夏向上在整个初中阶段都成了乡亲们教育孩子的反面教材。

李继业并没有觉得他和温任简与一个小孩玩有什么不对，也没有意识到对夏向上学习成绩的影响是致命的负面，温任简却是察觉到了事情的严重性，尤其是当他得知夏向上在留级两次后才勉强考上了容县一中高中，他就和李继业商量不能再耽误夏向上的学业了。对于农村孩子来说，唯一的出路就是考学。比他小了6岁的夏向上赶上了大学扩招的好时候，而他当时为了早日跳出农门成为城里人拿到非农业户口，才不得已先考了中等师范学校。

如果再任由夏向上放纵下去，他的人生可能就因他们而改变方向，温任简和李继业谈了一次，决定和夏向上断绝来往。

还有另一个原因是温任简不但自学拿到了大学文凭，还被北京一家大学录取为研究生，他要继续求学，要离开雄县了。

李继业也爽快地同意了，一是温任简说得确实有道理，二是他的生意要扩大规模，要去保定市发展。

二人离开容县前，请夏向上吃了一顿饭。已经15岁的夏向上，喉结突出、声音变声、胡子开始生长，他不再是以前清纯、清澈的少年，对二人的告别有些伤感，却还是没有多说什么，只说以后有机会北京见。

他的目标是北京，不但要像李继业和温任简一样成为城里人，还得是最大城市的城里人，他要到祖国的心脏去。

夏向上知道随着李继业和温任简的离去，他的人生翻开了全新的一页，意味着他要和过去告别。他和李继业、温任简表面上是朋友，其实身份和地位之间还存在着巨大的鸿沟。如果他考不上大学，依然只是华北平原腹地一个普通村庄的普通农民，而李继业事业有成温任简学业有成，是他只能仰望却遥不可及的梦想。

高一下学期，夏向上开始发奋学习。第一个月，从全年级倒数上升到全班倒数。第二个月，进入全班前十。第三个月，成为全班前三。他雷霆万丈般的成绩提升、一往无前的让别人绝望的领悟力和学习能力，让他声名大震，迅速成为整个高中最响亮的名字。

很多人开始打听他到底何许人也，直到听到他当年的神童往事后，才暗暗舒了一口气，原来本身就是天才，成绩的好坏全在于他想不想学，而不是学不学得会。

到了高二上学期，夏向上已经稳居全年级第一名，每次摸底考试的总分数让第二名总觉得无能为力。夏向上再次凭借无与伦比的实力为自己赢得了荣誉，无数夸奖、笑脸迎面而来，不管是老师还是同学，都认为他有望成为容县考上清北复交四所顶尖高校的第一人。

夏向上高中年级第一的成绩传回小头村，差不多用了一个月的时间才让全村人相信当年的神童又回来了，他不是江郎才尽，也不是泯然众人矣，而是可以随时回到他人生的高光时刻，只要他愿意。

夏向上第三阶段的出名是重回当年神童的高光时刻，是所有人都认定他只要想要就能赢得一切的威名。

然而……好景不长，夏向上的成绩在高二下学期，再次迅速下滑，从年级第一一路下降到了班级倒数第一……他是被爱情所累，早恋了。

说是早恋，其实顶多是单相思，对方还是一个外地女孩，来自深圳。

说来认识康小路并对她一见钟情，起因是康大道。

康大道是石油钻探队队长，在深圳特区成立之初就落脚在了深圳。许多朋友和同事因为当时的深圳是一片荒凉之地而放弃了深圳的房子和户口，他却留了下来，并且认定深圳有紧邻香港的优势，肯定可以腾飞。

妻子因病亡故后，他没有再娶，独自一人抚养女儿。出生于1992年的康小路因为从小缺少陪伴而性格孤僻，独立性强且不喜欢与人交往，他实在没时间照顾和培养她，就决定送她出国留学。

康小路也乐得离开。

已经办好出国手续，在等待出国期间，康大道接到任务要来容县勘探石油，就带着康小路一起过来，希望能多陪伴她一段时间。

之前康大道就来过雄县和安县，也认识李继业和温任简。他喜欢交友，每到一地总能认识几个聊得来的朋友，时间一长，积攒的朋友数量就相当庞大，他就分门别类地整理好，并且备注了年龄、学历、职位以及他对此人的未来前景的判断。

石油勘探是大海捞针，是无数次失败之后才会有一次成功的机会，但一旦成功，就是巨大的成功。筛选朋友也一样，大多数只是一面之缘，再进一步才是泛泛之交，然后才有可能成为生活中的朋友、知己、合伙伙伴，层层递进的过程，也是不断试错的过程。

认识夏向上既是偶然也是必然。偶然是因为夏向上在摸底考试后回家，正好路过康大道的勘探队，而他正好对架设而起的重型设备大感兴趣，并且停下来观望，还饶有兴趣地问东问西，就和康大道认识了。

必然是因为早在康大道认识李继业和温任简之后，二人就向他提过夏向上，说起过夏向上的神童事迹。只是当时几次错过，没能和夏向上遇上。

就在夏向上见天色已晚想要离开的瞬间，一回身，不远处的斜坡上，有一个女孩屈膝而坐，她明媚而忧伤，长发在风中飘舞，小巧而高挺的鼻子以及弧度近乎完美的嘴型让她的侧颜如摇曳的月见草，一瞬间击中了夏向上情窦初开的内心。尤其是夕阳西下，阳光在她的脸上、身上镀上了一层金黄的光芒，他只觉得心脏跳得厉害，充满了期待与冲动……他恋爱了。

此后，康大道忽然发现夏向上几乎每天都过来一趟，表面上假装跟他聊天，眼光却总是扫向康小路，他就暗笑夏向上这个傻小子穷孩子看上他女儿是痴心妄想，虽说慕少艾是人之常情，但以夏向上现在的身份和康小路相比，有着天地之差。

第二章

尽管向上的过程中有些曲折与盘旋

康大道并没有打击夏向上的单相思——毕竟康小路自始至终都没有看他一眼,更没有和他说过一句话——他只是不停地告诉夏向上外面世界的广阔,人生的无限种可能。人生并不是一个不断向上的过程,而是会有时向上有时向下,有时又忽左忽右,甚至还会栽跟头,怎么选怎么把握,全在自己的努力。

对于许多人来说,也许努力了也没有结果,但至少努力过了就没有了遗憾。对于夏向上来说,不努力就等于浪费自己的天分。

夏向上并没有听进去康大道的经验之谈和人生谏言,他沉迷在对康小路的痴迷之中,将暗恋付诸了行动——他给康小路写了一封情书,并且委托康大道转交给她。

康大道当即就震惊了,他指着自己的鼻子问道:"向上,你难道没看出来我是小路的爸爸吗?"

夏向上毫无畏惧地答道:"看出来了。不,应该说早就知道了。"

"你觉得我会赞同你喜欢小路吗?"

"不重要,只要她喜欢我就好。"

"你个傻子哟。"康大道气笑了,收起了情书,"先不给她了,给她她要么直接撕了,要么就扔了,浪费你的感情。我先帮你留着,等有一天你有资格追求她时,我再帮你交给她。"

"什么叫有资格追求她?爱一个人还需要资格?"17岁的夏向上心中的爱情就是盲目的喜欢,从来不考虑身份的对等与未来。

于是，康大道和夏向上坐在正午阳光的田间的树下，讲起他当年是怎样从一个穷小子通过奋斗脱离了农村，然后拿到了城市户口，结果却是石油勘探的工作，并不是在城里生活，而是全国各地到处跑，依然是风里来雨里去，和农民没有区别。

好在吃的是公粮，康大道也满足于现状，直到遇到了康小路的妈妈。结婚后，康大道意识到了人和人的差距不仅仅是农业户口和非农业户口，还有见识与经历、格局与高度。他用了好几年才追上了康小路妈妈的认知，以为可以和她有共同语言时，她却突发疾病身亡，留给他无尽的遗憾和悲痛。

夏向上慢慢品出了味道，明白康大道是在委婉地提醒他以他现在的身份与地位，与康小路不相匹配。也是，康小路马上就要出国留学了，而他还是一个普通乡村的普通高中的普通高中生，学习成绩曾经一度年级第一，但近来因为暗恋康小路，又重回了倒数第一的"宝座"。如果他考不上大学，别说追求康小路了，以后她留学归来是海归是精英，而他会成为面朝黄土背朝天的农民，都不会生活在同一个世界，就连和她见面，也是奢望。

夏向上就问康大道如果他考上了大学——名牌大学，是不是就有资格追求康小路时，康大道沉默了许久才说："你在前进，小路也不会原地踏步等你。所以，你得跑步前进。就算你有资格追求她，她是不是喜欢你，也是她的事情，我说了不算。"

几天后，夏向上再去勘探队的时候，康小路已经不见了——她已经在飞往美国的途中了。自始至终，他都没有同康小路说过一句话，精心所写的情书也没有递出去，甚至他都不敢确定康小路是不是知道他的存在……失魂落魄地告别康大道，回去后，他病了一场，成绩再次考了年级倒数第一。

不管是老师还是同学，尤其是他的几个竞争对手，都对他失去了信心，已经到高三上学期了，不管夏向上再怎么努力，应该都追不上来了。

夏向上第四阶段的出名是再次沦落为笑话，被许多嫉妒、等着看他出丑的人笑掉了大牙，认为他根本就不是什么天才，充其量算是怪才，这忽上忽下的成绩说明他的实力不稳定、情绪不稳定、人品不稳定，总之，各种不稳定。

　　夏向上消沉了一段时间，一个月后，在一次摸底考试中，他考了全班倒数第三，进步可以忽略不计。原本对他抱有厚望的老师失望至极，放弃了对他的辅导，许多人都认为除非有奇迹出现，否则夏向上想要考上大学，只能复读高四。
　　不，甚至是复读一年的高四也拯救不了他的无能与颓废。
　　夏向上并不这么认为，他开始发愤——和别人认为的挑灯夜读、熬夜复习不一样的是，他所认为的发愤只是正常的学习，专注而认真，并且将一切杂事抛到脑后即可。也就是说，只要他的注意力在哪里，效果就在哪里，成绩就在哪里。
　　又一个月后，摸底考试，夏向上考了全班第二十名。寒假过后的又一次摸底考试，夏向上重回巅峰，考了年级第一，引发了轰动。
　　夏向上对外界所有的议论都置之不理，不管是表扬、贬低还是怀疑和不屑，他完全不放在心上，他的眼中只有试题和答案，因为康大道告诉他，人生在最关键的几步时，一定要集中全部精力去走，别滑下去，别崴脚，别在乎其他不重要的事情，一定要分清轻重缓急。
　　有些事情错过了就永远错过了，没有挽回的机会。

　　2008年，夏向上带着轻松愉悦的心情参加了高考。
　　高考成绩即将公布前的一刻钟，夏向上放了一长串鞭炮，庆祝他考出了好成绩。许多人对他的做法嗤之以鼻，认为他过于狂妄自大，未曾告捷先庆功，还未得意就忘形，真没水平……别人的讽刺还在热乎时，成绩出来了，夏向上考取了全县有史以来的最高分！
　　夏向上第五阶段的出名是录取通知书拿到手中的一刻——无数人蜂拥而至，只为亲眼目睹传说中的第一学府的录取通知书。许多人都说夏想明祖坟上冒青烟了，夏向上等同于古代考中了进士。

夏想明却连连摆手,不认同进士的说法,顶多算是一个举人。

在无数人的夸奖与笑脸中,在无数人的奉承与讨好中,夏向上一个人坐在院子里的枣树下,擦了擦眼泪。据老爸说,当年他出生的时候,老爸就坐在枣树下听收音机,正好是北京亚运会开幕的日子,就为他起名为"向上"。

直到现在夏向上才认为他并没有辜负老爸对他的期望,算是迈出了人间一趟积极向上的关键第一步,尽管向上的过程中有些曲折与盘旋,但不重要,重要的是在最关键的人生转折时,他没有掉下去。

第三章

时代的气息扑面而来

夏向上的出名,从小到大一直没有中断,哪怕是上了大学之后,他还在继续自己的创造奇迹之路……

从一个小乡村一步迈进了首都的大学,无论是环境还是生态,无论是观念还是文明程度,反差之大,犹如天壤之别,带给夏向上的冲击,也让他一时难以适应。

足足用了大半年的时间,夏向上才勉强融入同学之中,也学会了蹩脚的普通话。他努力让自己变得更像城里人,尽可能地改掉土气。他不想再回到乡村,他想成为一个真正的城里人,不仅仅是拥有非农业户口,还想学会城里人所有的习惯,所谓入乡随俗入城随雅。

同学中,有三分之一和他一样来自农村。农村学生和城市学生有着明显的区别,羞涩、自卑、胆小、怯懦,是农村学生的共性。大胆、活泼、开朗、骄傲,是城市学生的特点。

第一年,夏向上逐渐摆脱了土气,变得有了大学生气质,并且稍微像是一个城里人了,也基本上是融入了大学和北京,同时多了几个好友:宋前飞、孙宜、唐闻情和易晨。

同样是在第一年,夏向上拿了全额奖学金,成绩排名全班第一。

几个好友来自不同的地方——宋前飞是上海人,孙宜是甘肃人,唐闻情是成都人,易晨是广东人。

认识他们之后夏向上又拓展了眼界,才知道除了城乡差别之外,中国还有地域差别。

夏向上所在的华北平原腹地的乡村，虽不富足，但也不算贫穷，温饱问题不难解决。自从实行联产承包责任制之后，日子就逐渐好转起来。在他的记忆中，从小吃的都是白面馒头。而听老人们讲，70年代生人的一代，小时候还吃玉米面窝窝头。80年代生人的一代，打小吃的就是玉米面和面粉混合的二合一馒头，先是从五五到四六再到二八，白面比例一点点提高。

而90年代生人的一代，基本上从出生时起家家吃上的都是全部白面的馒头，也就是所谓的细粮。

包干到户后，小麦亩产由两百来斤上涨到了七八百斤，小头村几百户人，除了特别懒特别笨的家庭，现在基本上人人都顿顿白面了。

夏向上还以为全国的农村都差不多，他上学的学费是父母辛苦积攒下来的，父亲有工资，母亲卖棉花、花生、芝麻，即使如此，他家在全村也算不上是最富的人家。

村里有不少人在工厂当工人，收入虽然不高，至少比光种地没有额外收入的强多了。

他一度认为农民是不如城里人富，包干到户也有十几年了，平常吃饭不用花钱，多少都能有一些积蓄了。但地域差别之大，还是让夏向上震惊了。

宋前飞来自上海的郊县，虽然离上海很近，也是农村户口。他家庭条件还不错，父亲在上海工作，母亲在家里务农，从记事起家里就不缺大米、白面和各种水果蔬菜。现在家里有彩电、洗衣机等高档电器，他一上学就有了手机。

孙宜来自甘肃的农村，无论从他的穿着、言谈还是平常吃饭只挑最便宜的青菜都可以看出，他是班上最穷的一个。也确实，据他所说，他的学费是借遍了全村的父老乡亲才勉强凑够。踏上进京火车的一刻，全村人又凑了几十个鸡蛋塞到了他的行李中。

夏向上不敢想象在2008年的今天，还有这么贫穷的地方！

唐闻情是成都人，不但长得漂亮打扮得洋气，也能说会道，深得全班同学的喜爱。一入学，她新潮的穿着、靓丽的长相、泼辣的性格就为她赢得了班花的地位。夏向上猜测，全班二十名男生中，喜欢她的超过十八人。

也是第一次来北京的她，很快就适应了北京的一切。她创造了许多班级的第一：第一个有了苹果手机；第一个在北京第一家国贸星巴克喝咖啡；第一个谈恋爱，和宋前飞；第一个留短发；第一个穿超短裙……可以说，唐闻情改变了夏向上对女孩固有的认知，女孩不再是端庄、害羞、文静以及冷酷的形象，还可以是风风火火、雷厉风行、敢爱敢恨的性子。

宋前飞和唐闻情在一起，再合适不过了，不管是出身还是二人的消费水平。有时门当户对的说法看似冰冷无情，实则是千百年来人民对现实经验的客观总结。

易晨是来自广东的女孩，小巧、温柔，并且说话慢声细语，是个慢性子。夏向上以为她是来自全国最富裕的省份，家庭条件应该不错，不料深入了解之后才知道她居然是全班最穷的一人！

易晨比孙宜还穷！

易晨告诉夏向上，广东和四川一样，发展极不均衡。虽然比四川要强一些，四川是除了成都其他地方都不发达，广东则是除了珠三角，大山深处还有许多国家级贫困县，穷得很稳定很彻底。

山中的贫穷很顽固，不像平原地带，只要肯下力气肯吃苦，土地总是不会亏待勤劳的人们。山沟沟里面，要什么没什么，土地贫瘠物产缺乏，还有兄弟几人同穿一条裤子的极致穷。

夏向上大受震撼，才知道中国之大，经济的发展别说全国了，就是同一个省份，也有天差地别。

如果说唐闻情以风情万种和大胆泼辣而闻名全校，那么夏向上则以学习成绩第一稳如磐石的形象而被全校所知，更让夏向上声名远扬的是，在一次辩论赛上，他舌战群雄，以一己之力替整个团体赢得了决胜局，尤其是他面对对手咄咄逼人的攻势时，以淡定从容的姿态回击对手的漏洞，几下就逼得对手哑口无言，成为辩论赛史上最精彩的一幕。

不过大学阶段夏向上的出名，已经传不到家乡了，家乡只留下他幼年神童和少年天才的传说，并且还将他两度成绩下滑当成了无伤大雅的小小插曲，甚至有人戏称夏向上只是当天才太久累了，想中途休息一下，不想别人当真了，以为他好欺负，他就邪魅一笑，稍微加把劲，就把欺负他的人甩开了十万八千里。

夏向上如果知道他的人生被如此演绎，怕是要哭笑不得。只有他自己心里清楚，人生不是游戏，不是想要成绩就有成绩，许多时候，努力都在别人看不到的地方。他当初的两次成绩下滑，既有自己的主观因素，也有时代发展的客观原因，他就隐隐有预感，如果他大学时代过于顺利的话，怕是在工作上会有波折。

记得有人说过——历史都不是直线前进的，而是在曲折中前行，正常的节奏是进二退一，进三退二，人类每一次历史大跨越后，都会有一次小小的倒退，其实对每个人的人生来说，也是一样。

事实证明了夏向上的正确，他整个大学时代，包括后来以第一名的成绩保研成功，可以说没有再复刻初中和高中时的起落，始终以昂扬的姿态高歌猛进，他在高手林立的名牌大学依然保持了第一的成绩，说明他的实力是实打实的非同一般。

只不过整个大学时代，除了学习成绩以及让人羡慕的口才之外，夏向上并没有邂逅爱情。虽然他也曾对唐闻情在不经意时有过那么一丝丝的心动，但他知道那只不过是青春的悸动而远非爱情，远远赶不上当年他在田野中的惊鸿一瞥——康小路的身影始终在脑海之中挥之不去，时间越是久远反倒越清晰。

其实也并非没有女同学对他动心，他学习好、会说话、长得帅，完全具备大学恋爱的三要素，除了没钱之外。但他对于主动接近的女同学不是漠然视之就是假装不知，他以为他是一心想要好好学习，以完成他留在北京的梦想，内心深处或许还有始终无法忘记康小路的原因。

初恋是最美好最纯真的爱情，但初恋也是两个人的事情，而他对康小路顶多算是单恋。也许是他一路走来，想要的名牌大学、学习成绩、知识与实力都只要努力就可以得到，唯有康小路在他生命中留下了惊鸿一瞥之外，就再也没有见过一面，现在他自认已经拥有和康小路恋爱的资格，但就如康大道所言，康小路连机会都不给他。

夏向上和康大道一直保持了密切的联系，知道康大道后来辞职下海，在深圳成立了商贸公司，生意越做越大，现在已然是康董事长了。而康小路已经学成归国，也在深圳，在康大道投资的一家公司担任 CEO……

康大道说得没错，他是跨越了千山万水的距离，从农业户口到非农业户口，从农村到首都，从穷小子到名牌大学的研究生，但康小路也没有原地踏步，她是国际知名大学的毕业生，一毕业就有爸爸投资的公司等她经营，一出道就是巅峰，就是 CEO，而他，毕业后才是人生道路中的另一个起步的开始。

2014 年研究生毕业时，夏向上通过一系列的笔试和面试，成功地进入了一家建筑设计院工作，拿到了全国最难拿到的北京户口，成为了他梦寐以求的北京人。

一进入社会，感觉时代的气息扑面而来，和在学校里的感受大不相同。人生，从此进入了全新的阶段。

和夏向上多上了两年研究生不同的是，唐闻情、宋前飞和孙宜、易晨都是本科一毕业就参加了工作，宋前飞回了上海，唐闻情、孙宜和易晨都留在了北京，不过他们没有拿到北京的户口，以北漂的身份自主创业，或是进入了私企和外企。

唐闻情一毕业就创业了，在北四环开了一家设计公司。

北京的秋天，秋高气爽，是一年之中最美的季节，也是夏向上喜欢上北京的原因之一。周末，夏向上早早起来，先在小区跑步两公里，然后在小区对面的油条摊吃过早饭，回到家中，就接到了唐闻情的电话。

留在北京的几个同学经常联系，关系最好的唐闻情、孙宜和易晨，更是和夏向上定期聚会。

夏向上的房子是单位分配的公寓，他所在的国企，虽然收入不高，但福利还不错，不但解决了北京户口，平常什么都发，日用品基本不用买。怪不得不少人羡慕他，都说如果在外面不能赚到比现在多五倍以上的高薪，就不要离开国企。

第四章

如果你身边有人很优秀并且你打不败他

"向上,十分钟到你家楼下,准备一下,别让我等你。"唐闻情一毕业就买了一辆大众汽车,作为同学中最早的有车一族,她很热衷于组织活动。

同学中,需要一两个热心并且愿意维系同学关系的一个人作为黏合剂和桥梁,否则就算在同一个城市,时间一长,同学感情也就慢慢淡了。

今天唐闻情组织的是爬山活动,要去香山欣赏红叶,并且要到香山山顶之上,俯视北京城。

除了几名同学之外,唐闻情还邀请了两名客户。夏向上就很佩服唐闻情的头脑,一个活动既维系了同学的关系,毕竟都还从事了相关的行业,以后少不了在业务上帮衬她,又和客户拉近了感情。

五分钟后,夏向上下楼,到小区门口等候。

刚站好,一辆汽车就停在了身前,是红色的京牌大众。他以为是唐闻情的车,也没多想,拉开门就坐在了副驾驶。

不对,认错人了,驾驶位坐着一位短发女孩,娴静、温婉、瘦长脸形,和唐闻情的中长发、鹅卵形脸是完全相反的两个类型。

夏向上尴尬地一笑:"不好意思,上错车了。"

就要下车时,被女孩叫住了。

"夏向上对吧?你没上错车,是闻情让我来接你的。"女孩落落大方地一笑,主动伸出了右手,"单一糖,来自安县,是闻情的客户兼合作伙伴，也是你的半个老乡。"

客户和合作伙伴的身份也能合二为一，唐闻情是个厉害人物，夏向上接住了女孩的手，轻轻一握就松开了："你好，单姐，我是夏向上，很高兴认识你，很抱歉是以误会加让你为我服务的方式。还有，叫你单姐你不会不高兴吧？"

"太客气就显得生分了。"单一糖甜甜一笑，发动了汽车，"叫我姐，说明你眼光毒辣，看出了我比你年纪大。虽然是第一次见面，但我认识你也算很久了，好几年前，我就知道你并且关注你了……"

想起自己小时候的声名大震和声名狼藉的经历，夏向上一怔："总听人说十里八乡、三县之地不少人听过我是非不断的传说。"

"你的传说可不是是非不断，是奇迹不断好不好？"单一糖熟练地开车，"我敢打赌，三县凡是家里有适龄学生的人家，90%以上知道你的名字。就我听到的你的传说，就有夏神童、夏仲永、夏天才、夏奇迹、夏神话等不同的名字……"

夏向上不好意思地摸了摸鼻子："能用我有限的经历换来大家无限的联想和快乐，也是一件值得庆幸的好事，不是吗？"

单一糖的目光在夏向上的脸上停留了半晌，才扑哧一下乐了："有时只有亲眼所见才知道传说中的人物其实和传说有相当大的反差。"

"反差？"夏向上听出了一丝别样的气息，"意思是和传说中的形象相比，真实的我让你失望了？"

"对自己这么没信心？我以为天才一般的人物都是自恋加自大狂呢。"单一糖嘻嘻一笑，"根据传说，我想象中的你是一个不苟言笑、一本正经、严肃刻板毫无幽默细胞的书呆子，但真实的你，幽默风趣、帅气坦荡，但我想不明白的是，你为什么到现在还没有女朋友？"

"咳咳……"夏向上假装咳嗽掩饰尴尬，不是尴尬单一糖对他的夸奖，而是尴尬关于没有女友的话题，"这个问题说来话长，但也不必说个清楚，反正有些事情该来总会来的，不该来，强求也没用。"

"信不信由你，反正我从小就被人当成小神婆，因为我看人特别准，说话特别灵验。"单一糖回忆了一会儿往事才说，"我小时候就说自己考不上大学，果然，最终就考了一个大专。我还觉得自己在感情上肯定历尽坎坷，后来果然遇到了坏男人，害得我浪费了两年多的光阴。"

她到底想说什么……夏向上有点摸不着头脑了，他从小到大遇到过太多自认对他相当熟悉的陌生人，一见面就对他热情似火，说起他的事迹头头是道，而他对对方一无所知，如此巨大的信息不对称带来的后果就是对方滔滔不绝，而他不知该如何应对。

现在成熟了，多少学会了一些敷衍的话术，却不想用到单一糖身上，因为单一糖让他感受到了真诚与坦荡，既没有虚伪的奉承，也没有刻意的讨好。

"今天，你能遇到你一生的真爱。"单一糖在絮叨了半天她自己的事情后，话题一转，对夏向上下了一个结论，"我敢说，你肯定喜欢她。"

夏向上张了张嘴，想说什么，又被单一糖抢先了。

"你先别急着否认，也别害怕拒绝，你要学会勇敢地面对所有挑战。商场和情场的竞争规则和学习完全不一样，学习是掌握和理解知识的过程，而知识是死的，是固有的逻辑。商场和情场是需要你灵活运用知识，在固有的逻辑的前提下，打造属于你自己独特的有吸引力的人设。"

夏向上想说的话就咽了回去，笑了笑，换了句："单姐，你学的是哲学还是人性心理学？"

单一糖白了夏向上一眼："工商管理。"

到了大望路口，单一糖停车，路口站着孙宜和易晨。

二人上了车，坐在了后座。孙宜关门的时候，稍微用力过度，易晨微微皱眉："孙宜，你注意点儿，别把人车门关坏了，赔不起！"

孙宜不以为然地咧嘴一笑："对我们穷人来说，一辆车是天文数字。可是对有钱人来说，一辆车可能就是他们一个月的收入，他们才不在乎，是吧向上？行呀，才毕业没几天就买车了，真有本事。"

孙宜方脸浓眉，脸上棱角分明，有着西北汉子特有的方直，说话也是一样直来直去。

夏向上回头看了孙宜一眼："不是我的车，是单一糖单姐的车。以我现在的收入，十年内能买车就不错了。你们又不是不知道我的工资，比你们还低不少。不管是谁的车，都要爱惜。有钱人的钱，也是他们努力赚来的，凭借的是智慧、辛苦和实力，他们尊重钱珍惜钱，才会有钱。"

孙宜啧啧几声："听听，不愧为我们年级第一的高才生，说话就是有格局有高度，怪不得向上能拿到北京户口，人家就是比我们觉悟高□才好，也站位高。"

易晨长了一张娃娃脸，说话的声音很轻柔，是浓重的广式普通话："孙宜，你什么时候能改了你的阴阳怪气的态度，你才能赶上向上的一半。他比你学习好，比你帅，还比你脾气好，我知道你不服他，但越是不服，越是显出你的小气和格局，你就越不如他。"

孙宜怪笑一声："有些人天生就比别人优秀，不服还能怎么着？我的原则就是，如果你身边有人很优秀并且你打不败他，就努力成为他的朋友，你就会慢慢变得和他一样优秀了。"

"不是我的车，是杭未的车，等下你们会见到她。"单一糖听出了几人之间的关系远近，笑了，"如果你身边打不败的优秀者不愿意和你成为朋友呢？"

"比如你是吧？"孙宜坐在单一糖的后面，看不到单一糖的长相，"过于优秀而不把我放在眼里的人，我会以他为榜样树立一个目标，超越他、打败他，并努力成为比他更优秀的人，让他主动求我当他的朋友。"

听了几人的对话，夏向上才知道单一糖和孙宜、易晨并不认识，应该是唐闻情安排了单一糖开别人的车来接他们，唐闻情真够可以的，既会利用人又会安排人，还安排了一个不认识的人接他们几个，她自己又去接谁呢？不由满腹疑虑。

"闻情去接另外一个客户了，等下我们和她们直接在香山会合。"单一糖猜到了夏向上的所思所想，"你们几个人，闻情事先都和我有过介绍，得，还是先自我介绍一下吧。单一糖，比你们大几岁，安县人，夏向上的半个老乡，现在从事服装生意。和闻情认识有一段时间了，下一步有可能会成为合伙人。"

夏向上点了点头："我也来个正式的自我介绍，夏向上，夏商与西周的夏，天天向上的向，天天向上的上，河北容县人，今年24岁，北京某大学土木工程专业研究生毕业。"

易晨抢先说道："我先来，易晨，平易近人的易，早晨的晨，夏向上的同学，24岁。来自广东。"

孙宜咳嗽几声："最重要的人总是最后出场，孙宜，北京最顶尖高校最好专业土木工程专业本科毕业，24岁，来自甘肃。名落孙山的孙，不合时宜的宜。单身，择偶条件，女的就行。"

单一糖扑哧乐了："为什么不是炎黄子孙的孙，景色宜人的宜？"

"现在还不配，层次还不够，等以后再改。"孙宜嘿嘿一笑，"单姐，你单身吗？"

"单身。"

"择偶条件是什么？"

"离异，无孩。"

孙宜被呛了一下："咳咳，非得离异无孩吗？我单身不更好吗？"

"不好，没结婚经验，没有生孩子再加离婚的经历，事事不熟练，我没耐心培养他。"单一糖一本正经的样子不像开玩笑。

孙宜不敢说话了，缩回了脖子。

第五章

改变世界，先从改变自己开始

刚上大学时，夏向上对自己的职业和未来有过清晰的规划，第一是努力学习，取得优异的成绩，留在北京。第二就是在北京落地生根，娶妻生子。第三希望在一家国有单位稳定上升，到退休时能升到正处或是副厅，安享晚年。一生不求大富大贵，但求顺利平安。

人生的理想会随着时间的推移、眼界的提高而发生变化，现在基本愿望依次实现后，夏向上却又对自己提出了更高的要求——他希望能在单位出人头地，因为作为单位现阶段唯一的顶尖学府的硕士，他认为他的工作压力和饱和度都不够，他想多承担一些项目。

可惜，单位领导林海中对他并没有高看一眼，更没有重用他的意思，他才发现现实和想象有很大的出入，曾经的豪言壮语、豪情壮志，在现实面前要么可笑而幼稚，要么不堪一击——林海中非常器重的张达志既非名牌大学毕业，也不是硕士学历，甚至只是一个三本，却总是能拿到单位最好的项目，哪怕他的设计一塌糊涂，也并不妨碍他成为单位最受重视的新人。

为什么？凭什么？夏向上曾经对此发出强烈的不满，并且很不理解学历和能力都不如他的张达志怎么就入了林海中之眼？他甚至还一时意气之下，冲进了林海中的办公室当场指责林海中处事不公，过于偏爱张达志。

后来还是同事点醒了夏向上，既然是偏爱，肯定有理由，世界上没有无缘无故的爱——林海中的姐姐是张达志的妈妈……夏向上才恍然大悟，怪不得连211大学都不是的张达志能进入都必须985起步的单位，还能年年评上先进，原来外甥的身份是加分项，是血脉的力量。

在学校，加分项都得凭借实打实的能力。在社会，血缘关系、朋友关系以及各种关系，都可以明里暗里地加上关键的一分。

尽管夏向上早有步入社会之后备受打击的心理准备，毕竟他大学时代过于顺利和耀眼了，但真的事到临头时还是有些难以接受，他决定反击，决定改变世界，并且已经制订好了反击计划。

改变世界，先从改变自己开始，夏向上依然相信他能够有一番作为。如果不是唐闻情今天约他去香山，反击计划今天就开始第一步了。

2014年时，北京的大街上开始堵车，但还不算严重。夏向上记得清楚，2008年他初来北京，感觉北京也不过如此，只不过是一个大一号的北方城市，和石家庄、邯郸、保定从规划上看，也没有太多不同，都是横平竖直的街道，都是喜欢以东西南北来指路……

在2008年奥运会后，北京迎来了新一轮的飞速提升，改变了北京多年来的"东富西贵、南贫北贱"的格局。在巨大的历史机遇下，北京全城的交通、基础设施、生态环境等取得突飞猛进的发展，北京更是以此为契机，走向了国际。此时，夏向上才真正意识到了北京的魅力与与众不同。

正是从2010年后，夏向上才开始爱上北京，但也正是从2010年起，北京越来越堵车，一度被人戏称为"首堵"。

今天还算顺利，是周末的原因，再加上出发比较早，一个小时就到了香山。

刚停下车，就察觉到了不对，唐闻情和一个陌生女孩正在和两男一女对峙，眼见就要动手了。

唐闻情比夏向上几人先到了十分钟左右，她刚停下车，就有一辆桑塔纳停在了左侧，离得过近，让她开不了门下不了车，她就让对方挪车。

对方一共一车三人，两男一女。司机是一个年约40岁的精瘦男子，发型新潮，穿着新奇。和他同行的男子30多岁的样子，微胖、白净，戴金丝眼镜。还有一个女孩，她短发、短裤、飒爽，戴一顶帽子，帽檐压得很低，有一种中性之美。

精瘦男子偏不挪车，还自认有理。微胖男子劝他让一步，他也不听。帽子女孩则远远站到一边，摆出了袖手旁观的姿态。

唐闻情不甘示弱，开车停到了对方的左侧，并且距离只有十公分。对方要么从右侧副驾驶上车，要么等她的车开走之后才能上车。

对方不干了，和唐闻情争论起来。唐闻情寸步不让，二人由争论上升到争吵，还好都没有要动手的意思，更有意思的是，对方的同行者一男一女并不上前帮忙，而唐闻情的同行者也是一个女孩，身材高挑、马尾辫、牛仔裤、小马靴、大长腿，也是抱肩而立，一副看热闹不怕事大的神情。

"赶紧去帮忙。"易晨一下车就火急火燎，平常慢性子的她一遇到事情就会变成急性子。

孙宜却慢条斯理地笑道："别多管闲事，我们是来陪闻情游山玩水，不是帮她打架。一出归一出，得有边界感。"

单一糖暗中打量了易晨和孙宜一眼，对二人不同的反应心中有了计较，从性格来说，易晨更热心而孙宜更自我，那么夏向上呢？

夏向上更冲动……他低头拿起一块砖头，大步来到和唐闻情对峙的精瘦男子面前，高高举起："第一，鞠躬。第二，认错。"

单一糖大惊失色，曾经的天才少年、现今的名牌大学毕业生、体制内精英夏向上，怎么遇到事情这么热血和"中二"呢？都什么年代了，还以为拿一块砖头就能打遍天下，他是港台电影看多了吧？一瞬间，她心中油然生出一股浓浓的失望之意，或许是听多了夏向上的事迹，对他的认知带有先入为主的光环。在她看来，夏向上应该有更稳妥更有策略的解决方式才对，他却偏偏采用了最简单粗暴的打输住院打赢坐牢的方法。

接下来如果对方还是不肯退让的话，就真得打起来了，单一糖忙紧跑几步，万一动手，她希望有机会阻止一场血案的发生。

夏向上的动作过于迅速，所有人都反应不及，就连唐闻情也是愕然地瞪大了双眼。

都以为一场大战在所难免时，精瘦男子只是微微一愣，随即立刻后退一步，弯腰鞠躬："对不起，是我停车不当，我错了，我道歉！"

啊……所有人都瞠目结舌，不是吧，一块砖头就有这么大的威力，对方看上去也不像是好欺负的主儿，比夏向上年纪大长相也更世故，他怎么就这么怂呢？难道夏向上真的有让人臣服的气势？

单一糖用力揉了揉双眼，没错，对方确实是鞠躬道歉了，她没看错也没听错。

等对方道歉完毕，夏向上扔了砖头，哈哈一笑，上前一步抱住了对方："谢谢李哥的配合，瞬间入戏，演技高超。"

对方也用力抱了抱夏向上："好几年没见了吧，向上？没想到再次见面会是偶遇。任简常说人生无处不相逢，我还不信，现在，信他了。到底是副教授了，说话就是有远见。"

微胖男子走了过来，用力一拍夏向上的肩膀："长大了，也长高了。以前是幼苗，现在是茁壮的大树了。向上，能再次见到你，真好！"

二人正是李继业和温任简。

初中时代因为他们二人的原因耽误了夏向上的学业，后来二人意识到了问题之后，就远离了夏向上。李继业先是到保定拓展业务，两年后就在北京开了门店，并一步步壮大，成立了继往开来电子商贸有限公司，自任总经理。

温任简则是在北京读完了硕士后，继续攻读博士。博士毕业后，留在了北京，在一所农业高校任教，现在已经评上了副教授。

李继业和温任简联系不断，二人和夏向上近些年来断了音讯。其实二人一直在暗中关注着夏向上的成长，知道他考上了最顶尖的学府，还读了研究生，最后留在了北京，前途一片光明，继续演绎他的神话传说。

只是二人都没有想过要再见到夏向上,当年无意的举动险些葬送了夏向上的前途,让二人都心有内疚,唯恐夏向上长大之后记恨他们。

现在看来,夏向上应该是已经放下了当年的事情。

实际上夏向上并非是放下了当年的事情,而是他压根就没有觉得二人有错,错的是他。不管是初中时因为贪玩导致的成绩下滑,还是高中时的单相思而引发的成绩起落,都是他不够成熟的表现。成长总是需要一些代价,只要代价是可以接受的负担,就是宝贵的经验。

第六章
别抱着一成不变的眼光看待问题

原来他们是故交……单一糖长出一口气,一颗心落到实处,忽然觉得她对夏向上又多了一层认知——他刚才看似冲动鲁莽的行动,其实是时隔多年和老友相见的独特开场,只一招就拉近了时间的距离,让几人的感情快速升温。

当然,李继业的配合也相当到位,可见他的情商和应变能力也相当不错。

单一糖的目光看向了和李继业、温任简同行的短发女孩,她依然站得很远,对局势一点也不关心,不管是剑拔弩张还是热烈拥抱。

摇了摇头,驱散脑中杂乱的念头,单一糖招呼孙宜和易晨过来。

夏向上向李继业和温任简介绍他一方的朋友,既然是朋友,唐闻情也就不再计较,不过她对李继业的印象一时没有改观。

最后介绍和唐闻情同行的长腿女孩时,她主动上前说道:"我叫杭未,杭州的杭,未来的未,深圳人,从小在深圳长大,见证了深圳发展的过程。和单一糖是闺蜜,和唐闻情是合作伙伴,和你们是第一次见面……请多多关照。"

夏向上冲杭未点头一笑:"单姐接了我们三个人,闻情单独接你一个人,可见你的分量在她心目中,比我们重。让我猜猜,你是打算投资闻情吗?"

"一个人太聪明了,有时是好事,有时也许是坏事。下次不要这么聪明了,多少给我们留一点儿想象空间。我早就听一糖姐和闻情提起过你，但我对你不好奇，也没有光环效应。"杭未眨眨眼睛笑了，"你有没有想过一个问题，夏向上，你从小的神童之名，是被十里八乡的父老乡亲认定的，也就是说，你之所以被他们称为神童，是因为他们接触的优秀的人太少的缘故？"

夏向上摸到了杭未话里话外的脉络，笑了："你直接说他们见识少不就得了，你还可以直接说他们认定的神童和大城市或是科学家们认定的神童是不同的标准，以上都不重要，重要的是不管是小学、初中还是高中，以及到了大学，我都用我的智力和实力证明了我强过同龄人。"

"你说得对。"杭未咬了咬嘴唇，"你是通过自己的实力和努力改变了自身的命运，但还没有改变家族的命运，所以你一进入社会就发现社会上的不公平，没有办法通过努力学习来缩小差距或是扭转局面，不对吗？你是一路过关斩将才来到了北京，却发现，有些人从一出生就在北京。"

夏向上认同杭未的说法，别的不说，就说唐闻情一毕业就能创业，可见她肯定有家族的支持，背景的实力差距在学习上帮助不大，但在事业上却帮助巨大，他就问出了杭未想要带出的话题："那么你是想告诉我，如果我想要改变现状，必须得结交和你一样有实力有背景的优质朋友，只有联合才能共赢，对吗？"

杭未抿嘴一笑："我想如果你加入闻情的公司，我会没有顾虑不再犹豫地立刻投资她。"

孙宜挤了过来，站在了二人的中间，以非常不合时宜的口气和态度说道："可以爬山了吗？你们要是谈论合作，可以边走边聊，别耽误大家的时间好不好？还有杭未小姐，向上和我不一样，他有铁饭碗，不会辞职下海被你们资产阶级腐蚀的。"

杭未并不在意孙宜的态度，她绕过他，来到李继业面前，一指远处的短发女孩："李哥，怎么不介绍她？"

短发女孩自始至终都远离人群，在双方介绍认识时，她不但没有靠近，反倒离得更远了几分，李继业和温任简似乎是有意遗忘了她。

李继业显然是不愿意提及短发女孩,被杭未直截了当地一问,微有不悦之色:"她是我一个来自深圳的朋友,不喜欢和人交往,就不介绍她了。"

杭未却露出了惊喜的表情:"哇,居然和我来自同一个城市,说什么也得认识下。你们先走,我和她跟在后面。"

夏向上也未多想,两列队伍并成一队,开始爬山。

夏向上和李继业、温任简走在一起,三人落在后面,唐闻情几人快步如飞,很快就不见了影子。

几个人说起几年来各自的经历,得知李继业事业有成而温任简学业有成,夏向上也是由衷地为二人感到高兴,也让他更加迫切地意识到他虽然是名牌大学毕业,但还是要继续追赶下去才能跟上二人的脚步。

到了山顶,都走累了,就围坐在一起远望北京城。山风习习,遍体生爽,夏向上坐在一块大石头上,浑然忘我。

恍惚间,眼睛的余光一扫,不远处有一个女孩也坐在一块石头上,正午阳光透过树叶打在她的脸上,半是阴影半是明媚,她眼睑低垂,鼻子挺翘,嘴唇的弧度近乎完美,侧颜如一泓秋水般清澈动人,风一吹,树叶晃动,光影变幻,让她的美笼罩了一层迷离的梦幻色彩。

"怦、怦、怦……"夏向上感觉自己的心脏突然猛烈地跳动起来,似乎是记忆复苏是往事重现,有那么一瞬间他仿佛回到了十年前,还是少年的他坐在家乡的田地里,被不远处土坡上夕阳下的一个女孩洞穿了少年之心。

多年之后,此时此刻,他居然再一次有了心动的感觉,而且还是强烈到无法自抑——除了长发变成了短发,十年的岁月呼啸而过,记忆中的女孩长大了许多,也成熟了许多,但她的气质和风采依然没变,不,是更有岁月的力量了。

一个名字呼之欲出——康小路,她居然是康小路!

夏向上再也抑制不住内心的澎湃,直接冲到了康小路面前,面色潮红、声音颤抖:"你、你、你是康小路?"

康小路一路上山,和杭未总共也没有聊上几句。她不爱说话,更喜欢一个人独行,尤其是对于刚见面的陌生人,有相当高的警惕心。如果不是因为杭未是女孩,又同样来自深圳,有一些共同话题,怕是她和杭未总共说不了三句话。

到了山顶,杭未去和单一糖、唐闻情聊天了,她就远离人群,一个人享受一下难得的清静时光。对于突然出现在面前的夏向上,她只是微微一怔,然后眯着眼睛打量夏向上几眼,点了点头:"是我,夏向上。"

她认出他了?她还记得他?夏向上更加激动了:"你、你、你知道我还是认识我?"

"你这句话像是病句,算了……"康小路皱眉,不耐烦地挥了挥手,"十年前我们不就见过了?十年来,老康一直在我面前提你,不想知道也被迫知道了。"

夏向上倒是和康大道一直保持了联系,十年来也保持了一年见一次的频率,只是每次见面都很匆忙,基本上谈论不到康小路的事情就结束了。

"你什么时候回国的?怎么没听康队长说过?"夏向上还是习惯称呼康大道为队长,尽管康大道现在已经是董事长了。

"我不让他说的……还有事吗?"康小路神情寂寥而漠然。

原以为是故友重逢,可以重新点燃遗失在少年岁月中的爱情火苗,不料依然是一个人的坚守,才一个回合,就被康小路单方面中止了交谈,夏向上既没有尴尬,也没有自嘲,而是不管不顾地坐在了康小路的身边。

康小路动了动身子:"还不走?"

"石头足够大,容得下我俩儿。"夏向上就不走,该抓住的机遇一定要抓住,他从来不是一个坐等机会的人。

康小路怔了怔,斜了夏向上一眼,起身要走,就被夏向上一句话叫住了。

"如果你走开，说明我赢了，毕竟你先来。"

康小路就又重新坐了回去，不过扭转了身子，背对着夏向上。

夏向上也不以为意，拿出手机打开微信，发消息给康大道。

十年来，由于科技的发展，联系方式日新月异。最早的时候是BP机，只有单向呼叫。再后来功能手机的时代，还要再配一个手写的通讯录，换手机时，需要一个个号码输入进去。2000年后，网络开始普及，大家就慢慢习惯了用在线方式联系，比如QQ和电子邮箱。

再后来，智能手机的普及以及移动互联网的崛起，让联系方式更加便捷，也更加及时。2011年时，微信横空出世，很快就成了人人标配的联系方式，如果一个人没有微信号，感觉就跟脱离了时代一样。

夏向上第一句话就问："康队长好，我在北京的香山上向您问好。现在秋色正浓，夕阳斜照，就如当年我们在容县的初遇，似乎就连风声也在诉说倏忽而过的童年往事。一转眼十年过去了，算算从去年和您见面，又快一年了，不知何时才能再次相见，也好当面聆听您的教导？毕竟说来您在我的心目中，一直是人生导师的形象。"

平常康大道回复微信很慢，可能是工作忙，也估计是智能手机还运用不熟练，今天却不一样，秒回："你小子破天荒第一次拍我马屁，说吧，是有什么事情要我帮忙吗？"

第七章

越是缺什么，就越喜欢表现什么

得，第一次跟康大道迂回、委婉地过招被他识破了，夏向上呵呵一笑，直截了当地回复："为什么小路回国了也不告诉我？回国不说也没什么，来北京了也不打个招呼，是怕我请不起她吃饭吗？不管是从朋友的角度还是从师出同门的出发点，我都应该尽一下地主之谊。"

"既然你知道她到北京了，你自己问她原因不就得了，我发你她的电话。"康大道发来一串号码，"什么师出同门？你今天怎么了，说话没头没脑的。"

夏向上默默一笑，他其实不是拍康大道马屁，确实在少年时代康大道是他心目中的精神导师，不，就是到了现在康大道依然是他的指路明灯，他的经历与阅历，他的见识与格局，都有太多需要他学习和借鉴的地方。

既然康大道是他的精神导师，作为他女儿的康小路自然而然就是小师妹了，夏向上想了想，回复了一句："康队长，小路她男友做什么工作的？"

康大道的回复依然迅速："你直接问她是不是单身不就得了，跟我还绕弯，我要烦你了！她还是一个人！"

"别，别烦我，队长，别冲我开枪。"夏向上得意地笑了，快速回复，"您也知道年轻人总要经历许多的第一次，总是要从青涩、笨拙到成熟和熟练……老师，我在小路的心目中是什么样的形象？我有机会吗？"

"怎么叫我老师了？"康大道纳闷归纳闷，心里对夏向上这么多年来一直不改对康小路的执念也很赞赏，他对夏向上印象很好，虽说隐约觉得夏向上目前的身份和康小路并不匹配，却也不是强烈反对的态度，"还是叫我队长吧，什么老师、董事长的称呼，很容易让我迷失自我。队长……会让我一直清醒地记起当年的峥嵘岁月。"

"队长，看上面我的问题。"等了一会儿，见康大道不说话了，夏向上急忙催问。

过了一会儿，康大道才回复，是一段语音："向上，小路性格很冷，没什么朋友，从小因为她妈妈的缘故，对我也很冷淡，你在她心目中是什么形象，说实话，我也不知道，因为她从来没有跟我提起过你！不过你也别多想，她从来没有跟我聊过她的任何一个朋友，不是针对你。她不听我的话，你问我有没有机会，不如去问她，去问你自己。"

好吧，夏向上明白了，尽管早就知道康小路对康大道从小就有成见，二人的关系一直紧张，没想到父女之间会疏远到如此地步，他惊讶之余又有些感慨。他从小家族和睦，爸妈关系和谐，很少吵架，更没有动手的经历，而且二人对他也一向疼爱有加，从来没有打骂过他一次。他就想当然地认为，天下的爸妈和儿女都是和平共处的寄生关系。

不过也是好事，康小路对他没印象比有先入为主的成见要好上许多。

一回头，康小路不知何时不见了，夏向上刚鼓起的想要搭讪的勇气就立刻消散在了空中。

下山时，夏向上继续和李继业、温任简走在一起，聊了许多。唐闻情则和杭未、单一糖还有易晨、孙宜凑成一群，康小路却不见了踪影，一问才知，她提前下山了。

到了山脚下，李继业提出请大家吃饭，单一糖接到一个电话，以有事为由要提前离开，孙宜和易晨一商量，二人也提出要搭单一糖的车离开。夏向上也没说什么，也对，单一糖一走，开走了一辆车，等下再走的时候，唐闻情必然要送杭未和他，以他对唐闻情的了解，她会将孙宜和易晨扔到地铁口。

唐闻情提议应该由她请客，李继业说什么也不肯："打我脸不是？今天得我请。停车的事情，是我的不对，我道歉。今天又和向上他乡遇故知，小聚一下。条件有限，大家多包涵。"

李继业反客为主，唐闻情想说什么，被夏向上制止了。

饭店不大，号称是农家菜，李继业就让老板上最好的饭菜，他大马金刀地坐在了主位："论年龄，我最大，又是我请客，坐主位你们都没有意见吧？"

夏向上自然没有意见，请客的人在饭桌上拥有最大话语权是常理，毕竟要出钱。其他人都随意坐下，唯独还是不见康小路的身影。

唐闻情想表示反对，被夏向上拉住了，夏向上悄声说道："聚餐是李继业提出的，客是他请的，事情是由他而起的，年龄他又最大，从尊重请客人和按照年龄排序来说，他坐在首位，我们都不应该反对。"

"我就是看不惯他，怎么办？"唐闻情嘟囔中夹杂着不满，尽管挪车事件最终得以和平解决，但她对李继业的第一印象太差了，短时间内难以扭转，"我又不缺他一顿饭，我可不想因为一顿饭而欠他什么人情。"

"你就点最贵的菜，心理就会平衡一些。"杭未坏坏地笑了，碰了碰唐闻情的胳膊。

"我试试。"唐闻情点了几个最贵的菜，加在一起要四五百了，她暗中观察李继业的表情，果然他不停皱眉，一副肉疼又不好意思说出来的样子，像是腮帮子被人打了一拳，说话都倒吸冷气，她就偷偷地乐了。

踢了踢杭未的脚，唐闻情开心地说道："还是你行，知道别人的软肋在哪里。"

"越是缺什么，就越喜欢表现什么，是人类的通病。"夏向上没有刁难李继业，只点了一碗面条，他看出了唐闻情和杭未在联手整治李继业。

李继业原本打算花上两三百请吃饭，八九个人，也算说得过去了，没想到唐闻情和杭未点了好几个招牌菜，总共下来得一千三以上，还好别人都只点了面条，要不李继业非得心疼死不可。

一千三百多块，在老家能买两平方米的房子了。

但再心疼也得硬撑下去，面子比天大，李继业故作大方地挥手："吃不穷我，想吃什么随便点，不差钱。"

此时夏向上看得分明，在座几人中，最有钱的是康小路，其次是杭未，再次是唐闻情，他和温任简就不用说了，工薪阶层，至于李继业，表面上有车又有最新款的苹果 6 Plus，就连上衣、裤子和皮鞋也都是名牌，但在其他细节上，比如袜子上面有洞，手机壳一看就是地摊货……毕竟他在最顶尖的学府深造了六年，同学中有普通家庭的孩子，也有非富即贵的阶层，通过观察可以知道，真正的有钱人无论是大面还是细节，都处处彰显实力。

而乍富的有钱人，或是暴发户，或是不怎么有钱偏要装作有钱的一类人，只能做好表面文章，细节上往往失真和露怯。

细微之处见真章。

"都点好了吧？好，下单。服务员，每人再来一瓶汽水。"

汽水上来后，李继业高高举起："很高兴认识大家！再次隆重自我介绍一下——我叫李继业，李世民的李，继往开来的继，建功立业的业，是继往开来电子商贸有限公司总经理。我是一个爱交朋友的人，大家以后有电子产品上面的需求，都可以找我，我从 BP 机时代开始做电子产品，到小灵通，再到大哥大、功能机和智能手机，都有渠道。我的经历，就是一部电子产品的发展史。"

李继业 1978 年出生于安县梁二庄村，说来他的村庄比夏向上的小头村大了许多，还是乡政府所在地，有三千多人口。家庭条件不好上有哥哥姐姐下有弟弟妹妹的他从小就不受待见，努力学习想要改变命运跳出农村，奈何脑子笨，怎么学都学不会，1995 年，他只考上了一所电子技工学校。

李继业的梦想是考上中专成为城里人，技校只发文凭，不解决户口和工作，是退而求其次的选择。中专只能是应届毕业生，复读生不能报考。本想咬牙上高中再考大学，家里不同意再供他，无奈之下，他只好接受了现实。

李继业相信改变命运的窗口除了考学之外，还有经商。他发誓再也不回农村，不再面对父母的嫌弃、乡亲的白眼以及兄弟姐妹的嘲讽，他要成就一番事业，他要出人头地！

第八章

出道即巅峰，巅峰便谢幕

在电子技校还没毕业时，李继业就敏锐地发现了BP机和小灵通的商机，和同学一起凑钱在商场的旁边租了一家店面，主营BP机、小灵通的维修，兼销售。

开始时生意做得还很红火，如果按照现有的模式经营下去，李继业在毕业时就可以攒下50万元！

但李继业不满足于现状，虽然维修的利润更大，但他却想将主营由维修转为销售。和他一起合伙的同学不同意，认为他们的专业就是维修，销售是另外的一个领域，就和他分开了，继续做维修生意，他则将全部的积蓄投入到了BP机的销售之中。

他非常看好BP机的市场，认为未来将会人手一机，那么不用想，成为BP机的销售商，肯定可以大赚。如果再成为某一品牌的地区代理，就更能大赚特赚。中国的市场太大了。

李继业想到做到，先从一个柜台做起，果然和他猜测的一样，BP机很快就进入了快速发展期，销量猛增。到2000年时，他赚到了人生的第一桶金——50万！

在20万就可以在省会城市买一套房子的2000年，50万可是一笔巨款。李继业一没买房二没买车，而是买下了一个国产BP机品牌的当地总代权，投入了全部的积蓄，还借了一大笔钱，准备大干一场。用他最喜欢的一句歌词就是"看成败人生豪迈，只不过是从头再来……"

刘欢的《从头再来》是李继业最喜欢的一首歌。1997年，国家进行三年国企改革。到1998年，大约上千万国企职工下岗，整个社会似乎笼罩在阴霾之下。为了鼓励下岗工人重新树立信心，鼓起勇气再就业，中央电视台拍摄了一组以下岗再就业为题材的公益广告，《从头再来》就是主题曲。

《从头再来》激励了很多人对自己人生进行改革，有的人下海创业，有的人学习手艺开店等等，至此整个社会被盘活了，中国经济再次腾飞。

只可惜李继业赌输了，不得不真的从头再来！

BP机的热度只持续了两三年，李继业前期投入的费用还没有完全收回时，忽然一夜之间市场就抛弃了BP机，转向了手机和小灵通。BP机作为一种出道即巅峰、巅峰便谢幕的周期性产品，如此之快就成了市场的弃儿，让许多人始料不及。

李继业并没有就此沉沦，他认定小灵通必将大行其道。

小灵通的出世，其实是钻了政策的空子，李继业不管这些，他只通过两点就判定小灵通肯定大有可为，甚至可能会替代手机：一是价格便宜。一台小灵通的价格是一部手机的三分之一甚至五分之一。二是资费便宜。相对手机高昂的通话费用，小灵通的月租和通话费用，都能便宜三分之二以上。

虽然小灵通有各种限制，比如在高速行驶的车内没有信号、出市区不能漫游，等等，但对于大多数每天都奔波在家中和单位的两点一线的上班族来说，没有什么不便。

李继业再一次决定全部押注小灵通，希望可以借助小灵通打一个漂亮的翻身仗。

但是很快，小灵通因为政策调整的原因而大量滞销，市场一泻千里，手中积压了大量现货的李继业着急抛货，却无人接手，最后硬撑了几个月后，资金链断裂，他又一次因为错估了时代趋势而一败涂地！

李继业欠下了巨额债务！

虽说一部 BP 机和一部小灵通加在一起的费用也不如一部手机，但人类的消费习惯就是追求便利，以及还有一定的攀比心理，并不只是贪图便宜。再加上政策和技术原因，小灵通落后的 2G 技术属于终究要被淘汰的技术，因此小灵通的落幕是意料中事，只是早晚的问题。

接连在 BP 机和小灵通上面豪赌失败的李继业，2010 年去了深圳，打算在深圳寻找新的商机，好东山再起。折腾了两年，还是负债累累，没有彻底翻身。

不过李继业看得开，认为人生起起伏伏很正常，大起大落的人生才是成功的人生，一帆风顺的人生得有多无趣。现在，他来到北京，坚信自己可以在北京卷土重来，重回人生巅峰。

望着李继业意气风发的样子，债务缠身却还要处处显示自己是有钱人的做派，温任简暗暗摇头。什么时候李继业能改掉为了面子而处处拿大的性格，他才能弯下腰踏实地做出一番事业。

温任简总说李继业做事不够踏实，不走寻常路，总想走捷径，想一蹴而就，而不是一步一个脚印。他不喜欢投机取巧的做事风格，也不喜欢冒险，认为人生就应该按部就班，就得稳步前进。

温任简和李继业算是半个发小，虽然二人并非同县人，却因为两村相邻，玩泥巴时就认识。温任简是雄县人，从小学习成绩优异，家庭条件一般，生于 1984 年的他比李继业小了 6 岁，志向就是考上中专，去大城市去更广阔的天地。

初中时，他考上了安县最好的初中，一心想考建筑类中专，他的志向是从事建筑行业。结果当年省里的建筑中专只对安县招生一人，他全县排名第二，只好去了师范。尽管有遗憾，他也算是跳出了农门。

师范毕业后，温任简回到了雄县任教。第二年，他就拿到了自考的大专文凭。他能看到未来中专文凭会因为大学扩招而迅速贬值，就加快了自我提升的步伐。到 2008 年，就又拿到了自考大本文凭。此时李继业已经成为富翁，还嘲笑他就知道读书，读书再多又有什么用？靠工资一辈子也赚不到 50 万。

温任简却坚信他走的才是正确的道路，李继业过于冒险的做法很容易因为踩不对时代的步伐而一头栽倒。后来，果然验证了他的猜测，李继业接连在 BP 机和小灵通上失利，负债累累不说，还被债主追讨，只能东躲西藏，如丧家之犬。

第九章

三县之地

温任简一直认为容县、安县和雄县，三县紧密相连，如同一家，应该会出更多的人才。容县被三条大河所包围，而安县和雄县则都围绕白洋淀，都与水有缘。白洋淀号称华北之肾，是河北平原北部古盆地的一部分，古雍奴薮的遗迹，也是省内最大的湖泊。

在县里任教后，温任简努力工作，希望可以为县里培养更多的大学生。2008年，拿到了自考大本文凭的温任简成功地考上了北京一所高校的研究生，两年后毕业，又继续攻读博士。2012年博士毕业，留在北京的一所大学，今年刚30岁的他就被评上了副教授。

温任简和李继业比夏向上更早认识康大道。

康大道当年为了勘探石油走遍了三县，在安县认识了李继业，在雄县认识了温任简，在容县认识了夏向上。

康大道对温任简和李继业带来的影响虽然不如夏向上的感受强烈，但康大道的见识和经历，也在温任简和李继业二人的心目中留下了深深的痕迹。

前几天，李继业从深圳回北京，约他一起到香山爬山，结果接上他的时候他才发现，车上有康小路。温任简算是看了出来，李继业其实是在巴结、讨好康小路，到底李继业是何用意，他也懒得多问。

估计是有求于她。

康小路是何许人也，又能帮李继业什么，李继业没说，温任简也没问。他一向谨慎而恭顺，从来不打听别人的事情。后来即便知道了康小路是康大道的女儿，他也只是微感惊讶，还是没有多问什么。

不想在香山脚下，李继业和人发生了争执，更意外的是，发生冲突的人居然是夏向上。

一见之下，温任简对夏向上更有好感了，不仅仅是因为夏向上确实长得很阳光，而且他在处理和李继业的冲突上，从容不迫，在关键时候及时出手制止了矛盾的激化，确实是一个有智慧有计谋的年轻人。

但也仅此而已，除此之外，温任简并没有看出夏向上更多的优点和与众不同之处，不是他不相信康大道的眼光，而是觉得夏向上只是一个很平常的年轻人。不过，他还是想考一考夏向上，看看他到底有没有真本事。

李继业自我介绍之后，坐回原位："大家都自我介绍一下，认识认识。"

温任简第二个自我介绍："我叫温任简，温暖的温，任何的任，简单的简，就是温暖而简单的一个人。我当年因为急于跳出农门，上了师范学校，也就是中专，现在许多人可能都不知道中专了。毕业后，回到家乡当了老师。然后自考了大专、大本、硕士，后来还拿到了博士文凭，现在在北京的一所大学当老师。"

李继业当即补充了一句："30岁的副教授，相当了不起！"

唐闻情、杭未都是出身于城市，生来就是有城市户口，对于温任简的个人奋斗经历没有感同身受的前提，夏向上听了却是肃然起敬。

尽管他对温任简也算是了解，但当面听他轻描淡写地说出来，又是另外一番感受。他能切身体会到温任简的努力拼搏中，饱含了怎样的向上生长向下扎根的奋发与内动力。

当年能考上中专就是相当优秀了，而自考的难度相当高，并且需要极高的自律，一般人能考到大本就非常不错了，温任简因为时代和环境的原因，上了中专后，在自己的努力与拼搏下，成为博士，现在又是极为年轻的副教授，十分厉害。

唐闻情第三个站了起来，她的自我介绍有些潦草："我，唐闻情，成都人，和夏向上是同学，和杭未、单一糖是闺蜜。现在正在创业，开了一家建筑设计公司。如果你们有建筑工程设计和工程预算方面的需求，可以找我，保证价格合理、服务优异。"

夏向上本想让杭未先来，杭未却推他一把，他只好站了起来，嘿嘿一笑："其实都认识了，非要正式介绍，是不是太耽误吃饭了？好吧，我从善如流——大家好，我叫夏向上。夏天的夏，天天向上的向上。我是容县人，1990年出生，今年24岁，单身。目前在北京工作，既无远大理想，也没有崇高抱负，只想跟上时代脚步，努力工作，在养活自己的同时，还能为身边的人为社会带来一些正面的影响，就足够了。"

杭未立刻接过了夏向上的话："跟上时代脚步还叫没有远大理想和抱负？要知道能跟上时代脚步的人，都是时代的佼佼者，都是伟大的成功者。"

夏向上憨厚而谦虚地笑了笑："不管多伟大也不管多成功，都是需要吃饭睡觉的平凡人生，都是有七情六欲的普通人。"

"平凡人生做出不平凡的事情，才最了不起。"杭未站了起来，清了清嗓子，清亮而动听，"该我了，我叫杭未，杭州的杭，未来的未，深圳人，从小在深圳长大，见证了深圳发展的过程。和单一糖是闺蜜，和唐闻情是合作伙伴，和夏向上还有各位是第一次见面……"

杭未刚说完，康小路身影一闪，出现了，她扫了一眼，径直坐在了夏向上的身边。

也是只有夏向上的身边有空位。

杭未冲康小路挥了挥手："小路，你来晚了，我们都自我介绍过了，现在，该你了。"

康小路左右看看，不情愿地站了起来，还特意压了压帽檐："康小路。"然后就又坐下来，不说话，也谁也不看。

李继业见气氛有几分尴尬，忙出面圆场："小路的性格一向这样，人很好，就是慢热，大家别在意。"

康小路却丝毫不给李继业面子："我只是对不喜欢的人连敷衍都

不想给。"

"呵呵，小路真有个性……"李继业只好自嘲地笑了几声，然后转移了话题。

饭间，温任简不停地和夏向上聊天，说着说着，他突然就意味深长地冒出一句："向上，你比我年轻，站得高看得远，你觉得未来我们的家乡会有发展前景吗？"

夏向上从农村出来，对农村近几十年的发展有自己的心得体会。改革开放以来，城市获得了巨大的发展，农村也有了长足的进步，一步步从原始的个人体力耕种逐步过渡到了机械耕种，以前最为繁忙和劳累的夏收和秋收，也不再成为负担。可以说，在今天，农民基本上从繁重的体力劳动中解脱了出来。

"我当年想要考学出来，就是看到了城乡之间巨大的差距，不想再留在农村受苦受累。现在十几年过去了，城乡差距虽然有所缩小，但生活质量的落差依然巨大。"温任简虽然人在北京，对家乡的点滴变化却始终牵挂在心，他教的是农业，自认算得上是半个"三农"专家了。

"我是脱离了农村，也过上了想过的城里人的生活。但解决了个人的需求之后，就总想为家乡做些什么。但是我身单力薄，个人能力有限，也不知道该从哪里下手。还有一个问题我一直想不明白，以现在的形势来看，农村未来的出路在哪里？或者说，还有出路吗？"

温任简一连串的问题颇有力度与深度。

夏向上比温任简小了6岁，年龄有差距，阅历和思索的问题也就不同。

不用说在他出生时了，就是现在，城乡差距之大，依然是一道巨大的鸿沟。现在，家乡一心想要考学跳出农村的新一代学子，主流认知也是要到城市工作和生活。

实际上中国近几十年来的高速发展，农村被城市反而甩得更远了。不说城市建立的庞大的交通便利体系，只说城市飞速崛起的高楼大厦、无处不到的快递，还有连接城市与城市的高铁网络，就让农村显得更加远离了现代化。

农村是比以前进步了许多，有的住上了楼房，有的用上了自来水，开上了汽车，但农村的根本问题还在，农民的出路除了考学、打工和种地之外，并没有其他的选择。

而种地，只能维持温饱，无法富裕。

如果只把目光的焦点落在夏向上的家乡上，或许解决问题的方法还简单一些。容县等三县，因为有共同水系和白洋淀的原因，习俗相近文化相同，如同一县。三县都是农业县，同时也有一些薄弱的工业基础，都生产服装、纺织品等，产值不大，却让许多农民有了额外的收入。整体来说，三县相对比只有农业的县要富裕一些。

当然比起南方的全国百强县、工业强县，就不是一个量级了。

夏向上思忖片刻，猜到了温任简有意考他一考的出发点，说道："作为农学教授，您所思索的'三农'问题肯定比我更专业更有深度，家乡肯定有前景，农村肯定有出路。但前景和出路怎么实现，我说不上来，希望温教授多为我上上课。"

温任简笑着摇了摇头："我只是希望你有空的时候，多思索一些关于'三农'的问题。也许有一天，会有大用。"

第十章

大胆但并不新颖的想法

一顿饭吃了差不多半个多小时，结束时，杭未站了起来，敲了敲杯子："感谢今天李哥的款待，很开心认识你们。我是一名投资人，投资方向主要是房地产、电子商务，如果有合作的意向，欢迎随时和我联系。我主要投中后期，前期也有，但不多。另外，我想问一问夏向上，你如果有兴趣加入到闻情的公司，我会向她的公司投资300万。"

这种事情不都是私下小范围一对一小窗口私聊的吗？杭未直接群聊，怕是别有深意，夏向上见唐闻情立刻朝他投来了期待的眼神，而李继业的眼神更加热烈与期待，他忙咳嗽一声，清了清嗓子："我还没有打破铁饭碗的勇气，虽然我相信以我的能力和眼光，跳出来后不管是自己创业还是加盟闻情的公司，肯定会迎风破浪、无往而不利，但说大话容易成事却难，我还需要时间来沉淀自己，我还没有做好准备。而且，我还是个孩子。"

夏向上的话听上去既像自吹自擂又有自嘲的成分，众人听了哈哈一笑，都明白了他的决定。聪明人一点就透，杭未也就适可而止。

"行，我向来不喜欢强人所难，既然向上还没有准备好，我有足够的耐心等你回心转意。"杭未反客为主地举起了杯子，"今天以汽水代酒，我敬大家一杯。希望以后常聚常见，不用多久你们就会发现就算和我谈不成合作，我也会是一个非常值得深交的朋友。"

众人都站了起来，除了康小路。

杭未一口喝干杯中的汽水："小路，你也说两句？"

康小路微微一顿，站了起来："我也是投资人，我只投人不投公司。"她拍了拍夏向上的肩膀："夏向上，你现在跟我走。"

夏向上蓦然一惊，愣了愣："有事？"

康小路扔下一句话转身就出去了："不来就算。"

来，当然来，对于康小路的突然邀约，夏向上充满了激动与期待，当然，他并不认为是他的魅力感染了康小路让她对他产生了爱情的兴趣。

话又说回来，康小路对他肯定是产生了兴趣，至于是哪一方面，跟过去才知道。

李继业紧随夏向上身后，也跟了出来。

"向上，需要用车还是用钱，说一声。"李继业扬了扬手中的车钥匙。

夏向上点了点头，李继业的大方一半是因为老乡的关系，另一半恐怕是因为康小路对他莫名的态度。谁都看得出来，李继业在康小路面前的表现是既恭敬又畏惧，应该是他有求于她。

康小路头也不回地穿过车辆，在一辆奥迪车面前停下，打开车门上去，冲夏向上示意："上车。"

"去哪里？"夏向上上了副驾驶。

康小路没有回答，从后视镜中看了一眼跟在后面的李继业，没有丝毫停留，发动汽车驶出了停车场，沿着山路一路疾驶，很快就上了主路。

夏向上心中纳闷，不知道康小路到底要做什么，不过她鲜明的个性和毫不在意礼节章法的率性，倒是深得他的认同。从农村一路走来，他就是在不断地改变现状中实现了自己的梦想，只有敢于创新并且打破周围人群形成的枷锁，才能持续前进。

"我才知道，你十多年前就给我写过情书……"康小路的车技相当不错，一路提速、超车如行云流水，她很快就上了西五环，朝北五环开去。

突然冒出一句让夏向上大脑短路的话，夏向上感觉一瞬间脸发烫心跳加快，想起了少年时期的单恋和莫名的大胆——记得当时他将情书交给了康大道，康大道的答复是等他有资格追求康小路时，才把情书转交给她。

夏向上揉了揉脸，嘿嘿一笑："你是认为我该尴尬呢还是该自豪呢？"

康小路歪头想了一想，似乎是理解不了夏向上的脑回路："怪不得老康常说，有时天才和白痴只有一线之隔。"

"你还没有回答我的问题——去哪里？"其实夏向上看了出去，明显是要去首都机场。

康小路还是不回答他的问题，反而问道："你觉得李继业这个人怎么样？"

"每个人都是复杂的多面体，看你问的是哪一方面了……"夏向上摸着下巴，"作为朋友来说，他讲义气、有格局，虽然喜欢装腔作势，但大面上的事情做得很到位，宁愿委屈了自己也不愿意亏待朋友。就像今天咬牙请客哪怕再肉疼也要装有钱的做派，我就做不来。"

"你看出他没钱了？"康小路眉毛一挑，兴趣来了，"他一身行头，再加上北京牌照的私家车，还不够有钱吗？"

"细节决定成败，真正的有钱人，有一种刻在骨子里的自信和从容，不需要表演……李哥是想让所有人都知道他有钱，戏就过了。就像我，从来不主动说我毕业于哪所大学……"夏向上又补充了一句，"就像你和杭未，作为最有钱的两个人，不会说不差钱的话。"

康小路摘了帽子，露出了一张如花似玉、精致无双的小脸，巴掌大，搭配飒爽的短发，更显楚楚动人，她将帽子扔到后座："你从小到大一直这么自信加自恋吗？不过你观察得确实细致入微，李继业的生意因为下注押错了赛道，赔了不少钱，现在急需我的投资。"

"小时候的自信是天生乐观，现在的自信是知识充满。"夏向上摸着脑袋笑了，"下注押错了赛道？以前不是赌错了BP机和小灵通，现在呢？"

对于电子产品的市场夏向上一直在关注，毕竟和自身也息息相关，他现在的手机就是一部苹果6。随着智能手机的普及，BP机和小灵通早就进入了死亡倒计时，BP机在2005年后就逐渐消失在历史尘埃之中，而小灵通也即将完成历史使命——中国电信和中国联通各地陆续宣布小灵通停止服务，北京联通宣布将于2014年12月31日停止小灵通服务。

李继业之前相继在BP机和小灵通赛道上押注失败，现在又押注什么了？夏向上脑中火花一闪，脱口而出："难道他现在想要押注水货手机？"

康小路眼中有赞许的神色闪过："聪明，猜对了！水货手机未来还有前景吗？我想听听你的高见，夏向上。"

"高见就是知识，知识就是金钱，早晚有一天，别人想听我的高见，得付费。"夏向上先抑后扬，"而你，只需要回答我一个问题就可以……当年我写给你的情书，你看了吗？是扔了还是撕了？"

康小路漫不经心地轻笑一声："我先问的你问题，你回答了我，我再回答你。"

小孩子过家家吗？还得讲究谁先谁后，如果非要计较的话，明明是他先问的康小路去哪里！算了，不和她纠结细节问题了，夏向上微一思忖说道："当年下注BP机和小灵通的人中，也有不少成功者，他们有敏锐的目光，在BP机和小灵通市场衰退之前，就及时离场了。在时代的大潮中，总有人站立潮头，也总有人淹死。水货手机市场，也和BP机、小灵通一样，是时代的产物，终将过去。如果是我，在国外品牌的销售渠道日益完善的前提下、在国产手机品牌陆续崛起的大背景下，水货手机早晚和BP机、小灵通一样，会被时代的大潮淹没。"

康小路沉默了一会儿，若有所思地点了点头："李继业借了老康200万，还不上了。老康让我过来考察他，李继业提出让我再追加投资到300万，他就能起死回生。现在的问题是，不追加，200万肯定是打了水漂。追加100万，可能成功，也可能总共300万都打了水漂。"

"等等……"夏向上敏锐地抓住了康小路话中的细节，"你是说之前是康队长的投资,现在是你的投资,两者有区别吗?"

"有。如果我决定不投资,老康的200万他自认倒霉,是他投资失败的案例。如果我决定投资,是我的100万,成功了,前期的200万所占的份额也归我。失败了,也只算我亏100万。"

明白了,等于是说康大道充分放权,拿出100万让康小路练手,成了,挽救了康大道前期的200万不说,康小路等于赢得了300万的收益,里子和面子都有了。输了,亏掉的100万也是康大道的钱,康小路丢掉的只是面子。

夏向上不由感慨:"直接说吧,你最在意的是什么?"对他来说,100万是一笔巨款,但对康大道来说,不过是一笔哪怕亏掉也无关痛痒的投资款,是他众多商业投资中可能最微不足道的一笔,只要能帮助康小路进步,获得了经验,就值。

只是不知道对康小路来说,她最想通过一次投资得到什么。

康小路抿着嘴,半晌没有说话,此时汽车已经开到了北四环,转到了机场高速上。

"我想证明自己的能力和眼光,我想独立,我不想为老康工作,不想被他左右人生。"康小路一口气说完,扭头直直看向夏向上,"你能理解我吗?"

第十一章

我们生命中遇到的每一个人

非要说实话的话，夏向上的回答是否定的答案。

或许是因为从小在和睦的家庭中长大的缘故，夏向上并没有感觉到太多来自爸妈的压力，对于他的学习和事业，爸妈没什么帮助，也从来不拖后腿，一切任由他自己做主，正是因此，他才养成了凡事一个人做决定的习惯。

康大道和康小路父女关系一般，不，甚至说是严重不和，夏向上也略知一二。早在少年时代，他在几次和康大道的聊天中就听康大道有意无意中提及，而根据他对康大道和康小路互动的观察也不难发现，父女二人的关系是疏远加防范，并且是康小路单方面对康大道实施封锁。

这么多年过去了，康小路心结还在，还没有原谅康大道？

"我也希望我能理解，但至少现在不能。"夏向上努力深呼吸一口，"刚才你问我李继业这个人怎么样，我只回答了作为朋友的部分。人都是复杂的多面体，作为朋友他算是合格，作为合作伙伴，他可以达到优秀的标准。"

"意思是，你认为我应该投资李继业？"康小路的眼睛更加明亮了几分，她的兴奋暴露了她内心的真实想法。

哎，难怪她一直在李继业面前表现出冷酷和孤僻的性格，是为了打造喜怒不形于色的人设，好让别人看不透，如果她在别人面前是她现在的样子，怕是一眼就被人看穿了……话又说回来，从康小路的犹豫以及特意向他征求意向就可以看出，她其实是倾向于投资李继业，愿意赌一把。

她所需要的只是他对李继业的肯定以增强信心。

夏向上仔细回想起和李继业互动的每一个细节——在爬山时，李继业除了特意照顾康小路之外，不管谁落在了后面，他都会拉上一把，包括初次谋面的孙宜和易晨，说明他本质上是一个善良的人，内心有美好的东西。

吃饭时，李继业一个人滔滔不绝虽然说得最多，但话题从来不离开事业和电子产品的未来，尽管他的认知未必完全正确，至少他对事业的专注与用心，很专业也很努力。

也就是说，李继业有能力有动力，也很努力，态度也端正，两次失败只是过于渴望成功而导致了方向性失误。如果方向对了，他比许多创业者都更具备成功的必要条件。

夏向上决定从中肯的出发点评价李继业："我是不喜欢李继业的一些做事方式，但得承认他的专业、能力和态度。对他来说，如果方向对了，有了约束，不让他跑偏，他成功的可能性还是不小的。"

康小路没有再说话，一路沉默地开到了机场。停车后，她拿过车钥匙："你现在有两个选择，第一，开车回去，但下次我来北京时，你得开车过来接我。我不在的时候，车归你，随时可用。第二，车停在机场停车场，你打车回去。"

"打车费报销吗？"夏向上立刻算出了打车回单位的费用对他来说是一笔沉痛的开支。

"报，还要给你加上回答我问题的咨询费。"

"我选择开车回去。"夏向上又不傻，平白赚一辆可以随时用的汽车，还是奥迪，就故作大方地挥手，"咨询费就算了，折算成油钱吧。"

"车你随便开，油钱和停车费用，都算我的。"康小路将车钥匙扔给夏向上，"如果李继业向你问起，你先别告诉他我的决定。"

机不可失，夏向上当即提出了交换条件："可以，只要你回答了我的问题就行。"

"什么问题？"康小路一愣，随即想到了什么，戴上帽子，又压了压帽檐，"我没看，也没扔，放起来了。也许有一天会打开看看你写了些什么，也许，永远不会。"

和没有答案没区别，夏向上微有些失望，等康小路的身影消失之后，他开车离开机场，回到了公寓。

果然，刚喝了一口水，李继业就打来电话邀请夏向上一起消夜，似乎是唯恐夏向上不来，还特意强调邀请了唐闻情和杭未。

夏向上只能赴约了。

温任简有事回了学校，晚上就夏向上、李继业和唐闻情、杭未四人。

席间，唐闻情和杭未对夏向上送康小路去机场一事，并无多大兴趣，只有李继业问个不停，恨不得当着二人的面问康小路有没有跟夏向上说些什么。

夏向上反问李继业为什么不早说她就是康小路，李继业就尴尬解释说他有求于康小路，而康小路性格孤僻，本着多一事不如少一事的出发点，怕惹康小路不高兴。但夏向上和康小路二人主动相认，就和他无关了。

唐闻情则很关心夏向上是不是考虑辞职加盟她的公司，她会视他为联合创始人，许他 30% 的股份。杭未也鼓动夏向上辞职，投向到市场大潮中才大有可为。

李继业也顺水推舟，劝夏向上辞职，不过他希望夏向上跟他一起创业，有夏向上在，康小路的投资肯定会到位。他虽然没有问出什么，但从康小路突然拉走夏向上并且留车给他的表现来看，夏向上的意见康小路肯定会认真对待。

一时之间，夏向上成了香饽饽，被唐闻情和李继业争相拉拢。还好，他没有被冲昏头脑，依然保持了足够的冷静。

夏向上甚至还劝杭未可以考虑投资李继业，或是唐闻情可以和李继业合作，再由杭未投资。不过从唐闻情对李继业嫌弃的态度以及李继业对唐闻情不冷不热的敷衍可以看出，他们并非一路人。

好在唐闻情和李继业都是生意人，二人表面上还保持了虚伪的热情与客套。

饭后，李继业提出要送夏向上，夏向上知道他有话要单独和他说，也就没有推托。不料车行半路，没油了。开到加油站，李继业只加了100块的油，付款时哼唧半天希望夏向上借他100块，他两次请客花光了所带的现金，等他回去取了钱就第一时间还他。

李继业这么窘迫了还要装作大方，也真是难为他了，夏向上当即毫不犹豫地替他付了油钱。

李继业开车送夏向上到了楼下，停车后，在路边的小公园坐了一会儿，可以看出他是真没钱了，路过咖啡馆时，犹豫着想进，最终还是咬牙离开了。

夏向上没再主动提出他来付钱，他能看出李继业内心的折磨与挣扎，他怕他的话会让他更加难堪。

夜色渐深，公园里的人陆续撤退了，李继业和夏向上坐在一处长椅上，他踢着脚下的树枝，突然一转身，"扑通"一声跪倒在夏向上面前。

夏向上知道他有话要说，一直在等他开口，没想到他开口前加重语气的方式还挺特别，当即吓了一跳，忙要扶起他……

李继业坚决不肯："向上，我不是逼你，但你如果不答应我，我就不起来！我真的走到绝路了，如果康小路的路再断了，我只能去跳楼了。"

夏向上见他一脸坚定，索性也不劝他起来了，反倒轻描淡写地笑了笑："跳楼也行，记得远离人群，要不相当于高空抛物，容易砸到别人。不行你可以上吊，但上吊太痛苦。或者也可以摸电，摸电也不好控制，万一死不了，烧焦了既难受又难看。或者跳河也行，但淹死据说比上吊还痛苦……"

李继业跳了起来，一转身又坐回了椅子上，没忍住："向上，你认真点儿，我在打苦情牌，你却给我讲笑话，诚心的是吧？"

夏向上也乐了："有事儿说事儿，别动不动就拿尊严逼迫别人。康小路最终是不是决定给你投资，我说了不算。不过，至少我可以帮你出出主意。"

"怎么说？快。"

"前期康队长投资的200万，占股多少？"

"30%……"即使猜到康小路肯定和夏向上说了什么，但李继业还是没有想到夏向上知道得如此详细，心中更加坚定了一点——抓住夏向上为支点，是他今天做出的最正确的决定。

"康小路再投100万的话，你打算再让出多少股份？另外，公司的发展也需要有所调整。"夏向上也有意促成康小路和李继业的合作，他是真心看好二人的合作前景。站在他的立场上，康小路投资成功，既拯救了李继业，也让她的事业有了落脚点，同时，也为她和康大道的关系缓和打下了基础。

李继业至此就更加确认康小路对夏向上和盘托出了他们的合作，也可以理解，夏向上年轻英俊，又是名牌大学的研究生，康小路年轻美貌，毕业于国际知名学府，身世非同一般，再加上二人颇有渊源，年龄又相仿，肯定更有共同语言。

还有一点，多半康大道也要求康小路在决定之前征求夏向上的意见……

李继业也就不再隐瞒，说出了自己的真实想法："再转让15%的股份，公司的发展方向是押注水货手机，需要调整是什么意思？"

"我们生命中遇到的每一个人，哪怕只是匆匆一面，也都有用。"夏向上认真而严肃地笑笑，"李哥，康队长对我们的影响，是一生的深远，如果是我，我会再让出21%的股份，让康小路控股，并且调整公司的发展方向为国产智能手机。"

第十二章
演绎和真实

　　李继业回到自己在北京的公寓,已经凌晨时分了。和夏向上谈完后,他没有直接回家,而是开车沿五环路一路狂奔,花了半个多小时转了一圈。

　　五环一圈下来近100公里,他知道他超速了。

　　夏向上的话在他的心里激起了轩然大波,他一时无法接受,只好用狂飙来发泄内心的郁积。夏向上所提的两个条件,不用想就是康小路的底牌,却超出了他的底线。

　　失去控股权,虽然他还是第二大股东,但一切要听康小路说了算,他不认为康小路了解中国市场,更不认为以她的阅历和年龄会多有眼光与远见。而放弃目前正火热的水货手机,转向刚刚起步前景还不太明朗的国产手机,也太冒险了。

　　……他不认为国产手机能够崛起,能够替代进口品牌!

　　不管是苹果,还是三星、HTC等知名品牌,早已占领了全国乃至全球市场,国产品牌完全没有机会。也不知道康小路是怎么想的,她真以为在国外留学几年,就比他一路真刀实枪从市场搏杀出来的实干家更懂电子产品的未来?

　　纸上谈兵罢了。

　　李继业很生气,觉得康小路提出的两个条件简直是对他的全盘否定,他当时就想一口拒绝,让夏向上转达,但想到目前举步维艰的现状,还是忍住了。

夏向上临走时说的一句话深深地刺痛了他，也提醒了他："李哥，让出控制权是很难受，但只有活下来，才有未来。"

翻来覆去一晚上没睡着，天刚亮，李继业就打通了杭未的电话，提出见面谈谈。

杭未却直接拒绝了他，理由也很充分："不好意思李哥，我已经在机场了，马上飞回深圳。你可以发商业计划书给我，我回去好好研究，再回复你。"

李继业抱着最后一丝希望，把商业计划书发给了杭未。

杭未看了几眼，笑着摇了摇头，对前来送行的单一糖说道："你就这么不看好李继业？算起来他还算你半个老乡。"

单一糖撇了撇嘴："和老乡没关系，不喜欢就是不喜欢，我总不能强迫自己欣赏他吧？夏向上也是我半个老乡，我为什么就喜欢他呢？"

"还不是因为夏向上长得帅，又有才？"杭未笑着打了单一糖一拳，"什么时候这个世界变得这么肤浅了，由看脸决定好感？"

"什么时候？"单一糖轻笑一声，"古往今来，从来都是好看的人有优先权好不好？我不干涉你在商业上的决定，你真的要认真考虑投资李继业吗？"

"除非夏向上加盟，否则不会。"杭未坚定地摇头，"李继业是将才，不是帅才。"

"可是夏向上也只是创造了学习上的神话，进入社会后，他表现平平。"单一糖故意有此一说，想听听杭未对夏向上真实的看法。

"别看我比你小，我可是从小就在金融圈子里长大，从爸妈身上学会了不少识人看人的经验。投资，最主要投的是人，因人成事也因人坏事。李继业是有实战的经验，但他学识不够，根基不稳，对商业的看法就会缺少大局观。夏向上不一样，他从小到大目标明确，想要得到什么，都得到了。而且他意志坚定，不会被别人左右想法，是个天生的决策者。"

"你也是被他少年时的光环和现在的长相迷惑了判断吧？"单一糖

掩嘴一笑。

"都跟你说过我识人无数了，真是的。"杭未跺脚，假装生气，"一糖姐，你这样想，一个人小学时远超同村人不算什么，初中时远超同镇人也不算什么，高中时远超同县人也可以说不算什么，到了大学还继续超过全国的同龄人，你觉得他不是时代的幸运儿吗？"

"哪里是幸运，分明都是实力。"单一糖点了点头，表示认可，但还是不想杭未过于乐观了，"你说的也有一定的道理，但我还是不认为他经商就一定会强过唐闻情或李继业……现在的结论太唯心了。"

"哼，我相信我不会看错人，我们走着瞧。"杭未懒得再和单一糖争论了，"时间是最好的老师，会证明谁更有眼光。要不，我们打个赌？"

单一糖呵呵一笑，摸了摸杭未的脑袋："要我说，夏向上压根就不会辞职出来，所以我们的打赌根本就不会成立。"

"不，我就要赌。"杭未噘嘴，摇晃单一糖的胳膊，"一糖姐，你就跟我赌一次好不好？"

单一糖和杭未认识有五年了，一直当她如妹妹一般看待，让着她、照顾她的情绪是正常操作，就拿她没有办法："好，怕了你了，怎么赌，你说？"

"如果，我是说如果夏向上辞职出来了，不管是被迫还是被我或是别人说服，只要他下海了，我们的赌注就正式生效。"杭未开心地笑了，她就知道只要她撒娇单一糖就会妥协，"辞职出来后，不管夏向上是加盟唐闻情的公司还是和李继业合作，只要他成功了，就是我赢了。"

单一糖被杭未绕晕了，她太了解她了，一旦她开始预设前提时，肯定是想要得到什么了，就连连点头："行，只要夏向上辞职出来，就是你赢，行了吧？说吧，你赢了想要什么？"

"想要你帮忙撮合我和夏向上。"杭未咬着嘴唇，羞涩中有一丝大胆。

"啊！"单一糖其实已经看了出来杭未对夏向上有好感，但没想到却是一见钟情，她倒是乐见杭未和夏向上的事情，只不过也有些不理解，"为什么非要等夏向上辞职以后，而不是现在？"

"因为，我目前对他的喜欢，只是因为他的才气与帅气。如果真要考虑在一起，就得看能力和人品了。我一向喜欢敢于突破的人，他要是辞职出来，说明他不怕打破现状，有冒险精神和奋斗决心……"杭未挥舞了一下拳头，"现在对他只是好感，由好感上升到喜欢，需要时间和实践。"

真是一个既简单又有想法的女孩，单一糖爱惜地抱了抱杭未："别怪我没有提醒你，好项目要投天使轮，好男人也是要在他没有发迹时拿下，等夏向上辞职出来，再创业成功，不定会有多少女孩大胆而勇敢地去追求他，你未必有机会。"

"我不管，反正到时如果你不帮我，我就耍赖，我就哭给你看。"杭未笑着挥了挥手，进了安检。

单一糖小时候也有一个大学梦，她学习成绩很好，也足够刻苦努力，2002年，17岁的她参加高考时，正是大学扩招的第三年。按照她平常的成绩，考上一所大学是意料中事，"211"甚至"985"也不是没有可能。

但高考时，由于她过于紧张，生怕失误，结果没考好，最后只考上了大专。

2005年毕业后，单一糖先是到省会石家庄经商，两年后去了广州。在广州也待了两年，在2009年到了深圳，然后落地生根，生意也慢慢做了起来。

在深圳认识了杭未后，二人迅速成为好友，并且上升为了忘年闺蜜——虽然她只比杭未大了6岁，单一糖很喜欢热情、开朗又简单、善良的杭未。

单一糖经商多年，一路上遇到过形形色色的坏人，有人贪财有人谋色，有人想要财色兼收，都被她一一识破并且反击。

但女人终究是女人，在爱情上还是容易受伤。她和初恋男友曹现恋爱五六年，始终没能结婚。当初她从石家庄到广州，就是为了投奔曹现。后来去深圳，也是为了追随曹现的脚步。

而且她的所有生意都是和曹现绑在一起，她以为她和曹现会是生意上的伙伴和生活中的伴侣，不料在去年，曹现暗中变卖了她和他共同经营了数年的工厂，拿了一大笔钱和新女友远走高飞——去了美国，只留下单一糖一个人伤痕累累、两手空空。

在她人生的至暗时刻，是杭未陪她度过的。她甚至一度想过自杀，如果不是杭未的开朗感染了她，恐怕她现在已经不在人世了。所以杭未对她来说情同姐妹，她对杭未的喜爱和怜惜发自真心。

杭未从小在幸福的家庭长大，爸妈感情深厚，事业有成，爸爸是投资人，妈妈是医生，可以说在爸妈的庇护下，杭未从未经历过人生的磨难也没有见识过人性的险恶。而且更让单一糖羡慕的是，杭未还有一个青梅竹马的所谓男友齐吴宁。

之所以强调是所谓男友，是二人从小就在一起，小学、初中、高中到大学，都是同一所学校，就连双方爸妈也是相识多年，都理所当然地认为杭未和齐吴宁就是天生一对，小时同学、成年初恋、毕业结婚，齐吴宁受周围人的影响，也这么想，并且在大学时就以杭未的男友自居了。

但杭未却另有想法，她对齐吴宁事事都要征求妈妈的意见的做法喜欢不来，她更喜欢一个有独立人格、思想奔放和精神向上的男性，符合"90后"的时代特征，而不是依然被"60后"妈妈左右人生的"妈宝男"。

第十三章
要抱着发展的眼光看待问题

　　当然，齐吴宁自认并不算是妈宝男，他并不喜欢妈妈对他事事指手画脚，但又无法拒绝妈妈过于细心的照顾，想反抗，有心无力。想逃避，又不敢远行——杭未无法想象齐吴宁从小到大基本上没有离开过深圳，有限的几次出行，都是在妈妈的陪同下，他可是出生于1992年今年22岁的成年男性，并且已经大学毕业还参加了一年的工作！

　　此次前来北京，本来齐吴宁很想陪同杭未一起前来，单一糖也支持齐吴宁的想法，但齐吴宁刚向妈妈开口就被无情地拒绝了，他没敢据理力争，而是立马臣服。

　　平心而论，单一糖倒是认为齐吴宁更适应杭未，虽说齐吴宁稍显软弱，过于听妈妈的话并缺少主见，至少他单纯、善良、会照顾人，可以成为杭未的"贤内助"。只可惜，偏偏大方得体、喜欢挑战的杭未不喜欢听话的男人，她认为爱情和事业一样，只有有难度需要付出努力才能争取到手的，才最好也最值得珍惜。

　　免费的或送上门的，要么是便宜货，要么有陷阱。

　　单一糖并不想说服杭未去接受齐吴宁，爱情是最不讲道理的事情，不能用逻辑来分析和理解。就像她，受了爱情严重的伤害，现在依然相信爱情。

　　现在单一糖决定将公司的重心转回北京，杭未回深圳而她留下，是要继续回家乡考察市场。

　　单一糖拨通了夏向上的电话。

夏向上刚吃完早饭,正在楼下跑步。

"一糖姐好,这么早?今天周末也不睡个美容觉?你这么优秀的人还这么努力,我跑步都追不上你了。"

夏向上不但学习好、颜值高,还嘴巴甜,为什么会没有女友呢?单一糖就有意逗逗夏向上:"想追姐,尽管放马过来,姐要是退上半步,姐跟你姓。"

夏向上被单一糖打了个措手不及,怎么大早晨的就讨论这么伤心的话题,他哈哈一笑:"姐,我错了还不行吗?但你得告诉我我错哪儿了,也好让我以后继续保持。"

这家伙果然有几下子,单一糖不逗夏向上了,正色说道:"问你个私人的问题,为什么到现在还没有女朋友?"

"这跟问我为什么到现在还没发财一样,姐是想打脸觉得我没有魅力,还是觉得我太挑剔所以想给我介绍一个?"夏向上知道单一糖肯定埋有伏笔,不如索性先挑明。

"你觉得姐怎么样?"单一糖觉得有必要再调戏一下夏向上。

"好姐姐。"夏向上回答得滴水不漏。

"唐闻情呢?"

"好同学。"

"易晨呢?"

"老同学。"夏向上听了出来,单一糖在大面积撒网,最重要的肯定在后面。

"康小路呢?"

"小师妹。"

"啥意思?"单一糖一时没反应过来。

"小路的爸爸康大道相当于是我的精神导师,她自然就是小师妹了。"

"行吧,你总是有理,那么杭未呢?"单一糖绕了一圈,最后落到了主题上。

"优秀的投资人、合格的合伙伙伴、值得佩服的同龄人。"夏向上故意多加了几个定语。

"这么说,你对她印象最深刻了?"单一糖还是不敢确定夏向上对杭未的印象如何,定语越多,说不定越是看不透,"有个问题我想请你帮我参谋参谋,我打算将深圳的服装工厂转移到北京,杭未也支持我的决定,并且会投资我,你觉得是个好主意吗?"

论制造业,还是深圳更具有优势,并且深圳周边的配套行业也更完善,北京不是不好,而是相对来说可能在一些环节上有所欠缺。夏向上忽然眼前一亮,三县也是制造业大县,纺织品的制造在全国也算有名,无论是毛巾还是浴巾以及各种布料,三县之地都有生产,肯定也会有熟练的技术工人,可以为单一糖的服装加工厂提供上游的原材料和中间的生产条件,而且肯定有政策支持。

夏向上说出了他的想法。

单一糖久久无语,等夏向上以为是信号断了时,她才叹息一声说道:"谁不想回家乡发展?谁不愿意支持家乡建设?我从三县出来,知道三县的营商环境差强人意。"

"会好的,要抱着发展的眼光看待问题。当年三县才有多少大学生?怕是大专生和中专生都是宝贝,现在呢?每年返回家乡的大学生都有不少,他们慢慢走向了领导岗位,生态就会随之改变。"夏向上的话既是说给单一糖听,也是给自己信心。当然,他说的也是事实,随着县里领导岗位逐渐被接受过高等教育的一代人所取代,整体素质也会得以提高不说,还会带来全新的气象。

"你这么说倒是提醒了我,我确实有几个同学回到了县里,以前是在乡镇,现在不是调回了县里,就是在乡镇担任了领导……"单一糖被夏向上瞬间点醒,算算从1999年大学扩招到现在,足足过去了十五年,十五年来,回去支持家乡建设的大学生们上百人也是有的,到今天,他们应该都已经成长起来了。

没错,是要抱着发展的眼光看待问题,杭未没有说错,夏向上确实有与众不同的思路,有时,一个人的思维方式决定了他的眼界。

挂断单一糖电话，夏向上回到公寓。

除了卧室的一张床之外，客厅有沙发，还有电视和电脑，布局很简单。今天不上班，他就打开电脑上网。

上高中时，夏向上就开始在县城的网吧拨号上网。费用高，网速又慢，就是浏览网页、打开QQ，顶多再下载一个软件或是小游戏什么的。

现在已经是宽带了。

宽带出现后，网络视频、大型网页游戏等等，就越来越多了。

夏向上上网喜欢浏览新闻，了解最新的科技动向，然后就是喜欢看网络小说，他有时也会追更。常上的网站有起点中文网、幻剑书盟和榕树下，相比之下，他还是最喜欢起点中文网的小说。

先是登录了QQ，见到了唐闻情的留言。虽然已经有了微信，但惯性之下，唐闻情还是更喜欢用QQ聊天。

"向上，真的考虑一下辞职出来跟我一起创业好不好？还有，千万别错过机会，杭未是不错，单一糖也非常好，她年纪是比你大了几岁，但成熟有风情，会心疼人。如果她们两个都不合你的意，至少你还有我，我是你永远的备胎。"

夏向上对唐闻情时不时流露出来的调情和暧昧已经见怪不怪了，如果你当真就输了，她是一个可以充分发挥自身漂亮优势的聪明人，不管是言语还是肢体语言，随时都能调动起男性的情绪和想象空间，让他们暂时失去理智和判断，为她所用。

QQ上，还有易晨和孙宜的留言。

易晨对爬山的事情表示了感谢，希望以后再有类似的活动别忘了叫她。

孙宜则依然是阴阳怪气、冷嘲热讽的语气："今天开头挺好，中间意外，结尾仓促，白白浪费了一个美好的周末。

"向上，你是不是看上杭未了？杭同学确实长得漂亮，性格也好，但人家是深圳人，一线城市来的，你配不上，别痴心妄想了，成不？

"如果你没看上，就和我说，我想试试看能不能追到她。好不容易遇到一个一见钟情的，总要试过才知道自己有没有机会，你说呢？

"你和唐闻情真的挺合适的，她现在对你也有好感，你们在一起算了，老同学，知根知底，而且闻情要钱有钱要貌有貌，配你绰绰有余。

"把杭未的联系方式告诉我，包括但不限于手机号码、QQ号、微信号，等等，快点，别小气。不给我说明你心胸狭窄，就是想阻挠我和杭未的爱情……

"对了，还有单一糖的联系方式也告诉我，如果我追不到杭未，尝试一下姐弟恋也未尝不可。单一糖是比我大了几岁，但保养得很好，看不出来都30岁了……"

看完孙宜长长的留言，夏向上强忍要把他删除好友的冲动，回了几个字："睡吧，梦里什么都有。"

手机振动了一下，是微信提醒，打开一看，是康小路发来的消息："平安落地深圳。"

昨晚就平安落地了，今天才说，不过说了总比不说强，夏向上回复了一句："代我向康队长问好。"

"回见。"康小路秒回。

夏向上没再回复，感觉每次提及康队长时康小路都有意避而不答或是转移话题。

刚要关了QQ去完成手头的图纸设计时，QQ消息再次闪烁，是张达志发来的信息。

作为比夏向上早到单位一年的同事，张达志和夏向上同属新人，相比之下，张达志不但年年评优，还是许多重大项目的第一设计师，有时夏向上和张达志联合设计的项目，在最终呈现时，明明夏向上出力90%以上，张达志的名字却总是排在前面。

"向上，有个加急项目，快江湖救急。"张达志发来项目资料，打出一大堆文字，"是市里一个重点项目，要求由我们设计院完成，林总指定由你和我共同完成设计，我向林总提出建议，必须得以你为主，并且你的名字排在第一位！"

第十四章

说服一个人很难，但打动一个人容易

要是平常，夏向上不会理会张达志的请求，天知道他的好意是陷阱还是大坑，总之，肯定不会是花团锦簇的前景，否则张达志不可能将唾手可得的利益与他分享。

但偏偏张达志发来的项目是夏向上梦寐以求的设计——是在一处繁华之地竖立一座地标性建筑，如果真的是他的设计被采用，他的名字将会永久地和地标建筑绑定在一起，成为城市的荣光之一。

所有建筑师都希望自己的作品被放置在城市最显著的位置，被无数过往的人们所看见所赞叹所仰望……夏向上也不能免俗，他的梦想是成为中国乃至世界上最了不起的设计师之一。

夏向上泡好一杯茶，等茶叶舒展开来后，才回复了张达志："你保证以我为主并且我的名字排在第一？"

"我以我妈的名义发誓，如果我骗你，我妈不得好死！"张达志显然是等急了，上来就是一通毒誓。

用不着这样吧？夏向上不免腹诽，他也没有这么恶毒去咒人爸妈，不过传闻张达志也是个妈宝男，对妈妈一向敬爱，他拿他妈发誓，可见也下了不小的决心。

"行，我先看看资料，明天上班后，我们再碰一下。"

研究了一下资料，夏向上就更加清楚为什么张达志非要和他联合了，一是设计难度相当高。二是招标单位采取竞赛制，而其他设计单位的实力相当雄厚，想要脱颖而出，非常难。三是时间紧，要求必须在一个月内交稿。还有就是，最终入选者还会进入专家组评选委员会进行评奖。

本来已经制订了在单位的反击计划，张达志提出了联合设计正符合他的计划方向。

次日一早到了单位，夏向上先和张达志碰了一下。

张达志个子不高、微胖、圆脸，逢人就笑，挺会说话，在单位人缘还不错。他上来先是猛拍一顿夏向上，然后对上次评选先进他当选而夏向上落选表达了歉意，自称他确实不够资格，也不想出头，但舅舅非帮他在背后使力，最后当选了他才知道，想要退让也来不及了。他自认远不如夏向上，当上先进后非常惭愧，最近天天睡不着觉，就想着怎么弥补他。

夏向上虽然不信张达志的话，但他的态度确实相当诚恳，让人挑不出毛病，何况之前的事情木已成舟，再计较也不能更改结果，不如向前看，就客气几句，和张达志商量起了项目设计。

一聊才知道，张达志对于设计方向完全没有思路，也没有方向，可以说大脑一片空白。

中午时分，林海中借食堂吃饭之机，和夏向上、张达志坐在一起，他委婉地对之前的先进评选一事向夏向上道歉，并强调以后此类事情绝对不会再发生，并且暗示会重用夏向上。如果设计被采用的话，夏向上不但会得到一大笔奖金，还会代表单位参加行业内的会议，也会安排他在会议上重点发言，等于是名利双收。

夏向上被说动了，他想的只是自己的名字和喜爱的城市用一座地标建筑联系在一起，就再次强调必须由他来主导，并且署名他排在第一位。

林海中一口应承下来，张达志拍着胸膛再次当着林海中的面儿发了毒誓。

二十多天下来，夏向上几易其稿，呕心沥血地设计出来一稿自己最满意的图纸，终于在截稿日期之前顺利提交了上去。林海中和张达志当着他的面将设计稿封存并且盖章，他的名字排在第一位，第二位是张达志。

封存之后，夏向上长舒了一口气，中间环节不出现天大的意外，排名就不可能再有调换了，接下来就等公布结果了。

结果一等就是两个月。

北京的秋天短暂而多风，几场秋雨过后，冬天来了。近年来，北京的冬天降雪越来越少，不，应该说整个华北平原的降雪是逐年减少的趋势。

2015年的元旦刚过，夏向上就接连接到了三个消息，先是单一糖打来电话告诉他她的工厂搬迁计划进展顺利，县里的领导岗位正在陆续由大学生担任，他们有眼光和格局，很欢迎她回来支持家乡经济发展，不但给予政策上的支持，而且做出了营商环境的保证。

同时，杭未也答应投资她的服装厂，并且签订了协议。

夏向上由衷地为单一糖的项目落地感到高兴，第二个消息就不太美好了——杭未拒绝了唐闻情的投资诉求，理由是唐闻情公司的发展前景不明朗。

唐闻情的公司成立两年多来，业务不断，虽然利润不多，还算正常运转，如果扩大业务范围，再多招聘一些人才，提高公司的盈利水平不在话下。只是杭未回深圳后，经过慎重考虑以及听取了公司其他人的意见，决定再观望一段时间。

夏向上去过唐闻情公司几次，小而美，主要业务和他所在的单位重叠，却又没有他们单位的实力与渠道，只能捡一些国央企和大型民营公司不要的微利项目得以生存，想要再进一步，确实需要打出名气，比如承接了重大项目的设计，再比如有一两个知名的设计师……

第三个消息虽然更不美好，却也在意料之中——康小路和李继业的谈判陷入了僵局，原因居然出在杭未身上，是的，杭未拒绝投资唐闻情却有意投资李继业的公司，并和李继业谈了几轮，意向相当强烈，还不要求控股。李继业就断然拒绝了康小路的提议，希望杭未全盘接手之前康大道的股份,将康小路踢出局。

杭未对李继业的公司大感兴趣也可以理解,毕竟她也是来自深圳,深圳本来就是电子产品的集散地,也有著名的华强北,还是许多品牌的制造基地。她和康小路争夺李继业也无可厚非,是基于商业判断的正常商业行为。而对康小路来说,出局也不是全输,至少回收了资金。当然,如果从她想要在康大道面前证明自己的出发点,算是没有达到目的。

夏向上无意去指责李继业什么,在商言商的话,李继业的做法也符合商业上的利益最大化原则。他一向不愿意用道德去衡量一个人的商业行为,只要他不触犯法律,他出于维护自身利益的所作所为都是正当行为。

接下来的几天里,夏向上格外忙碌,不管是唐闻情还是李继业,都来找他谈事,唐闻情是希望夏向上再在杭未面前为她美言几句,让杭未改变主意投资她的公司。李继业则是希望夏向上可以帮忙说服康小路,让康小路配合杭未的投资转让公司的股份退出公司。

夏向上就不免纳闷,并且还有几分哭笑不得,杭未和康小路是唐闻情和李继业分别邀请的投资人,他和杭未才一面之缘,和康小路认识虽久,也交情不深,为什么不管是唐闻情还是李继业,都觉得他能说服杭未并且让康小路听进去他的建议?

他们对他的能力还是颜值或是其他方面是有什么天大的误解?

唐闻情认为她和杭未虽然认识在先,但交情不深,而夏向上和杭未也是刚刚认识,却基于异性相吸的人性法则,她看出杭未对夏向上有好感,还有一点让她觉得夏向上出面可能会有所转机——单一糖很认可夏向上,而单一糖是杭未的闺蜜,对杭未有直接的影响力。

李继业之所以觉得康小路能够被夏向上说服是基于康小路单独带走了夏向上,以她慢热的性格别说和一个异性同乘一车了,就是多说几句话就很罕见——她不但和夏向上同车去了机场,还将车留给夏向上,她对夏向上的信任远超于他!

至于康小路为什么如此信任夏向上，李继业深思之后得出了三个原因——第一，康小路从小就和夏向上认识，算算认识也有十年了，有信任基础在。第二，康大道认识他们三人，但对夏向上更为器重，也可以理解，毕竟夏向上学习成绩最好，并且是本科考上了最高学府。第三，夏向上和康小路年龄相仿，长得又帅，为人和善，有感染力，让人天然地愿意相信并接近。

不管是什么原因，李继业想当然地认为夏向上肯定愿意帮他的忙。因为当他向康小路提出杭未要投资他的公司希望她可以退股时，康小路当即表示拒绝。如果没有康小路的配合，杭未无法完成对他公司的投资以及股权变更。

夏向上既没有拒绝唐闻情，也没有回绝李继业，一个是老同学，另一个是老乡兼老朋友，他没法坐视不理。正好杭未和康小路先后打来电话，二人下周三同一天前来北京。

难道是事先商量好的时间？夏向上微微一想，又否定了自己的猜测，康小路和杭未现在是竞争对手关系，同时，以康小路的性格，她也不愿意与人同行。

第十五章

让步其实才是进步

周一一早到了单位,夏向上就感觉气氛不对,不少同事见到他,要么远远躲开,要么躲不过就赶紧跑开,似乎是唯恐和他多说一句话。

带着疑惑和不解进了办公室,林海中和张达志都在,二人都一脸凝重,尤其是林海中,脸色阴沉如水。

"夏向上,你干的好事!"林海中劈头盖脸就是一顿输出,"亏了我和达志这么信任你,全心全意支持你的工作,相信你能为单位争光,相信你能带着达志进步,结果你倒好……现在单位被通报批评了,都是你的错!"

夏向上呆立当场,脑中闪过无数个念头,最终只化成了一句话:"我?发生什么事情了,林总,我不知道您在说些什么?"

"还装!"林海中气势汹汹地将一份资料摔到夏向上面前,"你说你,身为顶尖学府的高才生,本来前途一片光明,你拿出全部的努力去设计,就算不入围不获奖,也是自己才华不够,以后还可以继续学习和进步,你为什么偏偏去抄袭?"

抄袭?林海中说他的设计抄袭?怎么可能!完全是他绞尽脑汁自主设计出来的方案好不好?夏向上急了:"林总,您说话要讲证据,我以前没有,现在和将来也永远不会抄袭!"

夏向上最讨厌抄袭和作弊,从小到大,他在学习上都是凭借自身实力。尤其是大学学的是建筑设计专业,他更在意原创,对于许多千篇一律如同复制的毫无创意的建筑嗤之以鼻。

现在居然有人说他抄袭，夏向上一向淡定，此时却大为恼火。

林海中嘿嘿一阵冷笑："证据确凿，你自己看。"

夏向上打开资料袋，里面是他的设计作品，和封存时一模一样，他的名字在前而张达志的名字在后，上面还盖有单位的公章……等等，不对，设计作品的名字没变，署名排序没变，公章没变，时间没变，但设计图却变了，不是他原先的设计稿，而是被调换了！

他原先的设计是一座双子建筑形式，既有对称之美，又有不对称的未来风格，上面和中间都有走廊，寓意为未来之城，而现在呈现在他眼前也是双子建筑风格，却是顶部连接在一起，不太像一座具有科幻意味和象征意义的大门，反倒像是一条——秋裤，对，一条直立的秋裤。

夏向上瞪大眼睛，怎么被人偷梁换柱了？怪不得被指责为抄袭，确实和某地的地标建筑十分相似，不，准确地讲还要更丑一些。

"你不会想说不是你的作品吧？"林海中注意到了夏向上的震惊与难以置信的表情，"夏向上，单位很看好你的能力，在推荐语上对你寄予厚望，你倒好，抄袭别人的作品，现在单位成了业内笑话，被通报批评不说，还被取消了年度先进评选！经研究决定，现给予你开除单位公职处理！"

此时夏向上反倒平静了下来，愤怒解决不了问题，他敢肯定是中间环节出了问题，到底是谁调包了设计作品又神通广大到重新加盖了公章，不用想必然是和林海中关系密切之人，否则，中间的几个环节没有林海中的配合，无人可以单独完成。

冷静一想，夏向上更加明白其中的猫腻了，就拿起设计作品，仔细观察一番，果然，被他发现了问题所在——他的名字和张达志的名字，有明显后期调换的痕迹。

"张达志，你自己说还是我来说？"夏向上悄悄打开了手机的录音功能，他一脸平静，平静中酝酿着风暴，"要想人不知，除非己莫为……想要让我背锅，是觉得我好欺负还是智商不够？"

张达志一时慌张，不敢直视夏向上的眼睛："我、我、我说什么我？我什么都不知道，跟我又有什么关系？"

"图纸署名是我们两个人，如果我对外宣称都是基于你的创意，我只是执行者，只是画出来而已，你觉得事情会不会更有趣一些？"夏向上继续紧逼。

林海中见才一个回合张达志就快招架不住了，忙出面说道："夏向上，事情既然已经发生了，互相推卸责任没有意义，说吧，你想要什么补偿，我可以尽力满足你。"

补偿？如果他真的有错，单位为什么会提补偿？不赶紧开除了他并且声明是他的个人行为，一切后果由他个人承担就不错了……提出补偿分明是要堵他的嘴，林海中心中有鬼！

夏向上知道事情已经无可挽回了，除非事情闹大，将真相全部揭露出来，才能为他正名。而他，只想要自己的清白，不想背负一辈子抄袭的恶名。

"现在，我们先捋一捋事情的真相……"夏向上上前一步，抓住了张达志的胳膊，"其实从一开始，你的如意算盘就是当我是枪手，对不对？表面上对我客气加尊重，还当着我的面封存了作品，然后一转身就又把我的署名拿掉，你成了唯一的设计师，对吧？"

"没、没有。"张达志平常很机灵的一个人，但在夏向上面前却没有了往日的幽默，只剩下了慌乱与躲闪，"我没拿掉你的名字，就是调换了一下顺序。"

林海中气得不行，怎么一句话就被夏向上带偏了，这不等于承认封存的作品又被打开过了吗？刚要开口，被夏向上抢先了。

夏向上要的就是打张达志一个措手不及，他对付不了滴水不漏的林海中，想要逼张达志说出真话，还不算太难："你不但调换了署名的顺序，还更改了设计方案对吧？你按照你的理解抄袭了别人的作品，报送到了评委会，原以为会获奖，这样你就能以第一设计师的身份收获殊荣。结果被发现抄袭，你又赶紧把我的名字换到第一个，再联合你舅舅把锅甩到我头上……还真是精彩的一出瞒天过海计谋。"

林海中将张达志拉到一边，心想夏向上这家伙是怎么长的脑子，才两个回合就推理出了全部过程，分毫不差，就像是张达志亲口承认的一样，到底是顶尖学府的高才生，他和张达志的高智商犯罪在他面前却成了低智商显眼了。

不过不要紧，就算夏向上准确地猜到了所有细节，没有证据也只是空想，他只要开除了他，就能解决所有问题。

林海中挡在张达志身前，再嫌弃张达志的蠢笨，他也是他舅舅，也得管他："夏向上，猜测只能是猜测，不能当成证据，就算你到处胡说八道，也没人相信你的话。现在，你想什么补偿，尽可能让自己体面地离开单位，才是正事。"

事情闹到眼下的地步，夏向上清楚地知道林海中肯定已经决定要让他背锅到底了，否则，林海中和张达志都别想过关，只有牺牲了他一人，并且还要他闭嘴，事情就能得以圆满解决。

夏向上心里有了主意："张达志，你当初可是拿你妈发了毒誓，你还记得吗？林总，他妈是你姐吧？"

张达志从林海中的背后探出头来，居然嘻嘻一笑："记得，记得，当时我说的原话是——我以我妈的名义发誓，如果我骗你，我妈不得好死！不好意思，我确实骗了你，我妈也确实不得好死，半年前，她得癌症去世了，很痛苦。"

正是因为姐姐在临死前将张达志托付给林海中，林海中才对张达志过于纵容与庇护。

好吧，人至贱则无敌，夏向上服了张达志的无耻了，继续说道："林总，让我离开单位可以，我有三个条件，第一，我辞职，不是开除。第二，为我正名，我没有抄袭，是送审的过程中出现失误，拿错了设计图纸。第三，单位发布内部通告，向所有人通报真相，同时开除抄袭者张达志。"

开什么玩笑，夏向上还真以为他有讨价还价的资格？林海中气笑了："我所说的补偿，顶多就是一个金钱上的补偿，比如多几个月的工资，其他方面……别做梦了，孩子。"

"林总是不是觉得我没有反击手段？"夏向上多半猜到了林海中有

恃无恐的原因,"你觉得我设计图纸会没有留底稿吗?现在是电脑时代,每一步设计都会留下痕迹,都会有详细的记录。林总,你年纪大了,不会使用电脑设计软件也可以理解。张达志也不会用设计软件,就是上学没好好学习的缘故。没知识真可怕,怪不得人们会说无知者无畏,但无畏也分为大无畏和蠢无畏。"

张达志的冷汗顿时流了下来:"夏向上你别看不起我,是,我是三本毕业,但我也会用电脑设计!我比你有钱,比你更早用上电脑。"

"既然你说你懂电脑设计,我用来设计图纸的软件,是不是每一步都会留下记录?"夏向上要的就是张达志的不打自招,"你只能修改设计作品的最后一步,前面的部分,我都设置了加密,没有我的指令,你根本就打不开。"

"你、你一开始就防着我,夏向上,你真卑鄙!"张达志气急败坏地跳了起来,"我跟你拼了。"

林海中意识到了事情的复杂性与严重性,夏向上太聪明了,事事想得周到,这也是他不喜欢夏向上的主要原因,不好骗,不好糊弄,不好利用,太有主见,不能衬托他的英明决策,他将张达志拉到身后:"夏向上,你的三个条件,我可以答应前两个,条件是……"

第十六章

棋手之所以是棋手

"条件是我删除电脑上的原始文件对吧？"夏向上替林海中说出了潜台词，他点了点头，"第三点改成金钱上的补偿，按照单位规定多发几个月的工资。"

林海中还以为夏向上还会讨价还价一番，不料他答应得如此痛快，本来他还以为夏向上还有什么伏笔，等听到夏向上提前再加上金钱上的更多补偿时，暗中松了一口气，年轻人哪怕智商再高，也到底年轻，对金钱的渴望远大于对名声的恢复，他当即点了点头："行，一言为定。我们就不签协议了，我先完成你的三点要求，你再当着我和达志的面儿删除单位电脑内的原始文件，没问题吧？"

"没问题。"夏向上停顿片刻，故作犹豫地说道，"林、林总，按照最高补偿标准，我能到手多少钱？"

林海中满意地笑了，他不喜欢太聪明的人，但他最喜欢有欲望的人，一个人越有诉求其实越好控制。

林海中以前处理事情很拖沓，这一次却是前所未有的雷厉风行，只用了半天时间就走完了流程，第二天一早就完成了夏向上的三点要求——夏向上以辞职的名义离开单位，单位给予适当的经济补偿，同时夏向上的作品不存在抄袭行为，是送审过程中出现了失误，是误会。

夏向上也兑现了承诺，当着林海中和张达志的面儿将单位电脑中的原始设计图全部删除。

夏向上的离职，在单位引发了不小轰动，都以为夏向上肯定会是单位重点培养的新人，不出三五年必然会挑起大梁，并且早晚会成为单位的总工。

夏向上也没有过多解释，告别了同事，他在单位的全部家当一个背包就装下了，当年的梦想和豪言壮语，在走出单位大门的一刻，全部破灭。

棋手之所以是棋手，是因为他站位足够高之外，还掌控了大量的资源。棋子只是他布局中的一环，一旦棋子不听话或是失去价值，就会成为弃子。

而他现在距离成为棋手还有相当长的距离要跨越。

爸妈对他寄予厚望，希望他能在北京落地生根，他也以为他会在一家单位按部就班，从设计师到总工，最后以处级或是副厅退休，安享晚年，不求大富大贵，但求衣食无忧、人生美满。

但现在，他丢掉了工作，必须得在一个月内搬离原有公寓，原本以为北京是自己的理想之城，是梦想的未来之家，现在他才发现，他在北京无依无靠，犹如浮萍，他成了北漂！

哪怕他比纯正的北漂多了北京户口，但除此之外，他在北京还是一无所有！

回到公寓才是中午，夏向上没吃饭。他打算等他找到工作后再和爸妈说个清楚。离开单位，他心情很平静，既没有觉得失去了所有，也没有沮丧加愤怒，北京很大，北京的机会很多，他一个顶尖学府的硕士，还会缺工作机会？

先睡一觉再说。

结果才躺下睡了不到半个小时，就被电话吵醒了。

来电的是康小路。

夏向上揉了揉眼睛，看了眼表，是下午3点多，就迷迷糊糊地说道："不是明天上午10点的飞机吗？放心，保证及时接机。"

他和康小路的约定就是他暂时开她的车，只要她来北京，就得去接机。不过最近他忙于设计,每天也就是两点一线,从未出游,车就放在了楼下的停车场,一个月没动过,还好单位公寓的停车场对内部员工不收费,否则,停车费他都承担不起。

这次得把车还给康小路了,他现在连单位公寓都不能住了,车就更停不了了。

"我是明天到,老康今天就到了。他应该已经落地了,记住了,不管他和你开出什么样的条件,都别答应他。"

康小路上来就是没头没脑的一句话,然后挂断了电话。

康队长要来北京是好事,可是康小路为什么不让他答应康队长的条件?她是什么意思?

不及多想,电话就又响了,是康大道来电。

半个小时后,夏向上在万达酒店见到了康大道。

十年来,夏向上和康大道基本上保持着一年见上一两次的频率。去年年初见面时,他状态不错,头发乌黑,声音洪亮,短短一年多的时间,他的头发已经花白,不过没有染黑,反倒更显苍劲之色。

好在方脸、宽而短的下巴以及浓密而竖立眉毛的康大道,声音依然洪亮,脚步还继续稳健,上前抱了抱夏向上:"一段时间没见,更精神更帅气更成熟了,好,真好!"

夏向上积极回应了康大道,哈哈一笑:"怎么也不提前说一声,我好去机场接您。"

康大道眉毛一挑:"接我?你有车?"

坏了,康小路没和康大道提及车的事情,夏向上只好顺势说道:"几千万的地铁、几十万的公交,还有官方的司机,方便得很。"

"哈哈,倒也是。以后有机会真的应该多坐坐公共交通,好让自己清醒一下,知道自己仍然是普罗大众中的一员。"康大道被逗乐了,一时感慨,"多深入百姓之中,才能知道百姓的所思所想,才能制造出来他们更需要的产品。"

夏向上点了点头,没有说话,他是知道康大道下海后在深圳成立了公司,现在公司已经发展壮大为集团公司,但具体从事哪个行业,他并不清楚。

康大道住的是套房,面积不小,还有专门的会客厅。他自带了茶具,亲自动手为夏向上泡茶。

"上次和小路接触下来,对她的印象如何?"康大道为夏向上倒了一杯茶。

夏向上恭敬地接过,品了一口茶,点了点头:"小路的性格不太合群,有个性。但我觉得不是孤僻,是自我保护。只是她每次提起您,从来不叫爸爸……"

康大道特意前来北京,夏向上猜测多半跟康小路上次来北京有关,他就主动将话题引到了他们父女关系上面。

"习惯了,哈哈,习惯了。"康大道摆了摆手,一脸惆怅,"不背后叫我康坏蛋已经算是给我面子了。我和她的关系现在很微妙,说是父女吧,她从来不叫我爸,也不肯听我的话。说是老板和员工吧,她又没有员工的样子,总是挑战老板的权威。我对她是又爱又恨,不管她吧,毕竟是自己唯一的女儿。管她吧,她又不领情。你是不知道,一年前,她连话都不肯和我说。现在关系有了进步,还得感谢李继业。"

怪不得康大道肯冒着巨大的风险帮助李继业,原来还有这一层内幕,夏向上为康大道倒了一杯茶,摆出了聆听的姿态。

"你说得很对,她孤僻的性格确实是自己的保护色,原因都在我身上……"康大道摇了摇头,一脸无奈,既然他这次特意和夏向上见面,是有求于他,就得先拿出诚意,让夏向上知道他和女儿关系紧张的根源,"说来她从小跟我关系疏远,也不能怪她。她小时候,我走南闯北,在全国各地勘探石油,很少回家,就连她出生的时候,我也没有陪在她妈的身边。在她10岁之前,她是她妈妈一个人带大,和我总共都没有见过几面。一见面,都不认识我。"

回忆起往事,康大道的眼圈红了:"在她15岁的那年,她妈病了,我当时刚创业,虽然一家人都在深圳,但对她妈的照顾不够,她对我就非常仇恨。我一直在尽心尽力为她妈治病,不惜任何代价!我筹集到了手术费用,医生说不建议手术,风险太大。小路却认为手术的话,妈妈还有1%的机会。不手术,只有死路一条,说什么也要手术。她不知道的是,医生和我说如果手术,以她妈的体质可能当场就死在手术台上,或是手术后再多活十几天。如果不手术,说不定还能再坚持三个月。我最终选择了不手术,她妈的意思也是想体面而有尊严地离开。"

夏向上不知道该说些什么,幼年的康小路因为和康大道生疏的关系,不相信康大道,坚持自己的认知,既是一种应激反应,也是没有安全感的强烈表现。不能说谁对谁错,年龄和立场决定了各自的出发点不可能同步。

康大道继续说道:"后来,她妈就出院了。当时,我正处创业初期,压力很大,需要大量的资金、时间和精力,她妈知道我的不易,让我多些时间用在公司的事情上,还把准备给她手术的钱投入了公司。小路却以为是我的主意,我是为了省钱才不给她妈做手术,她对我更加仇视加仇恨了。不管我和她妈怎么解释,她都认为是我蒙蔽了她妈。

"三个月后,她妈走了,小路就不再和我说话,非要和我断绝父女关系。她当时正值青春叛逆期,又从小个性比较独立,学习成绩优异让她认为自己更有判断力。为了远离我,她高中一毕业就申请了去美国留学。我给她钱,她不要,非要自己打工不可。我只好通过朋友暗中帮助她。前年,她学成后回到深圳,我暗中帮她进了朋友的公司。后来被她知道了,她一怒之下辞职,还找到我,指责我不该多管闲事,还说如果我再敢管她的事情,她就离开深圳,让我永远找不到她。"

第十七章

假如这是一道必答题

康大道又泡了一壶茶，慢慢地喝了一口，神色有几分黯然："她从小在深圳长大，对深圳有感情，又有不少朋友在深圳。但深圳也是她的伤心地，我其实希望她能够离开深圳，去北京或是上海，可以更好地让她大展手脚。当时正好李继业找我融资，我就投给了他，是希望通过李继业来充当我和小路之间的支点，来打破我和她僵持的局面。"

原来康队长的出发点并不是看好李继业公司的前景，只是为了充当支点来缓和他和康小路的关系，夏向上不知道是该羡慕康大道有钱任性，还是该庆幸李继业真是好运，如果没有康大道的拳拳爱女之心，他的事业怕是两年前就已经一败涂地了。

康大道继续说道："借给李继业钱后，我和小路说当年你妈给你留了一笔钱，说等你成年后给你，还设置了一个门槛，就是你必须得完成考验。考验就是让小路跟踪投资给李继业的资金，能收回本金加利息，算过关。如果收不回本金，就是失败。如果本金翻倍，就可以获得奖励。

"我之所以打着她妈的旗号，是让她觉得这笔钱她拿得理所应得。又故意设置一个门槛，是为了让她觉得有一定难度，她喜欢做有挑战性的事情。直接给她钱，她会觉得是对她的施舍，肯定不要。"

夏向上听明白了事情的始末……站在旁观者的立场上，他是真心希望康大道父女和解。

"不管怎样，您也是帮了李继业，还是在他最困难的时候。"夏向上并不因为康大道在帮助李继业的出发点中有拿他当支点的想法就看轻康大道，对李继业本人来说，只要是帮助，就是天大的好事。

康大道微微点头："李继业有他的优点，也有他的不足，总体来说，是一个可帮之人，有可塑性。事实证明，帮他的两年来，我和小路的关系有所缓和，不再是以前老死不相往来的对立，至少我们还可以在一起讨论工作上的事情。"

"您让小路负责对接李继业，也是有让她离开深圳到北京发展的心思？"夏向上多少猜到了康大道亲自前来北京的初衷，"但现在情况有变，李继业找到了新的投资，没有答应小路的条件，您还想让小路继续留在北京吗？"

"是的，离开深圳，到一个新的环境中，对她来说是好事。她在深圳总是会想起以前的事情，就总是放不下。而且，我也有意要打开北京的市场。"康大道见夏向上一点就透，心中更加肯定了他对夏向上的看法，"我不去指责李继业的做法，在商言商，他选择和更有利于自己的投资人合作，也是正确的商业思路。"

康大道的笑容意味深长，眼神中有一丝饱经世事的睿智。

康大道对李继业的态度虽然也在夏向上的意料之中，却还是让夏向上微微感叹，作为对李继业雪中送炭的投资人，在追加投资时被拒绝，不但没有丝毫怨言，还能心平气和地说出李继业的所作所为是正确的商业思路，不由他不佩服几分。

成熟并成功的企业家，见多了人性和人生，对许多事情坦然处之，是有涵养有底气的练达。

"我这次来北京，原来打算瞒着小路，不想在落地时，还是被她知道了，她是不是已经提醒你什么了？"

夏向上点了点头，周旋在康大道和康小路父女之间，他不但要坚持一个居中的立场，还要本着帮助双方的出发点，也真难为他年纪轻轻就要学会左右逢源，真心不易："队长，李继业的事情应该已经无法挽回了，据我所知，他一心要和杭未合作，杭未开出的条件确实更符合他喜欢掌控一切的性格。小路现在是不愿意退让，局面就僵持了。"

康大道站了起来，伸了伸懒腰："向上，假如这是一道必答题，你怎么解决眼下的僵局？"

考验来了，夏向上也站了起来，打起了精神。实际上早在李继业和康小路互不退让的初期阶段，他就深思过这个问题的解决途径，无非是三种可能：第一，继续僵持下去，只要康小路不让步，作为大股东完全可以阻止新的投资进入，但会是两败俱伤的结局。

第二，三方共存，康小路和李继业共同释稀股份，让杭未的资金进来，并成为大股东之一。利用杭未的新进资金发展业务，康小路不再追加资金，坐等李继业翻身。但股东一多，且没有绝对控股的一方，公司在每一个决策上会陷入内耗。

第三，康小路和杭未联合注资，二人达成一致行动人，联手控股李继业的公司。

当然，也可以是康小路退出公司，只要能拿到应得的部分就行。

夏向上说出了他的三种解决方法的设想，笑了笑："问题的关键在于小路怎么想，以及您想要达到什么样的目的。"

"我两年前之所以投资李继业，让他充当我和小路缓和关系的支点，是因为他在做生意，人有优点，也有生意头脑，可以说时机正好，运气就落到他的身上了。而且他从事的是电子产品，是时代的发展方向……现在，时代落在了你的肩膀上，本来我还想再等你一段时间，没想到，你自己辞职出来了。"

夏向上张大了嘴巴，不是吧，他刚辞职，知道的人除了单位的部分同事之外，身边的朋友和同学应该毫不知情，康大道也太神通广大了，怎么第一时间就知道了？此时此刻，距离他办完辞职手续才几个小时而已。

"我是昨天就知道了你要辞职的消息，今天一早就提前过来和你见上一面。算起来我应该算是第一个向你表示祝贺的人吧？"康大道呵呵一笑，伸出了右手，"来，欢迎来到新时代，欢迎打开新世界。"

夏向上猜测多半康大道和单位的哪个领导熟悉，不过不重要，重要的是康大道怕是此来已经精心做好了准备，他握住了康大道的手："是祝贺我从此成为北漂吗？还是祝贺我丢掉了铁饭碗，从此要在没有单位的庇护下一个人面对风浪了？"

"哈哈，悲观者往往正确，但是，乐观者才能成功。"康大道很欣赏夏向上乐观的精神，也认可他处变不惊的性格，他拍了拍夏向上的肩膀，"这样，我就直接说我的想法了……"

康大道其实一直在等夏向上自己跳出来，主动拥抱时代的变化，他有耐心，并且也从来不向夏向上许诺什么。真正有眼光和远见的人，都有积极主动性，而不是被动地被时代牵引。

被动的人也许也能成就一番大事，但不是康大道需要的人才，只有自身拥有积极向上的动力，才能跟上时代的脚步。

康大道最大的遗憾是错过了浦东开发——1990年，浦东开发刚启动时，他还奔波在祖国广袤的大地上，在各处寻找石油。尽管他意识到浦东开发是继深圳特区之后的又一次历史机遇，但内心澎湃的激情与冲动，终究没有激发他辞职下海，投身到时代洪流之中。

如果不是康小路的妈妈生病，急需大笔资金，他可能还在惯性之下跳不出自己的局限。促进他下定决心辞职下海创业的契机，就是康小路妈妈的病情加重，而他无力支付医疗费。

下海之后，虽然也赚了一些钱，但终究还是未能挽回妻子的生命。后来，他的生意越来越大，他就以深圳为基地，将版图逐渐扩大到了上海和其他各大城市，甚至是国外。虽然错过了浦东开发的黄金时期，好在没有错过深圳的深入改革，赶上了深圳从香港回归后继续高速发展的时期。

作为改革开放的窗口，深圳用几十年的时间从一个渔村发展成为国际大都市，让世界见证了什么是中国奇迹！

从60年代开始，北京和上海作为一线城市的双核引领了30年，一个政治核心、一个经济核心，是世界认识中国的门户，是我们国家的两颗明珠。

八九十年代后,受益于改革开放,广州开始飞速发展,跻身到了一线城市的行列,与北京、上海并称为北上广。而到了2000年以后,深圳逐渐越来越多地出现在了人们的视线之中,深圳的名声也越来越响亮,并成为和北上广并列的新兴的一线城市。

如今,北上广深是中国最为发达的四座城市,各有特色与优点。而和前三座城市相比,深圳最大的特色就是年轻。

年轻的深圳,没有历史包袱,到处是年轻人,到处是崭新的建筑,以及敢于突破传统的设计风格。

康大道的集团总部设在深圳,在上海、香港以及其他许多大城市都有分公司,偏偏在北京还处于版图上的空白。尽管北京也有业务,却连办事处都还没有,不是钱的问题,是没有合适的人选。

康大道的理念向来是先做人后做事,投资项目其实就是投资人,人用对了,事情就对了。人用错了,事情再好,也不会收到预期效果。如果说李继业是他在北京布局的一次尝试,现在,他准备下注到夏向上身上,就是一次押宝。

第十八章
想不想成为时代的商务舱乘客

北京不仅仅是全国人民的首都,更是京津冀的核心,也是他未来重点布局的桥头堡。康大道隐隐觉得,中国不可能只有深圳和浦东,不可能只有沿海城市有特区,北方也应该有,而且还会离北京不远。

"时代的列车中,有商务舱、有一等座,也有二等座,向上,想不想成为时代的商务舱乘客?"康大道拿出一个档案袋,递到夏向上面前,"社会大学的录取通知书,只要你签字,你就会成为创始人。"

打开档案袋,是一份公司注册的资料,法人代表是康大道,公司名称是北京大道之行控股有限责任公司,下面有两家公司,一家是北京大道之行房地产开发有限责任公司,另一家是北京大道之行农业发展有限责任公司。

工程和农业两个方向,正好都是夏向上的兴趣点,他将资料还给康大道:"队长是一天也不想让我休息,前脚辞职后脚就安排工作,完全无缝衔接。"

"有什么问题和要求,尽管提。"康大道笑眯眯的样子,努力压抑得意之色,"你是抢手货,我得先下手为强。我怕晚上一天,你就会被别家抢走。"

夏向上直接过滤了康大道对他的夸奖,一个人过于沉迷于优点之后,会失去进步的动力,他关心的是另一个问题:"队长另起炉灶,意思是要放弃李继业了?"

康大道知道想要打动夏向上,除了利益上的分配之外,还要有感情因素,就说:"不瞒你说,向上,李继业的事情对我来说,只是一件小事,投他的钱哪怕一分也收不回来,只要能让小路和我关系缓和、认我,也值了。现在小路的关系跟我有了一点点缓和的迹象,但还远远不够,想要她完全原谅接纳我,还需要做许多事情。接下来,就该你帮我了。"

夏向上点了点头,没说话,静静地等康大道把话说完。以康大道的身份和地位,还有他的性格,当一个合适的倾听者更能深得他心。

"北京公司的成立,是我对小路妈妈的承诺。我答应过她,等小路长大后,想办法把她培养成才,然后交给她一家公司,从此不再过问她的事情。她再恨我,再不想见我,我也得照顾她也得管她!等她真正能够独当一面的时候,才能放手。我就她这一个女儿,以后不管她愿不愿意,我所有的一切都是她的。但如果她没有成长起来,不够成熟,她拥有的财富越多,就越有危险。"康大道的情绪突然激动起来,他挥舞着右手,"向上,你能理解一个父亲的爱女之心吧?虽然你还没有当过爸爸。"

"理解。"夏向上点头,他是没当过爸爸,却也有爸爸。爸爸对他的关怀和保护,行动大于语言,这么多年来,父爱就像是一条缓慢的河流,没有激荡的浪花,却有静水流深的宽厚。

康大道双手放在夏向上的肩膀上:"所以你加入大道之行,不仅仅是一份工作,更是一份责任,是对我莫大的帮助。你不但要帮小路成长起来,帮大道之行发展起来,帮我和小路继续缓和关系,并且让她真正地原谅我认可我,你是唯一的不可替代的人选,所以,不管你提出什么条件,我都可以接受!"

康大道是聪明人,了解夏向上的性格和秉性,只从帮忙入手,不以商业合作为切入点,如此才能让他无法拒绝,更不用说夏向上本身又不会讨价还价。

见康大道一脸期待的表情,夏向上知道他必须得接招了,就笑了笑:"我得好好想想要一个什么条件,太高了,对不起康队长的信任,也是对自己的高估。太低了,怕康队长怀疑我不会全力以赴,也是对自己的不自信。主要也是担子太重，既要发展公司，又要发展小路，还要让你们的关系走向正确的轨道，哪怕我承受了这个年龄不应该承受的完美，也觉得这道必选题太难了，比考上最顶尖的学府还难。"

"哈哈……"康大道大笑，夏向上说得既委婉又风趣，他愈加认定夏向上是最佳人选了，"行，给你足够的时间认真考虑。对了，今天我们聊的事情，先不要让小路知道。而且这件事情，我想以你为发起人，去说服小路。"

"明白。"夏向上理解康大道既要帮女儿又不想让她知道怕她反感的矛盾心理，又一想不对，"我还没答应呢，队长。"

"先按照你已经答应的前提来谈，假设，只是假设……"康大道哈哈一笑，露出了老谋深算的笑容，"不过在假设你答应加入公司之前，还有一件事情需要你去完成——你首先得说服小路放弃李继业，只要能拿回本金就行。"

在假设的前提下去完成任务，不是默认假设已经成立了吗？夏向上才知道他不但被康大道算计了，还被他绕了进去，他只好露出了会心的笑容："队长以前勘探石油，是直来直去的性格。现在当了董事长，不但步步为营，还处处陷阱。我如果答应了您第一件事情，就等于答应了所有事情。"

"可不能这么想我。"康大道被夏向上揭穿逻辑陷阱，反倒笑得更开心了，"你要这么想，我这么做表面上是为了小路，其实真正的目的是为了你。"

"队长是想说是为我制造和小路多接触的机会，好让我把梦想照进现实，对吗？"夏向上很坦然也很理智地跟康队长讨论他追他女儿的话题，连他自己都诧异居然没有违和感。

"除非你现在不喜欢小路了。"康大道笑得很自信，他相信他拿出的众多条件哪怕只是其中一条，都有让夏向上无法拒绝的理由，更何况他一次性全部抛了出来，"对你来说加入公司最坏的结果就是公司发展壮大了，你没有追到小路，小路也没有原谅我接纳我。次坏的结果是公司起来了，小路原谅并且接纳了我，但你没有追到她。最好的结果自然是以上三个条件全部达到了，人人都满意了，你也真的没有辜负你的完美。"

完美当然是夏向上的自嘲，世界上没有完美的人，因为世界本身就不完美，他承认他被康大道打动了，但还是保持了清醒："我还是先去劝说小路放弃李继业，成功了我们再谈下一步。队长是不是太乐观了，最坏的结果有可能是我没能成功说服小路，小路一怒之下把我拉黑，然后……就没有然后了。"

"告诉你一个秘密……"康大道没有正面回答夏向上，而是抛出了另外的诱饵，"小路其实对当年的你有印象，她说你在田野中奔跑的样子像一阵风刮进了她的心里。这么多年过去了，她从来没有谈过恋爱，虽然追求者不少，她却没有对任何一个人动过心，知道为什么吗？"

夏向上嘿嘿咧嘴一笑："我不知道为什么，但我知道不为什么，肯定不是因为我！"

"算你有自知之明，哈哈。"康大道放声大笑，夏向上反应快，能接住话，智商高之外难得的是情商也高，"是因为我！我对她童年造成的伤害让她封闭了自己，养成了孤僻的性格，并且对爱情和家庭失望。"

康大道站在窗前，俯视楼下夏向上离开的身影，眼神平和。直到夏向上的身影消失在街道的拐角处，他才收回目光，坐回沙发上，重新泡了一壶茶，长长地喝了一口。

当年康大道走遍大江南北，阅人无数，对三个人印象最为深刻，一个是温任简，一个是李继业，最后一个就是夏向上。他也是觉得奇怪，明明三个小县很普通很没有存在感，不知道为什么他一去就觉得地杰人灵，能出人才。也许，和三县有山有水有关系。华北平原，有一大片水域的地方真不多。

白洋淀真是好地方，康大道记得当时是夏天，芦苇荡像是一片海洋，风一吹，既壮观又华丽。整个华北平原，他对白洋淀的水系印象最为深刻。

第十九章
对自己清醒的认知和对别人清醒的认知

夏向上他们三个人中，康大道认为温任简最稳重，少年老成，目标明确，优点就是做事持之以恒，缺点是不够变通。李继业最活跃，心思多，脑瓜灵活，优点是接受新鲜事物快，反应快，执行力强。缺点是不够专注，很容易被多变的形势影响了判断。而夏向上的优点是结合了温任简和李继业，稳重，但不少年老成，保持了年轻人应有的活力与朝气。头脑灵活，接受新鲜事物快，执行力强，同时心志坚定，不容易受多变的形势影响，有自己的主见。

当然夏向上的缺点也很明显，就是冒险精神不足，有时过于谨慎了。

如果不是单位出现了意外的变故，夏向上自己主动辞职的话，怕是不知猴年马月了。所以，康大道不会告诉夏向上的是，在夏向上被单位开除的事件中，他充当了幕后推手的不光彩的角色。

不过，康大道并非始作俑者，事情真正的起因还是张达志的贪心，康大道开始得知内幕消息时，只是观望，等张达志打开封存的设计作品将署名调换顺序时，他让人悄悄递上一张设计图，告诉张达志是一个著名设计师的作品，肯定可以入选并获奖……他只是将诱饵放到了张达志的面前，张达志直接就上钩了。

康大道并没有鼓动他、威逼他，因此康大道并不认为他做错了什么。

还有一点，他是希望夏向上现在摔一个小跟头，会好过他过几年摔一个大跟头。越年轻时的小跟头越容易过关，越能历练人。而上了年纪的大跟头，要么能让人一败涂地永远消沉，要么能摔死人。

只要林海中不调离，只要张达志还在单位，夏向上就永远没有出头之日，康大道对此看得清清楚楚，夏向上或许还想着凭借愚公移山的毅力战胜他们二人，但康大道的想法却是为什么要去移山，换个地方不是更好更直接？

因为在李继业的事情上失利，近来康小路的情绪颇为低落，康大道思来想去，让夏向上陪她创业是最优解。往深里说，夏向上和小路同龄，又是顶尖学府的高才生，年龄和学历都和小路匹配，学识和高度也合适。往浅里说，夏向上长得帅，又幽默，在看脸的世界里，他很有优势。相信小路也愿意和一个幽默且帅气的同龄人一起工作。

至于夏向上和康小路成为合伙人之后，能不能有感情上的发展和突破，康大道不去假设，是顺其自然的态度。当然，他对夏向上有可能成为女婿，不排斥，一切以小路的喜好为前提。但也不鼓励，因为他觉得现在的夏向上还不配康小路，也不够资格成为他的接班人。

康大道还有更深远的布局没有向夏向上透露，一是还不到时候，二是他也不敢确定他的判断是不是正确，他是隐约听到一些风声，只是过于模糊，也许至少要到两年后的2017年才能真正落地——北方有可能会推出一个不亚于深圳和浦东的特区。

如果等到2017年再布局就太晚了，现在提前进入状态做好准备，机遇来临时，才能接得住。

之所以拒绝了夏向上请他吃晚饭的提议，是康大道晚上还有安排。在夏向上离开后半个小时，敲门声响起。

"快进来。"康大道开门，热情地欢迎温任简进来，他计算了时间，半个小时的时间差，足够夏向上回到公寓了，退一万步讲，夏向上就算步行回去，也不会和温任简不期而遇，因为他住的酒店正好位于夏向上和温任简的中间，二人是相反的两个方向。

温任简是下了课才匆匆赶来，他打量了一眼房间："总统套房，以前只有小说中听过电视上看过，第一次走进现实，我就想高铁的商务舱和飞机的头等舱，其实和一等座、二等座、经济舱同时到达，却贵了许多，并不会提前一分一秒。同样，总统套房比普通房间贵了很多倍，睡一个晚上，也不会多出 12 个小时……但为什么会有人非要坐商务舱、头等舱不可呢？为什么会有人非总统套房不住呢？"

"是呀，为什么呢？"见温任简上来就发了一通感慨，康大道顺势笑道。

"同样的种子，产量有高有低的差距。同样的地，地力也有肥沃和贫瘠的不同。人和人的消费拉开差距，产品分开档次，才能树立榜样，给更多的人奋斗的动力。"温任简扶着眼镜呵呵笑了，"不知道我理解得对不对？"

康大道为温任简倒了一杯茶，二人坐下后，他才说道："社会的进步，靠的就是榜样的力量。如果人人都一样，看似公平，其实是最大的不公平。任简，现在有一个公平的机会摆在你的面前，让你的才能更有价值，你想不想听听？"

温任简在接到康大道的电话时，还没有意识到康大道说要和他见面聊聊是一次怎样的会面，他只是抱着老友重逢的出发点以及他对康大道的敬仰之心。

当年康大道在雄县勘探石油时，温任简在围观的人群中格外突出——他戴着一副黑框眼镜，在一个个晒得黝黑、土得掉渣的农村娃子中间，如鹤立鸡群般醒目。虽然是少年，却有一股老教授一样的老气横秋，就让他瞬间记住了他。

在别人都在问东问西时，温任简只是围着各种设备转来转去，有时摸摸，有时仔细观察设备的运转，似乎是想发现什么秘密，有时还会认真打量设备上的铭牌，记住上面的参数。

康大道就很好奇温任简到底在了解什么，直到温任简开口问他问题时，他才吓了一跳——不知不觉间，温任简居然了解了许多相关的原理，所问的问题深刻而深入，差点连他都无法回答。

甚至有些问题的切入点很刁钻，连他都从来没有想过，阅人无数的康大道最喜欢三类人，一类是天才，一类是奇才，一类是怪才，如果说夏向上是天才李继业是怪才，那么温任简就是奇才。

后来温任简通过自学拿下了大本文凭，又考上了研究生直到博士毕业，最终成为大学教授，用一步一个脚印的成功验证了康大道对他的推断。

和夏向上视康大道为精神导师不同的是，温任简视康大道为人生榜样和指路明灯。在他的世界里，康大道就如一条康庄大道，始终指引着他前进的方向，引领他走向向往的世界。

在温任简上师范学校期间，康大道就经常鼓励他继续保持学习的动力，别让中专的学历成为以后束缚他上升的枷锁。康大道还现身说法，他当年学习成绩也很好，为了早日工作，考了中专，上的是石油勘探学校。毕业后就一直在全国各地奔波，虽见识了不少风土人情，结交了不少朋友，但没有时间学习，没有进一步深造，是他一生最大的遗憾。

正是在康大道的激励下，温任简从未放弃他要拿到最高学历的决心，可以说，没有康大道一路上伴随式的鼓励与同行，他不知道他是不是能始终矢志不移。

现在，康大道提出有一个公平的机会摆在面前，他当即一脸正色："康队长请吩咐。"

"不是吩咐，是商量。"康大道缓慢地为温任简倒了一杯茶，"我在北京成立了一家公司，现在已经物色好了两个创始人，都是你的老朋友，一个是小路，另一个是夏向上，我也想邀请你加盟，和小路、向上一起打造一家大型工程和农业公司……"

温任简愣了片刻，随即坚定地摇头："我拒绝！"

似乎早就猜到了温任简会拒绝一般，康大道呵呵一笑，摆了摆手："先别急着下结论，事缓则圆。我知道你拒绝的原因是不想离开高校，想在学术上有所成就，想在自己专业的领域成为泰斗。但成为泰斗的途径除了高校之外，还有广阔的实践天地——农村。农村大有可为，未来农业的发展，不管是管理还是技术，都要从实践中来，而实践的唯一的试验田，就是农村。"

温任简张了张嘴，没有出声，康大道的话确实准确地命中了他的诉求，他毕生所求的就是在农业上有所突破与创新，他醉心于研究农业的发展、农村的出路以及农民的未来，近些年来颇有些心得体会。但也诚如康大道所说，都是书本上的知识，是纸上谈兵。

理论永远落后于实践，理论都是实践的总结，只有永远在实践中锻炼，才能不断地提高理论基础，才能跟上时代脚步。

想想高校的部分教材几十年没有更新了，温任简心中最深处的角落有一些地方被触动了。

康大道自认了解夏向上和温任简，对夏向上来说，他是一个不会停歇、永远在挑战自我的人，他的前进有自发的源动力，是一种惯性。温任简在前进上也有自发的源动力，但他更偏重于理论，更喜欢从学术的角度来研究和总结，并且从中得出规律。

所以对夏向上来说最大的诱惑是在实战中提高自身实力，给他一个框架，他就能自己搭起舞台，然后大展手脚，还能主动拓展边界。而对温任简而言，必须得为他搭好舞台，布好场景，再给他配齐各种设备，他才能安心地开展研究工作。

夏向上可帅可将，温任简则是军师或参谋的角色。对自己清醒的认知和对别人清醒的认知，是做成事情的关键前提。

第二十章
大时代之下的小契机

　　康大道注意到了温任简神情的细微变化，暗暗一笑，继续说道："大道之行公司主要侧重于房地产开发和农业开发，房地产公司的总部设在北京，农业开发公司的总部设在容县或雄县，到时由你负责，建造一个几千亩的农场和面积够大、设备够先进的实验室让你可以随时随地理论结合实践，够不够好？"
　　温任简猛然屏住了呼吸！
　　农业大学也有属于自己的基地，但和实验室一样，是共用的，需要实践或是实验时，必须提前申请，等审批批准后方可使用，既不方便也受限很多，他的许多研究需要大量的实践和实验，却因学校的条件有限而导致进展缓慢，如果真有完全属于自己的农场和实验室……温任简不敢想象到时有多少他梦寐以求的课题都会因此迎刃而解。
　　"我……"温任简几乎要脱口而出他同意时，被康大道叫停了。
　　"先不要急着下结论，你需要时间来权衡利弊。我会在北京待三天，三天之内给我一个明确的答复就可以。"康大道最是善于以退为进，高高举起轻轻放下，最能让谈判的对手乱了方寸，但温任简不是对手，他需要更多的时间深思之后做出最终的决定，"好好和家人商量下，做出一个影响一辈子命运的决定，必须慎重。"
　　温任简猛然站了起来，用力握住了康大道的手："我离婚了，康队长，也没有孩子，我一人吃饱全家不饿，想辞职就可以辞职，不用跟人商量。"

"怎么离婚了？"康大道一时惊讶，"我记得你是在县里教书时结婚的……"

温任简家庭条件不好，考上师范而不是上高中考大学，也是为了早点出来工作。毕业后回雄县任教，第二年就在急于抱孙子的父母的逼迫下结婚了。

女方是安县人，说是邻县，却离温任简老家只有一河之隔。婚后不久，温任简就自学完了大本，准备去北京考研，女方不同意，认为他好高骛远，不踏实工作，就提出了离婚。温任简当时就同意了，他和她实在是没有共同语言，虽然她也是毕业于中专学校，思路和眼界还停留在父辈在白洋淀养鱼的格局之上。

结果双方父母不同意，离婚就一拖再拖，直到温任简硕士博士毕业后，双方父母见二人都没有再过下去的心思，就只好同意了，毕竟比起被人议论儿女离婚丢了面子的小事，儿女们未来的人生是不是幸福才是大事。

到现在，温任简已经离婚三年了，依然单身，他完全无心再找另一半。

说完自己婚姻上的不幸，温任简无奈摇头一笑："继业和我一样也是单身，他还好，是没有离异的纯单身。我是没能扛起父母的压力，走了一段错路。他比我强，不管父母怎么逼婚，没有合适的就是不结。"

康大道知道李继业单身的原因是高不成低不就，他不想回老家找，一心想在北京遇到各方面都适合的，只是现在的他事业未成而年纪已大，他的单身是被动单身。相比之下，温任简在大学里想要遇到各方面都匹配的人，并不难。

送别温任简时，康大道和温任简约定在他离开北京前，会和他们三个人一起吃个饭，他还强调说道："邀请你加入公司的事情，先不要告诉任何人，任何人……包括向上和继业。"

温任简重重地点了点头。

同样，康大道站在窗前俯视楼下，直到温任简的身影一点点消失在道路的尽头，他才回过神来，打出了一个电话。

"继业，我在北京了，先忙完了手头的事情，我会安排一个饭局，一起坐坐。撤资退股的问题，由小路全权负责，我就不参与了。等小路和向上商量出来一个结果后，就由向上直接和你沟通。"

李继业得知康大道已经在北京的消息后，吃了一惊，以前康大道来北京，总会第一时间通知他，而现在特意选择在饭点打来电话，言外之意明显是不想和他吃饭，是有意疏远的暗示，他稳了稳心神："对不起康董，我接受不了小路的条件。从个人感情来讲，我很感谢您当年对我的雪中送炭之恩，以后不管有任何事情只要我能帮上忙，一定义不容辞。但从商业的角度出发，我还是会在合理合法的框架下尽力维护我的个人利益，希望您能理解。"

康大道哈哈一笑，他云淡风轻地说道："商业上的事情用商业的逻辑来解决，才是大将之风。我理解并尊重你的选择，希望你和杭未的合作顺水顺风。"

挂断电话，康大道脸上的笑意未减，棋子之所以成为棋子，是站位不够，是高度不够，说到底，根本原因还是实力不够。所以当有一笔看似意外的投资降临时，就会很容易失去判断力。

敲门声再次响起，康大道看了看时间，正好又是半个小时的间隔，还不错，今天安排的三个人，从夏向上、温任简再到齐吴宁，都有准时的好习惯。

打开门，门口站着一个白白净净的年轻人，他穿着随意，羽绒服、帽子，以及一副厚厚的手套。一进门就脱了上衣扔了帽子甩了手套，嚷嚷说道："哎呀康叔，我妈说不戴帽子耳朵会掉不戴手套手指头会掉，骗人！太热了，走到哪里都有暖气，我热得都要发烧了。我妈还说，北方冬天没法洗澡……经验主义害死人，她是有多少年没有走出深圳了？年纪大，不会用智能手机，不会上网，又不爱出门，这样的老人家还固执地用她的老眼光看待世界为你传授经验，真可怕。"

康大道直接忽略了齐吴宁的唠叨，他了解齐吴宁的爸妈，也确实如他所说他妈吴英红保守而固执，且没有什么见识，但他不会和齐吴宁一起在背后讨论他人是非，他没那么闲，更没那么无聊，他拿上一件衣服："走，我订好了餐厅，我们边吃边聊。"

"就我们？"齐吴宁左右观察了房间，"不是说还有夏向上和温任简？"

"他们不适合在，我们要聊的话题，不方便他们听。"康大道拍了拍齐吴宁的肩膀，笑得很意味深长，"就如你，也不想让李继业也在场对吧？"

齐吴宁连连点头："对，对，康叔说得都对。康叔的计划也非常周密，庞大而长远，每一步都有后手，不但可以牵制李继业，还可以制衡夏向上，又让温任简加入公司，起到鲇鱼效应，一系列的布局堪称天衣无缝。跟着康叔走，未来全都有。"

"威逼利诱任你挑，杀我别用感情刀……戒了。"康大道仰头哈哈一笑，"拍我马屁没用，事情做漂亮了，才你好我好大家好。"

夏向上回到公寓，洗了把脸清醒了一下，回想起康大道的一番话，既能体会到他对康小路的深爱和长远安排，也能从中看出他对未来的长远布局，以及对时代变化的敏锐捕捉。

一家公司，不管是在上海、广州还是深圳，又或者是其他的城市，只要开始在北京布局另一个部门，就说明公司的发展已经到了一定的高度，更说明公司的领导者有了更大的目标。北京是不如上海经济活跃，不如广州中小公司众多且灵活，也不如深圳适合创业和创新，但北京的唯一性和重要性不可替代。

对于康大道将重心逐渐向北京转移的出发点，夏向上可以理解，以房地产为切入点，也在情理之中，但为什么要布局农业，他想不明白。也许是康大道同龄的一代人，见多了农村变成城镇再变成城市的山乡巨变，心中对农业有执念也未可知。

作为从农村出来的孩子，他对农业的前景并不过于乐观，土地太分散、生产力水平太低下，且没有科学规划与统一协调，导致许多农村依然是千百年来的惯性作业，种主粮和经济作物，保证吃饱饭之余再卖些钱。投入与产出比过低，导致每亩的利润只有几百元最多一千元的现状，让农村一直处于温饱到富足但不富裕的状态。

"三农"问题的出路在哪里，夏向上也有过了解，但毕竟不是专业人士，只能说略知一二，要想深入研究，还得请教温任简。

至于是不是答应康大道的提议，夏向上的想法是先说服了康小路再做打算，他必须要解决第一个难题，才有资格去解答后面的部分。

在此之前，他还要着手处理一个遗留问题——他不会轻易放过林海中和张达志，必须得让他们付出相应的代价，否则他们会继续为害单位，也会坑害单位的其他同事。

次日一早，夏向上将事情的经过详细写出一封举报信，并且附上了他的设计原稿——他当时是答应张达志删除单位电脑中的原始文件，他也确实照做了，只是删除的是单位电脑中的原始文件，他并没有答应他们删除所有电脑中的原始文件——家中自己电脑中也有原图的备份，所以不算欺骗。

举报信被复印了几份，打算分别投送到上级单位、评审委员会以及媒体。

第二十一章
赶紧结算前面的沉没成本

差不多花了两个多小时忙完了一切,夏向上下楼寄走了举报信——别说,近年来随着通信的发达与网络的普及,寄信的人迅速减少,不但成了极少数,还被当成了另类。

而且夏向上还走错了窗口,坐下后才发现是邮政储蓄银行办理存款业务的柜台,他厚厚的信封倒像是装了钱。一问才知道,2007年邮储银行就成立了,到2012年正式改制为股份制公司,并且正在逐渐和邮政剥离业务,以后也不会再在一起办公了。

时代变化真快,夏向上回到公寓后搜索一下"邮政储蓄银行",是国有六大银行之一,因依靠原有的邮政网点之故,因此四万多个网点不但全国第一,也是全球第一。

忙完之后,夏向上赶往了机场,准时接上了康小路。她带了两个大箱子,穿一身红色羽绒服,戴一顶白色帽子,在人群中熠熠生辉。

出了机场,直到上了机场高速,康小路才说:"去万达酒店。"

"和队长同一家酒店……他知道你今天到吗?"

"不知道,别和他说。"康小路蜷缩在副驾驶上,一副无精打采的样子,"我饿了,带我去北京的特色美食。"

"在美食方面,北京的特色就是没有特色,没有特色的另一种说法就是应有尽有,各地特色在北京都有呈现,最正宗的就是各地的驻京办。"夏向上想让康小路认清形势放弃幻想,正要滔滔不绝再深入解释时，被康小路打断了。

"我要喝豆汁，泡焦圈吃。"康小路一副义无反顾的样子。

"你确定？"她的义无反顾落在夏向上眼中就成了慷慨赴死。

一个小时后，在万达酒店附近的一个小巷中，康小路喝到了传闻中的豆汁，第一口，她双眼瞪大、眉头皱起，鼓起嘴巴的样子像是马上要吐掉，吓得夏向上赶紧递上了纸巾。

结果等了半天，康小路的脸色慢慢缓和下来，居然咽了下去，还泡了焦圈，津津有味地吃了起来，让夏向上险些惊掉了大牙。他在北京六七年了，都没能克服对豆汁的恐惧，康小路对美食的接受程度，非同一般。

饭后，夏向上和康小路在酒店大堂坐下，他要了一杯咖啡，用来压制浓郁的豆汁味道。

"老康昨天和你说了什么？"康小路只要了一杯苏打水，却没有喝，拿在手里转来转去。

怎么一不小心就成了父女二人的支点了？一个让他对康小路保密，而另一个问他对话的内容，他到底要偏向谁更多一些呢？从商业的逻辑出发，大权仍然在康大道手中。但如果从长远来看，天下终究是年轻人的天下。

一个人不能只立足当下，还要面向未来，但也不能倒果为因，拿未来当赌注，而忽视当下的因，夏向上知道他只能持中间稍微偏向一方的立场。

"他说了你和他关系紧张的根源。"夏向上决定只说部分可以透露的内容，康大道要求保密的部分，他略过不提，既不算是对康大道的背叛，也不是对康小路的隐瞒，"也说了他对你的期望，希望你有一天会理解他，并且原谅他接纳他。"

"呵呵……"康小路轻描淡写地笑了几声，"伤害别人的人，总是希望别人可以无条件原谅他，却从来不去想他在伤害别人的时候，为什么就没有想到今天要承受的后果？"

现在还不到劝说康小路理解康大道的时候，不如先解决主要矛盾，次要的日积月累的矛盾也需要足够的时间来化解，夏向上就巧妙地转移了话题："你在深圳的时候，和杭未面谈过吗？"

"没有，为什么要和她面谈？"话题回到商业上，康小路立马转变了状态，像一头小豹子一般坐直了身子，摆出了攻击的姿态，"我只需要和李继业谈清楚就行。"

情绪不稳定是谈判的大忌，夏向上虽然没有经历过多少商业谈判，但他在保持情绪稳定方面自认过关，康小路明显流露出来的对杭未的敌意其实不太应该，很容易被别人利用，还好现在康小路的对面是他。

"李继业还是坚持要让你撤股吗？他开出了什么样的条件？"

"他没有和你通气？"康小路不太相信的表情，"你们是老乡，也是老朋友。"

多年留学的经历，又是高中到大学的关键时间，康小路直来直去的性格应该是受生长环境的影响。当然，也和她的个性有关，她小时候是长发，现在是短发，喜欢留短发的女生多半性格中有直接有力的一面。

夏向上反问："那么我问问你，李继业为什么要和我通气？"

康小路为之一滞，想了一会儿才说："他是想通过你打听我的底牌。"

"你这么说，还是不够了解李继业。他不和我通气有三方面的考虑，第一，我是局外人，和你们双方都没有利益冲突。第二，李继业经商多年，自认商业头脑和策略比我强了太多，征求我的意见对他来说是下问。第三，他认为我会因为康队长的原因和你的关系更近，不管他和我说什么，我都会转告你，所以，不如不说不问不打听。"

康小路怔了怔，心底闪过一丝莫名的情绪，又摇头说道："好吧，不怕告诉你，我不想退出，他非要我退出，现在是僵持不下。如果你是我，你该怎么做？"

"我要先知道你不想退出的原因是什么？"

"控股了李继业的公司，就是我在老康面前的一次重大胜利，是我独立自主迈出的关键一步。如果退出，是无功而返，我还得从新开始。"康小路双手抱肩，一副不甘的样子，"如果不是杭末，我眼见就要成功了。"

不能把错误都怪罪在别人身上，人在有选择时都会犹豫甚至是变卦，是正常的人性波动。夏向上轻轻点头说道："如果我是你，我会要求李继业按照15%的年利率退还全部本金，然后退出，不再在他的身上再投入一分的时间和精力，赶紧结算前面的沉没成本。转身离去，你还有更广阔的天地。"

康小路想了想，忽然一脸警惕的表情："真是你的意思，还是老康的授意？"

行吧，关键时候得脸皮厚一些才能赢得对方的信任，夏向上就打起了感情牌，而且还是非常有杀伤力的感情出击："小路，你觉得在你、康队长和李继业三个人中，我最信任谁、最愿意站谁的立场？"

"当然是老康了，然后是李继业……"康小路几乎是脱口而出。

"不，你错了，你排第一，康队长也只能排第二。"夏向上的笑容清澈眼神明亮，"别问为什么，问就是因为对你的喜欢。"

康小路愕然地站了起来，震惊加莫名其妙："夏向上，我以为你是一个与众不同的高智商的合作者，没想到，你和其他男人一样庸俗并且容易被自己的欲望所左右判断。"

喜欢一个人难道有错？夏向上也没想到康小路的反应会这么激烈，见她气势汹汹地转身就走，他当即叫住了她："等下，我话还没说完呢。"

康小路蓦然站住："你只有一分钟的时间。"

夏向上一脸认真，完全不像是开玩笑的表情："你房间号多少？刚才喝的咖啡，得记你的账上。"

"你……"康小路以为夏向上会向她解释一番并且试图说服她，没想到他的关注点居然在谁买单上面，她气笑了，又坐了回去，"你就不想为自己开脱？"

"开脱?"夏向上笑得很坦然,"我没做错什么,为什么要为自己开脱?对一个人有好感是合作的基础,喜欢一个人是合作的前提。如果我们看对方不顺眼,甚至互相敌视,你为什么会寻求我的帮助而我为什么又要帮你?"

"我不允许你喜欢我,我会给你足够的报酬。"康小路仰起小脸,既讽爽又坚定,似乎生怕和夏向上的关系有所突破,哪怕是极其微小的一步。

夏向上心底暗暗叹息一声,康小路童年的经历让她学会了过度保护自己,用冷酷、孤僻的人设将自己打造成一个拒人于千里之外的独行者,并且对于任何的亲密关系持怀疑和拒绝态度,不管是亲情、友情还是爱情,也许在她眼中亲近的关系最终带来的只有伤害。

"我喜欢你,是我自己的事情,只要我不要求你的反馈和回报,就和你无关。"夏向上依然坦然,不再像当年面对康小路时除了激动就是手足无措,曾经的少年如今已然长大,是时候大大方方面对自己喜欢的女孩了,"你给我报酬,是对我付出努力的回报,是理所当然的商业行为,两者不能混为一谈。"

康小路认真地审视了夏向上半晌:"你的话跟老康的话有些相似,他也是希望我不要把感情和事业混淆在一起,劝我不要拒绝他对我在事业上的帮助,哪怕我恨他。你倒好,不要求我对你的喜欢做出回应,只要商业上的回报……我是不是可以理解为你们男人都能做到公私分明?"

第二十二章
与其去赌未来，不如当下拼搏

世界运转的逻辑不是理性，而是感性，夏向上很清楚的一点是，当两个人气场相合时，双方才会有意愿合作，不管是同性还是异性，欣赏和喜欢对方是合作的关键第一步。当然，他指的是长期合作，如果是短期的合作，或者只是在一个项目上有共同利益，对方是不是看得顺眼就无关紧要了，反正也是签完合同就基本上不用再见面了。

也不是所有男人都公私分明，就跟不是所有男人都能成功一样，夏向上笑了笑，没有正面回答康小路的问题，而是说道："小路，你因为我对你的喜欢就拒绝和我合作，就跟你觉得李继业辜负了康队长的信任而不愿意撤股一样，都是意气用事，是商业上不成熟的表现……"

"说得好像你比我在商业上更成熟一样，你也没比我大几岁，还没有我见识的场面多……"康小路不服气地嘟囔了一句。

夏向上假装没听见，和女孩子计较细节上的问题是自讨苦吃，继续对康小路开展心理攻势："你应该明白一点，既然康队长都不在意投资李继业的收益，你又何必紧追不放？换个角度想，别让李继业继续拖累你的沉没成本，你还有更广阔的天地，你值得拥有更大的舞台。"

康小路听出了什么："你是劝我退出李继业的公司后，另起炉灶，再成立一家新公司继续创业？但你有没有想过，我不会经营，也不想经营，我只想当投资人。"

夏向上理解康小路的心思，投资人相对来说比实际经营要轻松一些，只管负责大方向和把控资金流向就行了，不需要具体负责公司的日常事务，事务性工作才最磨炼人也最耗人。

"所以，你需要至少一个合伙人。"夏向上指了指自己的鼻子，"远在天边近在眼前。"

"你？"康小路睁大眼睛，只有惊讶没有惊喜，然后摇了摇头，"不，你不行，你比我更没有经验，不管是管理公司还是经营业务，我不能拿你的练手当公司成功的唯一赌注，太冒险了。"

都是第一次当人，都是新手，总有人事事都会，也总有人事事笨拙，不能一概而论。

没想到还没有过说服康小路的第一关，就被她拒绝当合伙人了，夏向上不免有几分尴尬，这玩笑开大了，康队长就从来没有想到康小路会看不上他从而不愿意和他联手创立新公司吗？

好在夏向上不是经受不起打击的小朋友，他脸皮足够厚是因为心理素质足够强大，并且他很清楚一点，如果他不能说服康小路接受他作为合伙人的前提条件，之前康队长所承诺的一切都将化为乌有。也是怪了，他原本并没有想好一定接受康队长的建议去创业，但康小路对他的轻视反倒激发了他的好胜心。

不行，一定得突破康小路的封锁，夏向上决定绝地反击，这么多年来，他凭借高智商、高情商和高颜值的"三高"优势，基本上还没有失利的时候——他选择性遗忘了初中的成绩下滑、高中时的成绩浮沉以及在林海中和张达志事情上所栽的跟头，男人嘛，间歇性过分自恋是正常现象。

说服一个人很难，但打动一个人容易，夏向上就故意缓和气氛："在我开口打动你让你相信我之前，我可以再要一杯咖啡吗？"

康小路没能跟上夏向上跳跃的思维，愣了片刻才强忍笑意说道："就算我不和你合作，也会请你喝咖啡的，还会管够……尽管要。"

"花你的钱，哪怕是一分钱，也得需要经过你的批准。这是规矩，也是对你的尊重。"夏向上用咖啡表明他做事认真、不会逾越的态度，他抿了一口新上来的咖啡,"第一次喝美式不加糖,真苦。你第一次喝美式,适应吗?"

"不适应。但第二杯过后,就品出了味道,不觉得难喝了。"康小路不明白夏向上为什么话题转移到了咖啡上面。

"是呀,许多人的人生第一次其实都差不多。我们都是第一次生而为人,不管是当学生还是当员工,或是创业当合伙人、总经理,也都是第一次,如果事事都需要经验,我想人类社会也就停止进步了。经验是什么?是阅历的总结,是能力的积累,是阶段性的总和,但同时也是束缚和枷锁,是固化和保守。时代在进步,社会在发展,为什么最新的科技都是由年轻一代创造,比如互联网、比如手机、比如微信……正是因为他们没有被写信的经验束缚,没有被信鸽的通信方式固化了思维,没有被有线电话的方式捆绑了联想,所以他们才发明了更有生产力的生活方式。"

"正是因为下一代不听上一代的话,世界才在不断的创新之中发展和繁荣,人类社会才会持续进步。"

康小路明白了夏向上拿咖啡破题第一次,然后他为自己辩解,不由来了兴趣:"事情要从两个方面来看,有些经验是束缚,比如在科技创新和新兴事物上面。但有些经验则是必由之路,比如管理和经营,需要不断地重复地学习……"

说到学习夏向上可就更不怕了,他微微一笑:"我上高二时,成绩大幅下滑,班主任还有同学都觉得我再也没有机会回到第一了,因为到了高三班上来了好几个复读生,他们就属于你所说的不断重复学习的类型,然后我就用半年时间打败了他们所有人,重回了班级,不,全校第一。经验是什么?是知识的总结和能力的总和,但人和人的知识储备以及能力差异巨大,小路,只有平庸者才会用不断重复的失败来积累经验,而天才只从来都会赢在第一次上面。"

康小路没有说话,一双明亮的眼睛仔细打量夏向上几眼,心中闪过不屑和好笑。果然和传说中一样,夏向上既自信又自恋,甚至还有一丝丝的……自大！诚然，夏向上确实优秀，从小到大都很出名，并且不断地创造神话，但她还是坚信一个人不可能永远一往无前，不可能永远胜利，总会有摔倒的一天。而她不希望夏向上的摔倒是在和她同行的路上。

她在李继业的事情上已经失败一次了，如果再拿夏向上当赌注又输一次，她在康大道面前将会永远失去主动权。尽管她很清楚现在的她想要成就一番事业，必须得借助康大道的力量。问题是，康大道的力量中，有妈妈的一半，妈妈临死的时候也对她说过，以后不要拒绝爸爸，爸爸对她的任何帮助都等于她的帮助。

妈妈是没有怨恨爸爸，康小路却难解心结，尤其是妈妈出院后在家中的一个月，是她生命中最后的时刻，康大道不但将手术的钱用于了项目，还没有多少时间陪在妈妈身边，他不是一个合格的丈夫，他眼中只有生意只有金钱！

康小路出国留学时就发誓一定要凭借自己的力量创业，并且还要超越康大道，好告慰妈妈的在天之灵，让妈妈知道女人不是只有家庭只有妻子和妈妈属性，也有事业和社会属性。

李继业是她和康大道的支点，她也清楚康大道让她负责对接李继业的投资，是对她的历练和考验。只有过关了，才能赢得康大道的认可，将妈妈留下的资金转移到她的名下，她就可以大展手脚了。她以为摆平李继业很容易，毕竟说来李继业接近穷途末路几乎没有选择了，但横空出世的杭未打乱了她的计划，让她功亏一篑。

康小路也有商业头脑，留学期间她就精心研究过无数知名的商业案例。不过等回国后才发现，过于高端的商业案例对于她眼下的处境来说，并没有指导意义，具体事情还要具体分析。

原本康小路是想将李继业当成合伙人，或者说是她事业的第一个支点，后来她又发现夏向上应该比李继业更有潜力，因此最好的搭配是她担任董事长、李继业为总经理，而夏向上可以从副总干起，先跟在李继业身边学习几年。

只是形势比人强，夏向上上来就担任总经理的话，和她一个完全没有经验的董事长搭班子，两个新手一起打通关，怕是都嫌对方是拖后腿的一个。

不得不说，夏向上的话虽然没能完全说服她，确实有些打动了她。身边无数的例子也证明了夏向上所说的正确性——许多优秀的创业者都是高学历高智商，都是赢在了人生起跑线上的佼佼者。时代不同了，早期创业者凭借的是胆大和拼搏精神，中期创业者依靠的是信息不对称和渠道优势，而在互联网时代的创业者，要的就是高学历和先人一步的眼光。

正当康小路心思微动之际，夏向上随后的一句话更是让她的情感天平倾斜到了对夏向上信任的程度。

"如果是我和你两个天才联手，我们成功的概率不是100%，而是98%，留2%的失败概率，是怕我们太骄傲了，每个人要承担1%的失败的可能性。"夏向上抛出了最后一句话，心里反倒平静了许多，相信他的信息量足够打动康小路了。

如果还不能，他决定明天再来一次。

"你先说说我天才在哪里？"康小路想要确定夏向上对她的认知是不是正确，她见多了对她过于殷勤并且乱拍马屁的人，不是另有所图就是别有用心。

第二十三章
财富是一个人身上所能彰显的最明显的光环

　　夏向上的高智商是与生俱来的能力，高情商是在大学期间适应城市生活让自己变得更像城里人的过程中练出来的，他张口就来："首先，长得漂亮也是一种天赋，只要是与生俱来的优点，就是天才的一部分。其次，你出国留学几年，掌握了英语、法语和德语等数种语言，说明你有语言天赋。最后，你才貌双全也就算了，还有一个深爱你的爸爸，并且生长在富贵之家，并且还能遇到我这样的天才，身边全是爱你并且愿意帮助你的人，是让整个世界都热爱你的天赋……以上综合起来，你不是天才还有谁是天才？"

　　康小路在夏向上如此强大的攻势之下，依旧面无表情，她拉了拉帽子，让自己整个脸几乎都被遮挡住，像是在隐藏心思，又像是在拒绝。

　　还不行？夏向上有些惊讶，就算康小路再意志坚定，她毕竟年轻，不可能波澜不惊，好吧，康小路如果真的是一个百年不遇的堡垒，他也要百折不挠地攻克她，今天就先这样，明天再换一套打法继续。

　　夏向上一口喝干杯中的美式咖啡，皱了皱眉："苦是苦了点，自己点的咖啡，含泪也要喝完，不能浪费。下午我就不能陪你了，要见见杭未。对了，晚上有个饭局，有杭未、一糖、李继业、温任简、唐闻情，要不要一起？"

　　"不要。"康小路干脆利落地拒绝，"你先不要走，我还有话要说……如果你能说服李继业按照20%的年利率偿还本金加利息，我会认真考虑和你合作的建议，但我们之间的股权分配和分工，得由我说了算。"

单一糖接上了杭未，一路上听杭未说个不停，关于她对投资李继业的判断，关于她对夏向上多久才能下海的预测，以及最终康小路会以什么方式退出，等等，滔滔不绝地说了半天，愣是没让单一糖插进话去。

主要也是单一糖早就习惯了倾听杭未的倾诉。

"有件事情让我很生气，齐吴宁来北京了，比我还早一天，事先也不和我说一声！"杭未是落地后才得知齐吴宁已经在昨天就到了北京，她打齐吴宁电话，提示却是关机，她就知道齐吴宁在躲她，就更加不满了，"齐吴宁太过分了，他和我是合伙人，工作上的事情就不应该瞒着我。"

单一糖很清楚杭未和齐吴宁的关系，二人是青梅竹马，齐吴宁也自认是杭未的男友，杭未却只当他是哥哥和最好的朋友，以及事业合伙人，并不当他是人生合伙人。

杭未现为深圳前海齐天投资有限公司的合伙人，持有公司30%的股份，而齐吴宁则是持股70%的第一大股东，并且公司的启动资金和其他资金来源，基本上都是齐吴宁的人脉。当然，杭未也有出资，是她爸妈的资助，却不多。

齐吴宁原名叫齐吴，他爸爸姓齐妈妈姓吴，就为他起名为齐吴。

杭未和齐吴从小就是邻居，两家人认识多年，条件都一般。后来杭未的爸爸杭晟从政府机关辞职下海，创业成功，家道中升，妈妈姜美好继续留在医院当医生。慢慢地，齐吴的家庭就跟不上杭未家庭上升的势头，差距一大，两家的来往就淡了许多。

再后来，两家同时从杭州搬到了深圳，杭家跨越了阶层，由百万资产突破到了上亿，杭未的妈妈姜美好就有意逐渐断绝和齐家的来往。她也并非完全是出于嫌弃齐家，主要也是她现在的消费观念远高于齐家，当她轻描淡写地说要换房子换车买名牌包包、手表、首饰时，齐吴妈妈吴英红的脸色总是无比难看，摆出对她在她面前炫富的不甘和不满。

就在两家眼见就要断了往来之时，齐家突生变故！

齐吴的姑父宁知乎和姑姑齐梅子决定将他们的财产全部转移到齐吴的名下，只有一个要求，齐吴改名为齐吴宁，并且他以后必须要有一个孩子姓宁。

齐吴的爸妈当即就答应了。

齐吴宁的爸妈是普通的工薪阶层，在深圳奋斗多年后也有房有车有些积蓄，但谈不上富裕。爸爸齐青子是大学教授，妈妈吴英红在社区工作。

齐青子的妹妹齐梅子早年下海经商，和丈夫宁知乎一起创下了庞大的产业。可惜二人膝下无子，努力多年，也没能如愿，最终放弃了。

后来抱养了一个女儿，却在10岁时夭折，二人一时心灰意冷，认为人生就不可能圆满，也许是事业上太顺利了，就让他们一生孤单。二人决定将企业全部交由齐吴宁继承，办理好手续后，就周游世界去了。

齐吴宁做梦也没有想到有一天他只需要由齐吴更名为齐吴宁就会成为富二代，还是超级富二代。不管是狗血、荒诞还是滑稽，事情就是真实地发生在了自己的身上，大概有三四个月的时间，他每天都觉得如同做梦，精神恍惚，思维飘忽，唯一让他清醒认识到的现实就是他每天上学和放学，都车接车送了。

还是价值不菲的豪车。

原本齐吴宁在班上学习成绩中等，家境也一般，没什么存在感。等他成为富二代后，他在班中的地位急速上升，很快就成为无数同学仰望加羡慕的对象。

财富是一个人身上所能彰显的最明显的光环，尽管很多同学并不知道齐吴宁是怎么成了有钱人，甚至有人认为他一直有钱，以前的低调根本就是假装，深圳不少有钱人确实不喜欢张扬。以上都不重要，重要的是齐吴宁身边围绕的人就越来越多了。

杭家如果是说是家道中升，齐家就是家道中爆，是瞬间起飞，并且将杭家远远地抛到了身后。

姜美好就第一时间和吴英红修复了关系，还好，吴英红并没有在意当初姜美好对她的抛弃，因为她暴富之后也体会到了有钱人的苦恼，也很快就拉黑了许多老朋友。

两家关系不但恢复如初，还更近了一层，毕竟有感情基础在。在姜美好与吴英红的密切来往中，她们一致认定齐吴宁就应该和杭未结婚，他们从小认识，到现在还关系密切，就是天生一对。对吴英红来说，虽说已然跻身到了亿万富翁的阶层，但她清楚杭家的底细了解杭晟和姜美好的人品，更认可杭未的长相，和知根知底的家庭联姻，才能保全齐吴宁名下庞大的资产。

对姜美好来说，嫁到齐家虽是高攀，因为双方认识多年的缘故，杭未也不会受气，而且齐吴宁从小就听杭未的话。

齐吴宁的爸爸齐青子和杭未的爸爸杭晟对此也没有意见。

双方父母一拍即合，大力撮合二人，齐吴宁也很乐意，问题就只出在了杭未身上——杭未总觉得齐吴宁并非最合适的人，一是二人认识太久太熟了，她没有激情。二是她还没有见识过世界，谁知道世界之大，会不会有比齐吴宁更适合她更让她心动的人？

齐吴宁虽然接手了姑姑的公司，但并没有担任CEO，而是还保留了原来的管理团队，他只担任了副总，本着边学习边进步的出发点，一边在公司工作，一边又在外面成立了一家投资公司。反正他是最大股东，拿些资金出来成立新的公司，也没人管得了他。

深圳的氛围就是投资公司众多，毕竟深圳热钱多思路多。公司虽然实际上是齐吴宁的公司，但真正的掌控者是杭未，不管投资深圳还是北京的公司，都由她一言而定。齐吴宁基本上不干涉，更不会行使一票否决权。

杭未很喜欢投资工作，她认为投资的本质是投资人，因为所有的项目不管前景多光明规划多宏伟，最终的实施者都是具体的人，都要落到每一个执行者身上，因此，人是成事的最关键因素。每次投资，既像是一次商业的冒险，又像是一次人性的赌博，是对自己眼光的验证，也是对自己对未来形势判断是否正确的支点。

杭未基本上每投一个项目，都会和单一糖商量，倒是和齐吴宁商量的反倒不多。不过也不会隐瞒，至少她会在她做出决定后向齐吴宁通报一声，毕竟最终还得齐吴宁点头才能投资到位。而齐吴宁通常情况下也不会深度过问杭未的决定，反正杭未的投资金额一般也就是几十万到300万，不算大。投资行业也有一个共识是，投资十家公司最终能够成功一家，就足够覆盖九家失败的损失还要赚上许多。

足够宽容的行业试错率是让杭未拥有很大自主权的关键。

但在投资李继业的事情上，齐吴宁罕见地插手了，而且还是深度介入。

其实原本杭未并没有投资李继业的打算，单一糖很清楚在她回深圳后，和杭未见面时，杭未基本上很少提到李继业。后来突然杭未就对李继业的公司大感兴趣，不断地向她了解情况，包括李继业的为人和能力。一问才知，是齐吴宁建议杭未投资李继业。

第二十四章
此时出手，可以利益最大化

齐吴宁给出了三个理由：第一，李继业十几年来一直从事电子产品行业，是业内资深人士，有着丰富的经验和人脉。第二，李继业深耕北方市场，完全可以借助他为支点，再整合深圳的资源，让他成为北方最大的电子产品销售商。第三，投资李继业的成功率要远高于别人，并且他还接受过康大道的投资，充分说明了他的潜力得到了康大道的认可。现在他正处于关键阶段，此时出手，可以利益最大化，更可以让李继业一心绑在杭未的战车上。

杭未当即就动心了，立刻同意了齐吴宁的提议，着手前期调查后，就和李继业接触，很快就敲定了合作细节。

单一糖却总觉得齐吴宁突然介入此事的背后，应该另有用意。如果想投资电子产品行业的公司，深圳太多了，一抓一大把。就算想要立足北方市场，李继业也不是最优选择。更不用说一向不关心杭未投资的齐吴宁，为什么就对他完全陌生的李继业大感兴趣呢？

单一糖平稳地开车，见杭未脱了上衣，鼻尖上还是渗出了汗珠，就调低了车内的暖风温度："杭未，先不说齐吴宁鼓励你投资李继业的目的是什么，你这么上心这事儿，怕是和夏向上有关吧？"

"讨厌，又被你看穿了。"杭未嘻嘻一笑，放下手机，伸了伸腿，"不知道为什么，见到康小路第一眼起，我就不太喜欢她，总觉得她会从我身边抢走什么。后来还是吴宁点醒了我，他说康小路出身比我好，长得不比我差，和夏向上从小就认识，她是我喜欢夏向上道路上的劲敌……"

单一糖很佩服杭未对齐吴宁的坦诚，更佩服齐吴宁对杭未的放心，笑了："齐吴宁是想让你在李继业的事情上打败康小路，好让你在夏向上面前露脸，赢得夏向上的注意，是不是？可是，齐吴宁他图什么呀？"

杭未"嗯嗯"两声："我就说我和齐吴宁不合适，你说他喜欢我吧，也确实喜欢。你说他不喜欢我吧，我也没觉得他有多喜欢我，而且我告诉他我有点喜欢夏向上了，他不但没有反对，还鼓励我大胆地往前走……你说他到底是什么意思？"

他不过是想让你受到打击后再转身回到他的身边才会知道他的好……单一糖腹诽一句，却只是说道："投资李继业的事情我总觉得没那么简单，你多点心眼，仔细想想利弊得失。还有，别让情绪左右了判断，别让感情影响了逻辑。"

"知道啦，你真跟个大姐姐一样，天天管我。"杭未吐着舌头笑了笑，"姐，你觉得夏向上对我是什么看法？他能喜欢我吗？"

"夏向上有哪里好？"单一糖没好气。

杭未没底气："要是我能知道他有哪里好，我就能找到他哪里不好，就可以不喜欢他了。"

喜欢就是这么不讲道理，单一糖想起了她的初恋，不由叹气。现在回想起来当时的她真的很傻，但身在其中时，又怎能跳得出来？

一路疾驶，到了万达酒店，单一糖和杭未一起走进大堂，忽然愣住了，迎面走来的二人，正是夏向上和康小路。

狭路相逢，单一糖心中一跳，扭头看了杭未一眼。还好，杭未保持了足够的镇静。

寒暄过后，康小路本来是想送夏向上到门口，见此情景，就改变了主意："我先回去了，夏向上，你们聊。"

杭未向前迈出一步，微有挑衅之意："小路，晚上吃饭，你要来吗？"

康小路原本送夏向上离开就回房间休息，晚上和康大道再好好聊聊，明天和李继业进行最后一轮谈判，不知何故面对杭未的邀请，注意到她眼神中的饱含攻击气势的光芒，瞬间改变了主意："好，我跟向上一起去。"

夏向上摸了摸鼻子，左看看杭未右看看康小路，又见单一糖的笑容意味深长，心想坏了，今晚的饭局，怕是有热闹看了。

杭未上前一步，故意拉着夏向上到一边儿说话，离康小路有十米远的距离："向上，我本来打算明天再和李哥一起和康小路最后再谈一轮，现在改变主意了，晚上就要谈出一个结果，你得帮帮我，就当帮一糖了。"

夏向上是很欣赏杭未的爽直性格，但现在她做的事情是商业谈判，怎么上来就分不清敌我请求他的帮忙呢？拜托，商业上的事情不能只凭感觉行事，不能对有好感的人就无条件相信……还好，杭未遇到的是他，他点了点头："帮忙没有问题，但要帮到点子上，你想要的结果是什么？"

"让康小路撤资退股，按照 10% 的年利率。我会一次性连本带息付清。"杭未算得清楚，"两年前，理财最高的收益也就是 10% 左右，去年最多 8% 了，而今年 6% 已经算高了，给她 10% 已经是很大方了。"

投资如果跟理财的收益一样，谁还会甘冒如此巨大的风险？高风险所追求的必然是高收益，杭未按照同期理财收益上浮一些开出的条件，不能说没有诚意，但不多，夏向上也就直言不讳："如果小路坚持不愿意退出，你和李哥有什么应对的办法吗？"

杭未倒也实在，摇了摇头："没想好。她是大股东，抱着两败俱伤的想法拖着不退，也没办法不是？但她也是聪明人，知道强扭的瓜不甜，何必非要一起死呢？"

康小路还说他没有经验，相比之下，杭未更没有经验，夏向上忽然想通了什么，康队长其实是希望他在中间做一个"坏人"，只要能让事情尽快解决，哪怕出一些"损招"也在所不惜。现在机会来了，他努力笑了笑："小路是一个很有个性的人，也许她并不在意瓜甜不甜，而是只想把瓜扭下来，享受的是过程。"

杭未张了张嘴巴，后退了一步："哪怕是一个苦瓜她也要扭下来？谈生意不是赌气。"

"也不是没有解决的办法……"夏向上摸了摸下巴，嘿嘿地笑了，"今晚见分晓，肯定会出结果，你和一糖姐且放宽心。"

"嗯。"杭未用力点了点头，咬了咬嘴唇，试探一问，"你会帮我的，对吧？"

"我会帮所有值得帮的人。"夏向上含糊地回答了一句。

晚上的聚会就定在酒店二楼的包间，夏向上索性就没有回家，留在酒店大堂和单一糖聊天。

杭未办理好入住手续，上楼洗漱了。

单一糖的工厂迁移计划进展顺利，在县里得到了主要领导的支持不说，还有许多配套厂家愿意合作，她已经选好了地址，就在安县和容县的交界处，打算等春天时就整体搬迁过来。

对自己的事情不太担心，单一糖理得很顺，但对夏向上的事情她就有些担忧了。现在的形势有些纷乱，她怕夏向上理不清头绪站不稳立场，就为夏向上分析了局势。

"现在两个主要投资人，康小路和杭未，是一道单选题，你只能二选一，没有两个都选还都对的可能。至于李继业和唐闻情，不是必答题，你可以不去管。从你的立场出发，肯定更愿意站在康小路的一方，毕竟你和康队长有交情。换了我，我也一样。但我要告诉你的是，不管选择哪一方，都不要彻底得罪另一方。别看现阶段杭未和康小路可能势同水火，等李继业的事情过后，她们也许会在别的事情上握手言和。"

夏向上听出了单一糖对他的保护，感激地点了点头。单一糖对他既有老乡对老乡的帮助，又有姐姐对弟弟的呵护，他不过是给县里的同学打了几个电话提前帮她疏通了一下关系，以后如果她还有需要他的地方，他还会尽力。

117

刚这么一想，单一糖就抛出了请求："有件事情你得帮帮我，向上，我的新工厂，包括生产车间还有办公楼、宿舍楼等等，需要重新规划和设计。"

涉及了他的专业领域，夏向上当即点头："工厂加生活区一体化是吧？没问题，我会帮你设计得超前一些，至少在未来十年内都不会落后。"

说话间，唐闻情和李继业、温任简都到了。

一行人见时间差不多了，就一起到了二楼的包间，推开房门愣住了——房间有人，康小路已经坐在了首位，并且点好了一桌子菜。

好一手反客为主，夏向上暗笑，他冲单一糖暗暗摇头，意思是说可不是他的主意，是康小路的自主行为。不过对此他倒是赞赏的态度，主动出击好过被动还手。

"今天既然我请客，就由我安排座次。"康小路索性反客为主到底，她一指左首的位置，"向上你坐这里。"

右首，康小路留给了杭未。其他人她没再指定，随意坐就行。

不管杭未的犹疑、李继业的狐疑、单一糖的迟疑以及唐闻情的怀疑，康小路继续指挥若定："我自作主张点了他们所有的招牌菜，还带了几瓶酒，有茅台、红酒，各取所需。我已经结账了，谁也别想跟我抢。凡事讲究一个先来后到是吧？"

唐闻情很是不满，今晚的饭局是她发出的邀请，打算借机再给杭未留下好印象，希望杭未也可以投资她的公司，谁知居然被康小路突然截和，她心里极度不爽，当即倒满一杯红酒："康小路，今天虽然是你请客，但发起人是我，你是借花献佛，看在向上的面子上，我不和你计较，你总得有所表示吧？来，你敬我一杯，你干了，我随意。"

第二十五章
走在正确的大道上

自打康小路在酒店门口见到杭未和单一糖的一刻起，心中就有了计较，今晚的一局，许胜不许败。夏向上和她聊了半天，让她突然间就想通了许多问题——除了爸妈的爱是天生的，其他任何事情都需要自己努力争取才能得到。

就像夏向上，从小时候的神童到现在的天才，一路走来，外人只看到了他时时第一的耀眼光环，无人知道他在背后的心血与汗水，在孤灯下的苦读与煎熬。如果他没有积极向上的争取精神，他怎么会有现在处处受人高看一眼的光环？

所以，当初她不想参加今晚的聚会，本质上还是逃避心理，而杭未挑衅的眼神让她意识到如果她真的好欺负，别人就会步步紧逼，没有人会因为她的退让而对她照顾。

夏向上看似平和，其实是多年以来一直在学习上战胜所有对手而养成的从容不迫，而她的孤僻，其实是底气不足不愿意面对挑战的退缩。

今晚，她要鼓足勇气向前迈出一步。

康小路倒满一杯白酒，一饮而尽："你说得对，闻情，是我冒失了，我向你道歉，我干了，你随意。今天借你的局，不会白借，你的商业计划书给我一份，我会认真考虑投资你的公司。"

唐闻情当即愣住，片刻之后惊醒，意识到机会来了，大喜之下，一口喝干了杯中红酒："康总干了，我要不干就太失礼了，必须得干。"

李继业暗暗冷笑，刚刚还出言不逊直呼康小路大名，一听康小路有可能投资，立刻康小路变康总不说，连语气都矮了三分，奴性暴露无疑，真下头！他正好坐在唐闻情旁边，不屑地看了唐闻情一眼，不着痕迹地朝旁边挪了挪，表现出要离唐闻情远一些的疏离态度。

唐闻情注意到了李继业的细微动作，毫不在意，整个饭局上，只有杭未和康小路在她眼中具有价值，夏向上勉强也有一些，李继业于她而言，毫无用处。

温任简也是。

温任简安静地坐在角落里，不喝酒，也不说话，只当不存在一样暗中观察每一个人。

康小路倒满第二杯酒，今天既然决定主动出击一次，就应该快刀斩乱麻，一鼓作气地敲定所有事情，她举杯朝李继业示意："第二杯酒，敬李哥！还是一样，我干了，你随意。"

李继业刚才还鄙视唐闻情的奴颜婢膝，一见康小路敬他，忙不迭倒满酒杯，双手举起，站了起来，恭恭敬敬地说道："不敢，应该是我敬康总才对……我先干为敬！"

唐闻情立马朝李继业投去了一个大大的白眼，暗骂一句长了贱骨头的狗东西。

康小路没站起来，却也一口喝干："李哥，我决定听从你的建议，从公司撤资退股。就按照20%的年利率，一次性连本带息结清，我就让出全部股权。你要是同意的话，现在就可以签协议。"

"啊……"李继业还以为今晚会有一场艰苦卓绝的谈判，或是遍布硝烟的争吵，没想到康小路迅速退步，如同大海退潮一般，他一时没反应过来，张大嘴巴发不出声音。

杭未就及时站了起来："不行，最多按照年利率10%，20%太高了。"

"对，对，太高了，最多12%，不，10%……"李继业才反应过来，当即补刀，不过补得仓促了一些，12%应该是他和杭未商量好的底线。

夏向上之前和康大道提出的建议是15%的年利率退出，现在离他的目标不远，努力争取一下应该能实现，但离康小路的20%差距过大，怕是不好谈妥。现在还不到他出面的时候，他就埋头吃菜，全然不顾唐闻情和单一糖对他投来的怪异的眼神。

看什么看，这么贵的菜还不赶紧吃，凉了就吃亏了。真不懂轻重缓急，谈判什么时候都能谈，菜得趁热吃。

康小路一鼓作气连打两阵，原以为她可以继续趁热打铁和李继业谈判下去，不料忽然之间勇气消失了，不由心中沮丧，还是高估了自己，看来勇气是有，但持久力不够，她就暗中踢了踢夏向上，叫你过来是帮忙的，不是让你吃得抬不起头的。

夏向上感受到了康小路的求助，只好无奈地放下筷子，总不能见死不救是吧？话又说回来，康小路刚才的勇气已经很了不起了，不能苛求她太多，他抹了抹嘴巴，也倒了一杯酒："今天在座的一共七个人，小路提出20%的年利率，杭未报价10%，李哥说可以是12%，下面我想玩一个游戏，就是每个人都报一个10%到20%的数值，最后取一个平均数，当然，最终小路和李哥是不是同意先不说，至少也代表了民意和公正，对不对？"

杭未环视四周，单一糖、李继业和唐闻情肯定站她一方，夏向上就算中立，她也是立于不败之地，她不信康小路比她还有人缘，当即就同意了。

李继业见杭未点头了，他也没有反对。他的想法也一样，在座众人中，支持他的肯定占大多数，除了唐闻情之外，好吧，夏向上多少偏向康小路，但难以改变大局。

康小路没想到夏向上会来这一出，犹豫了一下，出于对夏向上的信任，也点头了。

夏向上胸有成竹，第一个问题却是抛给了唐闻情："闻情，如果小路拿着撤出的资金投资你的公司，你打算转让多少股份？"

怎么岔开了话题？康小路十分不解，她是让夏向上帮忙解围，而不是让他捣乱，就轻轻拉了拉夏向上的衣服。

夏向上不理康小路。

唐闻情反问："我得先知道是多少资金。"

"本金是200万，按照20%的年利率计算，两年下来连本带息是280万。"

"280万的话……我可以让出20%的股份。"唐闻情也没有漫天要价，她现在的公司也就十来个人，年利润除了房租和员工工资，到手能有十几万纯利润就不错了。如果她能再多打通一些渠道，再招聘几个王牌设计师，年利润突破上百万并不难。

前提是，得有投资。

"好，现在先由我表态，我觉得19%的年利率比较合适。投资不是理财，不能按照理财的收益来对照。据我所知，电子产品的利润普遍在30%以上，有些水货手机的利润甚至在50%的左右，所以19%的年利率，不高不低。"夏向上手一指温任简，"该你了，温教授。"

温任简立马猜到了夏向上刚才为何先和唐闻情对话的初衷，心中惊叹夏向上的脑子一如既往地好使，几句话就拉拢了唐闻情作为同盟，等夏向上让他第二个作答时，就更加佩服夏向上的策略——他是和李继业关系不错，但和康大道也是莫逆之交，更主要的是，他作为一名教授，凡事喜欢较真并且讲究以数据为依据。

温任简拿出了一个小本本，轻轻咳嗽一声："根据我对近些年来投资公司的回报得出的结论，取一个平均值的话，小路要求的20%的年利率，并不高。"

杭未嘟起了嘴，她此时已然察觉到夏向上在偏向康小路了，而李继业的脸色则肉眼可见地难看起来，他感觉到了危险的逼近，形势有失控的危险，温任简支持康小路让他始料未及，尽管他也知道温任简和康大道的关系很好，但不至于好过他们二人的友谊吧？

夏向上对温任简以数据说话的做法很满意，就问到了单一糖："一糖姐，你说。"

单一糖知道杭未的底线是12%，当时她就劝她再提高一些，太低了，杭未不听。现在的形势在夏向上有意的推动下，她独木难支，本着居中的公正立场，她艰难地说道："20%确实高了些，10%也确实低了些，大家都是朋友，好说好商量，取一个中间值，比如15%会不会更好些？"

"20%就合适，不高，很合理。在建筑行业，有些固收投资直接要求就是20%的回报率。"等不及夏向上点名，唐闻情迫不及待地就表态了，回报越高，等同于康小路对她的投资额就越大，支持康小路就是支持自己。

接近全面崩盘，李继业觉得被夏向上摆了一道，恨不得上前质问夏向上为什么要帮康小路而不是帮他，只是在众目睽睽之下，他没好意思发作。

杭未心情复杂，紧咬嘴唇，内心说不出来是委屈、不甘还是愤怒与不满，其实算起来两者的差距也就是10%的利差，两年下来，也就是40万，并不多，问题在于是谁胜谁负，更在于夏向上偏向谁。现在，她就想让夏向上当面说出来："夏向上，投票结果出来了，你做总结发言吧。"

夏向上对杭未眼色中的幽怨视而不见，没办法，从逻辑上他必须帮康小路，在情感上他也更倾向于康小路，他清了清嗓子："刚才一糖姐也说了，既然大家都是朋友，以后还会有更长远的合作，现阶段就各让一步，我提议，不管是15%还是18%，就由李哥和闻情具体谈判，谈好后，资金直接打到闻情公司的账户上，反正小路只管拿闻情公司20%的股份就好。"

好一手假手于人……温任简眼前一亮、单一糖眉毛一挑、李继业脸色一沉、杭未神情一滞、唐闻情则脸色一喜。

就连康小路的脸色也缓缓舒展开来，露出了难得的笑意。

第二十六章
不但目标不一样，连方向都不一致

冬夜的北京，寒风刺骨。

"别送了，我都到楼下了。"夏向上站住，冲康小路点了点头，"你也看到了，一路走来，北京的街头巷尾，哪怕是大饭店，也没有消夜。"

饭局结束后，李继业和唐闻情去约了个茶馆继续深谈，杭未和单一糖回房间商量事情，温任简回家，康小路提出要送夏向上回家，而且还是步行。

夏向上就立刻猜到了她的用意——想吃消夜，肯定是在饭局上没吃饱。真是的，谈事还能影响了吃饭？一看就是没经验。

"原来真没有呀。"康小路一路上不停地观察，才知道夏向上真的没有骗她，也是，天寒地冻，大晚上没点急事谁会出门，"今天的事情，还真得谢谢你了，没想到你会用这种方式解决，我怎么就想不到借刀杀人的招数呢？"

"咳咳……"夏向上有点激动，忙纠正说道，"是假手于人，不是借刀杀人，懂了吧？你们在乎的都不是相差的十万八万，而是争强好胜心，既然如此，就让在意十万八万的人去讨价还价好了，反正不管李继业和唐闻情谈成多少，你占股的比例不变。如果你学过奥数，解题多了，就知道这种解题思路并不难。"

"你是嘲笑我学习没你好是吧？我从小就数学不好。"康小路的心情明显好了许多，她踮着脚走路，还不时踢一踢路边的石子。

"意思是，你别的学科成绩很好了？"难得见康小路心情愉悦，夏向上就有意逗她一逗，"是哲学？历史学？物理学还是天文学？"

"就你学习好行了吧？我们是时代的虫子，而你是时代的bug，满意了吧？"康小路又气又恼，反驳了夏向上。

夏向上不由开心地笑了："虫子和bug不还一样吗？别灰心丧气，虽然你学习不如我，但你有潜力有爆发力，又有随机应变的机智，在许多方面你都比我优秀。"

"骗人，你是在讽刺我吧？"康小路不信，眼睛在黑夜中闪耀亮光，明亮如晨星。

今天康小路的表现确实出乎夏向上的意料，尤其是她奋力一跃时的英姿，化被动为主动的大无畏，虽然不够持久，至少是迈出了关键的第一步。

"真没有，真心实意地夸奖你。"夏向上积极回应了康小路。

康小路站在原地，眼睛一眨不眨地盯了夏向上半天，才说："你怎么就肯定你做出的投资唐闻情的决定，我就一定会答应？"

"我不敢肯定。"夏向上当时就是抱着赌一把的心态，他揣摩康小路和李继业二人在意的关键点不同，李继业是想利益最大化，康小路只想赢，至于能多退出多少资金，她并不在乎上下几十万的浮动，甚至就算百万的差价，哪怕从名义上讲是她获得了胜利，她也无所谓。

康大道更是如此，只要康小路高兴，几百万砸下去就算没有水花，他也不当一回事儿。能够准确地把握康大道和康小路的核心诉求，再清楚地知道李继业最在意的是什么，事情就好办了。

夏向上是不敢肯定他的假手于人的计划可以得到康小路的认可，但他可以肯定的是至少在当时是一个两全其美的台阶，都可以下来，所以他认定他的计划能赢得双方，不，包括唐闻情在内的三方的同意。

有时有些事情，在当时的台面上先有了一个解决思路，台后再谈判再讨价还价，或者说撕×，就是另外一回事儿了。

"你是不是得到了老康的授权，不管你做出什么样的决定，他都会同意？"康小路敏锐地想到了另外一种可能，否则她想不出来夏向上如此决断的背后是谁给他的勇气。

反正不是她。

夏向上很认真地摇头："我解决问题的出发点都是站在你的立场上考虑问题，因为和李继业谈判是你的事情，并不是康队长的难题。对他来说，你能不能解决都不重要，重要的是，他还是会用各种手法明里暗里地帮助你，直到你可以独当一面。"

"我早晚会有独当一面的一天，但不是在他的帮助下，而是依靠自己的实力。"康小路挥舞了一下拳头以展示信心。

"创业不是一个人的单打独斗……"夏向上漫不经心地提醒了一句。

"对，依靠团伙的力量。"康小路向夏向上伸出了右手，"所以，我们现在是团伙了？"

"……"夏向上无语了，握住了康小路的右手，强力纠正，"请注意，不是团伙，是团队。"

"就跟你刚才说的一样，虫子和bug没区别，团伙和团队也一样。"康小路准确地反击了夏向上，转身回去了。

望着康小路逐渐消失在夜色中的背影，夏向上呆立了很久，慢慢地咧嘴笑了。

次日一早，应康大道之约，夏向上早早来到酒店，和他共进早餐。却意外发现除了康大道之外，还多了一人。

夏向上由此认识了齐吴宁。

"杭未的追求者之一、执迷不悟的妈宝男、弱不禁风的花美男……原来就是你。"夏向上当然听过齐吴宁的大名，单一糖和杭未都和他说过他的故事，他仔细打量齐吴宁几眼，"从面相上来看，你也没有特殊之处，为什么就能凭空天降巨富砸在了你的身上？世界的不公平之处就在于许多事情不管是随机的还是命定的，一旦选中就无法更改。"

齐吴宁也是早就听闻过夏向上大名，也知道杭未只见了他一面就对他心生好感，说心里话，他对夏向上谈不上嫉妒加不满，但也说不上是好奇加好感，顶多算是一个熟悉的陌生人。

在没见到夏向上之前，齐吴宁想象中的夏向上是一个书呆子形象，戴一副深度近视眼镜，穿着保守且老土，说话和动作总是会慢上半拍，似乎沉浸自己虚构的世界中，对外界的反应总是迟钝。不想夏向上不但比杭未所描述的还要帅气，且言谈举止不但正常，甚至还有幽默与风趣，尤其是他的开场白更让齐吴宁一改对一直成绩第一的优等生的固有刻板印象。

齐吴宁等夏向上坐稳后，才不慌不忙地说道："杭未的追求者之一，我承认，她确实很受欢迎，从高中到大学到现在，身边永远有一群人围绕。但她眼里只有我，别人都只是背景。执迷不悟的妈宝男已经是过去式了，自从我继承了财产成为富二代后，财富在我身上叠加的光环，让我平添了许多勇气和决策力。至于弱不禁风的花美男的说法……我勉为其难地接受花美男的形容，但弱不禁风……你哪只眼看到我哪里弱不禁风了？"

也确实，齐吴宁长得很有阴柔的气质，但他的身材却标准且健美，有着明显健身之后的塑形痕迹。很难想象他是如何做到既柔美又阳刚，呈现出了矛盾且统一的第三类形态。

康大道摆了摆手，中断了二人的过招："现在不是你们交手的时候，我时间不多，马上要回深圳。让你们认识，是因为你们有共同的方向。"

"不，队长您别误会，我不是杭未的追求者之一。"夏向上忙表明立场，唯恐康大道误会他，开玩笑，不管在事业上还是感情上，他始终是专一的人设好不好。

毕竟他在学习成绩上已经专一地多年保持第一了。

康大道瞪了夏向上一眼，不满中有几分嗔怪："我话还没说完呢，你急什么急？年轻人，十几年都等了，还怕再等下去吗？我说的是方向，不是目标。"

这话说得……没毛病，夏向上立马老实地闭嘴了。

齐吴宁咧嘴笑了笑，不经意地斜了夏向上一眼，尽管在刻意掩饰，还是让夏向上发现了其中的蔑视和不屑之意。

康大道吃好了，也是多年在野外工作养成的吃饭快的习惯，他擦了擦嘴巴："你的目标是帮助小路尽快成长起来，和她联手开创一番事业。吴宁的目标是帮助杭未尽快成长起来，和她联手开创一番事业……你们的方向一致，虽然目的不同，但过程相似。"

等等，不对吧，夏向上话到嘴边又咽了回去，他是在帮康小路不假，但要说齐吴宁能帮杭未似乎总觉得哪里不对，应该是杭未在帮齐吴宁成长好不好？以他对齐吴宁的第一观感，他怕是没有能力也没有思想可以帮到杭未。

不不不，他和齐吴宁不但目标不一样，连方向都不一致。

康大道才不理会夏向上在想什么，他只管输出："你们好好认识一下，多合作多交流，争取将两件事情办成一件。向上，以后说不定大道之行和吴宁的公司会互相参股，两家成为一家。我没时间了，得赶飞机，剩下的事情就交给你们了。本来我还想着叫上你和任简、继业一起吃顿饭，深圳的公司临时有事，只能下次了。"

什么剩下的事情？夏向上还没有明白过来，康大道已经跟着司机离开了。

饭桌上就只剩下了夏向上和齐吴宁大眼瞪小眼。

第二十七章

除了有钱之外，一无所有

"康总说了，接下来的几天里，你去哪里我就跟去哪里。"齐吴宁露出了一副你奈我何的得意表情，"不过你放心，你去厕所我是不会跟去的。"

康队长到底是什么意思嘛，自己一走了之，却给他安排了一个跟屁虫？夏向上气笑了："跟着我？你一个堂堂的富二代、暴发户、人间奇迹的继承者，就没一点正事可干吗？"

"我公司有专业的管理团队，基本上我一个月不去公司，也照常运转，甚至运转得还更好。"齐吴宁喝了一口果汁，"你说对了，只要是我想干的事情，不管多不正经都能变成正事。"

行吧，第一个回合你赢了，夏向上自认天生脸皮厚，但和齐吴宁相比，他还欠了一些火候。他的脸皮厚是源自内心的强大，而齐吴宁的脸皮厚，是骨子里的无所畏惧，是天生的浑不在意。

齐吴宁说到做到，夏向上出了酒店，他跟着出来。夏向上回公寓，他也寸步不离。夏向上无奈，选择去公园散步，他也很有耐心地陪在左右。

两个小时后，夏向上悲哀地发现他甩不掉齐吴宁了，齐吴宁真是一个奇葩，真能做到如贴身保镖一般。算了，他认栽了，就当身边多了一个免费随从、保镖外加司机，对，齐吴宁自带汽车，还主动提出可以送他到任何地方。

所以说，观念一转变世界就会翻转，不好的事情也能变成好事，人得适应环境,不能和环境对着干,夏向上想通之后,心情就瞬间通畅了。

"小齐,明天一早来公寓接我。"夏向上在不断试探了齐吴宁的底线后,就开始对他发号施令了。

"明白,明天早上8点,准时到。"齐吴宁喜滋滋地走了,"康总说了,我除了有钱之外,一无所有,所以让我跟你多学习学习。毕竟你除了没钱之外,什么都有。"

真上头,听上去不像是好话,夏向上笑着摇了摇头,刚回到公寓,还没坐稳,就收到了一系列的消息。

先是唐闻情打来电话,说他和李继业已经谈妥了条件,最终是以17%的年利率成交,同时,她也和康小路敲定了投资协议,只要李继业的钱一到位,就转让20%的股权。

随后,李继业也打来电话,先是感谢了夏向上从中促成了此事,又很不满地对夏向上提出了委婉的批评,身为老乡不帮他却帮康小路,让他吃了亏。最后又再次对夏向上表示了感激之心,希望夏向上以后继续在杭未面前为他多说好话,他很有信心在杭未的支持下,将公司做大做强。

然后李继业又预祝夏向上和康小路合作成功,等以后有机会,他希望可以继续和康小路合作。

对于李继业探究的口气,夏向上并没有给出明确的答案,不过却告诉了李继业一个对他来说不算太好的消息:"李哥,杭未的合伙人也是她公司的实际控制人齐吴宁也在北京,等有机会介绍你们认识一下。齐吴宁很有实力,也有魄力,更有眼光和格局,相信杭未和你说过他的事情,他是后天富二代,经历很传奇。"

夏向上话里话外透露的意思李继业听明白了,是在向他暗示杭未是投资了他的公司,但真正的决策者齐吴宁现在跟夏向上关系要好,他当即就惊吓出一身冷汗,还好没有得意之下忘形,谁能知道事情的背后这么复杂?问题是,夏向上又是如何认识了齐吴宁?

夏向上只管抛出问题并不给出答案，和李继业通话之后，就又接到了康小路的电话。

康小路约他共进晚餐，说是康大道的安排……好吧，夏向上算是服了康队长的老谋深算，每一个人每一个时间节点，他都布置得井井有条，他到底在画一幅怎样的蓝图？

和康小路的晚餐安排在酒店二楼，不过换了一家更安静的餐厅。

康小路换了一身打扮，更素雅更简洁，她破天荒没戴帽子，围了一条小巧的围巾，配合她的短发，更显中性之美。

"老康说，大道之行公司的股权架构是我持股51%，你30%，温任简19%……你有什么想法？"康小路切下一小块牛肉放到了嘴里。

居然还有温任简？又是让夏向上始料未及的精心安排，他能理解康大道的布局之下每个人的定位，但不明白的是康大道为什么不和他商量一下？好吧，哪怕不商量，知会一声也行。

那么是不是说明在康大道的布局中，温任简的作用是独立于他和康小路之外……类似于制衡者？

就算是，夏向上也可以理解，一家公司只有在形成了有效的制衡之下，才能达到权力的平衡和制度的完美。

夏向上喝了一口柠檬水，酸酸甜甜还真不错，心情就也很不错："重要的是你有什么想法……"

"我不知道，我很矛盾。"康小路吃好了，放下刀叉，"我并不想接受老康的投资，但又不想违背妈妈的遗愿，她希望我能坚强并且独立。但如果我想要创业成功，好像还就得借助老康的资金和人脉。"

夏向上明白了康小路纠结的关键点是什么，为人排忧解难是他最擅长的本事，他擦了擦手："你是想完全凭借自己的努力打下一片江山，对吧？很简单，你现在唯一借助的就是康队长注册的大道之行公司。而你的两个合伙人，一个是天才夏向上，另一个是奇才温任简，是你凭本事吸引并且认识的，算是你的人脉。那么只要你自己能拿出公司的启动资金，就完全可以摆脱康队长的影响。"

康小路的眼睛顿时亮了,像是黑夜中突然点亮的星辰:"你说得有道理,分析得很切合实际。但是,我只能拿出几十万块,远远不够公司的启动资金。"

"那么没办法,就只有最后一条路可走了。"夏向上大手一挥,似乎是义无反顾的决绝,"你只能向康队长申请动用你妈为你留下的资金了。原则上讲,康队长的资产中有你妈的一半,你申请的资金只要不超过康队长资产的二分之一,就不算花他的钱。"

尽管清楚他的说法有些强词夺理,或者是说混淆概念,但只要让康小路现阶段过了心理关,就是最大的胜利。有时候一个人在某个阶段就是深陷自我怀疑自我修建的围城之中,无法突破也无力突围,此时要做的事情不是从外面帮她打破围城,而是帮她从内心疏导,让她自己走出来。

"这样……会不会太自欺欺人了?"康小路也不傻,立刻就想明白了其中的逻辑,看似完美闭环,其实是强行绕弯。

还需要他最后再加一把力才能让康小路在心理上接受,夏向上只好硬着头皮说道:"你妈是不是为你留了一笔钱?"

"是。"

"这笔钱是不是由康队长代管,并且投入到了公司的发展之中?"

"是。"

"你是不是你爸妈唯一的女儿、唯一的继承人?"

"是。"

"康队长是不是同意你随时可以支取你妈为你留下的资金?"

"也是。"

"那你还有什么好纠结的?你的所作所为既是告慰你妈的在天之灵,又符合约定。"

康小路抿着嘴,眼神闪动间,心思逐渐坚定下来,咬了咬牙,点头说道:"你说服我了,我决定干了。现在,我只有最后一个要求……你当董事长,我当总经理。"

"免谈。"夏向上干脆利落地拒绝,不说康大道不会同意,他也不想让康小路负责执行层面,只有他事无巨细地将公司管理起来,才有可能打开局面。康小路就适合务虚,温任简更是偏学术,整个公司目前来说就他一个苦力。

不过,他认了。

三天后,在齐吴宁的帮助下,大道之行北京总部的地址选好了,夏向上才知道康大道留下齐吴宁原来还是另有深意,也不知道突然就富贵加身的齐吴宁为什么如此听康大道的话,现在的康大道未必有他有钱。

就算康大道比他更有钱,齐吴宁意外接下的泼天的富贵足够他几辈子花了,他也没有必要非要再跟在谁的身边像个听话的孩子不可,那么是不是可以说他在某些方面有求于康大道?

同时夏向上也看了出来,康小路和齐吴宁并不熟,对他也没有兴趣,甚至都不肯多说几句话。齐吴宁对康小路也是敬而远之的态度。

从选址到最后敲定,再到和房东谈判签下协议,基本都是由齐吴宁出面协调,夏向上和康小路只管负责点头就行,只要他们认可了,齐吴宁就立马出面处理好一切事务性工作。从他轻车熟路的操作来看,他确实是经历过相关流程。

地址敲定后,夏向上叫来唐闻情帮忙设计办公环境。作为他的专业领域,他在征求了康小路的意见后,提出了大方向上的思路,具体设计就全权委托给了唐闻情公司。

第二十八章
不管你看到的是什么，肯定不是你想的那样

唐闻情才知道夏向上悄无声息玩了一票大的，居然和康小路合伙开起了公司，她太清楚康小路的实力了，就几次话里话外暗示等时机成熟时，希望大道之行可以把她的公司也并购过来。夏向上没接话，康小路装没听见，只有齐吴宁在听唐闻情第五遍说起时，冷不防撑了她一句："先做好你手头的事情，回报了小路投资后，再来提下一步合作才有资格。别刚会走就想飞。"

唐闻情平常是不会吃亏的性格，难得在齐吴宁面前被数落，硬是没有反击，生生咽了回去。

与此同时，杭未对李继业的投资已经完成，康小路退出的投资款连同利息，也打到了唐闻情公司的账户上，唐闻情也第一时间履行了承诺，转让了 20% 的股份，所有事情就都尘埃落定了。

夏向上就又接到康大道的指示，要求尽快落实大道之行农业公司的办公地点，于是夏向上一行就启程前往三县选址。康大道的意思是选在容县或雄县都可以，主要看现有的办公楼有没有合适的。

一行人，除了夏向上、康小路和温任简之外，还有齐吴宁和杭未。

杭未在忙完了李继业公司的投资与变更事宜后，就有了时间，决定跟随齐吴宁到三县转一转，按照她的说法是她并不是帮大道之行选址，而是前去看望单一糖。

冬天的白洋淀，结了厚厚的一层冰。夏向上二话不说，直接开车

驶到了冰上，吓得温任简连连叫停。

"停，停，快停下来，向上！现在冰不厚，万一掉进去可就出大事了。"

夏向上的车上，有康小路和温任简。温任简惊呼连连，康小路一句话也没有出声，双手抱肩，一脸淡定。

夏向上不管不顾，直接开到了一个淀子的中央才停了下来，回身一看，齐吴宁的车也冲了过来。

齐吴宁和杭未一车。

原本是齐吴宁开车，车到中途服务区的时候，换上了杭未。

杭未的车是一辆SUV，她紧跟在夏向上车后，不但没有停留，反倒超过之后，绕着淀子一圈，最后一个大甩尾稳稳地停在了夏向上的车前。

车门打开，齐吴宁踉跄下车，快跑几步，蹲在地上呕吐起来。

杭未跳下车，看了齐吴宁一眼，径直来到康小路身前："挺有意思的地方……要不要比比？"

康小路眉毛一挑，不甘示弱："比什么？"

杭未右手在半空中画了一个圆："比谁在冰上开得快开得稳。"

"赌什么？"康小路毫无退缩之意，战意高涨。她英姿飒爽，下身长裤短靴，上身短款黑色羽绒服，戴一顶黑色女士帽，再配上一副墨镜，颇有咄咄逼人的干练气势。

杭未则上身短款白色羽绒服，二人一白一黑，相映成趣。

杭未偏着头想了一想，将难题抛给了夏向上："夏向上，你说我们赌什么比较好？"

夏向上扫了一眼冰层的厚度，今年冬天比较冷，冻得大概有30厘米，还可以。华北平原的冬天虽然也是天寒地冻，但比起东北算是暖和多了，有时暖冬，河道和淀子上的冰并不厚，人踩上去还行，开车的话有些地方还是有危险。

好在淀子的水都比较浅，不能为了可能的危险而打消了二人的玩兴，夏向上看向了齐吴宁："这样吧，如果是小路输了，小齐请客。

135

如果是杭未输了，小齐请客。"

齐吴宁好不容易从呕吐中恢复了几分，一听夏向上的话立马表达了强烈的不满："首先声明，我不是请不起客。其次我要强调的是，为什么不管谁输谁赢，受伤的那一个总是我？"

然后，齐吴宁一屁股坐在了冰上，耍赖："我请客可以，但必须要有一个光明正大的理由，我不是筹码，也不是支点，更不是骰子。"

杭未和康小路已经跳上了车，开始比赛了，夏向上二话不说揪住齐吴宁的衣领，将他拖离了原地。

小时候温任简倒是经常和小伙伴来玩溜冰，有时是坐在小板凳上，有时脚上绑个竹片，有时干脆直接坐在冰上……看着夏向上和齐吴宁在玩小时候玩过的游戏，他温和地笑了。

等齐吴宁被拖到车上，已经冻得浑身发抖，快要说不出话了。

他却还是嘴硬："等我缓一下，我还要下车去玩。这才多冷，我不怕，我以后还要去东北滑雪，去西藏雪山……"

温任简随行带了热水壶，倒了一杯茶水给他："行了，别说了，先喝口热茶暖暖身子。"

"我不喝热茶，我喝咖啡，不要速溶的，要手工研磨的……"齐吴宁话都说不利索了，"有、有吗？"

"只有热茶，爱喝喝，不喝拉倒！"夏向上抢过温任简的水杯，一口喝完，"也不看看是在什么地方，还要研磨的咖啡，等下你是不是还要去米其林餐厅吃饭？"

"三县都有米其林餐厅了？几星的？"齐吴宁顿时眼睛亮了。

夏向上懒得理他，望向了车外——康小路和杭未的比赛已经开始了，尽管康小路的车只是一辆轿车，不如杭未的SUV是四驱，抓地性更好，但在冰面上，多好的驱动和轮胎都无法超越物理特性的限制，两辆车也都没有换成雪地胎，就只见一阵狂暴的打滑声响起，两辆车东歪西扭地起步，然后又蛇行前行，像是两个醉汉在雪地上起舞。

淀子不大，一圈下来也就是400多米，两辆车很快就拉开了距离，杭未的宝马SUV一马当先，将康小路的奥迪抛到了后面。正当大家以为胜负已分时，宝马SUV突然失控，过于强大的后驱导致转向过度，车子冲出了淀子，陷在了一处水洼之中，动弹不得了。

康小路一个漂亮的甩尾停在了起始位置，下车后二话不说拿出拖绳就帮杭未。夏向上也招呼一声，大家一起上，很快就将宝马SUV拖了出来。

杭未微有沮丧之意，不过很快调整了情绪："好吧，我认输。本来我的车就比你的车性能好，我还没有操控住，是我车技比你差。"

"不，算是平手。"康小路很平静的表情，"我的车也是四驱，还是轿车，重心更低，在冰面上应该比SUV更稳更容易过弯，我应该在第三圈就超过你，但在超车时，没敢加速……我以前参加过一段时间的赛车，你和我比，相当于业余对专业，本来就不公平。"

"为了庆祝平手，今晚我请客……心甘情愿的。"齐吴宁开心地跳了起来，他高高举起右手，"其实、其实杭未也参加过赛车比赛，她也是专业选手，所以你们的平手是真正的势均力敌。"

晚饭安排在了容县县城的一家特色饭店，有炖野生杂鱼、白洋淀特色炒菜、绿芦笋、白洋淀咸鸭蛋、炸千子、熏泥鳅，在夏向上的推荐下，杭未点了一大桌子菜，还让大家放开了吃，反正有人买单。

虽然有冰上比赛的小插曲，好在打了个平手的结果大家都可以接受，一时众人尽欢。差不多要结束的时候，夏向上偷偷出去买单，来到了他的家乡，他作为地主，理应请客。

结果却被告知已经有人早早结账了。

谁呀这么积极向上，得提出表扬，夏向上回到房间，开心地一问，结果房间中人面面相觑，没有一人承认是自己买的单，并且看上去个个诚恳，不像说谎，怪事了，怎么会有人做好事不留名呢？

别人没说什么，杭未不干了，上前叉腰站在齐吴宁面前："齐吴宁，我生你气了！你答应了要请客，结果最后被别人买单了，等于是从小看着长大的女朋友，在准备结婚时，被别人抢走了，你怎么从小到大总是不断地好心办坏事？"

倒也不怪齐吴宁没有提前偷偷去买单，他喝多了，有点迷糊。而且他从小生活在深圳，不习惯北方请客喜欢悄悄买单的做法，谁请客谁就光明正大地买单不就好了，为什么要偷偷去买，仅仅是为了走的时候不用在收款台前停留吗？是面子造就的细节问题，还是细节成就了面子？

齐吴宁反应倒快，立马举起双手："好，我的错。答应的事情没做到，我决定自罚三杯——从今天起，每天请客一次，一连三天。"

夏向上还想和齐吴宁争较一番，毕竟是在他的地盘上，让齐吴宁尽地主之谊不合适，齐吴宁的态度让他无法拒绝。

"你连一次改正的机会都不给我吗？"

行吧，在后天富二代面前，他确实很穷。不对，应该说在在座众人中间，不用说康小路、齐吴宁和杭未几人了，就连温任简也比他有钱多了，好在不管比什么，夏向上总是自信满满，因为他相信知识的力量，只要他的时代来临，他就能一飞冲天。

夏向上帮忙订好了县城最好的酒店，饭后，他让众人先去酒店，离得不远，他稍后步行回去。

等众人乘坐两辆车走后，夏向上绕到饭店后面，从后厨的门返回饭店，穿过走廊来到了刚才的包间，悄悄在隔壁包间的门口听了片刻，会心地笑了，然后推开了门。

房间中正在说话的两人一下惊呆了，尤其是唐闻情，忙不迭站了起来，冲夏向上连连摆手："向上，你别误会，不管你看到的是什么，肯定不是你想的那样，我和李哥只是过来考察一下市场，真的没别的什么事情……"

第二十九章
有一身不管走到哪里都被人民需要的本事

反倒是坐唐闻情对面的李继业不慌不忙地笑了笑,示意夏向上坐下:"我就说如果你不弄清是谁帮你们买了单,你不会走的,闻情还不信……怎么样,闻情,打赌我赢了吧?"

有人替他们买单,肯定是认识的人,夏向上自从上大学之后,回家乡很少,刚一回来就遇到熟人的概率极低,再者他们点了不少菜,作为县城最好的饭店,对于县里人来说是个巨大的数字,综合对比之下,买单者肯定同时具备三个特征——第一,认识。第二,关系不错并且有交情。第三,有钱。

饭店不大,但也不小,包间一共四间,其余三间在必经之路上,离开的时候,夏向上特意留心了三个包间的声音,只有紧邻的包间有人,就心里有数了。

他猜测背后买单者不是单一糖就是李继业,还真是李继业。他不奇怪李继业的买单行为,只是好奇什么时候李继业和唐闻情暗中走近了。

李继业和唐闻情走近,其实是唐闻情主动的结果。

原本唐闻情压根看不上李继业,年纪大、学历低,除了因为年纪大而积累的经验之外,可以说是一无所长,长得也不帅,还没有成熟男人应有的沉稳与大度。但没想到,在和李继业谈判以及对接股权交割的过程中,李继业在小事上的认真在大事上的考虑长远,慢慢打动了她，让她意识到经验就是经验，是用生命积累的宝贵财富，对有用的人来说可谓价值连城。

唐闻情喜欢细心的男人，她认为细心是一个男人最基本的品质，但可惜的是，她遇到过的许多男人都不具备，而李继业的细心完全符合她对男人细心的所有幻想。她怎么也没有想到，有朝一日她会对一个比她大上十几岁的男人心动。

好感就像雨后的野草，一旦开始就会疯长，并且停不下来。在谈判的过程中，李继业彬彬有礼。在交接时，他积极配合。在办理完所有的交接手续后，唐闻情提出请李继业吃饭，李继业欣然应允，饭后当她去结账时，李继业却借中途去卫生间之际已经结清了。

二人就有了下一次约饭。

几次下来，唐闻情意识到她对李继业的好感上升到了喜欢，李继业告诉她如何在公司的初创期凝聚人心打造团队，如何在上升期知人善用，发挥每个人最大的积极能动性。如何在公司发展到一定阶段面临着突破就一飞冲天不突破就一败涂地的选择时，做出和时代同步的决策是关键……李继业在创业上几次失败、成功又失败的经历，如同一堂生动而真实的创业课，让她在许多地方的困惑迎刃而解，同时也让她对即将做出的错误决定及时刹车。

所以当李继业提出回三县考察市场时，唐闻情当即一口答应，她的公司正如李继业分析的一样，在北京想要承接重大项目，很难，因为北京有太多的国央企以及大型民营集团公司，初创的小公司只能捡一些残渣生存。但如果在下面的地市或者是县城，来自北京的公司的名头，足以让唐闻情的公司被人高看一眼。

更不用说李继业在三县人脉深广。

结果在吃饭的时候，就和夏向上一行不期而遇，李继业就暗中帮夏向上等人结了账。唐闻情却觉得好人应该做到明处，得让夏向上知道是谁，否则钱就白花了。李继业却说以夏向上的聪明，他必然会想办法查到是谁，等别人查到和自己跳出来主动承认，效果就天差地别了。

李继业背后买单，表面上是给了夏向上面子，暗中又能给杭未、齐吴宁留下好印象，一举数得。他也听说了杭未背后的大金主是齐吴宁，只可惜齐吴宁到了北京后，始终不和他接触，只围着夏向上转，他就很是不解齐吴宁的出发点是什么。

不管是什么，只要和夏向上处好关系就不会有错，是李继业越来越清晰的认知。

夏向上并不在意李继业和唐闻情走近的原因是什么，他和二人寒暄几句，得知二人的行程之后，就相约回京之前有机会可以坐一坐，就离开回酒店了。

酒店大堂，遇到了等候他的康小路。

夏向上没有一同回酒店，康小路就猜到他有事，没回房间，就在大堂等他归来。

"李继业和唐闻情？"康小路想了一会儿，点了点头，"我就佩服就事论事的生意人，不管之前闹得多凶、看对方多不顺眼，对立的因素一消失，就立马可以握手言和，甚至还可以忘掉之前的嫌隙而合作。"

夏向上听了出来康小路是有感而发，代入了自己和康大道，不由笑了："有时候原谅别人其实是等于放过自己。"

"大道理我都懂，但小情绪没那么好控制。"康小路没好气地说道。

一连几天，夏向上一行奔波在三县的县城之中，挑选办公地点，最终经过比较还是敲定了位于容城县城的一处办公楼。

是一处新建不久的写字楼，也是县城唯一的一栋写字楼，位于县城中心，停车和出行都很方便。

正好唐闻情和李继业还在三县，就打电话让二人过来，夏向上当即将设计和装修工程交由唐闻情负责。

随后，夏向上一行又去了单一糖的工厂。

单一糖的工厂位于安县和容县的交界处，正在清理场地。原址上有一家纺织厂，破产倒闭后就荒废至今。冬天的原因，没法动工，但前期的清理工作可以先动起来，等春暖花开后再破土。

单一糖原本想把设计和重建工作交由夏向上，夏向上近来要忙于大道之行的启动，时间和精力肯定不够，他就推荐了唐闻情。在他答应会以总设计师的身份加入之后，单一糖同意了。主要也是单一糖很清楚唐闻情的投资人是康小路，而康小路又和夏向上关系非常不错，如此一来，间接等于通过唐闻情和康小路建立了联系。

最主要的是，她的资方杭未和齐昊宁并没有反对。

只是让单一糖很奇怪的是齐昊宁对夏向上的态度，按说齐昊宁因为杭未的关系和夏向上应该是敌对的立场，不说杭未对夏向上的好感，就说夏向上在杭未和康小路之间偏向康小路的做法……可是为什么齐昊宁对夏向上似乎颇感兴趣并且还有几分讨好的意味，他一个后天富二代、堂堂公子哥，干吗对初出江湖还没有建功立业的夏向上如此礼让？

有问题，背后肯定有深刻的问题，单一糖想不明白，私下问了杭未，杭未也是猜不透，说她也看出了端倪，问齐昊宁为什么对夏向上这么好，齐昊宁矢口否认，反而说她看错了，他对谁都一样，没有针对性也没有特殊性。

来时两辆车，回去的时候加上了李继业和唐闻情，变成了三辆。一行人回到北京后，齐昊宁和杭未也没再停留，直接回了深圳。

接下来一连忙到春节，装修办公室、招聘员工，由于是北京和容县的办公室同时启动，就忙得不亦乐乎，夏向上和康小路有时在北京，有时又得去一趟容县。好在后来温任简正式办好了离职手续，他自告奋勇要求常驻容县负责大道之行农业公司创建的事宜，就减轻了夏向上和康小路不小的压力。

春节期间，夏向上回家待了两三天。爸妈已经从村里搬到了县城，夏想明用一辈子的积蓄在县城买了楼房，是三室的格局，打算以后给夏向上结婚用。

在得知夏向上的铁饭碗碎了，夏想明和曹书丽先是吵了一架，二人互相抱怨对方没本事，没能让儿子在北京当官。后来又长吁短叹，都觉得是自己对儿子关心不够，才让儿子受了这么大的委屈。最后二人重归于好，决定好好和夏向上谈一谈，希望他能重新回到原单位，拿回铁饭碗。

夏向上早就习惯了爸妈的相处方式，出事了先吵架，然后再站在对方的立场上考虑问题，反思自己哪里做得不好，最后一致对外，拿他开刀，他就将早就准备好的说辞奉送，告诉爸妈他现在创业了，不但收入比以前高了许多，还很充实很开心。真正的铁饭碗不是有一个好单位，而是有一身不管走到哪里都被国家、社会和人民需要的本事。

虽然最后也没有说服爸妈，不过经过一番你来我往的谈判，最终达成了共识——爸妈决定暂时不逼夏向上重回原单位，也不逼他去考公，他必须在明年之前解决终身大事，带媳妇回家。

夏向上表面上答应着，一年的时间还长，到时别说媳妇，也许孩子都有了。当然，最大的可能还是单身一人，但也不用怕，到时再继续谈判不就行了。

第三十章

任何决策都有风险

春节过后，夏向上回到了北京——他在公司附近租了一套公寓，比原来单位提供的公寓更大更舒适，当然也更贵，好在是公司报销。

康小路也和他租在同一栋楼，不在同一层。

转眼间到了 2016 年 5 月 1 日，春回大地，万物复苏，单一糖在三县的工厂破土动工，开始重建之时，大道之行也正式成立了。

成立当天，不但康大道专程赶来，杭未和齐吴宁也飞来北京，同时，李继业、唐闻情、单一糖也一起到场，夏向上、康小路、温任简三人以联合创始人的身份迎接各方来宾，易晨和孙宜也以第一批创始员工的身份忙得不可开交。

夏向上在招聘员工时，首先想到了易晨和孙宜，在向二人发出邀请时，易晨没有任何犹豫就第一时间答应下来，而孙宜却还欲擒故纵地提了几个条件，夏向上答应了其中两个，剩下的三个全部否决，最终孙宜还是假装勉为其难地同意了，还声称不是为了更高的收入，而是为了帮老同学。

易晨和孙宜分别负责设计部和工程部。

公司已经招聘了 20 多个人，还不够，先成立了再说，夏向上是没有管理公司的经验，但学习好的人有个优点就是接受新鲜事物比较容易，学什么都快。

大道之行成立大会过后，康大道只停留了一天就离开了，对于公司的后继发展以及业务开展，他既没有指明方向，也没有介绍资源，完全就是放手不管的态度。莫非康大道真的认为夏向上和康小路、温任简三个毫无经验的年轻人可以从零开始经营好一家房地产公司？

还是在竞争无比激烈、国央企云集、大型集团公司众多的首都北京？

倒是齐吴宁和杭未又留下了，二人还特意一人租了一间公寓，还和夏向上、康小路同一栋，摆出了长住的架势。而且更让夏向上觉得气人的是，他们二人一人一辆京牌车。早年间北京买房和买车上牌对外地不限制时，他们的爸妈就早早下手在北京买了房子和汽车。

果然人越有钱眼光就越长远，不过想想也是，钱一多，就喜欢多配置一些东西，配置多了，总有一样成为稀缺资源，就显得有长远眼光了，说到底，还是因为没有被"有钱不置半年闲"的穷人思维所限。

夏向上是有北京户口，但还没有买车，现在再买就需要摇号了，从 2011 年开始，北京就实施了摇号政策。让他羡慕的是，康小路名下有两个北京车牌。

人和人的差距，开始时是因为当年农村和城市户口的差距，而硬生生拉开了许多。后来经济发展到一定阶段后，就是因为先富和后富的时间差，而又错过了许多有限的资源。

根据现在的人口出生率以及城镇化进程来看，夏向上认可温任简的研究——中国很快就会进入人口下降周期，并且城镇化进程也会逐渐放慢。任何事物发展到一定阶段后，都无法逃脱自然规律。也许到时候现在许多稀缺的紧俏资源，会人人可以享用。

公司成立以来第一次会议，在公司的会议室召开，夏向上主持了会议，康小路、温任简和易晨、孙宜参加了会议。

夏向上先是分析了当下北京房地产市场的形势，整体来说最好的地块主要集中在海淀和朝阳，其他区相对来说产品的竞争力要弱一些，毕竟海淀有大厂，朝阳有娱乐和 CBD，基本上两个区就涵盖了北京的主要经济与文化。

所以公司的主要发展方向应该落在大兴和丰台。

丰台也是城六区之一,主要因为偏西偏南的原因,经济上没有亮点,但交通便利,离西部山区近,可以作为第二住宅的首选。功能定位为首都高品质生活服务供给的重要保障区、首都商务新区、科技创新和金融服务的融合发展区、高水平对外综合交通枢纽、历史文化和绿色生态引领的新型城镇化发展区。

而大兴的定位是首都南部新门户,是北京发展高精尖产业的重要载体,肩负着面向京津冀的协同发展示范区以及科技创新引领,并且从2014年就开始兴建的大兴国际机场,以后必然会提升大兴的格局,机场将于2019年落成启用。

夏向上的观点,康小路表示赞成,她之前和夏向上有过几次讨论,她原来是想在海淀和朝阳打开突破口,后来被夏向上说服了。夏向上的理由很简单直接——想在群雄林立的海淀和朝阳打开局面,除非康队长亲自下场帮他们对接关系和渠道,否则想也别想。

温任简对北京的布局也有过相当详细的研究,对夏向上的认知高度赞同,不过他的心思主要是在农业上面,为此,他精心设计了大道之行农业发展公司的规划。

易晨对公司的定位提出了不同的看法,认为除了丰台和大兴之外,还应该将石景山也纳入其中。石景山也是城六区之一,位于西部山区,定位是国家级产业转型发展示范区、绿色低碳的首都西部综合服务区、山水文化融合的生态宜居示范区,既然是宜居示范区,必然会大力发展宜居住宅、养老住宅等。

夏向上考虑过石景山,只是以目前公司的实力还不足以同时覆盖三个区,所以暂时只着眼于丰台和大兴。

孙宜却提出了反对意见,认为公司就应该从海淀和朝阳破局,越是竞争激烈的地方,越容易出成绩,只要攻克其中一个,其他地方就都会迎刃而解。

夏向上没有向孙宜过多解释,只强调公司的发展方向已经定下,希望所有人团结一心通力配合。

随后，温任简汇报了他对农业发展公司的规划，打算在三县各投资一个农场，不但投资资金巨大，而且建设周期很长，收益的回报率不高，回报周期也很长。

夏向上和康小路原则上没有反对，但最终批准温任简的规划还得康大道点头，毕竟动用的资金量太大了。

会后，孙宜故意和夏向上并肩走在一起，他拍了拍夏向上的肩膀："老同学，虽然我不同意你的决定，但作为公司员工，我会不折不扣地执行下去。不过，我有保留意见的权利。"

一个公司不怕有反对的声音，就怕反对的声音是在背后酝酿风暴，夏向上是不太喜欢孙宜过于固执的性格和非要拧着来的做派，但他做事认真、对工作负责是最大优点，并且有事从来是当面说出来，不会背后坏事，就点头一笑："任何决策都有风险，但认准了目标先埋头苦干，并且及时抬头看天，一旦发现苗头不对再第一时间转向。"

"如果事实验证了你的决策是错的，我的想法是对的，你怎么补偿我？"孙宜对夏向上还是有几分不服气，尽管他也承认夏向上确实优秀，大学期间不管他怎么努力都只能看到夏向上的背影，但他还是认为夏向上上来就是大道之行的创始人、总经理，而他只是创始员工之一，不过是因为夏向上长得帅赢得了康小路的好感之故。

他也知道世界上没有绝对公平的事情，不过他也有自知之明，就算是他认识康小路在先，怕是总经理的位置还是落不到他的头上，毕竟他和康大道也没有认识多年的信任基础。

有时孙宜也会想人的一生到底是实力重要还是运气重要，比如说夏向上，说他有今天的一切是因为运气好吧，也行，他当年认识康大道也是偶然。说是因为实力强吧，也可以，毕竟他从小是神童长大是天才少年。也许，是两者兼而有之吧。

不服归不服，孙宜知道他现在还没有遇到可以助他一飞冲天的贵人，也许……他同时还可以与齐吴宁和杭未处好关系。

夏向上现在最发愁的是公司的人手不够，招聘只能解决基础问题，解决不了公司管理层的建设，现在公司康小路是董事长，他是总经理，温任简是副总，至少还缺三个副总以及中层管理人员。

孙宜和易晨目前相当于总监级别，想要提到副总至少还需要一段时间的历练。副总人选必须是成熟且有成功经验的人士，但这类人往往有稳定的工作。去别的公司挖人，要付出巨大的代价不说，往往还有可能引起业内的反弹甚至是抵制。

回到办公室，夏向上刚坐下喝了一口速溶咖啡——康小路非常鄙夷他用袋装咖啡的行为——但没办法，他没工夫也没耐心去现磨咖啡，康小路就推门进来了。

康小路的办公室在对面，比他的小，康小路坚持用小的，并说她可能不会常驻北京。但实际上春节过后她一直在北京，没有回深圳一趟。

"向上，你说齐吴宁和杭未到底在打什么主意？"康小路径直坐到了夏向上面前，"他们不但和我们住同一栋楼，还刚刚租了办公室，就在我们公司的楼下。"

齐吴宁和杭未作为投资人，将事业重心转移到北京也在情理之中，康小路观察细致并且反应激烈，倒是出乎夏向上的意料。

"不是正常的商业行为吗？商业行为的出发点是为了公司的发展，为了拓展业务，难道是为了爱情？"夏向上语气轻松，"为什么你会怀疑他们？"

第三十一章
有一个豪华陪练天团不好吗

"我也不是无端怀疑他们,而是他们和我们本来没有业务上的合作,也没有太多的交情,为什么总是出现在我们周围?"康小路的神色逐渐凝重起来,"你说得对,也许真是为了爱情。"

好吧,他只是随口一说,没想到康小路还认真了,夏向上摇头一笑:"你是说齐吴宁是为了追求杭未,特意在北京也成立公司来增加他们的互动?"

"不,我是说齐吴宁可能是追求别人才经常来北京,而杭未是为了追求你。"康小路一脸认真加思索的表情。

夏向上嘴里的咖啡差点喷出来,他憋得满脸通红:"为什么你会认为杭未喜欢我?你难道真的没有看出来齐吴宁对杭未一往情深吗?"

"齐吴宁是不是一往情深不重要,重要的是,杭未对他没感觉。"康小路双手抱肩上下打量夏向上几眼,"她喜欢你,我倒是看得清清楚楚。"

夏向上还没有想好怎么作答,响起了敲门声,齐吴宁和杭未一前一后进来了。

"两个天大的好消息和两个地大的好消息,想先听哪两个……"齐吴宁上来就不客气地泡了一包速溶咖啡,喝得津津有味,"还是速溶的好喝,从小喝惯了便宜的味道,后来有钱了,怎么也适应不了现磨的滋味,是不是贫穷后遗症之一?"

夏向上懒得理他故意夸张的动作,毫不客气地说道:"要说就赶紧说，不说喝完咖啡就走人，我还有事情要忙。"

杭未上前一步，动手研磨咖啡——是康小路特意送给夏向上的礼物——她动作娴熟，姿态优雅："重要的不是喝现磨还是速溶，重要的是和谁一起喝在哪里喝为什么喝，环境和心境才是关键，是吧向上？"

夏向上只好咳嗽几声以掩饰尴尬："咳咳，小齐，你继续，别停。"

"还是我来说吧，我说得比他简明扼要。"杭未转过身来，嫣然一笑，"两个地大的好消息是我和吴宁注册了两家公司，一家是房地产开发公司，另一家是农业发展公司，公司的办公地址就在你们楼下。从现在开始，我们就是事业和生活中的双重邻居了。"

"也可能是双重竞争对手。"康小路冷不防插了一句。

"还好，还好，如果再加上爱情，就是事业、生活和爱情的三重邻居了。"杭未嘻嘻一笑，她一双明亮的大眼睛目不转睛地看向了夏向上，"但谁知道以后呢？爱情也许会迟到，但不会缺席，是吧向上？"

夏向上毫不畏惧地迎上了杭未的炽热的目光："成功不是人生的必选题，爱情也是。说吧杭未，两个天大的好消息是什么，我迫不及待想要知道了。"

齐吴宁将杭未拉开，他挺身而出："该我了，我来说，两个天大的好消息一个是我们的房地产开发公司已经选定了位于大兴的一块地皮，并且报名了土拍，但我们的实力不够，希望能和大道之行联合开发。另一个是我们的农业发展公司也已经选好了位于容县的一块地作为农场用地，并且和县里谈好了合作条件，但同样是资金量过大并且人手不够，也希望能够得到大道之行的帮助，一起联手。"

天热有人送空调天凉有人送温暖，困了送床饿了送饭，服务太到位了吧？夏向上不只是震惊，而是惊诧于齐吴宁和杭未的动作如此迅速，在他们刚刚成立公司之际就初步打开了局面，等于是在赛道上快了他们一个身位还多。

问题是，他们的公司也才刚刚成立！可见他们在公司成立之前，就已经开始着手布局了。更大的问题是，他们哪里来的资源和渠道？

当然，以上问题还不是关键问题，关键问题是齐吴宁和杭未为什么要将到手的好处拱手让人？夏向上才不相信他们真正的出发点是实力和人手不够。诚然，以上也是原因之一，但肯定不是主要原因。

康小路也是一时讶然，她比夏向上更直接，当即就问出了疑问："你们这种毫不利己专门利人的雪中送炭的行为，别告诉我只是出于实力和人手不够，这些问题都可以解决，而且比我们有实力的公司多去了……你们对我们这么做的最主要原因是什么？"

齐吴宁搓了搓手，一脸羞涩的笑容，笑容很真诚，甚至有一丝青涩："还是被你们看出来了，我不得不说出实话了，是，我和杭未这么做的出发点是为了爱情。不怕你们笑话，我从小就喜欢杭未，早就认定她就是我今生非娶不可的女神。可是杭未对我始终不冷不热不远不近，或者说感觉总差那么一点点，是友情之下恋人未满的状态。直到她遇到了向上，才知道她真正喜欢的类型是什么。而我也一样，在遇到小路之后也明白过来，我对杭未的感觉只是出于哥哥对妹妹的保护，只是周围环境对我的潜移默化的影响，只是一种惯性，而不是真正的爱。"

等等，有点乱，夏向上感觉世界突然向他展现了滑稽的一面，杭未喜欢上了他，而齐吴宁看上了康小路，为了爱情，二人甘愿将项目拿来和大道之行合作……好吧，从逻辑上讲如果真是这样的出发点，也差不多可以说得通，毕竟大道之行既有资源也有资金。

问题是，他们就没有想过他们会拒绝吗？

杭未似乎是猜到了夏向上的疑问，站了出来："是，你们肯定会说你们会拒绝我们的喜欢，不要紧，我们有的是时间和耐心。我们不需要你们现在就给我们一个回答，我们只管尽心尽力地帮助你们，不是说一定期望打动你们，只希望可以通过项目的合作一直保持密切的接触与联系……你们忍心拒绝我们满怀期待的好意和不求回报的喜欢吗？"

康小路想说什么，被夏向上抢先了，他朝康小路微微一笑，然后点头说道："是呀，拒绝不了，也不忍拒绝，先对你们的好意表示衷心的感谢。也请你们放心,我们不会不给你们回报,时间肯定会给我们所有人一个满意的答复以及……真相。"

等二人离开后,康小路质问夏向上为什么不让她当面问个明白,夏向上胸有成竹地笑了笑,耐心地解释了一番。

"既然他们是有备而来,不管理由多离奇或是多充足,都不重要,他们肯定已经想好了更多的解释和说法,总有一个让你相信。与其我们费劲去怀疑,他们费力来解释,还不如我们难得糊涂,接受他们的好意,最终只要能达到双赢的目的,就是好事。只要我们保证在合作的过程中没有陷阱和埋伏,就行了。"

"道理我都懂,但我不知道他们为什么要这么做……如果真的是因为他们对我们的喜欢,是不是太离奇太好笑了?"康小路微微皱眉,眉宇间不经意流露出来的担忧与思索,让她平添了几分知性美。

"只要双方的合作能让双方满意,管他们为什么要这么做呢?不是所有事情都需要一个让我们觉得信服的理由。"夏向上又劝了康小路几句,"接下来的问题是,我们该如何分配份额和资源,以及分工。"

康小路虽然没有完全被夏向上说服,但也暂时打消了疑虑,开始进入了下一阶段的状态,叫上杭未、易晨和孙宜一起开始规划土拍投标事宜了。

其实夏向上也早就盯上了齐吴宁所提的大兴的土拍,并且做好了前期准备,只是就大道之行一家新公司单独参加拍卖,怕是很难成功。现在有了齐吴宁的加入,成功的概率就大了许多。

夏向上就又叫来了齐吴宁和温任简,三人在办公室喝茶聊天。

温任简得知了齐吴宁和杭未对大道之行的帮助,心潮澎湃,恨不得现在就去容县落地农场事宜,夏向上暗暗一笑,带着学术气息和单纯出发点的温任简生活在自己相信的世界中,也是好事,不去多想许多反常事情背后的真相,越是心思纯净,越容易出研究成果。

专注才是生产力。

"温老师现在是不是迫切地想要去容县?"齐吴宁早就做了准备,拿出手机推送了一个微信号过去,"您加关月微信,她是我公司负责农业的负责人,她下面就去容县,你们可以同行。"

"真的吗?"温任简喜不自禁,当即添加了微信,他按捺不住兴奋,"向上,你们先聊,我去和关月聊聊。"

夏向上看出是齐吴宁的精心安排,笑着点头:"温老师的心早就飞走了,现在留您在公司只能限制您的发挥,赶紧去吧,路上注意安全。"

温任简喜滋滋地走了。

他前脚关上门,后脚夏向上的脸色就阴沉了下来:"齐吴宁,你到底唱的是哪一出?"

"什么哪一出?"齐吴宁顾左右而言他,"你的办公室装修风格过于简洁实用了,应该多一些科技感和未来感。"

"别打岔。"夏向上的笑容有点意味深长,并且多了一丝探究的表情,"你和杭未的新公司,完美地补充了大道之行各方面的不足,说吧,我敢打赌肯定不是你的安排,你考虑不到这么细致。"

齐吴宁躲避夏向上的目光,半晌才长叹一声:"有一个豪华陪练天团不好吗?"

第三十二章
可以编织神话，但不能相信神话

"没说不好，我也希望开头的时候顺风顺水，才能更好地打开局面。局面一打开，后面的事情就好办了。有太多公司就死在还没有打开局面上……"果然和夏向上猜想的一样，他心里反倒踏实了几分，"只是我喜欢凡事赢得明明白白也死得明明白白，哪怕被人利用，也要是心甘情愿地当棋子。不像温老师，被安排了他无法胜任的工作，这件事情，早晚有一天会压垮他。"

"温老师怎么了？"齐吴宁还真没想到夏向上话题一转会转到温任简身上，"什么事情？"

齐吴宁一脸真诚的无知表情应该是真不知道温任简在大道之行的定位，夏向上算是领会到了康队长高明的用人之道，也可以理解，康队长从勘探队队长下海经商，到打下一片大大的商业帝国，如果不是眼光超然手段高明，怎么可能有现在的成就？

齐吴宁别说是后天富二代，就是先天富二代也不是他的对手。

温任简在大道之行不单单是一个创始人的角色，康队长肯定赋予了他另外一个任务——监视、监督并且制衡他。这么安排倒是无可厚非，只是让夏向上感叹的是，温任简并非最佳人选，他做学问很专业很投入，其他方面的才能就不太行了。同时也说明，康队长目前来说在公司还是没有备选人选，只能先由温任简顶上。

近段时间夏向上明显可以感觉到温任简在他面前有几分不自在，谈完工作就想赶紧离开，和以前喜欢和他高谈阔论国家大政方针以及农业发展滔滔不绝判若两人,不是温任简改变了性格,而是他有了心事。

他不是一个可以隐藏心事、喜怒不形于色的人。

如果说温任简负责监视、监督并且制衡他,是康队长的常规手段,那么借助齐吴宁和杭未之手再注册成立新公司从侧面助力大道之行,则是非常规手段,也可以说是非常高明的一着妙棋。就算康小路有所怀疑,康队长只要死活不承认,康小路也没有办法不是?

只是不知道康队长用什么理由说服了齐吴宁,好让他放下深圳公司的一切事宜前来北京,杭未还好说,作为投资人到处跑也是常态,齐吴宁毕竟是一家大公司的大股东,就算是继承来的泼天富贵,也得管理不是?

"温老师想成为国内最顶尖的种子专家,他给自己制定了目标,希望在五年之内研制成功可以替代国外种子的一系列农作物……"夏向上索性略过了温任简的事情不提,既然齐吴宁不知道,就让他不知道好了,让他保持一种纯粹的心态是好事,"五年的时间对于种子研究来说,太短了,我怕他会被压力压垮。"

"不会,不会的,他很快就会有几个得力的助手了,关月是一个,其他的农业高校的后备力量,正在招聘途中。"齐吴宁立刻回馈了夏向上一个积极向上的信息,"关月多年来一直从事农产品生意,对于主粮和经济作物的渠道流通很有经验,她能在实践方面帮助温老师许多。"

准备得还真是充分,有一说一,夏向上都有点期待了,他点头笑了:"这么说,其他方面的人才,也在物色中了?"

齐吴宁嘿嘿一笑,摸了摸后脑勺:"既然是豪华陪练天团,肯定会方方面面考虑得周全,但也不是事事都能到位,还需要你们自己实际操作许多事情……我说得够明白了吧?"

确实明白无误了,夏向上知道了自己想要知道的信息,就问:"我不明白的是,你为什么会这么热衷于这件事情?你肯定也清楚瞒着小路容易,瞒着我难,可以编织神话,但不能相信神话……杭未也不知道背后的一切吧？"

"杭未不知道，她只知道我是在打着帮你和小路的名义另起炉灶以减轻恒长贸易内部的压力，并不知道背后还有更复杂的原因。"齐吴宁眼神中的光芒闪耀一下，又熄灭了，"其实根本原因还是在于我接住的巨大的财富不是一笔现金，而是资产，是一个运营健康、利润丰富的大型集团公司。听上去很不错，实际上有见识的人一听就知道背后隐藏的巨大危机——尽管我是姑姑公司恒长贸易的最大股东，但我在公司没有根基，所以无法彻底地掌控公司。"

齐吴宁在公司只担任了副总，本着学习的态度打算先熟悉公司再逐渐掌权，慢慢却发现几个创始人联手抵制他，甚至有意将他赶出公司。他只有两条路可以选择，要么卖掉股份，套现走人。要么继续留在公司，精心准备一场内部夺权大战，胜了，成为董事长彻底掌控一切。输了，卖掉股份套现走人。

齐吴宁很清楚一点，以他的性格和在公司内部的影响力，想要获胜的可能性微乎其微。但如果说让他放弃公司，他又不甘心。最主要的是姑姑和他签订的协议中明确规定，如果他直接卖掉股份而不经营公司，将会失去继承权。也就是说，他只有背水一战彻底掌控了公司才能顺利拿到股份。

问题是，让他一个不懂管理没有经验的毛头小伙子跟一帮老江湖斗，怎么可能有赢面？正当他一筹莫展之时，认识了康大道，就打开了全新的视野——康大道提出可以帮他打通所有环节，帮他一步步掌控公司，因为康大道和姑姑的公司有常年的合作，也和许多股东关系匪浅。

前提条件是他得答应帮康大道办三件事情，第一件就是让杭未出面投资李继业，为康小路继续投资李继业制造难度。第二件事情就是在北京成立一家公司，主要业务范围是房地产和农业，为大道之行打辅助，资源和人脉以及资金，他来提供。第三件事情是以上两件事情不要告诉夏向上和康小路真相。

齐吴宁在得到康大道的保证一定会帮他夺回公司的控制权后,当即一口答应下来。对他来说,他只是出出力气花花时间,又不用他花钱,再者就算他花钱也没什么,何尝不是一种锻炼?就当是在和自己公司的元老决战前的练手了。

在和康大道达成共识后,康大道又再三强调不要告诉康小路和夏向上真相,就连杭未也要隐瞒,不过他又补充说道,如果夏向上猜到了什么,不管夏向上怎么问,只管回答他"豪华陪练天团"就行了。

以上,齐吴宁并没有全部和盘托出,而是只透露了康大道要帮他掌控恒长贸易的出发点和他达成了合作基础,夏向上一点就透,也没有再继续追问细节。

"既然我们有了共同的目标,希望我们精诚合作,全力打造一个大型集团公司出来。"夏向上为齐吴宁倒了一杯茶,"我不会告诉小路真相,相信你也会继续瞒着杭未对吧?只要目的是光明正大的。"

齐吴宁喝了一口茶,又抓起一把瓜子嗑了起来,完全没有超级富二代的公子哥形象:"我还有一个小小的私心,希望夏哥帮忙。"

"杭未?"

"是。"齐吴宁用力点头,兴奋的脸上洋溢着高涨的热情,"以前我觉得我对杭未的感情只是惯性,是依赖,是周围环境和人的影响。这段时间经常和她一起出差,又一起开公司,慢慢发现了她以前没有被我发现的许多优点,比如认真、反应迅速、考虑周全,弥补了我许多不足。我现在发现不但生活上离不开她,事业上也得必须和她寸步不离了。"

杭未是细心,又聪明,并且还有许多其他优点,但如果说她考虑周全未必不是情人眼里出西施的结论,毕竟杭未都没有猜到齐吴宁如此卖力地帮助大道之行的背后,到底还有什么深意。

话又说回来,齐吴宁说他来北京发展是为了转移恒长贸易的压力,杭未相信也情有可原。

第三十三章

市场永远是对的，错的只有自己

北京的春天，短暂、多风、少雨，且气温反复。

北京的夏天，炎热、干旱、漫长，从6月到9月，一直是热浪滚滚、热火朝天。

北京的秋天，犹如一瞬，10月入秋后，11月昙花一现，12月就天寒地冻了。

夏向上不喜欢北京漫长而寒冷的冬天，从11月中旬一直持续到来年4月，感觉上有长达四个多月的寒冷。北京说是四季分明，但很多人的直观感受北京一年就两季——大概在夏季和大约在冬季。

时间进入了2015年的11月份，大道之行成立半年多来，终于迎来了第一次重大的转折。

人员基本上已经差不多配齐，公司上下也有了百余人，同时易晨和孙宜也都顺利通过了考验，分别担任了副总兼设计部总监、副总兼工程部总监。

转折有两个方面，第一，大道之行正式承接了一家大型公司的办公楼项目，负责整体设计与装修，虽然利润不高，但总算打响了第一枪。公司成立了项目部，由夏向上兼任了负责人，易晨和孙宜作为成员，直接负责项目的全部事宜。

第二个转折是在土拍项目上的重大失利！

和齐吴宁的浩荡房地产发展有限公司联手竞拍的021地块，在经过激烈的角逐后，只剩下了一家海达房地产有限公司不停举牌，最后和大道之行血拼到底，以高出大道之行心理价位5亿的价格拿下。

夏向上承认大道之行和浩荡房地产联合在一起也只是两家无名的小公司，并且刚成立不久，但海达房地产也是查无背景的新公司，怎会有如此实力？一般来说突然冒出来的新公司要么是大公司的马甲，要么是大公司的障眼法，但经过夏向上的认真调查，海达房地产确实是一家彻头彻尾的新公司，成立的时间几乎和大道之行同步。

就在夏向上准备进一步深入了解海达房地产到底是何方神圣时，对方却主动上门了。

夏向上在办公室接待了林海中和张达志。

从离开单位之后，夏向上就再也没有见过二人，一年多后的今天再次相见，二人都变了一些，中年不曾发福的林海中比以前更瘦了几分，脸色甚至有些憔悴，而微胖、经常性眉飞色舞的张达志成熟了几分，但飞扬跋扈的姿态也拿捏得更炉火纯青了。

夏向上为二人泡了茶，张达志喝了一口，吐在了地上："什么破茶叶，几毛一斤买的吧？夏向上，你好歹也是大道之行的总经理了，多少讲究点，别弄烂茶招待朋友。就算竞拍失利，在临门一脚被我们拍死了，也不至于惨到连好茶都喝不起的地步吧？哈哈哈哈……"

原来海达房地产是林海中和张达志的公司，夏向上此时才明白过来为什么当时对方死咬着自己不放，敢情除了商业上的竞争之外，还有私仇。当年他将举报信发出之后，就没再关心下文，因为他相信以他翔实的证据与材料，林海中别想逃脱应有的惩罚。

"这么说，林总和达志也出来创业了？而且很幸运的是，我们还是同一个赛道，并且看中了同一块地皮，连对未来趋势的判断都一样？"夏向上对张达志的故意挑衅并不生气，虽然竞拍失利确实让他一度郁闷并且恼火，但得知真相后，现在的他，反倒平静了许多，"看样子在未来相当长一段时间内，我们都是面对面的竞争对手了？"

"怕了吗？"张达志嘿嘿一阵冷笑，"怕了就明说，我可以收购了你的公司，大小安排你当个总监。"

"能在一个相对公平的环境中和你们过招,是好事,至少你们再也没办法做到只手遮天。"夏向上不慌不忙地笑了笑,"市场不以个人的意志为转移,市场永远是对的,错的只有自己。"

"想屁吃呢!"张达志讥笑一声,笑意不加掩饰中流露出轻蔑和不屑,"你们这些学习好的书呆子有一个共性就是天真地以为社会大学的考试也有标准答案,只要死记硬背只要熟读书本,就能取得高分,哈哈,幼稚。社会大学讲究的是人情、人脉和格局、眼光,你有哪样?"

"这是你几年三本大学学来的知识总结和依靠舅舅撑腰靠人情和投机取巧得来的人生经验?"夏向上轻描淡写地笑了,"行了张达志,别给我上课了,你不配。如果你过来就是想在我面前炫耀一下你的胜利,你已经达到了效果,可以走了。如果还有别的事情,现在可以说正事了。"

林海中在一旁始终默然不语,不停地喝茶,其实是在暗中观察夏向上在得知是被他和张达志打败后的表情有多精彩,可惜让他失望的是,夏向上除了最初微微惊讶之外,很快就恢复了平静,心理素质之强大,让他暗暗震惊。

不过一想也可以理解,夏向上从小到大,在学习上一路过关斩将,虽然中途有过浮沉,但只要他一努力一认真,就能重回第一的宝座,除了高智商之外,心理上的强大与情绪上的稳定,也是考试能取得高分的必要因素之一。

离辞职出来已经有一段时间了,并且在正面战场中在竞拍的决胜局战胜了夏向上,此时此刻面对夏向上时,林海中还是难免隐隐有些愤怒。

当初夏向上明明答应他已经删除了电脑中的原始文件,转头就将一系列的证据寄给了上级主管部门和评审会专家。风暴来临得毫无征兆,在林海中完全没有意识到危险逼近时,他就被隔离审查了。

张达志也被带走接受了调查。

还好经过一段时间的核实,他除了帮张达志弄了先进个人以及帮他打掩护在设计图纸上面做手脚之外，就是在单位偏袒张达志，并没有其他方面的经济问题，但死罪可免活罪难逃，毕竟设计图纸事件影响恶劣，评审会对此无比愤怒，要求严惩张达志……最终上级主管部门给了林海中两个选择，第一，林海中调离领导岗位，到后勤部门。张达志开除公职。第二，林海中主动辞职，张达志也可以以主动辞职处理。

林海中选择了第二个。

就在夏向上离开单位的第二个月，林海中和张达志每人抱着一个箱子，灰溜溜地走出了单位大门，在无数人指指点点中，二人不敢抬头。

林海中决定创业，相信凭借他多年在行业内的人脉和资源，必然可以轻松地打开局面。虽然被辞职让他大受打击，但如果不是被迫离开，他也不会意识到自己一把年纪了还能再拼搏一次。

张达志气不过，当时就想去找夏向上的麻烦，还说要把夏向上打得住院，不让他下半生生活不能自理，至少也要让他三个月下不了床……被林海中拦住了。林海中在最初的气头过后复盘了一下，也意识到了当时夏向上承诺中故意留下只删除单位电脑原始文件的漏洞，而他和张达志都没有第一时间发现，只能说明他们智商不够，就得愿赌服输。

林海中将公司定位为房地产开发和承接建筑工程的设计与建设，和大道之行的定位一模一样。他始终关注着夏向上的一举一动，大道之行正式成立的仪式上，他和张达志也悄悄溜了进去，在夏向上没有发现他们之前就又悄然离开。

林海中并不看好大道之行的前景，尽管他也查到了大道之行背后的金主康大道实力雄厚，但在北京做事，不是光有钱就行，还需要有深厚的关系网。更不用说三个创始人夏向上、康小路和温任简了，简直就是三傻组合——夏向上是高才生又能如何？没有管理和运营公司的经验。康小路更是国外留学回来，小白一个，估计对中国社会的文化和人情都理解不透。而温任简更是彻头彻尾的书呆子一个，除了教

161

书还会经营公司？开什么玩笑，做学问的都只会务虚，都是眼高手低好不好？

当然，狙击大道之行拿到021地块，并非是完全出于私怨，而是林海中确实认可大兴未来的发展趋势，决定在大兴布局房地产。他早早就盯上了021地块，没想到几轮过后，最后的唯一的竞争对手居然是大道之行，就让他在兴奋之余，更激发了好胜之心，最后比心理价位多了5亿的价格拿下，肉疼是肉疼，却还是有一种扬眉吐气的爽快。

能打得夏向上抬不起头来，让他遭遇正面战场的重大失利，这5个亿，值了！

第三十四章

开始试着从全局考虑问题

本来林海中并不想在拿下地皮之后就来找夏向上当面打脸,张达志非说就想亲眼看看夏向上震惊、恼羞成怒、气急败坏、怒不可遏的精彩表情,他也就被张达志拉着来到了夏向上的公司。一路上,他不停地告诫自己他并没有这么肤浅,但做人也不能太低调了,锦衣夜行有什么意思,还是要衣锦还乡才好玩。

还有,林海中也想和夏向上见面聊聊,当面打脸是一方面,另一方面,或许可以探听虚实,听听夏向上的下一步规划。同时,再给夏向上上上课,让他早早打消创业的念头,不行回家去教书或是去培训机构当老师,也能实现自己的价值。

效果似乎不是很好,林海中就制止了张达志继续当面打脸的冲动,毕竟打了半天了,夏向上的脸既没有红更没有肿,还是一样的无动于衷,就让爽感大打折扣了,不如回到正事上。

"向上,你不要误会,我今天和达志过来,并不是计较以前的事情。过去的事情再去计较,不是自寻烦恼吗?无法改变的事情必须得放下才能前进,你说对吧?"林海中努力表现出心平气和的姿态,"我是想和你探讨一下未来的发展方向,你觉得未来房地产市场还会一直繁荣下去吗?"

表面上是取经,实际上是上课,夏向上一瞬间就猜到了林海中的真实想法,不过和他讨论一下也并无害处,就淡淡说道:"太阳升起就会落下,人会长大也会衰老,房子也一样,有上涨必然就会有下跌,有兴盛就会有衰落,自然规律谁也改变不了。"

中国的房地产高歌猛进了二十多年,之前遭遇过危机又被重新拉起,2008年有4万亿救市,让房地产价格猛涨。2014年之前,房地产行业又进入了一段下行期,各地纷纷出台政策松绑限购。然而,2014年7月11日,住建部指导库存量较大的城市要"千方百计"消化商品房待售面积,随即各大城市纷纷取消限购,同时,银行也降低了房贷利率,短短一年内五次降准,释放了4万亿资金。自2015年年中开始,房地产再一次迎来了新一轮牛市。

有些城市的房价上涨幅度甚至超过了50%,一举将中国的房价推向了新高。

看似前景一片大好,无数房地产公司纷纷下场,准备大干一场,夏向上却从繁荣中看到了危机。经过几轮上涨之后的中国房地产市场,在今年已经接近了顶峰,虽说谁也无法预测未来,但可以从GDP的增速以及居民收入的增长来判断未来。如今的房价已经远超居民的承受能力,许多房子都是掏空了六个钱包才凑够了首付,再加上长达三十年的巨额贷款,可以说在未来相当长一段时间内,居民的购买力已经彻底释放了,对住房的需求会明显降低。

房子不是快消品,一套房子到手后,不少人几十年甚至一辈子都不会再买,并且随着居民居住面积的明显提高,再叠加可以明显看到的人口下降的趋势,不出十年,中国的房地产必然会严重下滑。

话又说回来,没有谁可以看得长远,先管眼下再说,眼下的难关过去了,才有未来不是?至少夏向上预测还有三五年的黄金期,对大道之行来说,足够发展壮大起来。

林海中缓慢地点了点头:"你的意思是,房地产市场一定会有低谷期了?"

"哪里有永恒的只涨不跌?市场会饱和的,林总您缺房子吗?手里至少得五六套吧?"夏向上笑眯眯地问道。

"没见识了吧？舅舅名下的房子十几套都不止！"张达志得意地大笑。

"所以，如果房子不再升值，这么多房子在手里，就成了包袱，再者如果租金的收入还没有房价拿去理财的收益高，连保值都做不到的时候，谁还会持有这么多套负资产呢？林总不缺房子，林总的下一代甚至再下一代，也不会缺房子。房子这种商品不像汽车十几年得淘汰，是可以代际传承的。"

张达志脸色微微一变："我钱多，就想买十几套房子放着玩，你管得着吗？"

林海中挥了挥手制止了张达志无意义的争论："你觉得房地产市场还有几年会走入下行期？"

"我不敢肯定，还得请教林总，林总比我站位高眼光长远。"夏向上谦让一步，想听听林海中的高见，正好也是满足林海中为他上课的表现欲。

林海中故作谦虚地摆手一笑："我随便说说，你听听就行，别当真。房地产市场发展到今天，说是饱和了，其实也没有。说没有，也到了临界值。房子是耐用品，一般人不会买一套又一套，拥有多套房产的人，都是当成了投资的工具。随着人均居住面积的提高，市场肯定会迎来供大于求的一天，到时就会进入一个下行期，时间差不多就在 2020 年前后。"

也得承认林海中确实有些见解，他对时间节点的判断和夏向上差不多，不过夏向上比他更谨慎一些，认为最多到 2018 年时，房地产的繁荣就接近了尾声，以后，房地产市场将会进入良性、有序以及追求更高品质的发展阶段，正是基于以上的认知，大道之行才会同时开展房地产和农业的业务。

农业，尤其是科技农业和高效农业是未来的趋势，夏向上相信他的判断，也相信康大道的长远布局。他之所以答应康大道的邀请加入大道之行，也是在对未来的看法上他们有很多共同之处。

不过康大道对于未来农业的过度乐观，以及推测在北方极有可能是华北平原腹地会有新的特区成立,夏向上持保留态度。华北平原不临海,城市密集度不低,没有形成珠三角、长三角的城市群,经济也不够发达,而且还有北京和天津两个直辖市。

如果再新建一个特区,会选在哪里?离北京太近,容易被北京的光环淹没。离天津太近,又会被天津虹吸。也不可能离石家庄太近,石家庄作为河北省会,存在感已经很低了,而且被北京和天津所影响,许多河北省的人可能常去北京和天津,都没机会来一次石家庄。

夏向上觉得可能性不大,康大道却坚信他的判断,并说在2017年时就会有明确的消息。好吧,反正没几年了,拭目以待。

林海中见夏向上听得认真,心理上获得了极大的满足,继续侃侃而谈:"房地产是中国经济的支柱产业,一旦下滑,对国家和社会的冲击与影响,是方方面面的,一个庞大的市场让出了位置,必然会有其他的市场补充上来,你觉得会是什么?农业?汽车制造业还是互联网?"

未来趋势是一个大课题,每个人都会有自己的判断,康大道认为会是农业和互联网,夏向上则觉得是汽车制造业和互联网。不是他不看好农业,而是他作为出身农村的农民的孩子,很清楚农业的产值不足以担当成为替代房地产的重任。

农业是很重要,只是在现有模式下,既分散又无法形成大规模种植,无法科学分配种植区域,也无法形成高效农业。

也别说,林海中倒还真有几分见解,提出的问题很精准,夏向上就直言不讳:"在林总面前我可不敢信口开河,根据我不成熟的看法,汽车制造业和互联网,会接替房地产退潮之后的空白。"

"为什么没有农业?"林海中当即问道,"你不觉得农业才是蓝海吗?我认为应该加上农业。"

加上就加上,夏向上从善如流:"林总也打算投资农业吗?"

"不是打算,而是已经在做了。"林海中回身看了张达志一眼,"我和达志昨天才从容县回来,对了,容县是你老家对吧?我们准备在容县投资一个农场，听说你们也在容县布局农业产业了？如果不是我们曾经有过过节，向上，我还真想把你当成知己，我们简直是神同步。"

林海中也这么看好容县的前景？也许是夏向上从小在容县长大的原因，他并不觉得容县有什么特殊之处，作为华北平原腹地的一个农业县，旅游资源不丰富、工业不发达、商业也不发达，为什么在康大道和林海中的眼中就成了一颗璀璨的明珠呢？

沉默了半天的张达志站了起来，一脸神秘地向前凑了凑："夏向上，你告诉我你是不是听到了什么风声，知道三县要有大动作才在三县投资了农场？"

夏向上是不止一次听康大道和温任简都说过类似的话，只是他并没有往深里想，张达志突然如此一提，他顿时来了兴趣："你也听到了？对，如果不是听到了什么风声，怎么会去容县投资。也许我们听到的消息不一样，你的具体是什么？"

张达志学聪明了，不答反问："别想套我的话，你先说。"

来脑筋急转弯？夏向上呵呵一笑，慢条斯理地倒了一杯茶："是你们过来找我聊天，又不是我找你们有话说……而且你们只投资了一个农场，我们是三个！听到的消息是什么不重要，重要的是行动。"

张达志立刻就按捺不住了："你的意思是说，三县真的要成立……是深圳规模还是浦东规模？"

三县要成立什么，康大道语焉不详，温任简也是说不清楚，夏向上就更加不得而知了，他是智商高人一等，但毕竟阅历浅，对大势的判断不如康大道和精心研究政策的温任简，张达志有此一问，他脑中立刻闪过一个大大的疑问——是要成立特区了？

"在事情没有最终敲定之前，所有的猜测只能是猜测，别想走到政策的前面，安心、踏实地走好每一步，在大潮来临时，才能从容不迫地傲立潮头。"夏向上抛出了一番正确的废话，既显得高深莫测，又不露怯。

他开始试着从全局考虑问题了。

第三十五章

核心的圈子

林海中和张达志的上门打脸，以夏向上一番讳莫如深的高谈而结束，多少让林海中和张达志有几分扫兴，感觉虎头蛇尾，尤其是最后一番话时夏向上神秘的表情，更让二人觉得夏向上肯定知道许多却就是不向他们透露。

下了楼，上了车，张达志还有几分愤愤不平："舅，我觉得夏向上就是在装神弄鬼，他肯定什么都不知道，就是故意唬我们，让我们高看他一眼。想屁吃呢！如果他真有本事，也不至于在竞拍上失利。"

林海中紧抿嘴唇，沉默了半天才说："两码事。夏向上知道的肯定比我们多，要不他不会一下投资三个农场。农场可是投资长见效慢的产业，他节省一个农场的投资用在竞拍上，出价就能超过我们了。"

张达志还是不服气："照这么说，我们就压不住夏向上了？不行，当年的事情他欺人太甚，我要报仇。"

换个角度，当时谁欺人太甚还要两说，林海中并不认为是他和张达志被夏向上欺负了，有些事情对夏向上确实不太公平，主要也是没办法，张达志都是先斩后奏，事情已经到了无可挽回时才会告诉他，他只能替他擦屁股，难道要大义灭亲？

现在人在市场，和在单位竞争唯一的名额不同，市场足够大，容得下海达和大道之行，不再是零和博弈，林海中一方面是想用胜利压夏向上一头，当面打脸心里暗爽，另一方面也不想把事情做死，以后就算没有机会合作，至少别得罪一个有关系有资源的强劲对手。

夏向上能在短短时间内成立一家公司，还从事房地产和农业，都是需要动用天量资金的行业，背后没有高人支持和背书，绝无可能。

"怎么跟个小屁孩似的，报仇报仇，你和他有什么仇？杀父之仇还是夺妻之恨？都成年人了，要用理智的逻辑来分析问题，不要动不动就被情绪左右了智商和情商。"林海中很是不满地瞪了张达志一眼，"本来就智商不高情商也低，再加上情绪不稳，别说商场上得意了，你连严凌都拿不下，情场上也会失意。"

"我错了，舅，我错了还不行吗？"一提到严凌，张达志立马怂了，缩了缩脖子，"舅，我要怎样才能追到她？我太稀罕她了。"

"感情是需要长久培养的，我对她有新的安排了。"严凌是林海中老朋友的女儿，今年22岁，刚毕业，从上海来北京发展，受老朋友之托，他安排在了自己的公司，目前是他的助理。

张达志对严凌一见钟情，立刻就展开了猛烈的攻势。他其实不太愿意张达志对严凌有想法，严凌别看年龄小，却比张达志更成熟更世故，不管是什么场合都应对得体，张达志真入不了她的眼。

他也私下征求过严凌的意见，严凌明确地答复她不喜欢张达志，和他完全没有可能，让他转告张达志不要枉费心思了，安心做事就行，她和他只能是同事。如果他再有不安分的想法，可能连同事都做不成了。

林海中犹豫再三，没有将严凌的话原封不动地转述给张达志，他是怕张达志承受不了打击，要么沮丧之下颓废，要么发疯之下失控。

"让严凌去哪里？"张达志兴奋地搓了搓手，"是不是安排她来担任我的助理，天天跟我一起办公、出差？"

"我会让她去应聘大道之行的工作，让她打入敌人的内部，接近夏向上，打探商业机密。"林海中心中有了主意，他知道张达志必然会反对，先断了他的念头，"你也别胡思乱想，反对也无效，这事儿就这么定了，没有商量的余地。"

张达志的脸色变了几变，也不知道想通了什么，出乎林海中意料的是，他一口答应了："好事，我不反对，我支持严凌去大道之行。"

"真的，没说反话？"林海中差点以为自己听错了。

"当然，我什么时候说过反话？我从来都是实话实说的。"张达志的想法很简单，现在他和严凌每天都见面，用力表现却始终没有赢得严凌的回应，也许是离得太近的缘故。等她去了夏向上的公司，距离产生美，如果再被夏向上在工作上虐待和折磨，她就会知道他的好。

没有对比就没有伤害，没有落差就不知道什么是爱。

"行，你不反对最好。"

林海中和张达志回到公司，他当即和严凌谈了一次，严凌立刻就同意了，她一向富有挑战精神，愿意去尝试新鲜事物，对于应聘并卧底大道之行充满了期待。

2016年元旦刚过，虽然在竞拍021地块上失利，大道之行在承接了办公楼设计与装修工程后，继续参与竞拍了位于丰台区的031地块，在与齐吴宁的浩荡房地产联手举牌下，终于成功拿下，算是打开了房地产开发的局面。

而在三县的农场布局，前期的进展不算顺利，雄县的地皮选址已经落定，并且和县里签订了合同，安县的地皮正在谈判阶段，进展缓慢，而容县选中的几块地皮，原本前期已经谈好条件，后来不知何故又反悔了，导致进度一度中止。

齐吴宁亲自去了一趟容县，在单一糖的帮助下，查到了背后的原因——有一家名叫海达农业发展有限公司想要截和大道之行的项目，专门去和大道之行接触的供地方谈判，开出更高的价格和更好的条件，等对方和大道之行的谈判中止后，再降低价格，如此反复，让供地方既恼火又对海达抱有幻想，战线就被拉长了。

夏向上现在分身乏术，忙于031地块的开发，前期有太多事情需要处理，等动工后才能抽身去县里亲自处理此事。齐吴宁只能查出原因，但缺少解决问题的方法，单一糖倒是可以帮忙，毕竟不是公司的人，名不正言不顺，最后夏向上决定让康小路带领杭未和关月一起出马，不信摆不平安县和容县的麻烦。

相对来说，安县的麻烦稍小一些，好解决，就让她们先去安县好了。

几人前脚刚走，夏向上就再次面试了几个应聘者，人手不足、人才短缺从公司成立起就一直是困扰公司发展的几个关键难题之一，别的公司可能是资金不足，他倒是不愁钱，有康大道作为大树，基本上只要要钱就都能给钱。

大道之行的招贤纳士工作一直没有停下，新公司成立之初，员工流动比较频繁，基本上每过一段时间夏向上就会亲自面试一批。今天的面试，是他的助理岗位以及几个总监职务。

几个总监职务的面试比较快，让他大感意外的是应聘者居然有宋前飞——大学期间最好的几个同学之一。当他看到名字时，以为是同名，但毕业院校也一样就不是巧合了，再看籍贯是上海，他几乎立马肯定就是宋前飞没跑了。

宋前飞倒是没变多少，依然是白净的样子，镜片又比以前更厚了几分，只是留了胡子的他比以前稍显沧桑，似乎是经历了许多。

夏向上公事公办地问了几个问题，当即表示录取了宋前飞。宋前飞在见到夏向上的一刻起，微有激动与兴奋，很快就恢复了平静，保持了一个应聘者应有的姿态。

面试结束后，夏向上让宋前飞在他办公室等他一会儿，他继续面试了应聘助理的两个人，第一个女生他没什么印象，直接就 pass 了。第二个女生进来时，他也印象不深，主要是她妆容过于精致，白色的羽绒服和小长靴，加上收腰，显得身材十分美好，而浓艳的妆容微有俗艳之感。

问了几个常规的问题之后，夏向上微有失望，正准备结束面试时，女生主动发问了。

"夏总，您对行政助理的要求有点高，既要负责安排您的行程，还要对接许多谈判，并且还要负责会议记录、了解行业动态、善于总结……能同时做到以上几点的，当一个副总也绰绰有余了。"女生一拢头发，微微一笑，"我叫严凌，毕业于英国伦敦大学，上海人，来北京发展是喜欢北京的氛围和气候。想应聘成为夏总的行政助理，是希望跟在夏总身边，在完成自己应尽的职责之余，还跟着夏总和公司一起成长，最终的目的是成为公司的主要构成人员。"

严凌口齿清晰、语言既有逻辑又有条理，夏向上不由多看了她几眼，笑问："你所谓的公司的主要构成人员是指什么岗位？"

"副总，进入核心的圈子。"严凌坦然而大方地迎接了夏向上审视意味的目光，"既然您提出的要求是按照副总的标准，我是不是可以理解为您的助理岗位以后就是为公司培养副总而设立的？"

倒是一个有趣且大方的女孩，夏向上总算有了眼前一亮的感觉，点头说道："恭喜你，你被录用了。"

第三十六章

人生，总是需要一些短板来平衡

夏向上在办公室同时会见了宋前飞和严凌，同时多了两员得力干将的他心情大好。既然严凌以后会是他的助理，现在就提前让她进入工作状态，他和宋前飞的同学关系，也不需要刻意隐瞒。

公司上下知道他和易晨、孙宜是同学的员工也不少。

"前飞，你怎么来北京了？也不和我说一声，还来一出面试时相会。"夏向上打了宋前飞一拳，又为他泡了咖啡，"你还是爱喝咖啡吧？上海人最爱咖啡了。"

宋前飞接过咖啡，狠狠地喝了一口，流露出陶醉的神情："好久没有喝这么好喝的咖啡了，到底是总经理专供，味道与众不同。我来北京……说来话长。"

就是普通的速溶咖啡好不好，夏向上也没有点破，一转身，严凌已经泡好了另一杯咖啡递了过来："少糖，不知道夏总的喜好，就自作主张了。另外，需要我继续提供咖啡吗？"

说话间，严凌朝咖啡机一指，眨眼笑了笑，言外之意是她可以现磨咖啡。

夏向上点了点头，严凌倒是挺有眼色，经验丰富、举止得体，有着和她的年龄不太匹配的成熟。

宋前飞的故事可以说是一个悲伤的喜剧，他大学毕业后没有考研，直接回了上海，进入了浦东新区的一家建筑设计院工作，收入不高，但胜在稳定，且离家不远。他就很满意，天天回家，通勤虽然麻烦一些累一些，好在可以回家吃住，算下来也能省一大笔钱。

唐闻情希望他能留在北京，和她一起创业一起共度余生，他拒绝了。不管是创业还是共度余生，他都没有想过是要和唐闻情一起，虽然大学期间和她谈了两年恋爱，但他并不爱她，因为他和她的性格相差太大。

唐闻情现实而强势，她的强势只针对不如她的人，在一个实力强大的人面前，她又能演得十分乖巧和听话，不，不是演，是真心流露出来的慕强。宋前飞很不适应唐闻情事事都要按照她的思路和习惯来，但凡不称她的意，她就会生气就会翻脸，甚至会恶语相向。

只要顺了她的心，她又能温柔体贴并且温顺，宋前飞也清楚他一方面是受不了唐闻情的情绪多变，另一方面也是他不想留在北京，他还是更喜欢上海。

在上海工作了一年后，宋前飞的收入提高了不少，同时也谈了新女友。半年后，到了谈婚论嫁的地步，女友要求有房有车，且要全款，宋前飞拿不出来，爸妈也声称没那么多钱，只能帮他付首付，最后谈崩了，宋前飞又恢复了单身。

宋前飞伤心失望之余，决定以事业为重，先奋斗几年赚足了钱再说，等他有钱了，再找年轻貌美的也就不在话下了。不想没多久，爸妈突然离婚了。

爸妈的离婚毫无征兆，他一直以为爸妈的婚姻很幸福，没想到他们在他面前的恩爱都是表演——离婚的原因很可笑，说是性格不合。都多大岁数还性格不合，早些年干什么去了？

更让宋前飞无语的是，爸妈离婚后不到半年就都又各自成立了家庭，好嘛，他一下多了一个后妈和一个后爸，说是多了两个家，其实是没了家。两边都不太欢迎他，而且后妈和后爸也各有孩子，他去谁家都显得多余。

家没了，总应该给他留点财产吧？毕竟他才是爸妈唯一的血脉，万万没想到的是，爸爸被后妈拿得死死的，妈妈被后爸管得很严，爸妈原本答应他的首付款不但没有落实，他们原有的房子也被卖掉，并且一分为二被后妈和后爸拿走了。

他成了被全世界抛弃的人。

屋漏偏逢连夜雨，船迟又遇打头风……自以为倒霉到家的宋前飞找了个大师算了算，大师说他的霉运到头了，即将否极泰来，一喜之下他花了5000块买了大师一个转运罗盘放在了办公室，然后在上级领导视察工作时，不小心掉落在了领导的脚上，当场砸得领导脚趾骨折。

然后……宋前飞就被开除了，理由是不能胜任工作，因失误给单位造成了重大经济损失。也没毛病，近来他确实心不在焉，工作上的犯错不断，他也没有争辩什么，就算没有砸领导脚的蠢事发生，他也知道离走不远了。

对上海再也没有留恋的他，告诉爸妈他想去北京发展，爸妈不约而同地支持他的决定，又不谋而合地同时以太忙为由不来送他。最后一丝希望破灭后，宋前飞收拾行囊来到了北京。

都说幸福的家庭是相似的，不幸的家庭各有各的不幸，夏向上还是没想到宋前飞的遭遇如此离奇，如此奇葩的爸妈确实很少见，在不幸面前，安慰的力量微乎其微，希望大道之行的工作可以让宋前飞重新找回生活的意义。

严凌已经研磨好了咖啡，端上来三杯，她也加入了进来，神情好奇中又有不解："你恨他们吗？"

宋前飞苦笑："说不恨是骗人，他们宁愿对外人好也不愿意对亲生儿子付出，我怎么都想不通。"

"想不通就对了。"严凌抿了一小口咖啡，眼神明亮而清澈，"不瞒你们说，我的家庭更不幸，从小在单亲家庭长大，并且目睹了爸爸在十几年间换了一个又一个女朋友，最新一个，和我同岁。"

宋前飞惊讶地张大了嘴巴："作为外人，我不知道是该嫉妒还是羡慕他。作为他的女儿，你应该感到很压抑吧？"

"一点都不。"严凌很西式地耸了耸肩，一脸无所谓的表情，"现在的老人们都不好带，习惯就好。各有各的生活方式，要学会放弃助人情结，尊重他人命运。"

对于夏向上成为了创业公司的老总，宋前飞的震惊只持续了片刻就释然接受了。夏向上是他上学多年所认识的同学中印象最深刻的一个，他见识了各阶段的尖子生，能从小学一直到大学还能保持第一的人，寥寥无几。在他看来，不管夏向上能爬到多高的位置，都理所应当。

只不过说没有嫉妒和羡慕，也不全是，对于成为当年同学的下属，宋前飞多少有几分不自在，尤其是当他知道唐闻情的公司和大道之行的关系之后，更是顿时起了要逃离的念头。

"啊，闻情的公司是由康董投资的，岂不是说，闻情要经常来大道之行了？"宋前飞从内心深处还是有几分不想再见到唐闻情，尤其是他现在落魄了。

夏向上岂能猜不到宋前飞的心思，宋前飞虽然精明且遇事喜欢斤斤计较，又过于在乎自我感受，但他做事认真专注，只要答应的事情一定尽心尽力，用人要用其长避其短，就让他专注于设计工作少与人打交道就好。

"闻情的公司和大道之行有合作，自然是要常来公司的。"夏向上拍了拍宋前飞的肩膀，"你不用担心，现在她见到你一定是平常心，说不定她现在改变了审美，不再喜欢同龄人，而是喜欢大叔了。"

严凌的眼睛在夏向上和宋前飞身上来回切换："我不明白的是，为什么男人会害怕见前女友？我记得有人分析过，男人一般不舍得删除前女友，而女人都会删除前男友。如果是前女友来借钱，男人一般会同意。但如果是前男友来借钱，女人通常会拒绝。所以说，男人多情且长情，女人专情但绝情。"

不对，画风不多，怎么转移到男人感情上面了，夏向上刚想要扭转话题，门一响，康小路和唐闻情一前一后进来了。

康小路的目光迅速扫过严凌和宋前飞，下意识来到夏向上身边站定："新助理和新总监？"

夏向上注意到了康小路目光中的审视之意，尤其是她落在严凌身上时有意的停顿，就让他发现康小路也在成长。她还是和以前一样清冷且疏远的性格，但同时也在学会适应大道之行董事长的身份，学会与人打交道，学会用人之道。

进步是好事，夏向上却是明白一个道理——人生，总是需要一些短板来平衡过于突出的部分，否则就会失衡。社会是一个平衡系列，人体也是，人生的成长，自然也不例外。

同时夏向上也察觉到了康小路细微的变化——她对他更信任更依赖了，只要是她拿不准的事情或是感觉不安全时，就会紧紧站在他身边。

宋前飞有一瞬间的失神，一是因为康小路清冷的美貌和周身上下让人敬而远之的气质，二是因为唐闻情的突然出现，打了他一个措手不及。如果是康小路只是让他有距离感，而唐闻情的出现则是让他想要逃离。

唐闻情是陪同康小路一起来找夏向上汇报情况，不想竟然和宋前飞不期而遇，她在微微地错愕过后，主动上前伸出了右手："老同学，好久不见，你瘦了，也沧桑了，不过更有男人味道了。我才发现，男人只有到了一定年纪才会散发出来男性特有的成熟魅力。"

一句话就打消了宋前飞内心的惶恐，他握住了唐闻情的手："闻情，好久不见。我来北京发展，现在是向上手下的员工，以后请多多关照。"

第三十七章
越是想要禁止的，越不容易禁掉

夏向上随后为众人一一做了介绍。

宋前飞自从康小路和唐闻情进来后，就坐立不安，夏向上照顾他的情绪，就让人带他先去熟悉一下环境，如果没什么事情，现在就可以先投入工作了。

严凌却丝毫没有生疏感，立马盛赞康小路是她见过的最美、最年轻、最有气质、最有亲和力的董事长，康小路的回答让她一时语塞。

"最美、最年轻还差不多，最有气质和最有亲和力，一个不准确，另一个说反了，应该说是最有个性最有距离感。"

严凌自认八面玲珑，无论什么场合都能应付自如，却还是没能接住康小路完全没有人情世故只有真实表达的一番话，还好夏向上及时解围。

"小路董事长是公司的太阳，她只需要用她的光芒照耀大地，至于你是感受到温暖还是冰冷，全在于你自己的心念，她并不在意。阳光之下，有人是大树，有人是小草，也有人就躲在阴暗的角落里永远沐浴不到阳光。"

严凌暗中观察康小路的举止，她站在夏向上的右边，离他大约十公分远，正是近一步就亲昵远一步就疏离的中间，说明二人的关系是密切朋友而非亲密恋人。而唐闻情对宋前飞的落落大方，对康小路的恭敬而不失亲热、对夏向上尊敬而不失密切，就让她立刻意识到唐闻情和她有诸多相似之处，应该是一个可以争取的盟友。

严凌立刻朝夏向上伸出了大拇指："夏总的话富有哲理，让人深思，对康董的形容也非常贴切。我就冒昧地多问一句，如果康董是公司的太阳，您是公司的月亮吗？"

"他不是，他是公司的乌云。"康小路替夏向上回答了，她依旧是如月光一般清冷的表情，"他笼罩在公司每个人的头顶，谁听话，就下雨奖励。谁不听话，就打雷警告。再不听话，就一道闪电劈下，让他当场去世。"

夏向上本来想当月亮来着，可以说自己是借助了太阳的光辉才洒向人间都是爱，不想康小路倒是别出心裁把他比喻成乌云，他是长得黑还是成天阴着脸，怎么能这么埋汰他？而且他几乎从来不发火，怎么就成了雷公了？

康小路是很认真地说出一番话，现场气氛顿时停滞了片刻，然后严凌和唐闻情同时爆发出了欢笑的笑声。

"好笑吗？"康小路一脸平静地看向了夏向上，"她们的笑点也太低了吧？我哪里说错了吗？"

行，你没错，都是她们的问题，夏向上没再多说什么，让唐闻情带着严凌到处转转熟悉环境，他和康小路正好有事情要商量。

唐闻情简单地向夏向上汇报了近来几件工作的进展后，就带着严凌出了办公室。严凌从包中拿出了香水和化妆品的小样送与唐闻情，既彰显了她是名牌大牌的 VIP 客户，又拉近了和唐闻情的关系，当即赢得了唐闻情的好感。

二人在公司转了一圈后，唐闻情带她来到楼下的甜点店，二人边吃边聊。

唐闻情很好奇严凌的身份，她也看了出来严凌穿着打扮全是名牌，再加上出众的气质与谈吐，必然是有钱人家的孩子，理应不缺钱不应该从事伺候人的助理工作。

"我喜欢学习和挑战，不愿意待在舒适区。"严凌回答了唐闻情的疑问，她决定拉拢唐闻情，和她结成统一战线，"我是不缺钱，就算不工作一辈子也吃穿不愁，但有什么意思呢？人总要做出一些什么事情证明自己，才能在临死的时候对自己说我来过这个世界。"

唐闻情被严凌跳跃的思维震惊了，到底是从小不缺钱，所想的都是重大而深刻的人生命题，她就不一样了，她只想赚钱赚快钱赚大钱，"打算一直在公司干下去，还是想学到东西后自己创业？"

"创业？这辈子不可能创业的，我要打一辈子工。"严凌不太想和唐闻情深入讨论生存状态的问题，她只想试探唐闻情的欲望到底有多大，"闻情姐，我以后为你打工好不好？"

唐闻情连连摆手笑道："我不行，我的公司太小了，你是一尊大神，庙小容不下。"

"闻情姐，千万别这么说，你是没有看到自己的潜力……"严凌又不动声色地拿出一张 VIP 卡，"有时间多去做做美容，我换了一家店，这家店的卡离家太远，用不上了，你拿去用。"

唐闻情想要拒绝，可是手好像有自己想法一样立马接了过来，对于美食、美容等一切带美的东西，她都没有拒绝的能力，连连道谢，连带再看向严凌的眼神就亲热了许多。

"你有没有想过你的公司并入大道之行？"严凌抛出了今天聊天的主题，前面的部分，都只是铺垫。

唐闻情当然想过，一是时机还不成熟，二是眼下大道之行的前景还不太明朗，她不想过早地上船，以免沉没时一起死。虽然觉得严凌有点交浅言深，但小礼物的攻势让她去掉了戒心，已经当她是好友了："现在就并入，时机不太合适吧？等大道之行再发展壮大一些，不是更稳妥？"

"稳妥的时候，你就没有讨价还价的资格了，甚至，连并入的资格都没了。现在，正是最好的时机，大道之行扩张迅速，急需人手，你要是现在雪中送炭，能拿到好的条件，而且，大道之行现在很缺副总……"

"你觉得严凌怎么样？"夏向上对严凌的第一印象还可以，直觉告诉他康小路似乎对她有些不太感冒，不知道原因何在。

夏向上猜对了，康小路对严凌的第一印象不太好，她轻易不会第一眼就对一个人下一个结论，经验告诉她直觉有时准得可怕，有时又离谱得可怕，如果是以前，她可能会因为第一眼不喜欢严凌而不再和她来往。但现在不一样了，她是大道之行的董事长，不能再完全根据个人喜好来。

在夏向上面前，她还是不会隐瞒真实想法："不怎么样，一是有点过于成熟了，举止是很得体大方，是经历的总结，而不是天性的使然。二是过于会说话了，字字句句都让人顺心，她受过相关的训练，背景不简单。三是漂亮是漂亮，但太浓艳了，而且周身上下都是名牌，过于招摇了。"

三个"过于"，过于成熟、会说话和招摇，夏向上品味片刻，笑问："留还是不留？"

"留，为什么不呢？用你常说的话就是，人生，总需要一些短板来平衡过于突出的部分，否则会失衡。公司也同样如此，需要一些喜欢突出和表现的人来平衡公司过于朴实的文化，可以合理地激发公司上下的工作热情。"

夏向上不认识一样看向了康小路，和以前的冷酷、一言不合就转身走人的她判若两人，现在的她确实成熟了几分，开公司真的锻炼人，康队长的良苦用心得到了回报。

"不认识我了？"康小路注意到了夏向上异样的目光，她现在很少再戴帽子了，头发也渐渐长长，"人都是会变的，我不可能永远停留在 16 岁的叛逆、18 岁的自以为是和 20 岁的天真阶段，我要学会适应时代才能不被时代淘汰。"

"康董所言极是，如阳光般温暖了我内心的荒芜。"夏向上突如其来地拍了一记马屁。

"滚你的，瞎胡闹。"康小路展颜一笑，不经意间流露出来的灿烂明媚而欢快，一瞬间再次灼伤了夏向上的内心。

夏向上捂着胸口坐回座位上："以后公司要增加一条规定，不允许办公室恋情，要不麻烦就大了。我们三个创始人，我未婚你未嫁温老师离异。合作的公司中，齐吴宁和杭未友情以上恋人未满，唐闻情也是拥有丰富的单身经验，我们可以开一个单身俱乐部了。如果不禁止办公室恋情，我怕大道之行婚介分公司会生意火爆。"

康小路奇怪的眼神打量夏向上一会儿："你好像胸口中了一箭，今天好奇怪……我倒是觉得没必要非要禁止办公室恋情，越是想要禁止的，越不容易禁掉。越是顺其自然，反倒越是符合天道。"

夏向上不知何故总觉得今天的康小路格外明丽，他的心跳不知不觉中都加快了："要是我带头办公室恋情呢？"

"你的个人私事，我不干涉，尽管大胆放心地去爱。"康小路小手一挥，一副大度的决然，"只要不影响工作就行。"

"行，你不反对就行，等你发现我有了办公室恋情后，可不要生气，我是奉旨恋爱。"

"我说话算数，肯定不会反悔更不会和你生气……"康小路话说一半突然醒悟过来，"你是不是已经有目标了？你要和谁发展办公室恋情？"

第三十八章
请继续上课

"现在先保密,等她愿意当我女朋友时,我再和你说。万一她不同意我就说了,多没面子,多丢人不是?"夏向上哈哈一笑,"万一到时需要你帮忙说服她,你愿意助人为乐吗?"

"没问题。"康小路很认真很坚定地点头,"你的事情就是我的事情,你的爱情就是我的爱情,我一定帮你达成心愿。以你的条件,不管多优秀的女孩,只要你肯用心付出,都可以追到。"

夏向上暗暗一笑,康小路呀康小路,我只是在地上铲了一铲土,你就过来帮我挖坑了,等坑挖好了,你才发现是用来埋你的,到时可别怪我算计你,是你自愿帮忙的,而且坑不管多大,都有你一半的功劳。

"是不是可以说,我们现在就能制订一个脱单计划?"夏向上立刻就来了主意,"假如你是我追求的女孩,你告诉我得怎么做才能让你开心,让你愿意天天和我在一起?"

"我现在就天天和你在一起呀,你不用再刻意做什么……"康小路一时没转过弯来,脱口而出之后,才又明白了什么,"你是拿我练手是吧?好吧,看在你尽心尽力为公司的发展日夜操劳的分儿上,我就当你的心理按摩师帮你疏导爱情困扰。别的女孩喜欢什么我不知道,就我本人而言,我不喜欢浪漫不喜欢惊喜不喜欢意外不喜欢花前月下……"

怪不得这么多年一直单身,原来原因在这里,夏向上不知道是该庆幸康小路的简单还是怪僻，好吧，话说回来他也是单身纪录保持者，从高中到大学到现在并不是没有追求者，而是他心中始终有一个影子挥之不去。也许他就是一个固执却专注的人，可以专注于学习十几年如一日，也可以专注于一个人十几年不变。

现在，是时候让一个追逐了十几年的梦照进现实了。

现在想想，如果他十几年后的今天没有遇到康小路，或是遇到后她已经有了男友甚至是结婚生子了，他还会等候吗？他不知道答案，只知道他单身至今或许也真应了他常说的一句话——人生总需要一些短板来平衡过于突出的部分，他实在是太优秀了，如果一路上在学习上风光无限的同时，还身边美女如云，岂不是太完美了？

完美是要遭人忌恨的，还会被老天惩罚……夏向上如是安慰自己。

"那你到底喜欢什么？"夏向上还是问出了心里早就想知道的问题，很真诚很认真，"或者说，喜欢什么样的感情？"

"喜欢慢慢地信任、两颗心慢慢地靠近，喜欢认识到相知的过程长一些再长一些，喜欢从偶尔到经常再到日常，喜欢不知不觉中的喜欢……"

好嘛，超级慢热，酒精灯炖大锅菜，得到猴年马月才能有点热乎的迹象，夏向上就问："请问康董你觉得认识多长算长？"

"五年以上是信任，七年以上是靠近。"

夏向上下意识摸了摸后脑，考验一个人五到七个月是可行的计划，五到七年的话，你是觉得可行了，对方可能孩子都上幼儿园中班了。

"假设我们已经认识七年了，不对，不是假设，而是我们实际上认识已经超过七年了，那么我接下来该怎么做，才能开始我们的偶尔？"

康小路愣了愣，歪头想了一想才明白过来："是哦，原来我们已经认识这么久了，我都忘了我们除了工作关系之外，还有其他关系了。你说得不错，得纠正一下，不是开始我们的偶尔，是我在教你怎么开始你和别人的偶尔……其实也简单，先从一杯咖啡开始。"

夏向上当即递过去一杯咖啡："现磨的，少糖，少奶。"

康小路想也未想地接过，品了一口："难喝，还不如你泡的速溶。以后还是做你擅长的事情，好不好？"

"如果第一杯咖啡不好喝，是不是就没有下一次了？"

"第一杯咖啡她不满意的话，就请她去吃日料。"

夏向上看了看时间，快下班了，就直截了当地问道："晚上一起去吃日料怎么样？我还有许多问题要继续学习，我是一个好学的好学生。"

"虽然我不是一个好老师，但我肯定是一个有品位的美食家。"康小路点了点头，心情很好的样子，"我先去处理一下手头的工作，下班的时候再提醒我一下，省得我忘了。"

等康小路关门出去，夏向上用力挥舞了一下手臂，庆祝迈出第一步的胜利。

手在半空中还没有放下，手机响了，吓了夏向上一跳，居然是康大道来电。

神了，刚和小路有了一点点前进的迹象，康队长的电话就及时打来，难道他在办公室安装了监控？夏向上一边扫描办公室每一个可能装监控的地方，他其实清楚办公室没有监控设备，一边接听了电话。

"向上，你和小路在一起吗？"康大道浓重的鼻音传来，有一股探究的味道。

夏向上吓了更大的一跳，做贼心虚般地左右看了几眼："没、没在呀，我在我的办公室，她在她的办公室。"

"那就好，那就好。"康大道如释重负地松了一口气，"她如果在的话，有些话我可能说出来就没那么富有逻辑和激情了，而且有件事情得让你知道，她其实一直都反对成立农业发展公司，对农业公司也没有兴趣。"

我也没兴趣好不好？夏向上不免腹诽，目前农业公司都是温任简和关月在一手推动，有时齐吴宁也会去县里待几天，说来他和康小路有一段时间没有去了。不得不说，关月帮了不少忙，或者说，齐吴宁也出了不少力气。

想归想,夏向上没敢说出口,只是呵呵一笑:"我是农民的孩子,也觉得农业的前景不太明朗,更不用说小路了。"

"小路没有长远眼光可以理解,你要是这么想,就不行了。我需要你首先树立起信心,然后再找机会说服小路。"康大道的语气加重了几分,"美国前国务卿基辛格说过,控制石油,就控制了所有国家,控制粮食,就控制了全人类……我们国家的石油不能自给,粮食也需要进口,对外依赖非常严重!2003年对我们国家来说,有一个重大的转折,是什么你知道吗?"

2003年夏向上才13岁,还处在一边玩泥巴一边考全班第一的神童期,但就算是神童,他能知道国家大事他就是神棍了。

康大道显然也没想听夏向上的回答,直接给出了答案:"我们的粮食和石油,确实不能自给自足。2003年前,我们的粮食还出口。2003年以后,就变成了粮食进口国。"

康大道停顿片刻,又说:"下面有一组数据,我念,你要认真听一下——2004年是中国粮食进出口的分水岭,中国粮食进出口的平衡状态被打破了。数据显示,不包括大豆在内,2004年,中国粮食由上年净出口1991.7万吨转变为净进口495.8万吨。自2004年以后,中国长期成了粮食净进口国……"

"为什么要进口粮食呢?"夏向上是真想不明白,他所在的华北平原的乡村虽不富裕,但粮食自给自足不成问题,从小就吃白面的他,没觉得粮食会不够用,"我们自己产的大米和小麦,不是足够吃了吗?"

"主粮是够吃了。"康大道回应了夏向上的疑问,"进口粮食有三方面的原因,首先是国外的粮食价格便宜,国内稻谷、小麦、玉米几个粮食品种的市场价格总体上比国际粮食市场价格高30%到50%。为什么国产的粮食价格高呢?简单一想就明白了,国内农业生产规模化和机械化程度很低,成本高。还有就是国家从2008年后,对主粮托底收购,是为了保护农民的种粮积极性。

"其次是进口粮食中以非主粮为主。在中国每年进口的上亿吨的粮食当中,大米、小麦等主粮进口其实是比较少的,非主粮进口则占据了大头,其中又以大豆进口最多,共进口了8851万吨大豆,占粮食进口总量的80%以上。我们进口的粮食中,主要是大豆。最后,是为了追求品质而进口,比如泰国香米等改善型需求。"

夏向上是不知道相关的数据,一听之下就明白了进口粮食的原因,说道:"明白了,简单来说,我们进口的粮食一不是主粮,二是为了提高生活品质,三是以大豆为主,而大豆的主要作用是榨油,剩下的豆粕是喂猪的主要原料。是为了吃肉才进口了大量粮食。人们的生活水平确实提高了,以前过年才能吃上一顿肉,怪不得现在几乎家家户户天天有肉,肉从哪里来?就是以进口粮食作为食物,饲养了大量的肉猪。"

康大道对夏向上的领悟力和举一反三的能力非常认可,对夏向上的信心从未动摇,继续说道:"其实近年来我国的耕地面积一直在减少,原因有很多,主要是退耕还林、非农建设占用、灾害损毁和农业结构调整等等,但粮食产量一直在增长。增长的原因,还是因为技术的进步和机械化的提升。另外,别以为我们的主粮可以自给自足就安全了,其实不是,依然存在着隐患。"

主粮如果依赖进口,确实是很大的麻烦,等于是在吃饭上面被人卡了脖子,会很难受,夏向上就说:"队长请继续上课。"

第三十九章
没有人可以逃脱时代的洪流

"中国的主粮自给自足,是有两方面的原因,一是工业的进步,二是对外贸易的增加。工业的进步带来的是石油化工可以满足了农业所需要的机械化、燃油和化肥。主粮提高产量无非是在机械化的应用下,可以机械化耕种、机械化浇灌。机械化,离不开石油。化肥的使用,也是主粮增产的主要原因之一。化肥的制造,同样需要机械和燃油。"

夏向上敏锐地意识到了问题所在,我国的石油严重依赖进口,如果被断了石油、天然气等原料,在连锁反应下,主粮也会减产,甚至会发生饥荒。

果然,康大道说道:"很多人不知道的是,我们的主粮高度自给自足,是建立在大量进口油气等化工原料的基础之上,从根子上讲,我们并没有真正做到自己掌控自己的命运。"

夏向上怦然心惊,才知道康大道如此长远布局农业竟然是忧国忧民的出发点。一个生意人如果能树立起社会责任感和民族自信心,所作所为除了经济效益之外还追求社会效益,就上升到了企业家的高度。

康大道是当之无愧的企业家风范。

近年来,生态农业和有机作物初露苗头,但也只是还停留在概念阶段。而在国外,早已形成了商业化的趋势。夏向上的同班同学贾开珞一毕业就去了美国,现在在美国混得还算不错。他经常在网上和夏向上交流一些美国的建筑设计以及农业现状,不过夏向上只专注于建筑设计，对于农业现状兴趣不大，也就没有过多研究。

按照官方的解释，有机农作物是农业有机的一种产物。有机农业是遵照特定的农业生产原则，在生产中不采用基因工程获得的生物及其产物，不使用化学合成的农药、化肥、生长素、饲料添加剂等物质，遵循自然规律和生态学原理……总之，就是不用化肥和农药，自然生长的健康农作物，因此产量低价格高。

但中产阶段及富人群体，普遍可以接受有机农作物，哪怕价格高了数倍。因为事实已经证明大量使用化肥和农药之后的农作物，固然产量上去了，但农药残留以及化肥导致的污染，会让人类付出相应的代价。

在美国，共有三分之二的成年人超重，其中有超过35%的美国成年人达到了肥胖的标准。夏向上从贾开珞发来的照片中可以清楚地看到，美国的大街上，胖子的比例确实触目惊心，一眼望去，个个都是脑满肠肥。

中国经济发展到今天，正在形成庞大的中产阶级群体，相应的，对食物品质的追求也会有所提高。只不过在夏向上的理解中，农业产业从生产商到销售端，是一个漫长的产业链，投入大，见效慢，利润低……

"现在布局农业产业链，少说也得三五年后才能见到效益，前期要投入大量的人力物力……"康大道的声音再次传来，语重心长，"不，也许三五年的时间不够，至少得十年以上。但不能因为时间长见效慢就不去做，就算我看不到中国农业成为全球农业典范的一天，至少你们能。问题是，你们必须现在就对农业重视起来，必须意识到农业问题的根本性和严重性。"

夏向上甚至感觉汗毛都竖立了起来，他猛然挺起胸膛："请队长放心，一定立足当下着眼长远，将农业公司的发展提到公司的重大议程上。"

康大道是意识到了夏向上对农业未来发展的认知不够因此重视不够，才决定打个电话好好交流一下，同时也希望夏向上能够在自己重视之后，还能说服康小路，毕竟他没有办法直接和康小路交流。

感觉到夏向上听了进去，康大道大感欣慰，他的语气缓和了几分："说来小路有几个月没有回深圳了，她在国外留学时，因为纽约和北京的气候差不多，适应之后，现在挺喜欢待在北京。除了气候的原因之外，可能还和北京有她喜欢的事业和人有关……向上，你最近和小路的关系有没有进展？"

夏向上一怔，不知道康大道所指的关系是指工作上的合作关系还是私人关系，他酝酿了一下情绪又组织了语言："有进展，工作上合作顺利，正处于磨合阶段，很快就能达到默契的程度。私交上，也有小小的突破，虽然不大，但迈出了可喜的第一步。"

康大道关切的声音立刻传来："可喜的第一步？"

老父亲对女儿的关心永远是怕她上当受骗，夏向上笑了："她现在跟我说话不戴帽子了，十次有三次能笑一下……"

"这叫什么可喜的第一步，你说话不要大喘气更不要夸张，吓我一跳。"康大道才知道被夏向上糊弄了，他现在的心理矛盾且纠结，既想让小路和夏向上关系密切起来，又怕小路喜欢上了夏向上而一发不可收，至少在他看来在现阶段夏向上不是康小路的最佳匹配对象，"向上，我身边没外人，你也一个人在办公室吧？认识这么多年了，咱爷儿俩说点心里话。"

来了，关键的部分来了，得画重点，夏向上立刻屏住了呼吸："我在认真听……"

康大道觉得是时候得和夏向上说个明白了，省得以后事情发展到了一定程度时误解会加深，他轻轻咳嗽几声："你很优秀，以后前途不可限量。小路也是一个好孩子，很有潜力和可塑性，原则上你们其实挺般配的……"

原则上行，其实是不行。原则上不行，其实是可以商量，夏向上顿时心跳加快，忙表明心迹："队长请放心，我喜欢小路是本心，但事业是事业，感情是感情，不会混为一谈，也不会因为感情而影响工作。我一定会妥善处理好两者的关系，寻求一个完美的平衡点。"

"你先别忙着表态，我其实想说的是我反对你们在一起。"

夏向上感觉像是大夏天端起一杯冰凉的啤酒一口喝下，以为会带来沁人心脾的清凉和清爽，结果一下肚才知道喝的是滚烫的白酒，还是一大杯，瞬间他就有了晕眩的感觉，"为啥呀队长？"

"不为啥，时机还不成熟。"

"什么时候算是时机成熟了？"

"等成熟时我会告诉你的。"

夏向上感觉像是又干了一杯，味道更冲了，康队长这么做就有点不讲武德了，他提出了质疑，"万一您认为时机成熟时，小路已经爱上了别人，不是耽误我的宝贵青春并害了小路吗？"

"你这话说的，小路喜欢上别人就不能幸福了？"康大道气笑了，"就先这么定了，要是让我知道你现在非要追求小路不可，我免了你。"

前一秒还温文尔雅的康队长，下一秒变成霸道总裁了，夏向上还是第一次见到康大道如此强势的一面，他立刻就遵循了内心的指示："明白，队长，我保证一心工作，不去主动追求小路。如果做不到，任由您处置。"

"这还差不多。"康大道呵呵一笑，"北京赶紧多拍几块地，趁这几年房地产的热度，多赚一些钱，然后投入到农业上面去。明年就要召开十九大了，肯定会有新的政策，也会迎来全新的局面，听我的，加紧在三县的农业布局。"

挂断电话，夏向上连喝了几杯茶还是意难平，康大道先是讲了一通国际国内形势，让他重视农业布局，他是听了进去，为什么又反对他去追求小路？不过既然他答应了康大道不去主动追求小路，但万一小路主动追求他，就不算他的错了吧？

对于明年即将召开的十九大，夏向上确实也满怀期待，他出生的当天是在北京举行的第十一届亚运会开幕，温任简也说过，他的命运会和重大历史事件紧密相连。

开玩笑，谁的命运不是和重大历史事件紧密相连？没有人可以逃脱时代的洪流，都是重大历史事件的组成部分。

在公司食堂吃完晚饭，下班后回到家里，夏向上先是处理了一些工作，进一步了解了许多相关的农业知识，晚上 10 点多时，他想要睡觉时，手机响了。

是康小路来电。

康小路的声音带着压抑与不满："夏向上，我恨你！"

夏向上瞬间清醒了，事情暴露了？仔细一想，不对呀，他什么都没做，为什么要吓一跳呢？当即还击，"喝多了吧？"

"嗯，喝多了，你来接我回家。"康小路抽泣了几下，"我在酒仙桥……"

倒是不远，但有些事情得说明白，夏向上就问："为什么要恨我？等你不恨我了，我再去接你。"

"我不恨你了，我刚才说错了话，我想说的是，夏向上，我需要你来带我回家。"

半个小时后，夏向上打车到了酒仙桥，在一个烧烤店救下了被众人围观的康小路。

康小路一个人喝醉了，还不付账，就被人围观了。店主想要报警，以为她吃霸王餐。有人见她长得漂亮，就提出替她结账但得跟他走的条件，被康小路泼了一身啤酒。

夏向上付了款，又向店主道了歉，扶着摇摇欲坠的康小路，康小路却不肯走，想要再坐一会儿。拜托，这是隆冬的北京，不是深圳，最后还是无奈地坐了下来。

此时店里客人已经不多了，仅有的几人都朝夏向上投来了或羡慕或嫉妒或狐疑的目光，觉得他可能在拐骗女孩。

第四十章

人生就是一场聚散的游戏

夏向上懒得回应他们，劝康小路回家，康小路又要了一瓶啤酒，分了夏向上半瓶："陪我干了这瓶酒，我就回去。来，不醉不休。"

夏向上被她的憨态逗乐了，想起大学时代有一次宋前飞请客，点了一瓶啤酒放在桌子正中，大手一挥气势如虹："随便喝！不醉不归！"

夏向上一口喝完了半瓶啤酒，康小路却耍赖，又要了两瓶。等夏向上喝完两瓶后，她还不肯走，双眼更加迷离了："向上，你告诉我，是不是什么事情都要有一个结果才行？"

从小到大，夏向上并不觉得他不管做什么事情目的性太强是坏事，人生一世，从出生就直奔死亡而去，就是设计好的最终目标，而且无法避免。所以人生本来就是一场目的性极强且不能改签的旅程。

如果一生没有什么明确的目标和要办的大事，岂不是白来一趟？人间一趟，积极向上才是主色调。但树立了目标然后为之去奋斗，未必就一定有结果。

"怎么突然胡思乱想了？"夏向上拍了拍康小路的胳膊，"人生许多事情，只要去做去体验过了，就是胜利。人生是用来体验的，不是用来演绎完美的。别对自己太苛刻了，你刻意表现出来的冷酷、孤僻，都不是真实的你，而是你对自己的保护。放下包袱和厚壳，你会发现其实生活没那么累。"

"跟我回家。"康小路不知道是想通了还是放下了什么，拉起夏向上就跑了出去。

康小路和夏向上住在同一栋楼，夏向上的房间是平层，她的房间是 loft，下层 70 多平方米，上层 50 多平方米。虽然二人是楼上楼下的邻居，夏向上还是第一次来她家中，进门发现房间整洁，收拾得一丝不乱，就连地板也是非常光洁。各种生活用品都摆放有序，无一处杂乱。

没想到，康小路是一个如此热爱生活的女孩。

夏向上一直认为，一个女孩在外干净利索家里整洁而不杂乱，内心就充满了阳光和热爱。

客厅中有一个沙发，夏向上把康小路放下，到卫生间洗了毛巾，帮她擦了脸。

康小路昏睡中，任由夏向上摆布。

夏向上又泡了蜂蜜水，喂她喝下。见她还没有要醒来的迹象，就把她拖到了床上，帮她脱了鞋，盖上了被子，然后到客厅坐下。

想了想，夏向上还是拿出了电话，正要打出时，康小路出现在了卧室的门口。

"不用给别人打电话了，我醒了。"

"发生什么事情了？"夏向上第一次见到康小路如此失态，她以前冷淡而孤僻，估计从来不会一个人喝醉。今天不但喝醉，还闹事，多半是遇到了什么事情。

"多少钱，我还你。"

"什么钱？"夏向上一下愣住了。

"饭钱，还有打车的钱。"

有这么翻脸不认人的吗？夏向上站了起来："既然你没事了，我先走了。"

"站住。"康小路拦住了夏向上的去路，"今天的事情，别说出去，要不，我跟你没完。"

"我没那闲心传别人的闲话。"

"你就不关心我为什么喝醉吗?"

"刚才还关心,现在没兴趣了,生气了。"夏向上故意板着脸,"你翻脸不认人的样子真的很专业。"

"你坐下。"康小路又恢复了几分清冷,用手一指沙发。

"不了吧,这大晚上的,孤男寡女,容易落人口实。"夏向上以退为进。

"我都不怕你怕什么?我们是孤男寡女,但也是单身男女,不管发生什么事情都正常。"康小路泡了两杯咖啡。

夏向上坚决不喝,现在喝一口,怕是要睁眼到天亮了:"有事说事。"

康小路今天意外发现了三件事情背后的真相,触动了她的内心。一是在妈妈病重期间,康大道虽然是在妈妈的逼迫下将用来治病的钱拿走做了生意,但在妈妈缺血的时候,他接连献血几次晕倒,才为妈妈在最短的时间内争取到了匹配的血液。

二是她留学的事情,当初她学习成绩优异,学校给了全额奖学金,她只需要简单打些零工就能赚够生活费了——她不想要康大道的钱。正好学校附近一家中餐馆,她应聘当了服务生,一干就是三年。

她以为她是幸运,今天才知道康大道当初直接买下了餐馆,就是为她打工练手之用。

三是她在国外时被一个同学欺负,对方扬言如果她不当他的女朋友,就要杀了她。她吓坏了,想要逃离学校回国。后来她突然发现,威胁她的同学意外转学了,一天时间就从她的生命中彻底消失。

今天她才知道当时是康大道出手了。

三件对她来说影响至深的事情,都是康大道在暗中帮忙,其他的小事更是不用想了,康小路感觉她的世界崩塌了,怀揣着对妈妈的爱她刻意制造了对康大道的恨,却突然发现康大道并没有那么可恨,难道真的是她恨错了?

康小路不愿意相信是自己的错,就一个人借酒浇愁,她其实也知道她所坚持的不过是不想认错,这么多年来的恨突然变得没有了意义，她会被懊悔淹没，沉没成本太大了。

而且她还没有人可以诉说，今天难得一醉，就借着酒意向夏向上吐露了心声。

"你得说服我让我心里平静了才能走。"康小路说完后发现酒醒得差不多了，让夏向上知道了她太多秘密不说，还让他看到了她的醉态并且进了她家，顿时羞愧感和不安涌上心头，为了掩饰自己的慌乱，她索性冷酷到底，双手抱肩站在门口，试图以蛮横不讲理的姿态来争取心理上的压倒性优势。

夏向上大为感动，爸爸和妈妈不一样，在一个人成长的途中，爸爸的关爱似乎不那么明显，他沉默寡言，不喜欢沟通也不愿意直接表达情感，甚至有时还会刻意表现出冷漠，其实他内心的火热只用行动来表现，而不是诉诸语言，还有可能是背后的行动。

夏向上是一个很容易感动的人，当下就原谅了康大道不让他主动追求康小路的无理要求，他积极回应了康小路的请求："我一直在想一个问题——每个人的出生环境不同，人生际遇也不一样，但最终都会走向死亡的终点。出生并不公平，有人生而富贵，有人生来贫穷。但死亡绝对公平，不管你一生多富有多有权势，或是多贫穷多潦倒，所有人最终都会在死亡的终点相遇，都是赤裸裸来双手空空离去，什么都带不走。有时完全没有交集的两个人会突然认识，有时亲密无间的两个人会突然分开，人生就是一场聚散的游戏，因此，不必为谁的到来而欢喜，也不必为谁的离开而哭泣。"

"虽然你说得很好，但你没能说服我……"康小路还保持着最后的倔强，"而且，你有点答非所问，不符合你学霸的人设。"

"我就没想要说服你……我是想说人生不一定凡事都要有一个结果，体验过了，是满足还是遗憾，放下就是过关。"夏向上没来由生气了，一把推开康小路，"少废话，赶紧睡觉，明天开会，学习和研究农业发展问题。后天出第一个三号院设计图，敲定我们第一个房地产项目的户型图，然后就可以上报相关部门，下预售证了。"

大道之行的楼盘命名为三号院,定位为高端住宅。

"知道了。"康小路被夏向上突如其来的气势一冲,不知怎的竟然生不起反抗之力,她打开门,"早点睡,晚安。"

"明天记得还我钱,饭钱、打车费用。"夏向上豪气冲天地扔下一句,转身走了。

康小路愣在当场,过了半晌嘴角才荡漾出一丝笑意,竟然很是享受被凶的感觉,也许是从小到大身边围绕的人都太宠她了,而她又过于孤僻与胆小,导致没有人敢大声和她说话,更不敢呵斥她……没想到,带着强迫、霸道意味的命令式的语气,她居然不反感。

应该是只对夏向上一人的命令式的语气不反感吧?康小路越想越觉得内心慌乱。

第四十一章

得知道自己的能力边界在哪里

2017年元旦刚过，一连一周，夏向上在公司组织了学习国家有关政策以及农业相关知识，请相关的专家教授来上课，也包括温任简。

公司上下的全体高管，包括他、康小路、易晨、孙宜、温任简全部到齐，唐闻情虽不是公司高管，却是关联公司的创始人，她也主动提出想来学习，夏向上自然欣然应允。

第二天，李继业也参加了学习，他和唐闻情坐在一起，认真记录的样子倒也有趣，而且他和唐闻情的互动与小动作，很像大学时代的男女同学情窦初开时的暧昧。

第三天，夏向上要求中层也参加学习，严凌和宋前飞也坐在了后排。为了避免和唐闻情有任何交流，宋前飞特意坐在后排最角落的位置，离唐闻情很远。

唐闻情浑不在意，继续和李继业互动不断，像是热恋中的小女生，别说宋前飞看出了端倪，所有人都觉得情况有点不对。

第四天，齐吴宁和杭未从深圳回来了，二人也参加了上课。

一周后，培训结束，所有人都大有收获，为了理论联系实践，夏向上决定带队前往容县进行实地学习。

这一次的队伍有点庞大，除了公司的创始人和高管团队易晨、孙宜之外，还有关联公司的齐吴宁、杭未、唐闻情和李继业，当然，入职几个月的严凌和宋前飞也一同随行。

宋前飞入职后的表现中规中矩，说不上多好，但也不差，可以作为中坚力量培养。不过还是不太符合夏向上的期望值，他原本觉得宋前飞锻炼几年后担任副总都不成问题，但以眼下他的进步速度判断，怕是等他阅历上来后，会被更有能力的后起之秀替代。

倒是严凌的表现出乎夏向上的意料，不但进步神速，而且在公司上下人缘极好，堪称公司最有媚力——不是魅力——的单身女性之一。当然，夏向上和康小路才是公司单身男女中魅力并列第一的人物，得票率近乎100%，只是人人都知道虽然他们二人单身魅力最高，却也无人敢有想法。而严凌就不同了，她的媚力很容易让人沦陷。

除了工作上处处细心认真到位无可挑剔之下，夏向上没想到的是严凌以90%的得票率成为公司仅次于康小路的第二人，对公司的单身男性形成了极大的吸引力与凝聚力，一时公司上下上班的热情高涨，许多人每天以能见到严凌一面说上几句话为动力。

康小路美则美矣，只是清冷如天上月。而严凌则如路边摇曳的花朵，似乎就在触手可及的地方。等胆大者主动伸手去摘时才发现，离得近只是错觉，在他们和严凌之间还隔着一条宽阔的护城河。

护城河就是严凌一身的名牌以及上下班所开的保时捷。

作为夏向上的助理，严凌的车不但超过了夏向上的帕萨特，也超过了康小路的奥迪。不少人才知道，有人工作是为了生存，而有人工作只是因为享受工作，不愿意躺在铺满金钱的房间中等死——不用想就知道，严凌肯定是一个不折不扣的超级富二代，她当助理也许只是在体验生活，也许是想锻炼自己好回去继承家业。

不管是哪一种情况，都不是他们所能攀附的高枝。

夏向上对严凌豪车名牌的做派并没有提出反对的意见，只要她能胜任工作，他不会在乎她的出身，也不会约束员工的日常消费行为。

一行人三辆车，夏向上、康小路、严凌和齐吴宁一辆，开的是严凌的保时捷。其实夏向上本来想开自己的帕萨特，严凌非说要开她的车不可，并且还要由她来开车。她喜欢开车，而且只有在开自己的车时才有感觉才能开得顺畅。

夏向上还没来得及同意时,齐吴宁就一口答应了,他才不会放过任何一次坐豪车的机会,帕萨特对他来说太不配身份了。

路上,齐吴宁就开启了滔滔不绝的狂暴输出模式,先是抱怨夏向上太节省了,明明公司发展到今天已经拿到了两块地皮,第一个三号院项目销售情况良好,能为公司盈利5个亿以上,可以说是一炮打响,公司不但渡过了创业最初的生死关,如果第二个三号院项目再成功的话,就一飞冲天了。

而夏向上还开着公司刚成立之初为他配的帕萨特,和形象不符,开出去不像是房地产公司的老总,反倒像是工程队队长——直白的说法就是包工头。

康小路也希望夏向上换一辆车,至少也要奔驰 E 起步,夏向上不肯。大道之行之所以第一个项目比较顺利,是因为有一个豪华陪练天团的原因,前期的资金不用愁就解决了最关键的问题,剩下的就是竞拍、设计、研判市场定位、销售等等,对他来说并不难。最难的部分是康大道帮忙解决的,他得知道自己的能力边界在哪里。

只有第二个三号院成功了,公司才算走向了正轨,才算真正的盈利,他再花公司的钱才心安理得。还有一点,房地产不比其他行业,一个项目成功了不算什么,接连成功几个项目才行,否则一个项目的失利可能会让十个项目的成功毁于一旦。

然后齐吴宁又抱怨夏向上思想不够开放,为什么不接受浩荡投资控股带领浩荡房地产和浩荡农业并入大道之行?为什么不并购了唐闻情的公司?现在大道之行发展到了一定规模,需要更强有力的团队,浩荡控股和唐闻情的公司正好可以迅速弥补大道之行目前的短板。

夏向上之所以拒绝齐吴宁的提议和唐闻情的诉求,是觉得时机还不太成熟。唐闻情确实也不止一次向他和小路提出想要被大道之行收购,她愿意带着团队并入公司,成为公司的一部分。小路有所意动,他却认为为了稳妥起见,最好在第二个项目有了明确的前景之后才实施。

至于不想让浩荡并入大道之行的原因就更复杂了，浩荡作为康大道的外援或者说助力，现在就由暗棋打成明牌，有点过早了。夏向上也能理解齐吴宁的出发点，他不愿意操心太多事情，浩荡并入之后，他就可以放手不管了。

齐吴宁还是玩心重，事业心没那么强，由此可见，不管是天生富二代还是后天富二代，上进心都不如富一代。

还有一点让夏向上迟迟没有下定决心并购两家公司的是，他要明确康大道对他的定位。他可以理解康大道安插温任简在身边监视他平衡他，也认可康大道让齐吴宁打外援的打法，好吧，康大道不让他主动追求康小路，他也勉强接受。现在，他已经将大道之行带出了初创期，如果进入扩张期的话，他需要康大道亲口承认他对温任简和齐吴宁的安排。

这是关乎信任和深入合作的前提。

上次醉酒事件后，夏向上和康小路的关系是有了进一步的发展，但也仅此而已，后来二人又恢复了之前的工作状态，每天见面，有时还一起回家，在电梯里道晚安。有时也一起上班，在电梯里说早安。

说是和以前一样，其实也不太一样了，比如说二人总是会巧合地一起回家，又会不着痕迹地同一时间点乘坐同一趟电梯，准时到分秒不差。有时错过了，另一个还会在楼下等——当然是假装等，似乎是在专心地收发信息。

以前二人办公室门对门、住处楼上楼下，可从来没有过一同回家一起上班的巧合。巧合也分天然的和人为的，人为的巧合久了，就成了默契。

默契久了，就成了习惯。

习惯久了，就成了依赖。

有些事情看似没变，其实背后的逻辑已经变了。有些人看似还是疏远，其实内在的情感联系更紧密了。

齐吴宁和杭未对夏向上来说也一样。

现在齐吴宁和杭未一个月有大半个月在北京，齐吴宁主持浩荡的工作，忙得不行，早就想要放手当逍遥公子了。杭未也帮齐吴宁承担了许多工作，可以说，没有杭未的辅佐，齐吴宁什么都干不了，也干不长久。

杭未对齐吴宁来说，是监督、是警醒、是时刻让他保持斗志的关键。

杭未有自发的动力，愿意做事情，希望能有所成就。投资了李继业之后，她和李继业有过一段时间的磨合，二人有过争吵和分歧，最终李继业没有听取她的意见，下注了水货手机，结果在政策的限制下，水货手机的市场越来越小，导致积压严重。

还好，他吸取了前几次的教训，没敢一次性全部下注，只动用了一半资金，然后赔了……李继业很惶恐很惭愧，努力弥补，经过了几个月的调整，总算又恢复了盈利。

杭未很看好未来电子产品的市场，决定加大对李继业的投资。李继业因为和唐闻情走近的原因，二人互相介绍客户，倒也拓展了不少渠道，他也希望杭未加大对他的投资，最好同时也投唐闻情，他甚至动过和唐闻情的公司合并为一的想法。

只是他的想法遭到了杭未的否决，两家公司的业务完全不一样，强行合并，只会互相影响和拖累而不会共同提高。

第四十二章
实用主义和美学主义结合的典范

齐吴宁一个人说了半天,见夏向上不理他、康小路一言不发而严凌也是只顾专注开车,他就觉得没意思了,嘿嘿自嘲地一笑:"向上,说说为什么你们大道之行的项目都叫三号院?"

"这个我知道……"严凌沉默了半天,其实早就憋坏了,齐吴宁的唠叨里面有许多有用的信息,她不说话是在暗中消化,"道生一、一生二、二生三……三生万物。"

齐吴宁其实早就知道了三号院背后的含义,就是故意要引夏向上说话,他就又说:"行吧,我们浩荡接下来要单独操盘一个项目,就叫九号院,九九归一的意思。"

"别光说不练。"夏向上不信齐吴宁能独立操盘项目,或者说,不相信康大道会同意齐吴宁的浩荡独立开发楼盘,齐吴宁的浩荡成立之后,一直是为大道之行打配合,从来就没有想过要独立成长,"丰台马上要拍卖两块地皮了,我看中了055块,还有一个066块也很不错,你去单独拍来?"

"我一个打辅助的要变成主攻手,得请示教练才行。"齐吴宁拿出了电话,"先说好,你同意了对吧?如果我真的拍到了地,从设计、策划到销售,你都得帮忙。"

严凌立刻敏锐地捕捉到了什么,假装没听懂,笑问:"什么叫打辅助,什么叫主攻手?听上去像是打球。"

康小路也睁开了微闭的双眼:"你们两个人有秘密。"

齐吴宁意识到说多了，康大道再三叮嘱他打辅助的事情夏向上可以知道，因为瞒也瞒不住，但一定不要让康小路知道，就算她猜到了什么，也要矢口否认，他就立刻转移了话题："听说县里的跑兔肉很好吃，向上，我们自己去打一只怎么样？"

小时候夏向上跟随康大道去地里打过野兔子，冬天的田野里，棉花秆孤零零地站立在大地上，作为一年生的作物，它们其实都已经死去了。只是没有被拔下来，就还站立不倒，等待春暖花开时再被收割。

它们形成的屏障，正是无数野生兔子的家园，冬天正好农闲，当时对民用枪支管理还不严格，就有农人扛着自制的土枪牵着细狗，多叫几个半大的孩子，排成一队，声势浩大地在棉花地里前进，要的就是惊动兔子。

兔子胆小，受惊了就会乱跑，要么被善于奔跑的细狗追上，要么被土枪打中。

康大道在勘探期间，也有过打野兔子的经历。其实追求的不是打到野兔子后吃肉的乐趣，而是捕猎时的兴趣和抓到猎物时的成就感。

"现在没有跑兔肉了，别想了，想吃兔子肉，农场养殖的多的是。"夏向上摇头，近些年来随着农村机械化耕地的推广，棉花秆不再保留到冬天，直接就拔除了。小时候地里还可以见到鹌鹑或是其他野鸟，现在全部没有了踪迹。

农药的大量使用，也改变了环境和生态。

"以后我们的农场也养殖一些肉兔，放养，恢复到原生态。"

"这个可以有。"夏向上点头笑道，"这次去实践，就是要将学到的理论知识落地，要学以致用。"

齐吴宁嘴不能停，换了一个舒服的姿态继续说道："我还有两个想法，你们都听听是不是可行，第一，农场不要只种农作物，也要考虑经济收益，可以培植景观。现在各地新开的楼盘对景观和绿植的需求很大。第二，农场除了采摘等传统项目之外，还可以推行生态旅游，让更多的人参与进去，亲近自然了解自然。第三，让关月加入大道之行,她能力很强,留在浩荡农业屈才了。"

严凌再次心中一动,第一次见到把自己公司的得力干将推荐到别人公司的活雷锋,好吧,她也是一个,不过她是来卧底的,那么齐吴宁这么做的目的又是什么?难不成也是想要卧底?

不对,齐吴宁甚至想让自己的整个公司并入大道之行,卧底到卖身的地步,也是没谁了,那么她是不是可以理解为齐吴宁所图的最终目标比她想象中更远大?他是想最后反收购了大道之行?

先不管那么多,听听夏向上怎么说吧,严凌支起了耳朵。

夏向上几乎没有迟疑,当即一口答应下来:"没问题,只要你放人,大道之行的副总之位,虚位以待。"

关月的能力有目共睹,她已经用实力证明了她在农业发展上面的长远眼光,现在大道之行的农业公司连同浩荡农业,基本上都是由关月在具体负责,温任简其实只是在埋头钻研,一门心思扑在研究上。夏向上之所以答应得如此之快,一是他明白关月原本就是康大道安排的人,那么齐吴宁的意思也就是康大道的意思。二是他接触下来非常认可关月的能力,她足以胜任大道之行副总兼农业公司负责人的职务。三是他很想看看是不是康大道意识到了温任简没有起到应尽的监视和平衡作用,然后让关月来监视和平衡他?

他才不怕,尽管放马过来,反正他身正不怕影子斜。

严凌表面上在认真地开车,暗中却听得心惊肉跳,到底夏向上和齐吴宁是什么关系,公司想并入,不同意,就把自己的副总"奉献"出来,夏向上居然一口就答应下来,而坐在副驾驶的康小路似乎没什么反应,都太奇怪了,她就有意无意地说了一句:"小路姐,你应该见过关月吧?挺漂亮的一个姐姐。"

关月出生于1988年,成熟、稳定、漂亮、知性,很有御姐范儿,是严凌见过的女性高管中最有气质的一人。

康小路和关月也熟,对关月的印象还不错,点头说道:"只有能力不漂亮,夏向上也不会答应得这么快。他的用人标准一向是既要有能力又要高颜值，属于实用主义和美学主义结合的典范。"

"好吧，小路真大度。"严凌不好多说什么，毕竟她只是助理不是高管，更不是合伙人，她吐了吐舌头，"夏总身边一群美女，还都是单身，就不怕他会因此而影响了工作？"

康小路翻出一副墨镜戴上，又压了压帽子："有我在，他都能安心工作，不管是谁都影响不了他……你不是已经实验过了吗？"

严凌确实向夏向上暗中施展过媚惑手段，是不是有意为之她也说不清楚，反正她习惯了以女性优势来影响别人，实验结果证明，夏向上对她的美貌和暗示免疫，她就猜测要么是夏向上见多了美女，产生了美貌免疫。不提康小路，就是杭未、唐闻情等人，哪个不是貌美如花？就连公司的行政总监柯幻羽，也是清秀可人。

不过严凌记得柯幻羽刚从深圳来北京到公司应聘时，先是从前台干起，大概不到一年就从前台升到了行政总监。开始时听到柯幻羽的升迁之路，严凌还觉得难以置信，甚至是匪夷所思，她不认为一个前台有能力成为管理人员，真有能力可以从行政助理干起。

后来她接触了柯幻羽，在对她有过更深入的了解过后，她多少想到了一点，多半是因为柯幻羽来自深圳，和康小路有旧。

种种迹象表明，大道之行是一家很有特色、工作氛围良好在个别地方又隐藏着个性和特立独行风格的公司，不得不说，严凌越来越喜欢这种风格了，比起林海中与张达志公司的刻板、保守不知道要好了多少倍。

虽然喜欢，但她还是没忘自己的使命，一是要学会夏向上的管理模式与用人之道，二是挖走对海达有用的人才。就目前来看，唐闻情、柯幻羽都在名单之内，她们两个应该有机会争取过来，现在严凌的名单中又多了一人——关月。

在和关月有限的几次接触中，关月给严凌留下了久久难忘的印象，不提关月的知性与谈吐，只说她与众不同的御姐范儿以及出类拔萃的能力，就值得她花大力气攻克。

在严凌的排序中，关月名列第一名必挖清单之中，但在先后次序中，关月却排在最后,因为她很清楚关月最难说服,工作要先易后难,她认为最好的顺序是先攻克唐闻情,然后柯幻羽,等她们二人都成功地在海达任了高管,再去挖关月也就更有说服力了。

收回心思,严凌嘻嘻一笑,对康小路明显有些不满的话毫不在意:"小路姐别多想,我是一朵怒放的鲜花,在风中摇曳,不是为了摇曳生姿,只是天生如此。草木有本心,何求美人折?对夏总释放魅力和对齐哥释放魅力,对我来说是本能,内心完全没有区别。"

第四十三章

农业大国和农业强国

齐吴宁当即呵呵一阵冷笑:"要不,我们试着谈一场不拉手不亲热没有结果的恋爱?"

"救命呀,小路姐,齐哥他想祸害我……"严凌惊呼还不算完,还故意晃了两下方向盘,车身就立刻摇晃几下,"齐哥,我当你是领导是榜样是哥是偶像,你当我是猎物是绵羊,你太没良心了。"

齐吴宁撇了撇嘴:"我跟你谈感情,你跟我讲良心,你可真会打岔。好好开车,一车人的小命都掌握在你手里,你现在手握生杀大权。"

这句话倒是提醒了严凌,她脑中迅速闪过一个凌厉的念头——如果她现在方向盘一偏,汽车撞破了护栏冲进了沟里,是不是就把大道之行和浩荡的创始人一网打尽了?一举就帮海达消灭了两个竞争对手。

但她说不定也得赔上小命,不值得,这种过于离奇的念头也就是想想罢了,更不用说严凌替林海中卧底大道之行,除了是有替林海中办事的出发点,更多的是为了满足自己的好奇心和猎奇欲,是想证明自己的演技。

有时严凌在想如果大道之行由她说了算,她会整合了所有资源,比如浩荡、比如李继业和唐闻情的公司,连齐吴宁和杭未也要拉进来,将大道之行打造成一个庞然大物,然后再进行包装和资本运作,最后打包卖掉,套现离场。

保守估计,三五年后卖掉时,夏向上和康小路每人可以拿到10亿以上的现金,可以确保一辈子衣食无忧了。

不过她也明白一点，夏向上和她的思路不同，他要打的是持久战，是想将公司做大做强，是想跟公司一起成长，还要承担应有的社会责任感，而不是套现离场。她不能理解夏向上为什么不走捷径，非要走一段崎岖难行的荆棘之路？

不理解就不理解吧，反正她又不会陪夏向上一直走下去，她只想赚快钱，然后去躺平。

夏向上一行人先是考察了大道之行和浩荡联合在容县、雄县和安县落地的三家农场。三家农场各有特色和侧重点，容县的农场侧重生态化旅游，安县的农场侧重生态农业和种子培育，雄县的农场侧重园林景观的培植以及高效农业的开发。

粮食安全问题、"三农"问题、农民工问题及其背后的城乡差距、工农差距、中西部差距问题，本质上都是土地问题。抓住了土地问题的根本，就抓住了所有农业问题的根本。

土地流转问题，更是关键中的关键。2004年，国务院颁布《关于深化改革严格土地管理的决定》，明确了关于"农民集体所有建设用地使用权可以依法流转"的规定。2014年，中央和国务院办公厅印发《关于引导农村土地经营权有序流转发展农业适度规模经营的意见》，要求大力发展土地流转和适度规模经营，五年内完成承包经营权确权。

土地流转，也是农场化经营的前提条件。

大道之行对农业的布局，只是大农业的一个部分、一个环节，当然，一家公司不可能改变整个农业的现况，但只要去做，就是有益的带动。现代化农场，是中国农业问题未来改变的关键环节，也是最重要的一个节点，必须要有敢为天下先的公司去开拓一条全新的道路出来。

古往今来，中国的农民面朝黄土背朝天，流下了无数的汗水和心血，种出的粮食，几千年来养育了中华民族，才让中华文化延续至今。到今天，新时代的到来，新技术的进步，如果还是重复几千年来的农耕手段，中国想要进入中等发达国家行列，必须得补上农业上的短板。

世界十大农业大国，按照产量排名第一是美国，第二是加拿大、第三是澳大利亚，其后才是德国、法国、英国、中国、新西兰、日本和以色列。

中国虽然也名列其中，但排名相当靠后。排名第一的美国，国土面积还不如中国，耕地面积却比中国多很多。除此之外，从农业产值上而言，他们以不到3%的农业人口，养活了美国3亿多民众，而且美国还是世界上最大的农产品出口国。

美国农业之所以发达，除了得益于其高度科技化机械化带来的农业效率，在大规模机械化生产背后，其因地制宜的"地区专门化"才是基础和关键。

所谓的农业生产"地区专门化"，是指在一个区域（地区）内，根据自然气候等因素，专门生产一种或者几种农畜产品，从而在全国范围内形成农业专业生产区。而中国由于缺乏地区专门化的条件与规划，往往出现今年哪一种农产品畅销，次年就会一窝蜂种植的现象，随即就是产量过剩，谷贱伤农。

美国则有详细的分工，比如在中央大平原地区分布有小麦带、玉米带和棉花带。在五大湖沿岸地区，是美国农业的乳畜带，其产量占了美国总产量的一半。位于墨西哥湾沿岸地区，是亚热带作物带。位于美国西南部沿海，是水果和灌溉农业带。

所以，美国的农场从来不追求大而全，而是大多数只种植一种农产品，也就是"专门化"。一是可以专业并且收益高，二是避免恶性竞争。

中国是农业大国，但远远不是农业强国，如果按照农业技术强国排名，中国无法上榜，上榜的有荷兰、丹麦、以色列等小国。

在不少人眼里，荷兰才是当之无愧的农业第一强国。

因为，虽然荷兰的农产品出口额不敌美国而屈居全球第二，但其国土面积只有美国的二十四分之一。并且，荷兰的纬度跟我国漠河相近，有着漫长难熬的冬天。无论从何种条件讲，都不太适合发展农业。

但荷兰就是在几乎不补贴农业的情况下,成为欧盟最大的农产品和种子出口国,可见其技术有多厉害。更值得一提的是,所有温室产品,荷兰的单位面积产量全球第一。

荷兰农业的秘籍就是人工环境技术,包括人工环境控制技术、分子生物学、人工生态圈、精准农业、节水技术、育种技术,等等。

荷兰在农业上的专利也有很多,尤其是在花卉上面。荷兰的国土面积仅仅只是北京市面积的三倍左右,但统计显示其农产品出口量却仅次于美国。除了享誉全球的鲜花、观赏植物等占据世界第一之外,荷兰种用马铃薯出口占世界市场的60%以上,鸡蛋(包括蛋制品)、啤酒、番茄、奶酪等的净出口额均名列世界第一!

荷兰的农业人口不足世界的0.02%,耕地不到世界的0.07%,但出口的农产品占据了全世界的9%(花卉等还不算在内)!如此惊人的成绩,都源于科技的进步。

在温任简的心目中,荷兰是第一农业强国,第二是以色列。美国是强大,农业出口全球第一,但美国是以数量取胜,是有得天独厚的地理优势,如果美国跟中国一样是三山六水一分田的地形,看它还是不是第一农业大国?

荷兰和以色列就不同了,都是靠技术取胜的农业强国。以色列的自然环境比荷兰还恶劣,但以色列是仅次于荷兰的全球第二大花卉供应国,同时还赢得了欧洲"冬季厨房"的美誉。要知道,以色列可是严重缺水的国家,农业全部建立在沙漠的环境中,就是追求极度的技术创新的结果。

以色列在育种技术、杀虫技术、节水技术、灌溉技术、仓储技术、系统化养殖技术、土壤研发技术、温室技术、无土栽培技术、沙漠养鱼技术十余项领域,都处于世界领先地位。

德国农业从产值上来说在全球不是数一数二,但有一些典型优点非常值得我们学习,就是强大的工业体系带动了强大的农业机械化。德国人在农业机械上的黑科技,可以说到了登峰造极的地步,凡是你能想到的机械化,他们都已经实现了,比如全自动伐木机、全自动牧草收割打捆机、全自动除草机、全自动摘葡萄机……毫不夸张地说，德国农业实现了 2% 的劳动力管理和维护全国总面积一半的农业用地，平均每个农民养活 140 人。

　　日本农业的特长是精细化。分为两个方面，一方面是我们熟知的管理精细化。日本通过一系列法律来制定农业发展战略，严格控制并平均土地使用，绝不浪费和闲置。同时，严格规定农户的责任和规模，通过分散的家庭式农场，进行横向协作发展，将精耕细作进行延伸扩展，扩大经营规模。也就是说，日本其实还是分散的家庭作坊式农户，是小型农场，不同于美国的大型农场以及德国的全部机械化，日本还是注重手工工艺。

第四十四章
选择无所谓对错，只有轻重缓急

三家农场考察了一圈之后，一行人又去了南拒马河和白洋淀。容县有两条主要河流，南拒马河和大清河，夏向上记得小时候两条河都是河水充沛，每年夏天，河水暴涨，不少人在河边纳凉河里捕鱼，一片欢声笑语。

现在，只有南拒马河还有水，大清河已经干涸了。

晚上，一行人回到酒店——位于容县的农场正在兴建农家院，已经初具雏形。由于是冬天的缘故，还不具备入住条件，等到夏天，就可以住自家的民宿了。

饭后，夏向上正和康小路在房间中商量事情，齐吴宁和杭未敲门进来了。

"就知道你们都会在。"齐吴宁一进门就嘿嘿一笑，"正好，我有件很重要的事情要宣布。"

康小路眉毛一挑，目光在杭未身上停留几秒："你们要结婚了？"

"啊……"齐吴宁惊讶莫名，连忙摇头，"我和她还没有正式确定恋爱关系，还没有到牵手的阶段。"

杭未也是抿嘴一笑，点了点头："对，对，我和吴宁就是认识的时间长，结果还没有培养出感情却先培育出了姐弟情深，没成为人生合伙人先成了事业合伙人，说明我们是爱情绝缘体。"

康小路见二人都矢口否认，不由好奇心大起："除非你们心里都有别人，否则男女相处这么久还只是朋友，也是少见。"

"我心里是夏向上,他心里是严凌……小路姐满意了吧?"杭末的眼神在夏向上身上停留了片刻,"人生总要有一个梦想才圆满。"

康小路呵呵一笑,双手抱肩:"也要有遗憾,要不得多无趣。"

一见面就过招,虽然并不是刀光剑影,多少也有点短兵相接,夏向上忙制止了事态的进一步恶化,咳嗽一声:"咳咳,吴宁,你有什么重要事情要宣布?"

"我成立了一家清淤公司,打算去为南拒马河疏通水道,帮白洋淀清理淤泥。"齐吴宁兴奋的表情像是发现了新大陆一样,几乎要跳起来了。

"你可真有想法。"康小路很不理解齐吴宁的选择,"原以为我已经够奇葩了,没想到你比我更离谱。放着好好的房地产不干,为什么要去干挖泥的活儿?"

"不不不,小路姐你是孤傲和冷酷,是个性。我是奇葩加离谱,是另类,不是一个风格,不能相提并论,谢谢。"齐吴宁很认真地解释,生怕康小路不认同似的,"咱们真的不是一类人。"

"扯远了,回到正题上。"夏向上叫停了齐吴宁,不得不说齐吴宁的思路很对,农田和水利是一体的,离开了水,农业就是无本之木。南拒马河要治理,白洋淀也需要清理,不管是生态旅游还是生态农业,都需要优质的水质。

在未来的规划中,白洋淀也是生态农业的一部分。

"我不反对你成立什么清淤公司,你是真的打算放手房地产和农业项目了?"夏向上清楚齐吴宁就算真的放手,也是康大道的授意。

"不是放手,是转让给你们。我本来就不擅长房地产和农业,一直跟在你们屁股后面捡点吃的,而且我这个人特别喜新厌旧,就喜欢做一些有难度但难度不高、可以持续一段时间但又不用持续很长时间的事情,清淤正好符合我对下一步的预期,至少能满足未来我两三年的兴趣方向。"

夏向上相信齐吴宁的话是真心话,他确实对房地产和农业没什么兴趣,也没有相关的经验和实操能力,完全就是大道之行的外围辅助，现在让浩荡完全并入大道之行，基本上不存在磨合。

选择无所谓对错，只有轻重缓急。

问题是，必须得康大道先点头才行，必须得由康大道提出，夏向上先是答应了齐吴宁的提议，等齐吴宁和杭未离开后，他用房间的固定电话拨通了康大道的电话，并打开了免提。

电话一接通，夏向上当即说道："队长好，小路也在，有件事情要向您汇报一下。"

上次醉酒事件过后，康小路对康大道的抵触心理有所减轻，但还是很少主动和康大道联系，夏向上就一直充当了二人的中间桥梁。

"你们都在呀……什么事情，说吧。"康大道不慌不忙的声音传来，他故作风轻云淡之下，微微隐藏着一丝兴奋与期待，"小路最近还好吧？"

康小路点了点头，没说话。

又不是可视电话，夏向上无语了，只好替她作答："她很好，很忙很充实，还瘦了。"

"忙和充实是真的，瘦是假的，没瘦，不过也没胖。"康小路凡事比较较真，她不是易瘦体质，但也不易胖，体重始终维持稳定，"向上倒是真瘦了，瘦了八斤半。"

"呵呵，他多少体重你都清楚，你们的关系有点超过同事的界限了。"康大道立刻敏锐地嗅到了问题所在，当即就点题了，"向上，你有必要解释一下为什么你的体重数据小路会知道得这么清楚？"

夏向上和康小路面面相觑，谁也没有想到康大道的关注点居然这么细致入微……夏向上一想也是，对呀，康小路说他瘦就瘦吧，怎么她这么明确地说是八斤半？他不记得他和她说过他的体重。瘦前没有，瘦后也没有。

康小路也是一脸愕然，努力回忆什么，却怎么也想不起来她怎么就脱口而出点明了夏向上瘦后的体重，数据是从哪里来的呢？糟糕，完全没有印象了。

康小路从小就记忆力惊人,尤其是对数字敏感,不管是多普通的排列,只要看上一眼就能记得清清楚楚,她上次跟夏向上说她数学不好,是在学霸面前谦虚。

那么她对夏向上体重的具体数字肯定是什么时候夏向上随口说过,她就记住了……不对,不记得夏向上亲口说过,难道是齐吴宁或杭未说过?也不是,她对自己的记忆力有信心。

蓦然,康小路想了起来——是严凌。

对,就是从严凌嘴中说出的夏向上前后体重数据的变化,而且还是精确到小数点后一位,不过康小路却并不想向康大道解释清楚,当即说道:"老康,别在意细节,那不是你该关心的事情,我们只是在工作上需要向你汇报,体重也好,我和向上的关系也好,和你没啥关系。"

康小路的话就有点过于尖锐了,夏向上可不敢这么跟康大道说话,他朝康小路使了个眼色,顺口编了个理由:"队长,公司成立了一个运动小分队,每天都记录打卡,填写心率、血压和体重,数据是公开的,加入也是自愿的,公司的理念就是提倡健康的生活方式和积极向上的心态。不只是小路知道我的数据,公司上下都知道。"

"好吧,我信了……"康大道说是信了,还是半信半疑,但夏向上的说法听上去很真,他也就没有再去多想体重的事情,忽然间又愣住了,看了看手机上的来电号码,顿时急了,"你们是从哪里打来的电话,不是公司的固话!"

"在酒店房间。"康小路也没多想,直接就说出了真相,她在康大道面前要么不说,要么只说真话。

康大道感觉心里有根弦被一只大手用力扰动,有一种痛失至宝的心痛感,现在时间已经是晚上,康小路和夏向上同处酒店的房间,他们还故意用酒店的固话打来电话,不就是想明确地告诉他他们已经在一起了,关系都进展到住同一个房间的地步了……

夏向上不是答应他不去主动追求小路吗?他不信守承诺,他骗了他!康大道感觉胸中有一口气急速上涌,眼见就要冲到了头顶,接下来就应该是血压升高、心跳加快，然后就是怒不可遏地大骂夏向上。

但夏向上及时解释的一句话，让他即将失控的情绪潮水般退去。

"刚才齐吴宁、杭未他们都在，说完事情后他们先走了，就留下我和小路好单独向您汇报工作。我们来三县是考察已经启动的三家农场，一行三辆车，十几个人……"

原来是团队出动，康大道意识到自己是关心则乱，险些失态，不由暗暗自责，他是太关心小路了，总觉得不管是哪个男人接近她都有可能伤害她，哪怕是他最看重的夏向上也不行——至少目前还不行。

康大道稍微缓和了一下情绪："这样啊……不过你们还是要注意影响，不要孤男寡女在一个房间待太久了，容易被公司上下议论，再导致公司上下人心浮动，就更不好了。"

康小路本来已经被夏向上的眼神示意压下了直来直去的表达欲望，康大道这么一说，她又忍不住了："我和向上就是正常的工作接触，别人爱说什么说什么去，一家公司连包容员工谈恋爱的胸怀都没有，怎么激发员工的归属感和创造力？我和向上办公室门对门，公寓楼上楼下，天天一起上班又一起回家，别人要说什么，早就说了不知多少遍，又能影响我们什么呢？老康，你能不能格局打开，别总在意一些男女关系上面的细节，显得你很婆婆妈妈，知道吗？"

如果不是因为你是我的女儿，我才不管谁和夏向上在他妈的同一个房间……康大道气得差点爆出脏话，话到嘴边又咽了回去，他不能当着康小路的面说出不让夏向上主动追求她的话，只好尴尬地咳嗽几声："好，好，我不说这些了，不说了，向上，你是有什么事情要汇报？"

第四十五章
用不确定的事情来下注一个确定的未来

康小路却再次插话了，她还是接受不了夏向上刚才的理由："有件事情我得澄清一下，我知道向上的体重数据，不是从什么运动小分队的记录打卡上面，而是严凌说的。还有，公司是有一个运动小分队，也确实有人在群里面公布自身的一些数据，但向上并没有参加。"

严凌是夏向上的助理，康大道自然知道，公司重大的人事变动，夏向上都会及时向他请示。不过在严凌这个级别，他也不会过多关注与了解，仅限于知道。印象中，严凌长得倒是很漂亮，作为助理，她就算知道夏向上的体重数据变化，也不足为奇。

不过，康大道觉得还是有必要提醒一下夏向上，现阶段他是不想夏向上和康小路走得太近，也不想夏向上和别人走得太近，在等潜力股成长的同时，也要避免潜力股先被别人摘了桃子就是他现在的心态："向上，和助理不要走得太近，工作是工作，生活是生活，你还年轻，前程远大，不要因为一时的选择错误而悔恨一辈子。"

又来，怎么康大道跟夏向上说话像是对她说话的语气？康小路气不打一处来，她最不喜欢康大道的唠叨，看似语重心长的关心实则是处处约束的提醒，她当即直言不讳地反驳："老康，夏向上只是你的员工，不是你的儿子，也不是你的女婿，就算是，他也有自己的人生规划和处事方式，用不着你的高见来指导他怎么为人处世。从小到大，你不允许我做的事情多了，哪一件听你的了？"

夏向上暗道不好，上次醉酒事件之后，康小路对康大道的印象有所好转，父女关系有所缓和，但也仅限于距离遥远不在身边而产生的想象美，只要接触一频繁或是距离一拉近，先前的努力就会付之东流。

多年积攒的怨气不可能一朝一夕散尽，需要足够多的时间来慢慢磨平。现在，康大道因为对他的提防而过于在意一些细节，再次激发了康小路不好的回忆，他得赶紧转移话题才行。

康小路却还在说个不停："我知道你是怎么想的，你认为现在的夏向上还配不上我，也许以后他能够配得上我，所以你不希望他现在跟我谈恋爱，也不想他现在跟别人谈恋爱，你是要等他成长起来后，再来追我对吧？你想得倒是挺美，却忽视了两个关键点，第一，夏向上在成长期间也许会爱上别人，或是被别人追上。第二，在此期间我也许会爱上别人，或者是被别人追上。老康，你是在赌我和夏向上都很专一很认真在等对方，在等合适的时机……你是用不确定的事情来下注一个确定的未来，你是异想天开！"

差不多了，再让康小路和康大道对话下去，就成了父女吵架的专场了，本来是工作会议，都快开成家庭会议了，夏向上忙说："队长，齐吴宁是想将浩荡全部并入大道之行，他想去做清淤的工程，事关重大，得请您拿主意。"

康大道被康小路撑得心情很是郁闷，到了他现在的层次，凡事追求稳妥有错吗？他只想打下一片事业和感情的稳固江山，然后放心地交到康小路手中，好让康小路没有后顾之忧地一路向前，作为老父亲对女儿基于保护和爱护的爱，他有错吗？

齐吴宁作为他布置的一步暗棋，既是他爱女计划的一部分，也是帮助大道之行成长的重要支点，他也了解齐吴宁的为人，不长性，兴趣来得快也去得快，除了比较听话并且没有什么野心和坏心思之外，从商业的角度来看，他优点不多。

杭未则不一样了，她比齐吴宁更有商业的眼光，也更有长远的布局，只不过担心她会向康小路透露，他和齐吴宁就没有告诉杭未真相。

齐吴宁在浩荡成立之初就向他明确表示，在前期他帮大道之行打外围打辅助都可以，但只要大道之行步入了正轨，他就会撤退，他不可能在一件事情上专注太久，他太了解自己了，不是一个长情的人。康大道也答应了他，只要条件合适时，就可以退出。

康大道答应齐吴宁帮他摆平恒长贸易的权力斗争，扶他坐上恒长贸易董事长的宝座简单，让他彻底掌控恒长贸易难。公司是由人组成的，齐吴宁半路接手股权并且空降到恒长，元老和高管们服他才怪。

现在康大道已经帮齐吴宁完成了第一步的布局——齐吴宁即将接任董事长之位，但从总裁杨汉亮到副总齐金龙、程小麦，以及整个高管层，都对齐吴宁没有信心，都依然是唯杨汉亮马首是瞻。可以说，第二大股东兼总裁杨汉亮目前仍然是恒长贸易的实际掌权者。

想要彻底打败杨汉亮，让以杨汉亮为首的元老派臣服，还需要很长的一段路要走。

初步的胜利让齐吴宁很满意，也让他对康大道更加言听计从了。康大道其实也知道齐吴宁对他服从并不是因为他的厉害——当然，他也确实厉害——而是齐吴宁需要一个可以让人依靠和依赖的领路人，类似于父亲一样的角色，而他，恰恰符合齐吴宁对想象中的父亲的期待。

康大道强调是父亲而不是爸爸，是因为齐吴宁的爸爸齐青子在齐吴宁的成长中是承担了爸爸的角色——比如关怀、陪伴和鼓励，但没有肩负起父亲的职责——教育、引导和成长。是的，康大道认为爸爸和父亲是两个称呼，或者说，是两种身份。爸爸好当，是基于生物学意义上的身份，只要能尽到关怀和陪伴，就是一个称职的好爸爸。

但父亲就不一样了，从爸爸到父亲的转变，是一个男性从男孩到男人的提升。有许多男性终其一生都只是一个男孩，从来没有成长为一个有责任感的男人。对齐吴宁来说，齐青子是对他有过关怀和陪伴，也有过鼓励，但在对他的教育、引导和成长上，角色缺失，没有尽到父亲角色的责任。

齐青子性格温和，温和到了软弱的地步，正是因此，齐梅子指定将财产交由齐吴宁继承而不是哥哥齐青子，就是她认定齐青子的性格已经定型，没有了可塑性，或者说，没有了上升空间。齐青子大事上不果断小事上不决断，除了对学术感兴趣，对任何事情都漠不关心，完全活在自己的世界之中，导致不管是家里的大小事情还是事关齐吴宁的成长，都由吴英红一言而定。

然而吴英红固执而保守、见识浅且自以为是，还事多，将齐吴宁从小管得太死，长大后就养成了齐吴宁事事得妈妈点头才敢去做的软弱性格。如果不是凭空继承了一大笔财产成了后天富二代，有了格局与见识，提振了信心与勇气，齐吴宁怕是要当一辈子妈宝男了。

在无数次被妈妈洗脑和严加约束之下，齐吴宁骨子里无比渴望一个伟岸的父亲出现，可以替他抵挡妈妈以爱之名的压迫与逼迫，现在康大道的出现正好弥补了齐吴宁人生的空白。他坚决果断，既有魄力又有能力，还有呼风唤雨的影响力，吴英红在康大道面前，别说颐指气使了，连大气都不敢出，话都说不连贯，就让齐吴宁有一种扬眉吐气的感觉。

康大道对吴英红气势上的绝对性压制以及他帮齐吴宁第一步解决了恒长贸易内部的制衡，打破了杨汉亮只手遮天的局面，就让齐吴宁对康大道的崇拜上升到了无以复加的高度。自从成为后天富二代后，齐吴宁就一直在努力摆脱吴英红对他的控制，他想要独立想要自己说了算，想要过自己想要的人生，而吴英红却想要通过控制他来控制恒长贸易，就让他和妈妈的矛盾逐渐上升到了不可调和的程度。

毕竟吴英红作为一名社区工作者，天天接触和处理的都是鸡毛蒜皮的小事，格局和眼光太有限了，却想要将自己的意志在恒长贸易落地，太自不量力了。别说齐吴宁还没有完全控制恒长贸易，就算他成为了恒长贸易的实际控制人，他也不可能让妈妈垂帘听政——妈妈在社区负责统计工作，用她的见识来决定公司事务，他不敢想象公司会是什么样的乌烟瘴气。

也正是在康大道的帮助下，齐吴宁不但一步步在妈妈面前挺起了胸膛，不再事事听她的安排，也在公司慢慢站稳了脚跟，康大道能感受到齐吴宁对他的尊重中有一丝儿子对父亲的崇拜，他也乐意担任齐吴宁父亲的角色，指导他前进帮助他成长。

康大道清楚，夏向上和齐吴宁不同，夏向上智商高的同时情商也高，而且他情绪稳定、有格局和眼光，性格坚定且有韧性，只要给他一个平台，他就能拓展成为舞台，再给他足够的时间，他能开拓成为一方天地。

当然，康大道也相信夏向上再厉害也毕竟年轻，安排温任简对他监视和制衡，多年经商的经验告诉他一家公司必须得有一个内部制约与平衡机制，以及内部竞争的良性循环，才能不断地成长与进步。只可惜，温任简并没有完成他交代的任务，并没有向他提供太多有价值的信息。没办法，他决定让关月接任温任简的任务。

第四十六章
人是好人，但下次别这样了

关月负责监视和制衡夏向上以来，确实为他提供了一些有用的信息，比如夏向上重用的几个副总和总监，都是他的大学同学。再比如夏向上明显有意在培养唐闻情的公司壮大，也是想收购唐闻情的公司。一旦并购成功，大道之行整个高管层基本上全是夏向上的嫡系了，等等，表面上看大道之行康小路是董事长，但实权却掌握在夏向上手中。

不过要说制衡和平衡作用，关月还远远不够，康大道还在物色新的人选。成立大道之行的目的除了拓展北方市场以及紧随大政方针之外，还有意历练康小路。现在小路是成长了不少，她却没有防范之心，也是让他担忧。

夏向上是值得信任，但不能把偌大的财产和未来都寄托在一个人的人品和情绪稳定上面，而是要依靠制约性的制度来建立保障。如果夏向上遇到了更好的机遇和平台，更有实力的投资人以及投资人更漂亮的女儿，谁敢保证他不会带着团队出走？

好吧，康大道承认他是想得有点多，假设得有点过于巧合，只是多年的经商经验让他更愿意相信制度而不是个人品行。

虽然温任简没能胜任他要求的工作，但温任简也没有向夏向上透露真相，也让康大道对温任简基本满意。康大道一开始就清楚浩荡公司的成立与用处瞒不住夏向上，但温任简的事情应该可以。

现在夏向上当着康小路的面儿让他决断齐吴宁退出的事情，说明夏向上知道齐吴宁背后的决策者是他。

如果夏向上一直被蒙在鼓里他才失望，康大道不怕夏向上猜到他的布局，他是期望夏向上只猜到他的一部分布局而不是全部。猜到一部分，显得他高明。猜到全部，岂不是他的花招都瞒不过夏向上的眼睛？会让他很没面子也很失败。他喜欢高智商高情商但可以掌控的夏向上，而不是高到碾压他的夏向上。

正是这种纠结的心理，让康大道对夏向上也是患得患失的矛盾情结——既希望夏向上猜到他的一部分布局，也不希望他看透他的全部手段。既愿意夏向上和康小路走近，又怕他们走得太近太快。

齐吴宁想要放手浩荡去做自己喜欢的事情，已经向康大道提过多次了，康大道总是要求齐吴宁再等等，说时机还不够成熟……齐吴宁却等不及了，他早就厌烦了房地产开发和农业，只想做自己喜欢的事情，从小到大他都在别人的安排下过自己的人生，现在，他想按照自己的想法活一次。

康大道知道是时候放手了，之前不想过早放手，还想让浩荡以打外围的方式来助大道之行一臂之力，也是基于不把鸡蛋放到一个篮子里面的出发点，还有隐藏更深的想法是他不想让两家公司并为一家是怕夏向上完全掌控了两家公司之后，会成尾大不掉之势。

只是形势比人强，康大道在被康小路不留情面地撑了一通之后，情绪渐渐冷静下来，他深吸了一口气："吴宁已经和我说过了，他希望浩荡可以打包卖给大道之行，以前没答应他是时机不成熟，大道之行还吃不下浩荡。现在……也差不多了，大道之行的体量可以容下浩荡了，我觉得可以着手进行收购了。"

夏向上也猜到了康大道会答应，齐吴宁一提再提，今天直接就注册了新的公司，可见他心意已决，可见他已经和康大道达成了共识了，那么接下来问题最难的部分，还是要交给康大道来解决："好，队长觉得时机成熟了，那就没问题了。但问题是，浩荡的估值怎么定，是现金收购还是其他方式，还是得由队长来拍板。"

浩荡的启动资金以及后来的全部投入，大部分都是康大道的钱，只有一小部分是齐吴宁从恒长贸易转移出来的资金，齐吴宁表面上是浩荡的最大股东，真正的出资人却是康大道。夏向上的难题康大道必须得正面回应，好在他并非没有考虑过相关问题，就说："吴宁跟我也聊过这个问题，他希望是折成股权，他和杭未也加入大道之行，以股东的身份担任高管。"

夏向上微微点头，这样才是最稳妥的方法，不暴露康大道是真正的投资人的秘密："折合成多少股权合适呢？"

"30%是一个合理的价格。"康大道算过一笔账，浩荡和大道之行联合开发的项目，投资比例都在30%，再加上浩荡并入之后为大道之行提供的高管等人才，再者30%的股份比例再加上康小路的51%，哪怕共同稀释之后，也还能继续保持着对大道之行的绝对控股。

"我没意见。"这符合夏向上的预期，他就将目光投向了康小路，"小路，你的想法是？"

康小路听出了康大道和夏向上的对话中似乎隐瞒了一些重要的信息，但她也没有多想背后还有什么布局，她更多地想着当下的股权分配："浩荡打包进入，折合成30%的股份，我没有意见。但是，平均稀释股份的话对向上不公平，我提议我稀释20%，从51%降到31%，向上和温老师各稀释5%……还有，齐吴宁不具备高管的能力，我不同意他加入大道之行的高管序列，杭未没问题。"

康小路确实不是生意人思维，上来就让步，夏向上可以理解她的真诚和分享精神，但如果对外谈判可不能让她出面，人是好人，但下次别这样了……感动归感动，他还是冷静地说道："这不合适，要稀释就得平均。"

康小路却不给他机会，上来就是一句："每个人稀释10%，你就剩下20%的股份了，万一哪一天海达房地产过来挖你，开出了更好的条件，你要是走了，大道之行我一个人能撑起来吗？你要走的话，肯定还会带走不少人，能掏空整个公司。我可不傻，不会给你犯错的机会。如果你不同意我的方案，你就是打算随时离开大道之行。"

这个假设杀伤力太大，夏向上无话可说。

康大道心中一阵喟叹，真是自家的好女儿，这番话从商业逻辑上倒是合情合理，但从感情上全是偏爱，他原本的设想也是平均分摊，然后再为夏向上加薪，提高福利待遇，康小路这么一说，他就只能顺水推舟了。

"要不这样……"康大道以退为进，浩荡并入大道之行，必须还不能脱离他的控制，"股权分配方案就按小路的提议，但是齐吴宁和杭未都得加入大道之行的高管，他们是浩荡的股东，在大道之行完全整合了浩荡之前，还需要他们作为高管来协调浩荡员工。"

"可是……"康小路还想争辩什么，被夏向上打断了。

夏向上轻轻拍了拍康小路的胳膊，示意她少安毋躁，说道："好的，就按照队长的指示办。我还有一个问题，温老师和关月的工作，可能需要调整一下。"

康大道心中一紧，夏向上特意点出二人，应该是有所暗示，难道他真的察觉到了温任简和关月在他的布局中是什么角色？猜测归猜测，他语气平静地问道："你想怎么调整？"

"温老师还继续担任副总的职务，我是想成立一家农业技术研究中心，由温老师兼任中心的负责人。大道之行并购了浩荡之后，关月正式加入大道之行，担任副总兼大道之行农业发展公司的总经理……队长，我的调整是从他们的兴趣和能力出发，希望每一个人都能在大道之行找对位置，将兴趣和工作结合在一起。"

康大道立刻捕捉到了夏向上如此安排的深意，温任简看似级别未变，其实是降格了，但更符合他的特长与专长了。而关月却是大大前进了一步，成为农业发展公司的总负责人，是温任简实际上的领导，在整个大道之行的序列上，成为仅次于康小路和夏向上的存在。

夏向上应该是真的发现了温任简和关月的潜藏身份，可问题是，他这么安排是让温任简远离了他的身边，却让关月对他的监督作用更方便了，康大道一时猜不透夏向上的真实想法，但提议对他有利，也有利于公司的发展，就顺势答应下来："没问题，你对公司的全面了解比我清楚，你定就行。"

夏向上要的就是康大道这句话，前面的部分只是铺垫，是开胃菜，他当即抛出了另一个想法："我还兼着大道之行房地产开发公司董事长的职务，也需要调整一下，换一个人上。"

康大道顿时一惊，夏向上兼任了大道之行房地产公司的董事长是最好的布局，他要是放手的话，没有再合适的人选了，而且，似乎有点突然反抗他的暗中安排的意味，不由问道："为什么要调整成别人？没有人比你更合适了。"

第四十七章
许多假设中的事情未必不会发生

夏向上没有立刻回答,而是沉默着望向了康小路。

大道之行虽然有两家公司,但毫无疑问,房地产公司才是最赚钱的公司,是现金奶牛,而农业公司还在长远布局的亏损之中,以目前发展的趋势来看,至少还要等三五年后才会盈利。所以说,大道之行最大的权力就是掌控房地产公司。

夏向上的沉默并没有持续多久,他冲康小路点了点头,才对着电话说道:"我是想让小路兼任,让她具体负责房地产公司的管理与运营,才能更好地让她成长起来。"

"理由不够充分,你还需要进一步说服我。"康大道总觉得夏向上并没有说出真实的想法,小路对房地产市场的了解不够专业,尤其现阶段大道之行同时拿下了两个地块,同时上马两个项目,如果让小路负责操盘,怕是要出差错。

"小路,你来说。"夏向上已经提前和康小路通个气了,并且征得了她的同意。

康小路的理由更简单更直截了当:"很简单,我一直担任总公司的董事长,看上去什么都管,实际上却是什么都不会,管什么都不专业,所以,我需要负责一段时间的具体事务才能更深入地了解市场。所以我决定卸任公司的董事长的职务,由夏向上担任,转任总经理,并且兼任房地产发展公司的董事长……"

康大道觉得不妥,康小路的出发点很好,理由似乎也很充足,但和夏向上互换身份，有点儿戏了，像小孩子过家家，虽说在其他公司也发生过类似的情况，他总觉得是夏向上在有意夺权，刚要提出反对意见，夏向上的声音又响起了：

"队长不用担心，总公司的董事长和总经理职务，小路和我是调换了一下，房地产公司原本是由我兼着董事长和总经理，现在让出董事长给小路，实际上小路对公司的具体事务参与更多了。更不用说小路还持有61%的股份，拥有绝对控股权。除此之外，关月还实际上掌管着农业公司，江山依然稳固……"

康大道心中一跳，夏向上是挑明了浩荡并入大道之行后持有的30%股份是归属于康小路，并点出了关月，江山依然稳固的潜台词就是大道之行依旧牢牢地掌控在康家，他正要说什么，康小路迫不及待地说话了：

"向上，你说错了，我现在持有31%的股份，不是61%……不重要，重要的是现在公司是你和我说了算，加上你的25%，还是拥有绝对控股权。行了，工作汇报完毕，先挂了吧。"

夏向上还要说些什么，康小路直接挂断了电话。

"你越请示下去，他就管得越细。不惯他这个毛病，听我的，我知道怎么对付他。"康小路一脸自信，她系了系头发，摆了摆手，"不早了，先睡了。"

"等下。"康小路走到门口，夏向上才发现什么，叫住了她，"你的头发怎么变长了？"

"只要不去剪，长成长发不是自然的事情吗？有什么大惊小怪的。"

"我是想问为什么又想留长发了？"

"没理由，就想留了。"康小路转身走了，干脆利落得不留一丝犹豫。

第二天，一行人去了单一糖的工厂参观考察。

单一糖的制衣工厂已经焕然一新，厂房和园区以及员工宿舍，都经过了重新设计与装修，在原有基础上提升了许多。

员工已经全部到位，正在紧张地生产之中。说是制衣厂，主要是承接各种品牌服装的代加工，也结合了当地优势，同时承接一些毛巾、浴巾的加工业务。

纺织品加工一直是三县传统的产业，但大多是家庭式的手工作坊，没有形成规模化效益，单一糖雄心勃勃，想要整合整个三县的纺织加工业，将传统优势变为技术优势。

在齐吴宁、杭未的帮助下，单一糖公司一年来的业务大幅提升，现在产品的产量与销量节节攀升，她俨然已经成为三县的名人，各地都欢迎她来投资。

单一糖对她的事业规划有着清晰的认知，下一步她打算整合三县所有的工厂，打造属于她的产业集群。从南方承接订单，在三县生产，一是有规模优势，二是有人工优势。就算三县的工厂只是初级加工模式，赚取的只是辛苦的代加工费，但对于深处内地的平原小县来说，也是难得的制造业模式了。

对单一糖的成就，夏向上很开心，也很佩服。他们几个人中，他和李继业、温任简立足北京，在大城市赚取了利润后，再反哺家乡的农业。温任简现在也是常驻县里，只是以学问为主，做的是务虚的事情，是从理论和政策的高度帮助家乡发展。

只有单一糖，简单直接，二话不说直接在家乡落地项目，近两年来，她已经为家乡创造了不小的产值并且解决了许多就业，说到底，对家乡来说她才是一个真正的实干家。

一行人参观完工厂的现状后，在会议室落座，单一糖透露接下来打算在三县建立产业集群，大力发展制造业，虽然不是什么高端制造，但至少可以带动就业提供税收，也算是为家乡继续做贡献……她想听取大家对她的规划的意见。

众人的目光都望向了温任简，就连夏向上也一脸期待的表情。

温任简当仁不让地点了点头，先推了推眼镜，沉思片刻，摇了摇头："我不建议你在三县继续深入发展产业集群了，并不是说低端制造业没有前景，也不是因为你的工厂会造成大面积污染，我知道，你的服装厂、玩具厂污染并不严重。最主要的是，未来的三县之地，可能在政策上会限制制造业的发展。不要做和政策与方向相反的事情，不要与时代大势抗衡。"

单一糖不由震惊，在她的规划下，接下来她打算追加500多万的投资再上马两家加工厂，听温任简的意思是，不但不能上马，就是现有的厂子也没有前景了？

温任简暗中观察单一糖的反应，知道她不相信，就微微一笑："有一些消息传了出来，三县之地可能会有巨变。今年又要召开党的十九大，我是从各方渠道也听了一些说法，国家有意在全国范围内选择一个地方打造一个具有千年大计的新区，三县之地就是其中的备选。开始时，三县之地的呼声并不高，一是离北京、天津和石家庄太近，二是有白洋淀的原因，地势低，如果是大水之年，容易形成沼泽。"

停顿了一会儿，温任简环视众人，又继续说道："不过经过对比和挑选，三县之地的呼声越来越高了。原因有三点，一是离北京近，可以承担许多非首都功能的疏解。二是有华北之肾的白洋淀，可以很好地调节气候和局部环境。三是地理位置优越，距离北京、天津和石家庄的距离几乎一样。"

夏向上暗中点头，相关风声他也听到了一些，虽未必是真，但今年以来风声不但没有停息，反倒更加密集了。记得在2015年2月，习近平总书记指出，疏解北京非首都功能、推进京津冀协同发展，是一个巨大的系统工程。他提出了三个明确，一是目标要明确，通过疏解北京非首都功能，调整经济结构和空间结构，走出一条内涵集约发展的新路子，探索出一种人口经济密集地区优化开发的模式，促进区域协调发展，形成新增长极；二是思路要明确，坚持改革先行，有序配套推出改革举措；三是方法要明确，放眼长远、从长计议，稳扎稳打、步步为营、锲而不舍、久久为功……

等温任简讲完，又陷入了沉默之中，众人的目光就全部朝夏向上投来。

夏向上摆了摆手："我最后再总结，现在，请关月发表高见。"

"高见就是站起来发言的意思……"关月笑盈盈地站了起来，她长相显年轻，总是会被人误以为是"90后"，但举手投足时流露而出的知性美，又让人意识到她的成熟和稳重。

和单一糖略显风情的成熟不同，关月的成熟多了一些知识的气息和端庄，她干练不失优雅，从容不失热情，一身束腰的风衣衬托得身材更得体有型。

"我认同温老师的观点，现阶段在三县的投资不宜加大，最好等十九大之后再做出重大决定。一糖的工厂目前来看依然是劳动密集型产业，依托低廉的人工和用地成本，才具有了价格优势，本质还是低端产业。当然，如果未来三县之地没有相关的利好政策出台，就一直是几个普通的平原小县，倒也没什么问题，至少还能有十年的发展前景，但如果三县真的变天了，在政策的支持下有大的飞跃，就不符合时代发展了。"

第四十八章
世界永恒不变的就是变化

单一糖算是听明白了其中的利害关系，点头说道："你们的意思是，我下一步的决定如果是踩在了时代的鼓点上还好，如果是踩错了，就有可能栽倒了？向上，你来做个总结发言吧。"

"我能插一句话吗？"严凌突然举手发言了，她慢慢站了起来，看了众人一眼，"有些人可能还不认识我，自我介绍一下，我叫严凌，是夏总的助理兼行政副总监。"

夏向上大感兴趣，别人都不愿意在重大问题上发表看法，就怕说错，严凌倒好，还愿意主动出头，就点头示意她继续说下去。

严凌之所以突然要在众人面前表现，也是她想要为自己加分，想要赢得更多人的好感和认可。夏向上的助理只是她的起点，她的目标是总监甚至是副总。

来大道之行有些时间了，严凌大有如鱼得水的感觉，原定在大道之行待够半年就离开，现在她改变主意了，最少一年之后再考虑离开的问题。

不过说来她卧底大道之行以来，并没有向林海中和张达志传送太多有用的信息，倒是有一点——夏向上对三县之地未来的预料和林海中、张达志一致，林海中和张达志也听到了一些传闻，对三县之地未来的定位有强烈的期待。

严凌也有自己的消息渠道，她清了清嗓子："我倒是有一些不成熟的看法，可能和温老师、关总的想法不太一样，说得不对的地方，可别笑我。是，我也听到了一些说法是未来三县之地可能会有天翻地覆的变化，但不能因为未来的重新定位就不去做眼下的事情，换个思路的话，一糖姐不但不要收缩产业，还要在原有规划的基础上加大投入，比如说原先想再追加500万，现在至少要1500万起……"

单一糖瞪大了眼睛张大了嘴巴："严凌，你在走险棋……"

"是，富贵险中求。当年改革开放初期以及深圳特区成立时赚钱的人，都是胆大的一批人。再到浦东新区开发时赚钱的人，还是一批有魄力、敢下注的人。现在，机遇摆在了一糖姐的面前，一定不能错过。要是我，现在就赶紧动工。"严凌越说越兴奋，见众人的目光都落在了她的身上，她更加开心了，"如果一糖姐需要资金，我可以帮你找到投资人。"

单一糖沉思了片刻："你是说不管未来有没有新的政策走向，现在加大投资一定会有回报？"

"第一，如果未来没有新的政策走向，现在的投资就是整合三县的整个产业集，回报虽然不算高，但肯定有。第二，如果未来有新的政策走向，其实更好，你现在的投入到时如果因政策原因需要拆除，国家会给予相应的补偿，回报肯定不低。所以，干就对了。"

夏向上一惊，严凌的想法有点危险，薅国家羊毛的事情都敢想，不符合他的三观。不过她说的部分观点，倒也大差不差。不等单一糖说什么，夏向上站了起来，开始了总结发言：

"一直有一种说法，说五六十年代出生的人，敢闯敢拼，他们身上流淌着开荒者的热血。七八十年代出生的人，敢作敢为，他们身上流淌着开拓者的热血。而九十年代以后出生的人，生下来没吃过什么苦，成长阶段正是中国经济飞速发展的时期，是吃着时代红利长大的一代人，缺少了敢闯敢拼的勇敢和敢作敢为的勇气，是最平庸最没有冲劲的一代。

"我不这么认为！不管是哪一代人，都有敢为天下先者，都有一心冲锋向前的引领者。如果说五六十年代出生的人是开荒者，七八十年代出生的人是开拓者，那么九十年代以后出生的人，是拓疆者。先辈们从没有路的地方走出了道路,是开荒。在有路的地方建起了城市,是开拓。而我们,会在农村更广阔的天地掀起一场天翻地覆的巨变,会拓展城市的界限和农村的边疆,所以,我们是拓疆者。"

夏向上看向了单一糖:"现在上马工厂就等国家政策调整要争取更多补偿的想法,不要有。靠拆迁致富的时代过去了,就算有重大利好政策出台,也不会再像深圳和浦东一样可以让人一夜暴富了,时代不同了,承载的意义也不一样。以前我们是追赶世界,现在在许多方面我们已经和世界看齐甚至是超越了,就更要有长远的眼光与格局。"

回到北京不久,夏向上就接到了单一糖的电话,单一糖决定暂缓追加投资,先观察一段时间风向再说,她不想先上马万一政策有变再拆迁,就算赚钱,也是劳民伤财。

3月的北京,乍暖还寒,大道之行的两个房地产项目同时启动,并且浩荡并入大道之行也进入了日程,大道之行上下齐动,一时无比繁忙。

并购浩荡的行动比想象中还要顺利,由齐吴宁带头、杭未积极配合,公司的高管们基本上都没有异议,毕竟两家公司合作了很久,彼此之间如同一家人。当然,也有个别高管无法接受浩荡被大道之行收购,觉得并入之后自己低人一等而愤而辞职。

夏向上和齐吴宁都没有反对,坦然接受了每一个要离去的人,世界永恒不变的就是变化,人和事无时无刻不在变化之中。有聚就有散,是人生常态。不过饶火和胡锐的离开,倒是出乎夏向上和齐吴宁的意外。

浩荡成立以来,不算齐吴宁和杭未,还有几个高管一直被夏向上看好,除了关月之外,就是饶火和胡锐。二人是不是康大道的人不得而知,但二人的能力有目共睹,帮齐吴宁解决了大部分的麻烦和难题。关月再厉害,也是女性,在房地产行业,有许多关键环节还就得男性出面,饶火和胡锐就承担了政府公关和与经销商打交道的关键工作,并且完成得相当不错。

二人也是大道之行紧缺的人才，没想到二人居然同时离开了，并且更让夏向上没有想到的是，二人居然一起去了海达房地产——林海中和张达志的公司！

可见林海中应该是盯上二人很久了。

还好，现在孙宜勉强可以干一些政府公关的工作，但他身为西北人的性格不太行，还得由易晨打配合。只是二人都不是最佳人选，夏向上决定在完全整合了浩荡之后，重新调整大道之行高管的分工。

两个同时启动的房地产项目一个在丰台，另一个在大兴，丰台和大兴的地多，有选择的余地，而且也有打造的空间。这一次在土拍时，没有遭遇战和狙击战。

海达也参与了竞拍，但没有和大道之行争夺同一块地皮，最终拍下了相邻的地块。

两个新项目分别命名为大道兴京三号院和大道丰京三号院，没想到的是，两个三号院旁边分别是海达兴京九号院和海达丰京九号院，乍一看，还以为是同一家公司开发的不同系列，其实真不是，业内的人就明显闻出了针锋相对的味道。

齐吴宁之前还信誓旦旦地要开发九号院系列，结果还没有独立操盘，浩荡就主动并入了大道之行。当然，他当时说完之后，也没有启动相应的规划与设计，就是随口说说而已。现在他一心扑在清淤公司上面，一头扎进了三县不再回京，也不回深圳，天天到河边和淀子里看挖泥、疏通河道，也不知道从小在深圳长大没有过农村生活经历的齐吴宁，为什么会这么喜欢玩泥巴，谁劝都不好使，他投入了全部的热情与精力，热衷且沉迷。

以前海达是选择在竞拍环节和大道之行硬刚，现在则是在市场环节和大道之行狭路相逢。也好，市场是检验理论的唯一战场，市场的认可才是最高认可，夏向上从来不怕正面竞争。

三号院是大道之行的高端系列，当然，现在的大道之行也只有三号院一个系列，还没有开发其他产品，也暂时没有开发的打算。深入且专注一个系列能打造成精品，就已经是了不起的成就了。

海达就不一样了，不但有九号院的高端系列，也有七号院的中端系列，但还没有低端，就有外界猜测海达说不定特意留了一个三号院系列的空白，就是用来开发低端系列，好给大道之行的三号院系列上眼药，比如大道之行的三号院售价7万一平方米，海达的三号院就卖5万，可以混淆市场，让大道之行的三号院高端系列无法被市场认可。

夏向上也看到了海达的布局，手法是恶心了点，但得承认确实有效。现在海达还没有放出大招，应该也是在等一个最佳的时机。偏偏对于海达的损招，他还没有想好应对之策。

第四十九章

时代脉搏强有力的跳动

3月31日晚,夏向上正在公司开会,接到了康大道的电话。

"你现在立刻带队去三县,对,带上全体人马,今晚就住下,等明天正式公布重大消息。"康大道顾不上多说什么,"不要多问,马上行动。"

夏向上听出了康大道语气中的严峻与不容置疑,当即放下电话,召集了所有高管,立刻出发前去容县。

容县的农场作为大道之行的第一家农场,如今民宿小楼已经盖好,可以提供住宿了,路上,康小路打电话告诉关月准备出房间来。

从北京出发的一共三辆车,夏向上、康小路、严凌和杭未一辆;唐闻情、李继业和柯幻羽一辆;孙宜、易晨和宋前飞一辆。

从北京出发,沿G4高速南下,下高速时,不过用了两个来小时。

这一次夏向上开的还是自己的帕萨特,并且亲自开车,刚出了收费站,旁边一辆保时捷卡宴迅速超车,并且故意别了他一下。他也没有在意,大晚上的安全第一,更何况就算和对方开斗气车,也比不过对方不是?

不想对方见他没有反应,就变本加厉地压在前面,车速慢慢降低到了时速50公里。唐闻情不干了,超车后打算别停保时捷,却被保时捷的提速拉开了距离。

保时捷甩开唐闻情后,又绕了回来,再次故意压着夏向上的帕萨特,夏向上早就看出对方是有意使坏,如果车上没有康小路三人,他肯定要让对方吃亏。

康小路不动声色,双手抱肩,摆出了对夏向上无比相信的姿态。杭未却怒气冲冲,不断鼓动夏向上撞上去。严凌则是一脸浅笑,饶有兴趣地看着两辆车斗法,不发表任何看法。

行吧,得拿出真本事了,夏向上又跟对方缠斗了一会儿,电话通知了唐闻情和孙宜:"闻情,你绕到保时捷的左边,别让他变道。孙宜,你压住保时捷,别让他提速。"

两辆车立刻照办,就形成了孙宜的车压着保时捷,唐闻情的车在保时捷左侧,夏向上的车在保时捷后面,只给保时捷留出了右边慢车道的位置。

然后,夏向上打了右转向,摆出了从右侧超车的姿态。保时捷立刻向右打轮,不让他超车。唐闻情就打了配合,也向右跟上,保时捷的生存空间就被完全压缩到了慢车道上。

夏向上继续表现出强行超车的样子,保时捷也继续向右靠拢,唐闻情就向右逼进,孙宜在前面就来了个紧急刹车,保时捷顾左不顾右、顾前不顾后,追尾了孙宜的车的同时,还撞在了右侧的护栏上。

伴随着一串清亮的火花和刺耳的摩擦声,保时捷停了下来。

夏向上一行三辆车也停了下来,呈对保时捷的半包围态势,此时的保时捷被围得死死的,前后左右全是障碍,动不得,也下不了车。

车窗摇下,露出了张达志气愤加变形的脸。

"夏向上,你过分了!赶紧让开,开个玩笑至于吗?再不让开我报警了。"张达志脸涨得通红,离老远就能闻到满身的酒气。

猪八戒倒打一耙的本事倒是炉火纯青,夏向上呵呵一笑:"报,赶紧报。你不报,我替你报。酒后驾车,还恶意别车,都有视频,你以为不承认就没事?"

副驾驶上坐着林海中,满脸铁青:"张达志,够了!对不起,夏向上,是我们的错,我们向你郑重道歉!今天的事情算我们欠你的,等过了这个节点后,你说怎么补偿都行。"

夏向上注意到了林海中愤怒的表情之中满怀的期待，心中一动："林总大晚上来容县，也是想等一个结果？"

林海中点了点头，努力掩饰脸上的尴尬，他被困在副驾驶下不来，刚才一直在骂张达志不要开斗气车，张达志不听，非要去别夏向上，说他一见到夏向上就有气，更有气的是严凌还在夏向上车上。

结果就自取其辱了，林海中恨铁不成钢，却也只能赶紧善后。

"在时代即将到来的大潮面前，我们的一点小小插曲真的连一朵浪花都算不上，夏向上，你是一个明事理顾大局的聪明人，等明天正式公布了消息后，我们先去完成各自的布局，然后再碰面聊一聊怎么样？你的车损我会加倍赔你。"

严凌能猜到张达志发疯别车的原因，他一直对她苦求而不得，因爱成恨，怀恨在心。近来，张达志几次提出要她辞职离开大道之行回到海达，都被她拒绝了，她还没有演够，而且大道之行多有意思，每天都有变化，充满了新鲜感，比海达传统老旧的公司氛围强太多了。

张达志就认定她是看上了夏向上，不愿意离开大道之行，是想上夏向上的床，她当即回敬张达志，只要她愿意，上谁的床都可以，何止夏向上的床，反正就是不上张达志的床。

张达志就暴跳如雷了。

张达志从小被妈妈惯坏了，现在老大不小了，还像个巨婴，动不动就生气就赌气就报复，尤其是在他妈妈去世后他被舅舅接管，林海中对他更是纵容，就让他愈加幼稚。

严凌就决定治一治张达志，她是答应林海中来大道之行卧底，可没有答应张达志什么，更不用说她真的很讨厌张达志，别说和他谈恋爱了，多看一眼都觉得心烦意乱。

"作为夏总的助理，车损的事情我来处理就好。"严凌摆出了高高在上的姿态，以夏向上的立场向张达志施压，"你们有两个选择，第一，报警，让警察决定该怎么处罚就怎么处罚。第二，赔一辆新车，注意，不是赔一辆帕萨特，是赔一辆保时捷。"

"你怎么不去抢？"张达志顿时火冒三丈，"报警，我这人最不怕威胁，别人越横，我越不退一步。"

林海中很清楚报警之后是什么后果，不但张达志会进去，还得赔偿所有损失，并且还会错过最大的机遇，他当机立断："没问题，赔一辆保时捷卡宴，我说到做到，明天就去提车。"

"舅，不行，他们欺人太甚，还有，严……"张达志情急之下，差点说出严凌怎么向着夏向上说话……

"闭嘴！"林海中情急加盛怒之下，一巴掌打在张达志的脸上，"你拿命开玩笑，我还没跟你算账呢！一辆车算得了什么，下次遇到更狠的，你死了也白死。"

插曲过后，夏向上一行赶到容县一号农场时，关月、温任简和齐吴宁都已经等候多时了。现在，三人常驻三县，关月和温任简还好说，负责农业，留县里也是工作需要。齐吴宁也很少回北京，更少回深圳，他现在对挖泥的热爱超过了一切，就被杭未形容为怪胎。

容县、安县和雄县的三处农场分别被命名为一号、二号和三号农场。

对于严凌为他争取了一辆保时捷的事情，夏向上并没有放在心上，也没有当真，现在有更重要的事情在等着他。4月1日一大早，就召集全体人员开会，从上午开到晚上。

19点时，由农场食堂提供晚饭，所有人都集中在食堂吃饭，一条重大新闻横空出世……

"新华社北京4月1日电　日前，中共中央、国务院印发通知，决定设立河北雄安新区……党中央作出的一项重大的历史性战略选择，是继深圳经济特区和上海浦东新区之后又一具有全国意义的新区，是千年大计、国家大事。

"雄安新区规划范围涉及河北省雄县、容城、安新三县及周边部分区域，地处北京、天津、保定腹地，区位优势明显、交通便捷通畅、生态环境优良、资源环境承载能力较强，现有开发程度较低、发展空间充裕，具备高起点高标准开发建设的基本条件。雄安新区规划建设以特定区域为起步区先行开发，起步区面积约 100 平方公里，中期发展区面积约 200 平方公里，远期控制区面积约 2000 平方公里。

"设立雄安新区，是党中央深入推进京津冀协同发展作出的一项重大决策部署，对于集中疏解北京非首都功能、探索人口经济密集地区优化开发新模式，调整优化京津冀城市布局和空间结构，培育创新驱动发展新引擎，具有重大现实意义和深远历史意义。

"规划建设雄安新区要突出七个方面的重点任务：一是建设绿色智慧新城，建成国际一流、绿色、现代、智慧城市。二是打造优美生态环境，构建蓝绿交织、清新明亮、水城共融的生态城市。三是发展高端高新产业，积极吸纳和集聚创新要素资源，培育新动能。四是提供优质公共服务，建设优质公共设施，创建城市管理新样板。五是构建快捷高效交通网，打造绿色交通体系。六是推进体制机制改革，发挥市场在资源配置中的决定性作用和更好发挥政府作用，激发市场活力。七是扩大全方位对外开放，打造扩大开放新高地和对外合作新平台。"

包括夏向上在内的所有人，都目不转睛地看完了新闻，逐字逐句地解读。

所有人都心潮澎湃，感觉到了时代脉搏强有力的跳动，以及扑面而来的浩荡春风。

又是一个春天来临了，而且还是无比盛大的春天！

夏向上按捺不住心中的喜悦，个人和公司的变化在时代的巨变面前，不过是小小的插曲，不过是时代浪潮之中的一朵小小的浪花，他猛然站了起来，大手一挥："所有人，今夜与三县……不，与雄安一同不眠！"

第五十章

新的时代，新的山乡巨变

夜晚的容县、安县和雄县县城，灯火通明，行人和车辆往来不绝，比白天还要热闹百倍。

作为一个十八线的县城，平常一到晚上，车辆就会急剧减少。尤其是过了12点后，大街上冷冷清清，基本上不见人影了。今日却大有不同，不但车辆络绎不绝，而且大多是京牌、津牌和河北等外地的牌照，由于县城的街道狭窄，就堵成了一片。

除了突然涌入的大量车辆之外，还多了许多操着外地口音的人群。他们有的刚下高铁，有人刚从北京或石家庄的机场打车过来，有人拎着现金，有人拿着银行卡，都不约而同地冲往了还在营业中的中介。

龙胡是容县安居乐业中介的老板，今天一天，他经历了人生中从未有过的跌宕起伏！

近来门店效益不好，每个月的成交量只有几单，虽然他的门店只有包括他在内的三个人，但如果再这么下去，怕是三个人也养活不了了。

龙胡经过了一天激烈的思想斗争，在下班之前，开了个小会，向两名员工宣布了关店的决定。

"店开不下去了，租金、水电费用，还有你们的工资，我都掏不出来了。散了吧，怪哥没用。你们也别留在容县了，还是去大城市打工有前途。北京、天津、上海，或者是广州、深圳都行，反正，别在县里了，没啥希望。"

龙胡的两个员工都是二十来岁的小年轻，刚大专毕业不久，一个叫柳大，雄县人，另一个叫洪青，安县人。二人虽然是大专毕业，却都是初中直升的大专，既不包分配工作，也不解决户口，毕业就又回到了家乡。

从1996年开始，大学生毕业就不包分配了。1999年，大学开始扩招。到2017年时，几年扩招的威力显现，大学生数量急速上升，除了本科生外，大量扩招的大专生也走向了社会。

大专生表面上比中专生学历更高，归类于大学生之中，但和本科生的区别还是很明显的。本科生主要针对的是理论方面的学习，而专科生针对的是实践能力的学习，属于培养技术性人才。专科生的学年制是两到三年，本科生的学年制是四到五年。

由于国家重视本科生的培养而对专科生不够重视，再加上大学盲目扩招，为了追求数量而忽视了生源质量，导致大量连高中都考不上的初中生在初中毕业后，直接上了三加二的大专，就更让大专生的整体质量下滑。

大专生就成了夹在中专生和本科生之间的鸡肋，既不如当年考上中专的初中生出类拔萃，也不如考上本科的高中生基础扎实，毕业后往往只能从事高不成低不就的工作，比如前台、中介、销售，等等，以至于到了后来，就连酒店的服务员招聘也要求大专学历了。

其实在对人才的培养和使用上，社会对人才的定义过于狭窄了。人才不仅仅是指知识型人才和技术型人才，还包括实践型人才和实用型人才。研究高精尖科技的是人才，熟练操作机床、机械的技术型工人，也是难得的人才。

社会是和谐统一的整体，理论研究需要落地才能转化为生产力。

龙胡当初招聘员工时，并没有刻意强调是大专学历，尽管别的中介已经把大专学历当成了门槛。结果应聘的柳大和洪青，都是大专生。

但说实话，龙胡并不觉得柳大和洪青的大专生学历为他们增加了什么技能，他们在接待客户、推销产品时所表现出来的幼稚、胆怯和不自信，都和他们上过大学的身份不相称。

当然，龙胡并不是否定大学教育，而是认为既然是大专生，在上学期间就应该多一些社会实践，并不是死读书读死书。书本上的知识永远落后于社会的发展，知识是社会发展之后的理论总结，不是指导社会前进的预判。

不过在龙胡知道旁边的友店幸福之家的中介聘请的员工中，有一个是本科生后，就更加释然了几分。因为这个本科生员工的业绩在幸福之家的门店中垫底。

龙胡就想如果还有机会再重新开店的话，他一定雇几个高中毕业的、有眼色的、机灵的年轻人，不再注重学历。

龙胡宣布完决定，起身要走，被柳大和洪青拦住了。

柳大个子不大，嗓门挺大："龙总，其实最近生意差，不是我和洪青的原因，是大环境造成的。最近不是一直在传要成立新区吗？原本要租要卖的房东，都打算等政策公布后再说，都在等涨价。"

洪青也附和着说："我和柳大都认为，政策的公布应该快了，就在这一两天。再坚持几天，看看风向吧龙总，现在决定关店，时机不对。"

龙胡被气笑了："你们两个人连业务都做不好，还站在政策的高度来给我上课？对于我们一家小得不能再小的中介来说，政策影响不到我们的生死。没钱了，房东和水电部门才能决定我们是生是死。今晚就关门，明天都不用上班了，就这么定了。"

"龙总，要不这样，我和洪青的工资都不要了，再坚持三天，三天后，如果还没有转机，再关店也行。"柳大咬牙，决定赌一把，"如果有转机，龙总也要给我们相应的奖励。"

龙胡盘算了一下，他欠柳大和洪青的工资也不少，能再支撑一个月都没问题，就问："要什么奖励？"

柳大和洪青交流了一下眼神，二人一起坚定地点头，柳大说道：

"这样，龙总，如果有转机，欠我们的工资以及我们以后的工资，都不要了，算我们入股。"

龙胡笑了，立刻点头答应："都快活不下去了，你们还入股？行，算你们多少股份？"

"我和洪青各30%……如果需要追加资金，我和洪青也会按照比例掏钱。"

"哈哈，好，好。"龙胡大笑，"果然是大专生，就是有不一样的胆魄。既然你们敢做，我就敢应。"

"空口无凭，我们得立个合同。"柳大早有准备，拿出了合同，"龙总，签字生效。"

龙胡扫了几眼，没看到有明显的陷阱，当即就签字了："行，信你们一回，只要你们不要拖欠你们的工资，什么都好说。"他才不信会有什么重大的政策公布之后，能让一家小小的中介店起死回生。

要成立新区的消息，龙胡也听说过了多次，他并没有在意。就算成立了新区，他并不认为会和他有多大的关系，会对他的生活和事业有什么重大影响。

签了合同，柳大和洪青到旁边的饭店买了饭菜，三个人坐在一起吃晚饭。

晚饭期间，成立雄安新区的新闻播放了出来。

柳大和洪青大喜，二人击掌庆祝。龙胡表现得却很淡然："新区成立了，跟我们没多大关系呀，赚钱的还是上面。"

"怎么会跟我们没关系呢？"柳大开心得不得了，"新区成立，房价必然上涨，全国各地的炒房客都会来雄安买房炒房，到时卖房租房的也会多起来，我们的生意会好上十倍不止！"

"不，我认为能好上一百倍。"洪青更乐观，"龙总，明天立马高薪招聘，至少要多招十个业务员才行。"

"十个？疯了吧？我连你们两个人都养不起，还十个？卖了我吧！"龙胡连连摇头。

半个小时后，外面的人开始多了起来，前来咨询的客户比以前多了三倍有余。一个小时后，客户量多了十倍不止。两个小时后，超过了二十倍。

龙胡这才意识到政策的威力，终于明白过来，雄安新区的成立对他以及对三县的所有人来说，意味着什么！

意味着人生命运的巨大的改变，意味着在新时代的春风之下，三县之地将会经历一场前所未有的变革，将会是千年以来最大规模最具有创新意义的新山乡巨变！

龙胡兴奋起来了："我们的地是不是要被征收了？房子是不是要拆迁了？想不到有生之年，我还能成为拆二代！"

"要发达了！"柳大和洪青哈哈大笑。

一个人推门进来，分开熙熙攘攘的人群，来到龙胡面前："你是老板？你们的店面卖不卖？"

他伸出了右手，一脸自信的笑意："自我介绍一下，我叫孙宜，是大道之行的副总。"

第五十一章

将会改变一切

孙宜上街探访，其实带有使命。

新区一成立，夏向上就断定机遇来临了。对大道之行来说，虽然没有在新区开展房地产业务的打算，但充分了解房地产市场的现况，很有必要，他就让孙宜实地走访一下新区的成立对于三县的房地产市场来说，会带来什么样的巨大的影响。

同时，收购三家中介，三县各一家，以便全方位地深入市场，掌控第一手的数据。

孙宜几人就在县城的街头转了一圈，人头涌动，车辆如织，到处是闻风而动想要伺机抓住机遇的先行者。

孙宜就无比感慨："北方一带的人第一时间赶到雄安，是因为离得近的缘故，不算什么。南方地区的人现在就赶到了，执行力真是太强了。我听他们的口音，有上海的，有江浙一带的，还有福建的、湖南的，真是了不起。从看到新闻就动身，马不停蹄一刻不停，现在能赶到雄安的，都是有魄力的厉害角色。"

易晨表示羡慕："要是我，绝对没有那么大的魄力和行动力，说干就干，一点儿也不拖泥带水。怪不得南方的经济发达，和人的性格大有关系。"

易晨一直留意街道两侧的中介，发现开门的不太多，大多数下班了。最后她总结了一下，沿街一共十三家中介，开门的只有三家。

龙胡的安居乐业是其中一家，并且是人最多的一家。而且易晨还发现，其他两家是关门了听到政策发布的消息后，又重新开门的，只有安居乐业的店面是始终没有关门。

就说明安居乐业比别家更有眼光，是在特意等待政策的公布。

孙宜就和其他几人进入了安居乐业，上来就单刀直入，问龙胡卖不卖。孙宜不想在一件简单的事情上耽误太多的时间，越快越好。

以现在的形势来看，拖下去，只会夜长梦多。

龙胡顿时愣住了，他打量了孙宜几眼，又看向了他身后的几人："大道之行？北京大道三号院的开发商？"

大道三号院楼盘名气不小，不少人都听过。

孙宜自得地一笑："对，还是容县、安县和雄县三大农场的幕后公司。"

龙胡本想张口就说不卖，忽然想起不对，现在柳大和洪青也是公司的股东了，就看向了二人。

柳大立刻笑脸相迎："大道之行是大公司，我知道，创始人夏向上是老乡。来，里面坐，我们好好聊聊。"

安居乐业的店面虽然不大，但后面分隔了一个单间，一行人随柳大到了单间，门一关，就隔开了门外的喧嚣与吵闹。

孙宜坐在了柳大的对面："你可以做主？"

龙胡没进来，他留在外面招呼客户，只有柳大和洪青陪同。

柳大看向了洪青，点了点头："我和洪青决定的事情，龙老板就算反对也无效。"

洪青嘿嘿一笑："就在几个小时前，我和柳大从公司的员工变成了股东。我和他各有30%的股份，我们加在一起，公司就由我们说了算。"

柳大很为自己及时抓住的机会而得意，他仰起头："大道之行是大公司，怎么有兴趣收购我们一家小小的门店？"

"你不用问原因，只管报价就行。"孙宜也是一脸傲然，"价格合适，现在就签约。不合适，我们立马就走人。"

"我们打算每个县收购一家中介，趁现在有热度，赶紧抓住时机。要不等风头一过，你们就没机会翻身了。"

柳大嗓子发干，紧张得浑身冒汗："孙、孙总，我想问下，如果你们收购了我们，我们几个还能留下来继续工作吗？"

"当然，不会赶走你们。收购你们，就是给你们充足的资金用来发展。你们该干什么就干什么，不用担心没钱了。"孙宜扫了一眼办公环境，"房子是租的，办公家具总共不值几个钱，你们最大的价值就是手中的客户资源、现在的地理位置以及你们三个人。"

"报个价吧，赶紧的。"易晨在一旁打配合。

孙宜高高在上的姿态给了柳大极大的压力，他以为成为安居乐业的老板就是人生第一次抓住机遇，没想到机遇之后，又有更大的机遇，就超出了他的认知范畴。

柳大紧张地搓了搓手，向洪青投去了求助的目光。洪青更不知道该怎么办了，低下头看脚尖。

孙宜看出了他们的窘迫，想当年他初出校门时，也曾遇到过和他们一样的困境，不由笑了："这样，我报个价格，你们看是不是合适。大道之行出资50万收购你们51%的股份，50万的资金到位后，用来装修门面招聘员工提高待遇。"

孙宜摆出了从容的气度："你叫柳大是吧？你继续担任总经理，你叫洪青？你当副总。以后你们的保底工资是5000和4000。"

保底收入一下子增加几倍，柳大激动了，连连摆手："价格我没问题，但我不是总经理，外面的龙总才是。"

"就这么定了，收购后，你是总经理，他们两个是副总。"孙宜扭头看了易晨一眼。

易晨会意，立刻拿上了合同，孙宜填上了几个数字，交给了柳大："你们看一下，没问题的话，你们两个人就签字。"

柳大和洪青对视一眼，二人迅速看完了合同，当即签上了自己的名字。

孙宜站了起来，对宋前飞说道："就麻烦前飞留下来，剩下的交接事宜，就由你负责了。"

孙宜一行三人出来，是由孙宜为主，宋前飞和易晨辅助，宋前飞点头："没问题。"

孙宜带领易晨出门，开车而去，要去下一个县城。今晚之内，必须完成三家中介的收购，现在才完成三分之一的任务。

柳大和洪青费了不小力气才说服龙胡接受了现实，主要是龙胡不接受也没有办法，谁让他一时冲动就转让了60%的股份给二人，现在二人联手成了一致行动人，他失去了对公司的控制权。

不过转念一想，他只是失去了公司的控制权，但比失去公司还是要好上许多。并且公司被大公司收购，以后前景无限。一系列的变化让他目不暇接，像是做梦一样。

太快太不真实了。

龙胡暗中算了一笔账，先不说以后到底一个小小的门面能赚多少钱，至少现阶段他每月有保底4000的收入。以前当老板时，每个月除了房租、水电和员工工资，他到手都没有4000块！到现在为止，他欠的房租和水电费用，总计5万块。如果不是大道之行出手，他就打算赖账了。

龙胡也清楚，他如果一赖账，必须离开三县，留下来就没有容身之地了。不过就算离开，名声也会臭了大街。

也得承认，柳大和洪青帮了他，如果没有他们非要他坚持开业，如果没有他们和大道之行谈判，说不定也不会有现在的结果。尽管现在他的股份再一次被稀释，他也想开了，以后他不用操心赚钱的事情，只管干活拿钱就行了。

当老板哪里有当员工省心省力？

龙胡倒也是一个干脆的人，既然接受了现实，立刻就转变了身份，以柳大的副手自居了。对他来说，没有了债务，每个月有稳定的收入，他已经心满意足了。至于新区的成立，还能为自己带来多大的好处，是以后的事情了。

接待了一拨又一拨客人后，小小的安居乐业中介迎来了职业生涯的第一个高光时刻，有意向的租房、买房客户高达三百余人，据初步估算，能成交的最少有两百个以上，光是中介费用就是一笔可观的收入。

龙胡大喜，当即叫来了媳妇和爸妈，连夜过来帮忙。反正只要是他们带领的客户成交，都有提成。

柳大和洪青也各自叫来了自己的家人，并且发动了所有的关系搜集房源。有意向租房的客户中，有90%是外地过来的炒房客，打算租房子住下，打持久战进行炒房。

柳大、洪青还有龙胡不知道的是，他们命运的巨大转折，公司被收购只是一个小小的开始，时代的巨轮驶来，将会改变一切。

第五十二章

从来没有一刻远离时代的主旋律

在不少人奔波忙碌时,夏向上也没有闲着,他在农场接待了林海中和张达志。

没错,原本以为接下来几天里不会再和林海中、张达志见面,不想二人连夜过来,非说有重大的事情必须见面才能说得清楚不可,夏向上就同意了。

结果没想到,二人来就来吧,还带了礼物——厚重的礼物,一辆全新的保时捷卡宴。

说到做到,昨晚答应的事情今晚就兑现了,倒让夏向上对林海中刮目相看了三分。不等他假装推托一番,康小路直接就收下了保时捷,以作为他们路上被张达志挤对的补偿。

康小路早就想让夏向上换车了,但夏向上不同意,连康大道也是反对的态度,她差点一气之下用自己的钱去买,被夏向上制止了。夏向上心知创业不易,现在的大道之行是已经实现了盈利,但离实现自我造血还有很长的距离要走,毕竟房地产行业需要巨量资金的投入,资金问题都是康大道负责解决。

夏向上热情地接待了林海中和张达志,咖啡和茶都备足了,任由二人选择,还有小吃和甜点。

林海中安稳地坐在夏向上面前,见房间内只有康小路和杭未在,并不见严凌,心里稍微踏实了几分。他很担心如果严凌在,张达志会控制不住情绪。看张达志东张西望心不在焉的样子，显然是在寻找严凌，他不由心中一阵厌烦，特意点明说道："接下来要谈的事情，不方便外人在场，向上，别人就别再进来了。"

夏向上注意到了张达志的异样，想起车祸时张达志过于暴躁的表现，心里微有猜测，微微一笑："是怕张达志受到什么刺激吧？行，我安排下去。"

拿起电话，夏向上打给了严凌："严凌，我在二楼会议室开会，从现在起，不要让人打扰。"

一号农场的民宿区分为三大区，一区是纯住宿，二区是纯娱乐，三区是带有会议室、投影厅的住宿区，夏向上一行通常都住在三区。

会议室虽然规格不是很高，但面积不小，该有的设施应有尽有。

严凌不在，杭未是自觉充当了助理的角色，负责泡茶，康小路且亲自上手研磨咖啡，整体来说，会谈的氛围相当不错。

林海中的情绪就慢慢稳定下来，琢磨着怎么开口。

林海中在体制内沉浸多年，人脉还有一些，只是时过境迁之下，远不如从前了。辞职出来之后，随着时间的推移，他的人脉有升有降，中断联系的也有不少。如果能抓住此次雄安新区的成立，顺利拿下几个关键的项目，海达还有可能翻身，否则的话，真的可能不用多久就会倒闭了。

海达从成立以来，已经操盘了3个项目，和大道之行保持了同样前进的步伐，看上去风光无限，大有一飞冲天之势，真实的状况，只有他心里清楚，可以说是有口难言。

诚然，海达的第一个九号院确实盈利丰厚，但房地产项目投入巨大，到第二个项目时，因为判断失误，项目定位不清晰，导致销售不好。所以第三个项目，林海中决定不再开发高端系列，转向了中端的七号院，但销售情况依然不太理想。

其实一直对标大道之行，并非全是为了针对夏向上之意，而是在打追随的战术。林海中相信夏向上的眼光与格局，夏向上看中的地块以及设计的户型，还有对楼盘的定位，必然有独到之处，只要一直模仿他就能跟上时代的脚步。

算盘打得是不错，第一个项目的追随也成功了，后面两个项目为什么就失败了呢？

也不能说是完全失败，但失利是显而易见的，毕竟去化周期太长导致了资金周转紧张，从而引发了一系列的连锁反应，到现在，海达房地产接近倒闭的边缘——有两笔债务即将到期，如果偿还不了，要么通过协商延期，要么被起诉。

房地产行业是高投入高周转的行业，巨大的投入必须要有高速的周转，高速的周转依赖的就是去化率。在以前，一个楼盘往往一开盘就能卖掉七八成，有的还是日光盘，等于是瞬间回笼了全部资金。海达的第二和第三个楼盘，开盘当天去化率只有30%，随后就以每天一套房子的去化进入了缓慢销售周期。

一个楼盘有五百多套房子，一天一套得卖将近两年。资金占用两年和半年，成本差了太多，林海中现在被沉重的债务压得喘不过气来，眼下海达的两个楼盘，还各有近两百套房子积压。如果真的再卖两年的话，海达就真的没有活路了。

明明和大道之行的三号院紧邻，无论是容积率、户型还是装修风格、档次，都不比大道之行差，售价还比三号院低了一些，怎么就卖不过三号院呢？听说三号院的去化率都达到80%了，再有半年就能清盘，人比人，得死。货比货，得扔。

可问题是，林海中多次去三号院参观样板间和实景园林，看不出来差距在哪里，为什么他们的房子就卖不动呢？

想不明白的林海中也不好当面去向夏向上请教，转而寻求自救，最终和三江集团达成了意向——由三江集团收购海达30%的股份，帮海达偿还了两笔债务，并派人进驻海达担任副总兼产品经理，负责新楼盘的定位与设计。

三江集团是业内有名的房地产公司，作为全国知名房企，能排在前两百名之内，年销售额数百亿，对海达来说是一艘巨轮。

本以为就此渡过了危机，可以绑上三江集团这艘大船，林海中和三江集团的总裁程午谈判了三轮，就差最后走流程了，结果没想到，程午如此重量级人物，也会出尔反尔——就在两天前程午通知林海中，鉴于形势有变，原定的条件变为帮海达偿还债务需要海达出让40%的股份。

林海中勃然大怒，如此坐地起价是想一口吞了海达，虽说海达不大，但也不是可以任人欺负的小公司，而且海达还刚刚挖了浩荡的两个副总饶火和胡锐，只需要一笔资金偿还了债务，渡过了眼下的危机，以后还有机会再度崛起，他可不想现在就被三江吞并。

形势有变？林海中也听到了一些风声，知道新区即将成立，难道三江集团是想借新区的成立重新进行产业布局？不管程午是出于什么原因改变了主意，现在他很清楚不能将鸡蛋放到一个篮子里面，必须得多方下注。

第一时间前来新区，林海中有两个目的：一是希望借新区成立的东风让海达走出困境；二是寻找新的融资机会，不能被程午左右。程午现在认定吃定了海达，摆出了拒绝进一步谈判的姿态，除非接受他的条件，否则免谈。

原本林海中没想过要跟大道之行合作，作为曾经的敌人、现在的竞争对手，相信只要他提出合作不是被夏向上羞辱就是会被狮子大开口趁机压价，但新区成立的新闻正式对外公布后，也只是一个大的框架，更详细的内容，还有待以后具体落实。并且他进一步听到消息以及他对新闻的解读来看，新区会实行不同的房地产政策，杜绝了炒房的可能，不对，应该说没有给商品房留有余地，可能会是全新的租售同权的模式。

不过在具体落实之前，还有一个短暂的窗口期。能抓住多少，真不好说，林海中现在心里完全没底。一是具体在政策层面是什么样的方向，他不太清楚。二是海达除了房地产之外，并没有其他业务。

和夏向上的冲突让他意识到，也许和夏向上合作也不失为一条出路，以他了解的夏向上的为人和格局，应该不会借机坐地起价。林海中仔细研究过夏向上的履历，夏向上每一步都踩对了时代的鼓点，从考上大学改变人生的第一步，到大学毕业以优异的成绩留在北京，并且取得了北京户口，都是一个农家子弟利用自身能力所能达到的极致。

后来借助康大道的帮助以及康小路的信任，成立大道之行，从房地产入手，一步步走到今天，不能说是从未有过失败，至少从来没有做过与时代背道而驰的事情。表面上，夏向上似乎并不是时代的弄潮儿，没有站立潮头，没有一飞冲天。但实际上，他一直都在时代的列车之上，并且还是前排座位就座，从来没有一刻远离时代的主旋律。

因此，林海中才不会相信在雄安新区成立之初，夏向上不会有所动作。但具体是什么，夏向上又想往哪方面布局，他不好猜测，当面聊聊，也许会有所发现与突破。

第五十三章

还需要付出足够的智谋以及相应的代价

"不知道向上对保时捷卡宴……的颜色是不是满意？因为要得急，没有可以挑选的颜色，就只有一辆白色的现车。"林海中就先从礼物入手了，伸手不打笑脸人开口不骂送礼人。

夏向上确实很喜欢保时捷，就点了点头："如果是自己买车，肯定要挑选最喜欢的颜色。但既然是林总送的，什么颜色都是最好的颜色。"他停顿了一下，"现在没外人，林总也就别绕弯了，有话直说。我们以前虽然有过过节，但人要往前看，连三县都能成为雄安新区，我们以前的小矛盾还有什么放不下的？与时俱进才有未来。"

一番话说得林海中豁然开朗，他哈哈一笑："想不到一把年纪了，还需要你一个小年轻开导，成，我也就不瞒着你们了，我过来，其实是想聊聊合作的事情……"

夏向上微微一笑："海达的丰台九号院和大兴七号院销售都不太好，去化率太低，应该是有资金周转问题了吧？"

海达两个项目的销售情况，无论是从现场的客户量来判断，还是从网签的数据来看，可以用惨淡来形容。作为曾经的对手、现在的竞品，夏向上必然要投入关注的目光。对于海达目前的困境，他也能推测出一二来。

如果大道之行不是有康大道负责筹集资金，最新的两个楼盘怕是也无力开发，毕竟资金占用量太大了。林海中也有资源和人脉，融资应该不成问题。但房地产项目周期都长,在房地产最好时期的融资到该偿还的时候,也许就赶上了房地产的下行期。

去化率半年和两年可是差了四倍,融资成本相应也增加了几倍,基本上利润都折扣在里面了。在房地产最好的时候,三个月卖光楼盘的比比皆是。但现在,半年到两三年的,也逐渐多了起来,就说明了一点——房地产市场趋近饱和了。

主要也是房子本身是耐消品,谁家一套房子不使用十几、几十年?而且城镇化率也快速提升到了60%,人均居住面积也接近了三十多平方米,因此居民的购买意愿不如从前,除了改善和投资,刚需在急剧减少。

基于以上认知,夏向上对大道之行的定位就是改善型和豪华型住宅,不再上刚需楼盘。海达的楼盘是紧跟大道之行,也走的是改善型方向,但路线不对。改善型住宅不只是价格的提升,还包括户型的设计、小区园林的布局以及会所、商业设施的配套,等等,还包括后期的物业水平。

海达只学到了大道之行的皮毛,只从户型、装修上入手,忽视了园林绿化的设计以及商业设施的配套建设,等等,等于是只从表面上下功夫而忽视了内在的提升,因此被挑剔的购买者嫌弃了。

中国的房地产市场经过多年的洗礼之后,消费者日渐成熟起来,不再是以前被开发商组织一帮托儿就能忽悠的初级水平了,而是提升了眼界与品位,尤其是在见识过各种楼盘之后,购房者的需求从有房子就行到追求品质与档次,甚至是追求品牌、服务和邻居素质了。

也能理解海达房地产没能跟上时代的原因,林海中年龄过大,又没有太多的市场意识。张达志基本上是门外汉,除了会搞政府关系之外,专业领域的事情一窍不通,不对,歪门邪道倒是无师自通。

因此,海达在林海中和张达志的带领下,能跟上时代才怪。现在时代的趋势发展太快,三年一小变五年一大变,稍微迟疑一下,就有可能被时代抛弃。

林海中被夏向上直截了当地一问，愣了愣，随即释然地笑了："也是，装穷可以装得像，装有钱却装不来，海达的困境都能看得清楚，何况是你了……没错，我是希望我们可以合作，借雄安成立的东风，踏上时代的列车。"

"怎么个合作法？"夏向上笑眯眯地问道，端起咖啡喝了一口。一般来说他晚上不喝咖啡，今天特殊，必须打起十二分的精神。

张达志猛然站了起来，双手叉腰："很简单，你出钱，我们转让股份，各取所需。"

夏向上哈哈一笑："达志，你得说服我，让我知道大道之行为什么需要海达，海达又有什么地方值得大道之行需要？是资金、人才还是战略布局？"

张达志顿时愕然，张了张嘴巴，很不服气地说道："就凭舅舅在北京多年经营的人脉和资源，还有他一呼百应的关系网，就是大道之行最短缺的地方。"

"人脉和资源，得和市场相契合，能适应得了市场的需要才有用，否则，就只能是空中楼阁，是大饼。"夏向上毫不客气地说道，"如果真那么有实际价值，你们也不会非要和大道之行合作，对吧？不说其他公司了，就是三江也会主动寻求对你们的收购……"

张达志大惊失色，大脑瞬间短路："你怎么知道三江和我们接触过？你肯定在海达安排了卧底，夏向上，你够阴险和卑鄙的。"

"我只是随口一说而已，看你紧张的，像是你在大道之行安插了卧底似的。"夏向上气定神闲地笑了笑，转头看向了林海中："林总，时间不多，就别让达志起哄了，我们直接聊正事？"

林海中瞪了张达志一眼，有时张达志控制不住情绪喜欢挑事，实在不是好事，他示意张达志安静："好，我就开诚布公了……三江集团是和我们碰过，他们开出的条件我无法接受，是想一口吞并了海达，所以我想和你谈谈，看看有没有合作的可能性。我们也算是不打不相识了，彼此也算了解，我的诉求是拆借7个亿的资金，用海达20%的股权作为抵押，到时如果不能连本带息地还上，就债转股。"

"7个亿……"夏向上转身看向了康小路,"海达两个楼盘还没有销售的房子折合下来大概有多少钱?"

康小路微微一想,立刻就有答案:"20个亿左右。"

夏向上征求的目光看向了杭未,杭未对数字非常敏感,有着极强的市场眼光:"杭未,你觉得呢?"

杭未脑中迅速盘算了一下,马上就有了答案:"三江肯定经过了评估之后,觉得不划算,提出了更苛刻的条件,林总无法接受,才过来和我们谈。林总,方便透露三江的新条件吗?虽然我的要求有点过分,但现在时间真的很紧迫,我们的心思都在新区的成立上。在大时代面前,一次小小的并购不过是微不足道的一朵浪花。"

"不方便。"林海中当即拒绝,他不可能透露底牌。

夏向上当即说道:"2015年和2016年,北京的房价波动较大,进入2017年后,房价开始趋于稳定。根据我对未来房地产市场的判断,以及新区成立时国家对新区房地产市场的严加管控来看,以后的房地产市场能保持平稳曲线就不错了,很有可能是下降的趋势,而且新区的成立,也不会对房地产市场带来促进,只欢迎高端科技公司……"

林海中的心慢慢沉了下去,夏向上的判断和他一样,他开始时以为在新区成立之初先站稳脚跟,然后以房地产切入进来,肯定可以大赚。新区成立时虽然还没有公布细则,但明显是不允许炒房,他想要借新区成立的东风打一个翻身仗的愿望落空了。

将心一横,林海中索性死马当活马医,想听听夏向上的想法:"向上,如果有意向合作,你尽管开条件。"

在新区成立之前,夏向上是想走稳扎稳打的路线,现在他改变了主意,在国家层面都愿意投入巨资下大力气在华北平原腹部打造一个雄安新区,并且是以千年大计为立足点,展现出了国家对未来发展的超强信心。

错过了深圳、错过了浦东,就不能再错过雄安。哪怕雄安的定位不像深圳和浦东可以造就大量富豪,但对国家整体层面的战略意义非同小可,必然会提振信心,也必然会带来新一轮的发展。因此,夏向上在新区成立的激励下，决定改变战略，他要和时代同行，要跳上快车道的列车，要加快布局，要采用吞并式发展。

并购了浩荡只是第一步，既然海达送上门了，不如就乘机吞并了海达……夏向上也清楚，想法很美好，想要实现，还需要付出足够的智谋以及相应的代价。

夏向上再次看向了康小路，康小路和他心意相通，当即点头："7个亿的现金一下拿不出来，5个亿没有问题。"

"我能拿出两个亿。"杭未也跟上了夏向上的思路，"当然，如果需要更多，也没问题。"

夏向上心里有数了，他品了品咖啡："以前我不爱喝咖啡，觉得太苦了。现在喝习惯了却发现，凡是能让成年人上瘾的东西，要么是先苦后甜，要么先甜后苦，必然都是对比强烈的东西。咖啡是苦，但能提神，有回味。现在的海达，可以说是一杯纯美式，想要适应更多人的口味，还需要加精心调配的伴侣。"

停顿了片刻，夏向上抛出了他的诱饵："7个亿，51%的股份。"

第五十四章

在同一个历史节点上

张达志起身便走："想屁吃呢！糊弄鬼呢！走了，不谈了。"

林海中也是大失所望，夏向上开出的条件比三江还要苛刻，他也没有了再聊下去的兴趣："如果能接受我的条件，就可以再谈。如果不能，就算了……向上，你开出的条件说明你根本没有诚意合作。"

夏向上也不多说什么，送二人出去，扬了扬手中的车钥匙："谢谢林总的保时捷，我会好好善待它。"

"后悔了，不送了行不行？"张达志气笑了，上来就抢夏向上的钥匙。

夏向上躲闪到一边："对不起，买定离手，送完就走，概不退还。"

等林海中和张达志离开后，康小路才强忍笑意说道："平白赚了一辆豪车，还耍赖不还，你可真有一套。不过你开出的条件也太气人了，是不是压根就不想收购海达？"

"不，我现在真的是一心想要吞并了海达。"夏向上示意杭未再换新茶，今晚肯定是不眠夜了，"谈判就是一个心理博弈的过程，别急，慢慢来。"

杭未一脸忧色："现在确实是收购海达的好时机，但向上的条件确实很伤人，回头海达一气之下和三江达成了协议，我们不就是为他人作嫁衣裳了？"

"三江集团的程午，我也认识，而且他今晚也在新区。"夏向上拿出手机，发了个消息，"吴宁和他更熟，今晚我就会约他聊一聊。还有一点，三江想要收购海达和我们的目的不一样，三江是比我们实力雄厚多了，但摊子也大，只要房地产市场一下滑，他们面临的压力比我们大多了。据我了解，三江集团现在面临的困境比海达更麻烦。"

齐吴宁敲门进来了，他精神十足，毫无困意："这么晚了还不睡，叫我干啥？我都困死了。"

"少来，你肯定在和任老师还有关月研究挖泥的事情。"夏向上笑道，"先停停挖泥的伟大事业，聊聊三江集团的事情。能不能帮我约到程午？"

"行呀，随时。"齐吴宁当即拿出手机，打出了一个电话，片刻之后挂断电话说道，"约好了，他半个小时后到农场。"

齐吴宁和程午认识足有十年了，早年程午在深圳创业时，齐吴宁和他就常有往来，还帮他介绍了一些投资人。后来程午去了三江集团，从总监起步，一步步升到总裁，其间和齐吴宁依然联系不断。

二人的友谊，是开始于微末之时，当时齐吴宁是穷学生，程午是打工者。现在齐吴宁是后天富二代，程午是打工皇帝。身份地位和以前都有了长足的提升，二人的友谊就还保持了当初的纯粹。

不过话又说回来，如果不是二人的身份同时提升了许多，也许友谊的小船早就沉没了。

听说夏向上想要收购海达，齐吴宁举双手赞成，不过他也只是口头和精神上支持，并不会提出任何有建设性的建议，他只想做一个快乐的挖泥者。当然，如果需要资金，他倒是可以想办法。

程午还没到，孙宜一行先回来了。

孙宜一进门就嚷着口渴，夏向上亲自为他倒了水，他一口喝干，一抹嘴巴说道："好家伙，幸亏我们反应快。在容县，收购第一家中介公司费时半个小时。在安县，花费一个半小时。等到了雄县时，费了九牛二虎之力，又聊了两个多小时，才最终敲定。"

"现在各中介公司都学聪明了，上来就狮子大张口报一个高价。"

易晨补充说道。

"辛苦,辛苦。"夏向上拍了拍孙宜的后背,对其他人一起说道,"先开个小会,等下你们再上楼休息。等到了10点后,再继续工作。"

几个确实困得不行了,不过依然强撑着,斗志昂扬。

"夏总,收购中介公司是打算开辟新的战场吗?"易晨有些不解地问题,大道之行主要板块是房地产和农业,怎么夏向上心血来潮,在新区成立之初非让他们去收购几家中介公司。

孙宜也有同样的疑问。

夏向上点头,说出了他的设想:"接下来会成立一家分公司,主要业务就是服务性质的咨询公司,我打算让前飞担任总经理。整合了三家中介公司后,再扩充力量,最少也要有上百人的规模。雄安新区成立后,哪个行业最吃香,你们知道吗?"

"房地产业!"孙宜和易晨异口同声。

夏向上就将问题抛给了宋前飞,宋前飞微一思忖,得出了与孙宜等人不一样的答案:"是信息,是大量的各类信息。在同一个历史节点上,谁掌握了第一手信息,谁就抢占了先机。"

"对,前飞抓住了关键点。"夏向上笑了,他之所以让宋前飞担任新咨询公司的总经理,是因为他天生对信息敏感,"这里的信息,不仅仅是指房屋的租售信息,还包括用人信息。所以,成立一家咨询公司势在必行。你们都能想到雄安新区成立之初,最需要的信息是房屋的租售信息,毕竟要发展,得先解决住的问题。然后就是吃,雄安的饭店,多数是本地特色,适应不了天南地北的口味,不用多久,雄安的饭店业就会重新洗牌。再然后,就是用人信息了。你们觉得,以后雄安新区用人的工种中,需求量最大的是哪些?"

孙宜低头一想:"中介业务员?"

易晨有不同的看法:"建筑工人?"

杭未的想法更接地气:"是厨师。"

夏向上大笑:"杭未猜对了一个。新区成立之后,为了响应国家政策,很快全国各地的政府机关和企业都会在雄安设立办事处,有四种职业的需求量最大,一是保洁,二是司机,三是厨师,四是保安。"

宋前飞立刻就跟上了夏向上的思路,连连点头:"明白了,新公司成立后,要做综合服务公司,从房屋中介、职业培训、人才供应三个方面入手,确保到时可以为所有人提供想要的服务。"

对于担任新公司总经理一事,夏向上已经提前和宋前飞打过招呼,并且征求了他的意见,宋前飞欣然接受。一想到新区成立之后,他要借时代的东风大展身手,就充满了干劲。

随后,夏向上让孙宜、易晨和宋前飞先去休息,十来分钟后,程午一行到了。

程午只带了一个副总——余强,因为光头又长得有些特色,因此人送外号光头强。和程午穿着新潮、打扮前卫时尚不一样的是,余强朴实低调,一身保守的衣服像是体制内的人。

夏向上隆重接待了程午一行,安排了康小路、杭未和齐吴宁、严凌都参加了会谈。

寒暄过后,齐吴宁和程午叙了一会儿旧,随后开始了正式会谈。谁也没想到的是,程午开场就将话题引到了农业上。

"向上,早就听吴宁提起过你,我也说过多次让他引荐我们认识。他每次都答应得挺好,转眼就忘到了脑后,天天沉迷于他的挖泥事业。我现在挺佩服他的专注,认识他这么久了,从来没有见过他如此认真地做一件事情,就算是挖泥,只要一直干下去,也能干出成绩。"程午很健谈,而且头脑清晰,说话既有条理又有逻辑,"你们大道之行发展很迅猛,虽然在房地产上面有些方向性错误,但整体来说还算成功。当然,我最佩服你们的是在农业上面的布局。"

程午对大道之行房地产上面的布局指点江山,也确实有这个资格,以他在业内举足轻重的影响力,他就算将大道之行的楼盘贬得一无是处,夏向上也得听着,谁让夏向上善于学习呢?

"程总也对农业感兴趣?"夏向上顺着程午的话谈到了农业,"农场只是农业的一小部分,大道之行做得还远远不够。"

"是远远不够……"程午才不管夏向上的说法是谦虚还是真心话,他从来不在乎别人真实的想法,只管自己真实地表达,"大道之行只布局了三个农场,还是传统的思路,实际上中国农业的出路在哪里?在种子,在高效农业,在科技农业。咱们先说种子……"

严凌立刻表现出了浓厚的兴趣,还拿出了小本本用心记录,立刻就引起了程午的注意。

程午朝严凌投去了意味深长的一瞥,继续说道:"你也知道,近年来,国内的种子市场基本上被国外的种子公司垄断了。他们的种子确实基因优良,产量高、不易生病、虫害少,但是,长成之后结出来的种子,没有生育能力。也就是说,只能传承一代。"

严凌连连点头,眼神中流露出赞赏的光芒,迅速记了几笔。

第五十五章

殊途同归，目标是一致的

程午看向严凌的目光更热烈了，接着说道："商业公司控制种子市场，必然是想要年年卖出种子，如果种子只卖一次，长出来的种子还可以延续优良基因的话，种子公司岂不是就破产了？就如国外一些知名药企一样，他们其实已经研发出来了可以根治各种疾病的特效药，但为了商业利益，就让药效减半，甚至只是原来的三分之一，让患者服药后既能控制病情，不至于死亡，又有对药物的依赖性，必须长期服药。如此，就有了源源不断的收入。"

康小路注意到了严凌与程午的互动，和杭未对视一眼，二人眼中都流露出一丝莫名的情绪。

程午的声音继续响起："最著名也是最经典的案例莫过于大豆事件，目前国内大豆种植业基本被国外种业公司也就是孟山都等和美洲大豆打趴下了，而豆粕也就是大豆榨油后的产品是动物饲料里不可缺少的东西，对规模化养殖来说，只喂玉米，家禽家畜会因为缺蛋白质长肉慢，和人一样。而中国人是最喜欢吃猪肉的民族，每年猪肉消费量大概是 1100 亿斤，这些猪肉总计需要耗费大约 3630 亿斤的粮食，如果再加上其他肉类，耗费粮食估计超过 4500 亿斤。而整个中国粮食产量也就 12000 亿斤左右！

"眼下中国想要提高粮食产量的方法并不多，高度机械化是最行之有效的办法，但东北、华北和长江中下游三大平原中，只有东北平原的种植业符合高度机械化的条件，长江中下游平原的地形太差，基本上不具备机械耕种的条件。而华北平原则是土地不够集中,想要集中在一起,需要相当长的时间和精力。保护本土种子,发掘本地最优良的品种,不管是提供给大型农场,还是给农户家庭,都可以起到提升产量的作用,同时,还可以把饭碗牢牢地端在中国人的手中。粮食安全是最大的安全问题,离开了粮食,国家的发展无从谈起……"

停顿了足有半分钟,程午站了起来,右手朝前挥出,在空中画了一个半圆,猛然停住,俨然是一副指定江山的气势:"如果有一天大道之行在本土种子的研究上有所突破与创新,就是时代的楷模,是时代的号角。"

"说得太好了。"严凌带头鼓掌,既卖力又热情洋溢。

严凌带头,夏向上几人不响应就显得太没风度了,夏向上也鼓掌叫好了。一时之间,深夜的会议室响起了一阵热烈的掌声。

程午很享受被众人追捧的感觉,一直等掌声停下来才说:"一家之言,仅供大家参考。向上,说吧,是不是有事找我?"

一番交谈下来,夏向上大概摸到了程午的性格——傲然、喜欢表现、喜欢指点江山,和齐吴宁对他的描述差不多,心中就有了主意:"主要是也对程总慕名已久,要当面请教一下以目前的形势判断,就国家对新区的房地产政策推断,未来中国的房地产市场会是一个什么走向?"

程午一听夏向上的问题有足够的高度,顿时兴趣大起:"未来将会是一个平稳的下降期,房子由刚需变为刚改、改善和豪宅,由以前的两居室为主进化为三居室或四居室。从满足基本的居住提升为满足高品质住宅的要求。突飞猛进的发展势头不会有了,消费者更加成熟更加挑剔,对房企的要求也就更高了。"

不得不说,程午对未来房地产市场形势的判断,很有见解,也很准确,符合夏向上的预期,夏向上点头:"程总所言极是,现阶段三江的一些刚需楼盘销售远不如刚改和改善楼盘,是不是以后三江不再开发刚需盘了?另外,是不是三四线及以下的城市还有相当大的开发空间？"

程午摆了摆手,先是流露出哲人的思索表情,又沉默了一会儿,才不慌不忙地说出了他的看法,一口气讲了大概有半个小时,滔滔不绝的语气加上口若悬河的口才,让他的演讲颇有感染力和穿透力。

康小路和杭未都注意到,严凌几乎痴了。

气氛差不多到了,相互间的了解程度也有进一步加深的迹象,夏向上开始慢慢切入了正题:"三江集团未来的发展方向是继续扩大规模,还是集中力量办大事,主要转攻改善型和豪宅呢?"

"现阶段如果再盲目扩张,就会埋下隐患。董事会的其他高管都认为现在有必要继续突飞猛进,我不这么认为,现在收缩战线,调整方向去主攻精品,才是发展之道。"程午的目光热烈而自信。

夏向上听出了弦外之音,三江集团内部对于未来的发展方向还没有统一认知,那么不用想就知道对于收购海达也是有不同的声音,就暗暗一笑:"假如现在有一家公司有了债务危机,正是一口吃进的好时机,程总是会拿下吗?"

"什么公司?"程午顿时有了警惕之心,暗想刚才说得太多,怕是已经被夏向上揣摩到了一些真实的想法,他脑子迅速转了几转,"是海达吧?"

夏向上诚实地点了点头:"程总有眼光,海达确实有独到之处。"

程午立刻反问:"怎么,你也对海达有兴趣?你是想问我对海达开出的价格吧?不是什么大事,余强,告诉他们。"

余强自从进来后,就一直坐在角落里一言不发,作为程午的追随者,他的表现相当不错,反衬了程午的高大形象。

"海达欠了7个亿的债务,如果三江能帮他们还清,他们愿意拿出40%的股权作为抵押。"余强所说的条件是程午后来开出的条件,并不是之前双方达成共识的30%。

夏向上点了点头,是比他开出的条件还要优厚一些,不重要,重要的是,就算林海中答应了程午的条件,程午也极有可能再次反悔,因为对于三江来说,海达的40%的股份并没有多少实用价值,或者说，就算海达完全并入三江，对三江的提升来说也是微乎其微。

三江是大海，海达是一条小河。小河汇入大海，大海不动声色。但对大道之行来说就不一样了，大道之行充其量是一条大江，小河再小，汇入之后，也能让水量更加充沛。

夏向上呵呵笑了一气，故意含混不清地说道："好，挺好，大手笔。"

越是语焉不详，越是激起了程午的兴趣，他最怕别人不认可他的决定，他猜疑的眼神打量夏向上几眼："你是反对这门亲事？"

夏向上知道该康小路出面了，当即后退一步："小路，两个小时前，林海中林总给我们报价是多少来着？"

康小路默契地向前一步："海达的债务拿51%的股权抵押。"

杭未配合得也很及时："对，对，我当时就说了，债务不成问题，资金我一个月就可以解决。但海达51%的股权是不是可以和债务对等，得画一个问号。现在海达两个楼盘积压的房子，一年内能卖完，是利润。一年后卖完，收支平衡。两年后再卖完，就是负债了。现在新区成立，许多中央的企业和机关以后会陆续搬来雄安，他们离开北京肯定会对北京的房地产市场带来影响，程总是觉得海达的房子两年内能卖完吗？"

程午对收购海达是谨慎的态度，公司的几个副总想要积极推进，现在集团内部还没有达成最终共识，还在僵持阶段，所以程午才出尔反尔报了一个苛刻的价格，抱着如果能借机低价吃进海达就吃进，如果海达不同意，就让他们主动退出也好。

没想到夏向上更狠，开出的价格更是一刀斩在了腿上。

"你们是有意收了海达？"程午决定掌控主动，不能被夏向上暗中推着前进，"你们看重了海达什么？"

夏向上很清楚不买东西的人会欣赏优点，但如果是真的买家会先说缺点："海达的最大价值就是林海中的人脉和资源，但现在市场越来越规范化了，人脉与资源所能起到的作用不再如以前突出，相反，懂市场会经营的人才，所起到的决定性作用越来越大……房地产公司起来容易，一个项目也许就能赚很多。但倒下也快，十个项目的利润会被一个失败的项目全部吞没。"

"我觉得你们不应该收购海达，对你们的提升有限。"程午就及时结束了关于海达的话题，闲聊了一会儿新区的定位和未来发展，差不多到了午夜时分才离去。

第五十六章
一幅更大更辽阔的画卷

程午走后,夏向上又接到了康大道的电话,聊了差不多半个小时。康大道很兴奋很期待,说是明天一早就到北京。

凌晨3点多,在和康小路、温任简商议之后,夏向上召集众人开了一次全体会议。

夏向上的目光依次从康小路、温任简、杭未、齐吴宁、关月、孙宜、易晨和宋前飞等人的脸上扫过,他语气坚定地说道:"我宣布两件事情,在雄安新区成立之际,大道之行也要更改战略,提升格局,正式更名为大道之行控股集团公司,下设大道之行房地产发展有限责任公司、农业发展有限责任公司、咨询有限公司。"

所有人都精神抖擞,毫无睡意。值此万众期待之际,他们身处雄安,怎么可能睡得着?

"集团在整合了浩荡之后,人事变动如下:一、我担任集团的董事长兼房地产发展有限公司总经理,小路担任集团的总经理兼房地产发展有限公司董事长。"

齐吴宁碰了碰杭未的胳膊,小声说道:"看人家两口子多恩爱,位置换来换去,不换的是目标一致的决心。我们应该向他们学习,你给我个明确答复,还要我等到什么时候?"

杭未奉送了齐吴宁一个大大的白眼。

夏向上继续朗声说道:"关月担任集团的副总兼农业发展有限公司总经理,温任简担任集团的副总兼农业研发中心总负责人。孙宜担任集团的副总兼房地产发展有限公司的副总,易晨担任集团的副总兼房地产发展有限公司的副总。宋前飞担任咨询有限公司的总经理……另外,柯幻羽和严凌,各有任命。"

众人热烈鼓掌,一想到每个人都将独当一面,成为一方诸侯,就不免心潮澎湃。虽然各分公司仍然受制于总公司,夏向上是集团的老总,是最大的 boss,但他们担任了分公司一把手后,就拥有了相当大的自主权,登上了更广阔更有自由度的舞台。

夏向上也是满心欢喜,见众人激情澎湃,他继续说道:"大道之行接下来还会有一系列的收购行动,力争在雄安新区的版图上,留下浓重的一笔。也希望和大家一起,在更广阔的蓝图上,挥洒大道之行的足迹。"

掌声经久不息。

由于是公司的内部会议,就没有邀请李继业和唐闻情参加,会后,夏向上留下了康小路、齐吴宁、杭未,并叫来了李继业和唐闻情。

一幅更大更辽阔的画卷在夏向上心中徐徐展开,他事先已经和康小路达成了共识,并且也说服了齐吴宁和杭未——他要收购李继业和唐闻情的公司。

新区的成立,让夏向上犹如打开了一个全新的窗口,让他对未来的定位更加清晰。之前他从未想过要收购李继业的电子公司,认为和房地产、农业完全不搭界,现在他意识到了自己的局限性,未来城市的发展是智慧城市、绿色城市以及生态城市的建设,所以在互联网时代的今天,电子产品的运营不仅仅是生活的方方面面,还是城市建设的点点滴滴,是深入到城市大街小巷的关键。

夏向上打算整合了李继业的电子公司和唐闻情的设计公司,并入到房地产公司之后,打造成为城市运营公司。房地产开发要从单一的建造小区提升格局,上升到参与整个城市的建设之中,从一开始就定位于运营城市运营更美好生活的理念,积极加入到新时代山乡巨变的蓝图之中,立志于将一个个落后的乡村改造成现代、美观以及规划科学的社会主义新农村。

夏向上相信中国的城镇化之路还会继续实施，至少还有十到二十年的发展前景。以前的城镇化只是将农民吸引进入城市，让乡村自然消亡。随着社会的发展与进步，城镇化的要求会更高并且更要有前瞻性。

除了解决农民进城的住房问题之外，对乡村的改造，包括农场、种子的改良等等，将会是一个系列工程，并非只是为了让农民进城购买住房。生态化的城镇化才有可持续发展的动力，才会让经济更有韧性与活力。

雄安新区为什么要选在三县，有一个很大的原因是三县是风水宝地，是北方平原少有的水乡。一进入三县，随处可以见到水洼、水坑和水塘，先不说白洋淀，就说大大小小的河流就有十几条。新区未来面临着前所未有的大开发，不得不说，齐吴宁踩对了时代的节点，他的清淤公司将会大有作为。

在李继业和唐闻情面前，夏向上不用拐弯抹角，甚至不用什么谈话技巧，上来就说出了他的目的："我想完全收购你们两家的公司，全面并入大道之行房地产开发公司之中。你们也会进入房地产开发公司担任副总，价格问题，你们和杭未对接。其他问题，可以找我，也可以找小路聊。"

李继业和唐闻情对视一眼，二人几乎没什么犹豫当即就同意了。也是二人对被收购期待已久，没想到，因为新区的成立导致提前了许多。

按照二人的时间推算，最少也要两三年后收购才有可能启动。

李继业除了想要一个高价之外，还另有想法，希望大道之行可以成立电子公司，由他来担任总经理。夏向上当即拒绝了他的提议，现在成立电子公司的最佳时机已经过去了，电商的迅速崛起，除了淘宝、京东之外，还有成立于2015年的拼多多，基本上占据了国内电商市场的绝大部分份额，李继业的零售模式，不能说没有市场，至少不再是主流模式。

还有多少人会在实体店购买电子产品尤其是手机？比如授权店的零售全是官方指导价，在淘宝和拼多多都能便宜不少，除非不会网购的老人家，年轻人多半都在网上购物，而他们，才是未来的消费主力。

李继业见夏向上态度坚决，只好作罢，却坚持要高薪。夏向上为李继业和唐闻情开出的报酬是年薪加分红加股权激励，李继业却想要更高的年薪，而分红和股权激励可以适当降低比例，就被唐闻情嘲笑为老人家思维，她宁愿要正常的年薪以及更高的分红和股权激励，因为后者才是大头。李继业的目光落在眼前的收益上，是他们那一代人的时代烙印，对未来不抱希望，认为明天充满了不确定性。

唐闻情是只比李继业小了十来岁，感觉却像是差了一代人。李继业也承认他和唐闻情有代沟，对70年代生人的人来说，十五年算一代。但对80年代生人的人来说，十年算一代。而到了"90后"，就成了五年一代人。

1990年出生和1995年出生，只差了五年，思想和认知却差了太多。

不过唐闻情嘲笑李继业归嘲笑，包括夏向上在内，康小路、齐吴宁和杭未都看出了二人你来我往的亲密，关系明显有了突破性进展。

夏向上见李继业坚持要高薪，并且强调后期的分红和股权激励可以减少份额，他就笑着答应了："闻情，你不再劝劝他？到时后悔了，可别怪我没有提醒过他哪个更重要。"

"劝不动，也劝不来，对于他这样的老人家们，只有摔个跟头才能捡个明白。倔驴一样的脾气，等着瞧，有他哭的时候。"唐闻情早已了解了李继业的性格，是有经验，但经验多了也就成了包袱和束缚。

"如果摔个跟头还没有捡个明白呢？"唐闻情回答得很坚决，似乎李继业是无关的路人一样，夏向上就有意追问。

"摔个跟头还没有捡个明白的笨蛋，死了活该。"唐闻情嘻嘻一笑，笑容很轻松，语气却很冰冷，"看在朋友一场的面子上，我至少会为他上坟一次。"

最后唐闻情接受了夏向上的条件，李继业要了高薪，并且主动降低了后期的分红与股权激励。唐闻情也没再劝他什么，当着众人的面对李继业说了一句话："本来我是想答应你的求婚，但你今天的表现让我觉得我们在一些事情有着明显的认知差距，所以，我决定再多考验你一年。"

李继业既震惊又懊悔，不过却没有后悔自己的决定，现在他需要现钱来提高生活的品质。

第五十七章

时代的大潮已经扑面而来了

温任简在大会过后就离开了农场,到了单一糖的工厂与她会合。

单一糖在三县有三家工厂,每个县各有一家,以容县的工厂为最大。安县和雄县的工厂虽然规模上稍小,但在产值上却超过容县的工厂,原因就在于另外两家工厂建造的时间稍晚,技术上更先进。

技术上的进步带来的是质量和数量上的提升,非常明显,单一糖在技术升级上很舍得投入,因为她算过一笔账,技术上投入一块钱带来的各方面的提升,能有十倍以上的回报。

温任简是在容县的工厂见到了单一糖。

单一糖正在清点原材料的库存,发现还能维持一周左右。副总宋带汇报工作时告之,工厂正打算进一批原材料,可以保证一个月的消耗,她当即叫停,要求最多再进一周的量,超过一天也不行。

单一糖又要求负责销售的副总,尽快完工现有的订单,不再接需要两周以上生产周期的订单。工厂再保持高速运转两周,之后就关停了。

所有人大吃一惊,不明白为什么单一糖要做出关停的决定。

深夜,单一糖召集了全体副总开会,温任简也参会了。会上,她再次强调了她的决定:"一定记住不再要囤集原材料,现在的订单尽快交货,不再接生产周期超过两周以上的订单。同时,做好关停的心理准备。新区成立后,所有产业都会面临着调整。以我的推断,我们的纺织品加工不属于高端制造业，又有一定的污染，应该会在调整的范围之内。"

由于近来温任简经常在雄安的原因，单一糖和他的接触就频繁起来，很快，她就被温任简丰富的学识、过人的见解以及超前的眼光折服了。新区成立之前，温任简就一再告诫她三县可能会有一场前所未有的变革，是大变局，先不要进一步加大投入。新区成立的新闻一发布，温任简就第一时间向她解读了新区的相关政策，再次强调了纺织厂不符合新区未来发展的定位，要及时止损尽早做好关停的准备。

单一糖原本还不太相信温任简的判断，温任简就苦口婆心、一字一句地为她剖析公布的新区政策中的关键点……她被说服了，作为经商多年从广州到深圳再到雄安的她来说，对政策有着相当敏锐的洞察力，她原本也能从新闻中发现纺织厂等传统产业必然要被淘汰的端倪，但因为前期投入过大的原因，心存侥幸心理，不愿意面对。

现在单一糖想清楚了，不但她的工厂会被要求关停，还有许多附加值不高、有污染的低端制造业，都会被要求搬离。雄安新区是千年大计，是前所未有的创举，必然会高标准高起点。现在及时转向，并且做好预案，可以抢占先机。

宋带不理解单一糖的决定，他认为新区的成立对他们的工厂影响有限："单总，您的决定会不会太仓促太轻率了？我问了别的工厂，都还没有接到通知，也不打算关停。关停的话，损失巨大。"

单一糖坚持她的决定："现在关停，还有转弯的机会。非等具体的政策落地之后再关停，就晚了。相信我，没错的，这些年来，我从来没有像今天一样清醒并且坚定。"

宋带知道他影响不了单一糖的决策，只好无奈地说道："关停之后呢？不会永远关下去吧？我们几百号工人怎么办？"

"我在想办法……"单一糖很清楚她可能没有办法可想，如果她的三家工厂都关停的话，她可以在雄安新区之外的地方重新建厂，但当地的工人就不可能跟过去继续在工厂上班了，时代大势之下，有许多个人无能为力的地方。

随后，单一糖和温任简一起去了另外两家工厂。

在两家工厂处理完事情后，在返回容县的途中，单一糖闷闷不乐。温任简知道她为什么心情不舒畅，就劝她："你已经尽力了，别太为难自己。工人们失业了，还可以种地，也不会饿死。还有，他们也会是新区成立的受益者，在征地、拆迁上面，他们会得到远大于失业的补偿。"

"也说不定等不到你宣布工厂解散，他们就主动不干了。"温任简很理解并支持单一糖的决定，"接下来是在别的县继续开厂，还是转型，你想好了吗？"

单一糖正是因为还没有想好下一步才心烦意乱，她摇了摇头："还在纠结……服装和纺织品加工行业，不能说是夕阳行业，但也不是蓝海，只是劳动密集型产业，依托劳动力低廉的优势，赚一些微薄的利润，没有什么上升的空间。除非打造出来自己的服装品牌，才能提高附加值。我以前也设想过打造属于自己的专属品牌，几年下来，看不到成功的迹象。一个品牌的塑造，太有挑战性了，也需要各种机遇。我现在都对打造自己的品牌，不抱希望了。"

"可是如果不干服装行业，我还能干什么呢？"单一糖微微皱眉，越想越觉得头疼，"我在服装行业太久了，人脉和资源都在这上面，换其他领域，还真不熟悉，也不专业。"

温任简胸有成竹地笑了："就没有想过借雄安新区成立的东风，让自己也搭上新区飞翔的翅膀以及大道之行的阳关大道？"

单一糖被温任简乐观而简单的想法逗乐了："干事业可没那么简单，说几句漂亮话或者什么名言就能解决困难完成目标，事情向来是说来容易做来难。不要带着明确的目的来倒推过程，不科学。"

"我有一个想法……"温任简卖了个关子，"现在我们去找向上，和他当面谈谈。你得全权委托我代表你，等我和向上谈好了，干不干你来拍板。但在谈的过程中，你不要打断我阻止我。"

"行！"单一糖爽快地答应了，"我倒想听听你有什么高见，能为我安排一个什么光辉灿烂的未来。"

一路疾驶，来到了夏向上的农场时，已经是早上6点多的光景了。正好夏向上一行人想出去吃饭，单一糖当即说道："我知道有个早餐店很好吃，很有特色，跟我走。"

几年来，单一糖在三县积累了相当丰富的人脉，可以说，她对三县了如指掌。大部队就跟在单一糖的车后，浩浩荡荡地出发了。

县城的街头，外地的车和人更多了，到处都是拥挤、热闹和打电话的声音，呈现无比热火朝天的局面。

夏向上坐在车里，望着外面从未有过的景象，不由感慨："自从改革开放以来，经济的热潮总是在南方汹涌，现在雄安新区的成立，希望能为北方经济的整体提升，带来无限可能。时代的大潮已经扑面而来了，我们真的是恰逢其时！所以，今天的早餐标准提高到每个人10块，放开了吃，超额的部分，吴宁买单。"

众人大笑，夏老板真大方，从8块提高到了10块，活久见，不过大家都习惯了夏老板在大事上爽快细节上小气的风格。

单一糖所说的早点摊并不远，也不大，赶到的时候，已经坐满了形形色色、各种口音的人，有北方的标普，还有南方的川普、粤普，有穿着打扮像是体制内资深人士的中老年人，也有新潮时尚的年轻人。小小县城从未有过如此的盛世之景，一夜之间就汇聚了大江南北的各色人等，让许多在县城住了一辈子的容县人大开眼界的同时，也不得不感叹新区成立带来的巨大的号召力。

夏向上等人好不容易找到了位置坐下，被告知要等半个小时。等就等吧，再忙也要吃饭不是？不想在等候的过程中，和程午、余强以及林海中、张达志几人不期而遇。

明显可以看出来，程午和林海中是约好一起吃饭。

打过招呼后，程午和林海中几人坐在了邻桌，边吃边聊，很热切也很兴奋。张达志在一旁眉飞色舞，不时地朝夏向上挥舞胳膊，既是在炫耀又是在故意气人，似乎是在说他们要和三江达成共识了，让夏向上去死。

夏向上当然不会去死，他吃得很开心。得承认老家的味道确实唤醒了对味觉的记忆，吃了好几根油条外加一碗咸豆腐脑，谁敢要甜豆腐脑，他就让谁坐小孩桌。

饭后，张达志凑了过来，趾高气扬地站在夏向上面前，居高临下地笑道："姓夏的，你也亲自来吃路边摊呀，还以为你多高尚多了不起……告诉你吧，我们和程总谈好了，三江出高价收购海达，你没戏了，你出局了。"

康小路眉毛一挑，就要挺身而出，被夏向上拦住了，因为他注意到严凌已经迫切地应战了。

严凌一把推开张达志，挡在了夏向上面前，摆出了护主的姿态："张达志，你别给脸不要脸。要文斗，你不是我的对手。要武斗，你也是不我的对手，你除了会穷横，还会什么？认识你，我都觉得丢人。"

第五十八章
直接说重点

在生意场上,你死我活的较量不多,但也不少。以前,两家公司为了争取市场份额,或是为了争抢一个项目,打得头破血流甚至死人的事情,也时有发生。到今天,虽然现在武力争斗的现象少多了,但竞争依然激烈,明枪暗箭的事情还是不少。

现在是张达志挑衅在先,严凌回击在后,夏向上见齐吴宁、杭未都要挽袖子准备冲上去,忙制止了他们,他是注意到了张达志看严凌时的眼神不对,就让严凌再和张达志周旋下去。

张达志暴跳如雷:"姓严的,你别忘了你的身份,你没资格对我指手画脚!你不配指责我,你和我不对等!"

严凌立刻回应,短兵相接,不留情面:"为什么总有人觉得自己比别人高上一等呢?就比如你张达志,身高一米六九,三本毕业,长得贼眉鼠眼、獐头鼠目,我都一米七了,我怎么就没资格对你指手画脚了?我是985毕业,长得比你好看101倍,你自己说,我不配指责你还有谁配指责你?"

夏向上无意去追究严凌比张达志好看101倍是怎么计算出来的,只说严凌对张达志的碾压式答复,确实准确地命中了张达志的缺点,张达志愣了一会儿,忽然"嗷"的一声大叫,转身狂奔而去,直到他的背影快要消失在远处的拐角时,风中才传来他怒吼中伴随着哽咽的咆哮声:"为什么我就不能再多长一厘米……"

沉寂了片刻之后,夏向上一行和程午一行都哄然大笑,除了林海中一脸铁青之外。

插曲过后,一行人返回了农场。康小路劝夏向上先去休息,夏向上也依旧兴奋度高涨,不想去睡,康小路坚持,他只好妥协,无奈地说道:"现在我是董事长你是总经理了,怎么比以前还管得宽了?"

"让你睡你就睡,少废话。"康小路不由分说推夏向上上楼,"老康已经起飞了,等在北京落地后,直接从机场过来农场,等下我安排人去接他。"

夏向上早就有了人选,神秘地一笑:"我来安排人去接他,两个人够不够?不够的话就三个人。"

康小路根本没有注意到夏向上话里隐含的意思,她一向懒得操心细节,尤其是现在对夏向上近乎无条件地盲目地信任,就挥了挥手:"行,你安排就行。"

夏向上当即叫来齐吴宁、关月和温任简,让他们三人立刻启程前去机场接康大道来农场。三人走后,康小路才稍微醒过味儿来:"为什么是他们三个人?"

因为他们三个人是豪华陪练天团中的关键人物,也是康队长精心安排在大道之行的内线,各有职责,虽说齐吴宁帮忙多捣乱少,不,可以说基本上没捣乱,而温任简更是没能起到监督与平衡的作用,甚至就连关月也很聪明地常驻雄安新区的分公司,很少在北京总部,相信她为康大道传递的消息也有限,但既然康大道精心安排了他们三个人在夏向上身边,夏向上就让他们一起去迎接康大道,也算是小小地暗示康大道他行事坦荡,没什么好监察与监督的。

不等夏向上回答,康小路又想到了什么,顿时站住:"你先别睡了,有件事情我得和你说个明白。"

让睡是她,不让睡也是她,真讲理……看她一脸严肃的样子,夏向上也认真起来:"是什么人生重大命题吗?这一天以来我承受的冲击已经够大了,时代的大潮、新区的气息、人生的际遇,等等,你还是要再给我添加什么压力?"

到了二楼的会议室，康小路关上门："说吧，齐吴宁他们三个人是不是老康派来监督我们的？"

　　不是我们，是我一个人好不好？夏向上有点纳闷康小路是什么时候发现的，下意识点了点头："你怎么能这么想？"

　　"我就知道！"康小路咬牙说道，"老康怕我们生分，又怕我们走得太近，就派人监督我们，时刻向他汇报我们的感情进展……这一次我就要明确告诉他，我就是要和你谈恋爱！"

　　幸福来得太突然，夏向上有点难以相信："别勉强自己，也别为了赌气而做出让自己后悔的决定。"

　　"你是在说你吗？"康小路气呼呼地瞪了夏向上一眼，"你一个大男人，就不能勇敢一点儿，非要让我主动？就算康大道说过不让你主动追我，你就不能和我达成共识一起瞒着他？是迁就他的想法重要，还是你自己的爱情重要？"

　　道理是这么个道理，夏向上虽然一向自信，但在感情问题上面，也多少有点不敢过于生猛，怕被拒绝之后连见面都尴尬了，还怎么合作事业？谁让他和康小路的关系过于复杂呢？如果只是单纯的男女朋友关系，就好办多了，他会立刻展开猛烈的攻势，不成功便成仁，干就是了。

　　但他答应了康大道要照顾和保护康小路，要帮助康小路成长，要带领大道之行成长，要让自己成长，如果因为一次不合时宜的恋爱而影响到了大局，他就是最大的罪人，没法向所有人交代——大道之行出现了业绩下滑甚至是走到了倒闭的边缘，原因居然是因为董事长和总经理在谈恋爱……传出去，怕是要成为业内年度最大笑话。

　　爱情固然重要，面包更重要，当然，如果夏向上不是肩负着太多的重担，他也敢放手一搏去追求自己的幸福，只是康大道毕竟经验老到，用诸多的责任束缚了他，让他没有勇气去押上所有，因为他不仅仅是不想让康大道失望，更不想让公司上下所有人失望。

　　康小路如此大胆直接地说出爱情，只要康小路没事，他就更没事了，夏向上立刻双眼放光："小路，我要问你三个问题？不磨叽了，直接说重点。"

"你说。"康小路眨了眨眼睛，笑了，"不过要快，一糖找你有事，马上就要上来了。"

"第一，你是不是也喜欢我了？"

"是。"

"什么时候开始的？"

"应该有一段时间了，但在新区成立的当天，我再次确定自己确实喜欢上你了。"

"你到底喜欢我什么，快告诉我，好让我自恋一下。"夏向上开心地笑了，像个大男孩一样阳光灿烂。

"不告诉你。"康小路狡黠地一笑，转身上楼去了，"我去收拾一下，等下过来，你先和一糖谈，就按照我们以前商量好的方向，别乱加戏。"

夏向上摸着下巴得意地笑了，他是乱加戏的人吗？还真是，小路对他的认知还真深刻。话又说回来，他所有的努力，不过是为了可以更好地和小路平等的对视，以及……让她更没有后顾之忧地喜欢上自己。

谁说他不痴情？他对待学习专一，对朋友也是一如既往，对爱情，更是十几年如一日坚持梦想。当年一见康小路误终身，反过来讲，康小路又何尝不是如此？

命定的人总会相遇，无缘的人一再错过，一想到康小路主动提出要和他一起瞒着康大道也要谈恋爱，夏向上莫名就有点小小的兴奋和罪恶感，莫非每个人的内心世界中都会有隐藏着一些不安分的想法，等阳光雨露等条件成熟时，就会发芽？

不过……夏向上很快就说服了自己，就算他和康小路联手欺骗康大道，也是出于善意，善意的欺骗不算欺骗，顶多是含爱量达不到100%的爱，但60%的爱也是爱，不是吗？

康小路一路小跑回到了自己的房间，心跳还在加快。她原以为鼓起勇气向夏向上坦白对她来说不算一件难事，没想到事到临头，居然还是有几分紧张与忐忑，是生怕被夏向上拒绝，还是担心一时犹豫？不管是哪一种，她在开口之前已经下定了决心，但凡夏向上没有第一时间回应她，她就不再给他第二次机会。

还好，多年的相知以及合作以来养成的默契，让她得到了期望的结果。

到底是什么时候对夏向上产生了依赖和感情……康小路真的记不太清了，她只是清楚在康大道让她和夏向上合作成立公司时，她本意是拒绝的，为此还和康大道吵过几次。她也意识到康大道此举是有意撮合她和夏向上，她不管对方是夏向上还是别人，她只是单纯地讨厌康大道自以为是的行为。

后来康大道用妈妈的遗愿以及保证不会让夏向上追求她为保证，让她同意了成立大道之行。

公司成立之后，投入到了创业之中，康小路发现她慢慢喜欢了工作的感觉，忙碌让她充实，每一步的进展都让她欣喜，而夏向上每次解决一个难题，她都会为他欢欣鼓舞。慢慢地发现，对她来说许多难如登天的困难，比如设计户型和园林，定位市场和分析消费者，对夏向上来说是信手拈来的小事。

而让她最为头大的社交，她以为曾经的天才少年夏向上应该也不会与人交往，不想夏向上在设计和市场分析上，天赋过人，在与人相处时，也是如鱼得水。至此，她才相信天才分为两种，一种是单一的某一方面突出的天才，另一种则是方方面面都突出的天才。第一类天才是偏才，而第二类天才是通才，或者说是全才。

夏向上就是难得一见的全才！

第五十九章

在大潮之下被冲击的一小部分人

在公司成立半年之后,康小路有一次在梦中惊醒,她梦到夏向上被人挖走,跳到了对手公司。失去了夏向上支撑的大道之行,一落千丈,在她的带领下屡战屡败,接连在两个项目上的失利让公司债台高筑,距离倒闭只有一步之遥。原本对公司笑脸相迎的合作伙伴和材料供应商都纷纷变脸,要求尽快支付货款,或是提出中止合作,她在焦头烂额疲于应付之下,一度想到了自杀……

醒来后的她大汗淋漓,再也没能入睡,一直在设想万一真的发生了夏向上被人挖走的事情,她该怎么办?或者说,她能怎么办?思来想去她终于想通了一个问题,夏向上和她一起创业,并不完全是康大道对夏向上的提携与帮助,也是夏向上对康大道的信任与回报,更是夏向上对她的感情维系才让他如此坚定不移。

其实大道之行从成立到今天,发展迅猛,成为业内的一匹黑马,想要挖夏向上的大有人在,夏向上不说,是他谦虚和人品过硬,但她不能假装没有任何事情发生。人心被伤,都是在点滴的细节中滴水穿石,别等到无可挽回时再后悔,而是要未雨绸缪。

所以康小路后来才提出让夏向上转任董事长,并且在稀释股份时主动承担了大头。康小路听温任简私下说过,有业内排名前十的大型民营开发商想通过他接触夏向上,想要高薪挖人。甚至还有国央企也有意邀请夏向上加盟,都被他挡在了门外。他不排除有人暗中已经直接碰过夏向上了,但到现在还没有任何风声传出来,应该是夏向上都回绝了他们。

商业上的可靠来源于人品的可靠,人品的可靠就间接证明了在爱情上也会可靠,康小路知道夏向上当年对她一见钟情的过去,又听温任简多次说过夏向上现在依然对她念念不忘的现在,她怎么会无动于衷不期望他们的未来呢?

但让她感到不解的是,夏向上等待了她这么多年,真的和她朝夕相处天天相见时,却又不再向她表露爱意,反倒一心工作,像是忘了曾经的年少的梦想一般,到底是为了什么?

很快,康小路就猜到了原因,定然是康大道要求夏向上不能和她走得太近——她很理解康大道的心思,既希望夏向上认真工作,将大道之行发展壮大,也带领她一起成长,又希望夏向上不要追她,不要和她有感情上的纠葛,以免现在影响工作将来影响合作。

康大道管得真多真宽,在她对夏向上没感觉的时候,她才不在乎康大道和夏向上的约定。但当她对夏向上从信赖、依赖到产生感情之后,康大道的做法就成了阻拦她追求幸福的绊脚石,他凭什么想要既左右她的人生还想决定夏向上喜欢谁或不喜欢谁?他吃的河水管得宽,从小走南闯北久了,就真以为他能管得了天下人?

更不用说康大道不在大道之行,不知道现在夏向上的处境有多"危险"——不提虎视眈眈的唐闻情,就说一直对夏向上不放弃幻想的杭未和妩媚过人的严凌,哪一个不是强有力的竞争对手?康大道真以为他可以放心地将夏向上从少年天才培养成为商业奇才,然后觉得夏向上足够和她匹配时,一句话就可以让夏向上娶她?

难道康大道从来没有想过夏向上极有可能中途被别家公司挖走以及别的女孩抢走?他还是改不了他过度自信加自恋的性格,却忘了时代滚滚向前,60年代出生的人的理解不了"90后"的思维模式,早晚被"90后"拍死在沙滩上。

如果说杭未不断地向夏向上释放爱意,全然不顾她和齐吴宁在场,就让康小路习惯了杭未的大胆和直接,认为杭未只是嘴炮,大多时候说说而已,基本上不会付诸行动,只让她有一丁点的危机感,那么严凌的出现就让她感受到了强有力的威胁，直觉告诉她，严凌出现在大道之行，不是为了一份助理工作，而是另有所图。

严凌不缺钱，工作对她来说只是兴趣和爱好，或者说只是渠道，她缺的是什么？年轻貌美又不缺钱的女孩唯一需要的就是优质的异性和匹配的爱情。她又何尝不是呢？康小路不能允许别人从她身边抢走夏向上，她很清楚，夏向上离开她之时，就是离开公司之时。

要赢，就会赢到一切。要输，也会输得一无所有。

在新区成立之后，夏向上几乎两天两夜没有合眼，他指挥若定，发布了一系列的命令，做出了一系列的决定，像一台高速运转且精密的机器，不知疲惫并且事事周到，让她佩服的同时，心中涌动的喜欢更加汹涌了，她终于确定她是喜欢上夏向上了。

既然喜欢上了，那么就让一切开始吧，康小路眼见杭未和严凌看向夏向上的眼神越来越热烈，再这么下去，夏向上越成功，他身边的仰慕者就越多，谁敢保证他不会被人引诱走，好吧，就算他有足够的定力，万一被人骗走了呢？现在女孩的骗术可是防不胜防，尤其是夏向上这种单纯的天才少年，很容易就被漂亮多情且计谋多端的女孩们算计了。

康小路就大着胆子向夏向上发出了恋爱邀请，恋爱是两个人的事情，不是一个人的主动另一个人的被动，她就是要主动出击，就是想堵住康大道的嘴——是她主动的，不怪夏向上，要怪就怪她定力不够，被夏向上俘虏了。

到了会议室，夏向上还在胡思乱想刚才康小路的话时，单一糖推门进来了，她身后还跟着一人——李继业。

怎么会是李继业，不应该是温任简吗？单一糖一向和温任简走得很近，她对李继业态度一直冷淡，又一想夏向上释然了，温任简被他安排去北京接康大道了，单一糖临时拉上李继业，也是有为她助阵之意。

"你们找我肯定有要事，现在没外人了，说吧。"夏向上开门见山，为二人泡了茶和咖啡，"想喝什么，自取。"

单一糖等了一会儿,见李继业没说话,就踢了他一脚:"哑巴了?你不该说的时候,不是挺能说的吗?现在需要你了,你不赶紧表现,等啥呢?"

李继业不好意思地嘿嘿一笑:"等你指示呢。既然你发话了,我就可以畅所欲言了……"

被单一糖临时拉了壮丁,李继业多少还有点困惑和意外,在听明白单一糖的诉求后,他表示可以帮忙。说来他也想和单一糖走近,之前单一糖一直对他很冷淡,到底是什么原因他有过许多猜测,不是因为他学历低出身低,就是因为单一糖不太看好他的未来,不管是哪一种,单一糖对夏向上推崇对温任简热情独独对他冷落,让他颇感受伤。

没想到,今天单一糖主动找到他,希望他能帮忙,李继业就一口答应下来。他一直想和单一糖改善关系,现在机会送上门了,岂能不赶紧抓住?

李继业清了清嗓子:"向上,你应该也能猜到新区成立后,对新区内的所有人都会带来巨大的影响。大部分人会因此而受益,但也有一小部分人会遭受损失。有一首打油诗很应景——大雪纷纷落地,正是皇家瑞气。再下三年何妨,放你妈的臭屁!四句,每一句都是不同身份和立场的人的观点,一场雪,都有人欢喜有人忧,何况是千年大计的政策了。"

夏向上听出了什么,呵呵一笑:"李哥,长篇大论就不要了,直接说重点,开头不用盖帽。"

"就是,能别掉你的书袋子吗?"单一糖作势又要打,李继业躲到了一边,"你又不是温任简。"

李继业就又咳嗽一声:"一糖就属于在大潮之下被冲击的一小部分人,虽然她家的地和房子,在以后的征地和拆迁中必然会受益,但她的工厂,多半会被关停了。据我了解到的内部信息,新区成立后,会有许多全新的政策出台,关停中小型污染企业,就是其中的一条。一糖的服装厂和纺织厂,肯定在关停的范围之内。"

夏向上点了点头,没有说话,起身来到窗前,负手而立。

第六十章

每个人的成功都有其独特性、时代性

单一糖的工厂会受到新区成立的冲击,他其实早就想到了。不但单一糖的工厂会被关停,大道之行的3个农场也有可能受到波及。眼下虽然具体政策细则还没有对外公布,但夏向上已经可以明确新区的未来是要建设智慧城市、生态城市,对于房地产肯定要坚持"房住不炒"的政策底线,而治污,也会是重中之重。

三县的中小企业很多,不少是制造业,而且还是中低端制造业,被关停只是早晚的问题。同时,河道的治理和白洋淀的清淤,也势在必行。要在一片整体比较落后的地方建造一座辉煌的城市,要站在千年大计的出发点来规划,必须要下狠心出狠手,许多东西都得推倒重来。夏向上相信,对于雄安新区的建设,国家会比以前更大胆更创新。

既然单一糖的工厂难逃关停的命运,那么她可以选择去外地继续开厂,或者转型。就此事,他和康小路有过讨论,并且已经达成了一些共识,就是等单一糖主动上门说出她的想法。

不过……如果单一糖想要去外地开厂,就不会有今天的对话了,夏向上转身问道:"一糖姐,你就说你有什么打算吧?直接说,别绕弯。"

单一糖不好意思地笑了:"还是让继业说吧,他说得更直白一些。"

单一糖以前是不喜欢李继业的装腔作势以及喜欢当大哥的做派,但也得承认李继业有他的优点,比如能说会道,比如胆大,比如有勇气,等等。今天的事情,还真得李继业帮她才行。

李继业笑了:"这有什么怕的,和向上又不是认识一天两天了……向上,一糖的意思是想把服装厂搬回深圳,继续做加工的同时,还想打造自己的品牌。但打造一个服装品牌很难,她尝试过几次都失败了。现在新区的成立,也许是一个难得的机遇。凭借她一个人的力量,肯定不行。她需要借新区成立的东风,再在你的帮助下,也许才有机会成功。"

夏向上听明白了几分,他直视单一糖:"一糖,下面你自己说。"

以前在夏向上面前,单一糖才不会胆怯。现在不知道为什么,她总觉得夏向上举手投足之间充满的自信,有一股压迫的力量,让她不敢开口。

现在夏向上鼓励她,她才终于鼓足了勇气:"是这样的,向上,我想注册一个和新区有关的服装品牌,将公司搬到深圳,不是工厂,工厂会选择一个有成本优势的地方,比如紧邻新区的邻县,深圳的房租和人力太贵了。然后如果我的服装厂能够成为大道之行的分公司的话,对于成功打造品牌,会是巨大的帮助。"

夏向上总算明白了单一糖的意思:"你是想让大道之行收购你的公司?"

单一糖重重地点头:"不知道有没有可能。我知道大道之行的几大板块中,都没有发展服装品牌的规划……"

确实,夏向上并没有要进军服装业的想法,以前没有,现在也没有。单一糖想借新区成立的东风来打造一个品牌出来,是好事,他理应支持。但大道之行的规划已经确定,不可能因为单一糖的提议而改变发展策略。

不过,他和康小路已经有过相关讨论,夏向上笑了:"大道之行收购你的公司,应该可能性不大,不符合集团的发展战略,我可以为你介绍别人。"

单一糖微有失望之色:"别人……是谁呀?我不太相信别人可以信任我,可以和我合作得很默契。"

"别先入为主。"夏向上微微一笑,一脸神秘,"你的事情马上解决。"

"确定？"单一糖不敢相信。

李继业一把拉过单一糖："向上决定的事情，什么时候确定不了？你就别多问了。"

"不行，我不问个清楚，会吃不下饭睡不着觉。"单一糖非要夏向上给她一个明确的答复，行或不行。

正好康小路推门进来了，和她一起的还有杭未，夏向上露出了欣然的笑容："行了，剩下的事情你们谈就行了，李哥，走，我们到外面转转。"

康小路显然已经事先和杭未打好了招呼并且达成了一致，她上来就说："一糖姐，你是担心你的工厂吧？还有你的转型问题，没事，有我和杭未在，都不会是问题。"

李继业陪夏向上下楼，来到了院子里，初升的太阳照耀大地，预示着又是一个美好的晴天。

"小路和杭未想要投资服装品牌？"李继业猜到了什么，"是以她们个人的名义？"

夏向上微微点头，康小路和杭未对服装审美都有自己独到的理解，二人都在大学里辅修过服装设计，康小路一度的梦想是当一名设计师，现在机遇来了，她决定重新捡起梦想。

杭未更多的是从投资的角度认可借新区的东风打造一个自己的服装品牌的理念，以后如果能穿上自己设计的衣服，也将会是一件很有意思很值得的事情。

"向上，你变了。"李继业无比感慨，当年的青涩小子，到后来的天才青年，再到现在的成熟商业人士，夏向上对许多事情的思索既有深度又能照顾到别人的情绪，还能兼顾商业利益，只凭这一点，就高出了他很多。也可以理解，夏向上毕竟站位高，一个人掌握的资源越多，看待问题的切入点就越有格局。

"人总是会变的，时代在变，环境在变，一切都在变，人如果不变，就跟不上时代了。"夏向上目光淡然，"李哥，程午和你私下有没有过接触？"

突然转弯的话题让李继业有点措手不及，他下意识想要否认，却见夏向上淡笑的目光中有一股意味深长的内容，立刻就明白了什么，当即点头："有过，他想挖我，但我拒绝了。他是不是也找过你？"

"不是他，是董三江。"有些事情压在心里，只能跟少数人聊起，李继业仍然是夏向上值得信任的伙伴之一。现在他不是不信任温任简，而是温任简过多关注重大命题，对他面临的困惑无法感同身受。

"董三江？"李继业大吃一惊，又一想就又理解了，以夏向上的分量，只有董三江的级别出面才能请得动。

董三江是三江集团的创始人、董事长，业内非常有名的传奇人物。他一手缔造了庞大的三江集团帝国，从一个不名一文的穷小子到成为亿万富豪、成为房地产业内呼风唤雨的人物，只用了二十多年的时间。

董三江的人生传奇一度被许多人膜拜与学习，认为他的成功可以复制，夏向上却清楚每个人的成功都有其独特性、时代性，再加上个人的性格与能力的综合性，缺一不可，没有人的成功可以复制，每个人的成功只能是他自己独有的成功。

夏向上猜到应该有人也会对李继业感兴趣，李继业承认得倒也坦然，他点了点头："程午是不是通过余强和你联系的？"

李继业既然无心离开大道之行，自然也不用隐瞒，他很清楚以他的资历去了三江集团不会受到重用，还不如跟在夏向上身边更有前景，就点头说道："是呀，余强是程午最信任的人。本来余强最先接触的人是闻情，闻情拿不定主意，找我商量，我让她拒绝了对方。后来余强不死心，又约我和闻情谈了一次，我明确告诉他我的公司是杭末投资的，闻情的公司是小路投资的，现在杭末成了大道之行的人，我和闻情也就都是大道之行的人。我们的成长离不开大道之行，以后，也不会离开。"

想到了什么，李继业一愣，愕然问道："向上，你不会想要离开大道之行吧？"

"为什么不呢？"夏向上一脸温和而含蓄的笑容，"谁还没有点想法了？"

不能呀，别呀，李继业吓了一大跳，他刚加入大道之行，夏向上就要离开的话，他岂不是一脚踩空了？又一想不对，如果夏向上真要离开的话，不会提前和他说，那么是不是可以理解为夏向上是想让有些人认为他有可能离开大道之行，是为了制造危机感？

有些人会是谁呢？李继业顿时眼前一亮："向上，你是想让康队长意识到你也有可能离开大道之行，并不是只有他一个选择，对吗？"

第六十一章
如果说生活是一个大飙演技的超级舞台

之所以选择李继业作为配合演出的人，夏向上是经过了深思熟虑的。首先，李继业可靠，认识十几年了，省去了前期诸多的沟通成本。其次，李继业和他、康大道、康小路还有温任简都熟。最后，在进一步发展壮大大道之行上，李继业和他利益一致。

"幸福也好，权力也罢，都是自己争取来的，没有人会主动让给你。"夏向上认为是时候让康大道清楚地知道他的想法了，他能做到什么，做不到什么，想要的是什么，必须明明白白地摆在康大道面前。只有他和康大道之间再也没有了一丝隔阂，大道之行才能借新区成立的东风，一飞冲天。

否则，内部的制衡会让大道之行接下来的发展受阻。

李继业的利益和夏向上的利益一致，除非康大道真的会舍弃夏向上而选他担任大道之行的董事长或总经理，这样的念头只是在他的脑海中如闪电般闪过，瞬间就消失了。他有自知之明，就算康大道强行扶他上位，不但康小路会反对，其他人也不会服他，包括齐吴宁、杭未以及其他所有人，是的，就连温任简也不会服他。

李继业只思索了几秒钟不到就有了决定，他经商多年遇事无数，又几经沉浮，知道有时一步错就会步步错，导致再也无法翻身的严重后果："你怎么说，我就怎么打配合，放心向上，不说我们是雄安的老乡，就说我们认识这么多年，不是亲兄弟胜似亲兄弟。兄弟同心，其利断金。"

夏向上用力点了点头，李继业的聪明有目共睹，他从小就看得清楚，和有眼光注重眼前利益的人聊天就是愉快，一点就透："走，跟我到路口迎接康队长去。"

"还有一件事情，我觉得有必要和你透露一下，虽然可能只是闻情的猜测，虽然闻情的猜测可能不准……"李继业没再纠结，将藏在内心许久的一件事情说了出来，"严凌应该是有其他想法，她在刻意和闻情走近，并且还在有意接近关月、柯幻羽，表面上看只是想和她们交朋友，却总是聊一些有诱导性的话题。"

"比如说？"夏向上的脸上依旧挂着淡然的笑容，"试探她们是不是有意向跳槽到别家公司，或是出去创业？"

"啊……"李继业张大了嘴巴，"你、你都知道了？"

是知道了，而且还是康小路发现了端倪，夏向上点了点头："小路已经注意到了严凌的异常，而且康队长也含蓄地提醒过我注意严凌的一举一动。严凌也确实有眼光，她接触过的三个人中，闻情想法最多，所以她只和你说了而没有和我、小路沟通。但严凌不知道的是，关月第一时间就向我透露了她对严凌的推测，认为严凌是海达派来大道之行的卧底。"

好吧，李继业明白了几分，严凌自以为聪明，却不知道别人也不傻，尤其是关月，怎会看不透她的心思和目的？等等，为什么会是康队长也提醒过夏向上，莫非是……李继业瞬间想通了其中的环节："康队长在大道之行也有卧底？"

"不是卧底，是内线，是他的自己人。大道之行是康队长的公司，说卧底就是用词不当了。"夏向上呵呵一笑，"还得感谢严凌，她去和柯幻羽聊天，打探柯幻羽的口风，却不知道柯幻羽是没有把秘密告诉我，却转身告诉了康队长。康队长出于关心和爱护，就含蓄地提醒了我。如果没有严凌，柯幻羽还不会暴露她的真实身份。康队长关心则乱，间接让我知道了柯幻羽是他的人。"

事情就这么有意思，夏向上在得知了严凌卧底大道之行后，差不多就能猜到她是海达派来的商业间谍。康小路的意思是将严凌开除，以绝后患。夏向上没同意，有严凌在，倒是可以间接起到促进大道之行内部团结的作用，同时，也可以试探出来公司里面谁的心思浮动，倒是为他们节省了人力与时间成本。因为就算没有严凌，也会有别人出现做着同样的事情。

发现卧底容易，感化并转化卧底难，夏向上认识到严凌加入大道之行后，工作能力突出工作态度端正，虽然有异心，却没有带来损失，接下来只要对她有足够的防范让她意识到她被发现了，如果她再执迷不悟，再采取措施也不迟。

康小路被说服了，她也想策反了严凌。

二人缓步而行，出了农场又沿着乡村小路走了十来分钟，才转到县道上。并不宽阔的县道上也是车水马龙，各种豪车挂着各地牌照呼啸而过，千年以来，这片古老的大地迎来了前所未有的盛况。

李继业见路边有一块石头，上前坐下，想起了什么，试探着问道："向上，董三江开出了什么条件？你真的一点儿也没有心动吗？"

"三江集团的总经理，5%的股权……"夏向上也坐在了石头上，咧嘴一笑，"怎么样，条件还算有点诚意吗？"

何止有点诚意，简直是太有诚意了，李继业张大了嘴巴："在三江集团面前，大道之行就是大树下面的一棵小草，5%的股权就超过了大道之行的估值，更不用说还有总经理的位置了……等等，许诺你当总经理，程午呢？"

"你说呢？"夏向上笑得很灿烂，虽然他对三江集团内部的斗争知道得没那么详细，但也多少有所耳闻，而且董三江当面开出如此条件，并且还有副总杨林一同前来，他就明白了一件事情——程午在三江集团的位置岌岌可危了，"和董三江一起的，还有杨林。"

"杨林，三江集团的常务副总？"李继业对三江集团内部的架构基本清楚，几个高层的派别也略知一二，董事长董三江的嫡系是常务副总杨林，总经理程午的嫡系是余强，双方背后各有几个大股东支持，形成了对立之势，"杨林是我们老乡，在加入三江集团之前，在三县很有名气。既然董三江对程午不满，为什么不扶杨林上位呢？"

"杨林……怕是比程午更难服众，他的手法有点上不了台面。"夏向上早就知道杨林的大名，但对他有了深入的了解，还是因单一糖之故，"你应该也听过一糖姐和他交手的往事？"

杨林除了是三江集团的常务副总之外，名下还关联了多家公司，当然，他是躲在幕后，由代理人出面负责。名下公司的业务遍布三县不说，还辐射到北京、天津和石家庄。当然，主要是立足三县。

杨林是雄县人，今年45岁，他行事低调且隐蔽，手段非常高明，让人拿不住把柄，并且他从来不会留下任何蛛丝马迹。曾经县里有一个项目，杨林和另外两家竞争。都以为杨林会顺利中标，结果最后是另外两家共同中标。外界都在猜测另外两家联合黑了杨林，因为他们无论资质还是实力，加在一起都不如杨林。

都以为杨林会采取一些手段时，不料杨林毫无动静，直到所有人都认为杨林认输时，半年后，项目进展到了三分之一时，两家公司相继出事了。先是第一家公司的创始人被人举报偷税漏税，证据相当充分翔实，创始人被抓，并且连带查出了其他问题。

然后是第二家公司的财务突然投案自首，声称他挪用公款，行贿相关人员。两家公司接连出事，项目就停了下来。

很多人都猜测两家公司的出事，杨林肯定是幕后黑手。杨林不辩驳不否认，就当什么事情也没有发生。直到两个月后，项目方承受不了项目一直停工的损失，主动找到杨林，要求杨林接手。

让人想不到的是，当初对项目势在必得的杨林，此时却是一再推辞，声称如果他接受，会让他陷入不义的境地，并且还会坐实他在背后黑了两家公司的嫌疑。他宁肯不赚钱，也要保全名声。

在项目方苦劝之下，杨林最终还是没有接手项目，但为项目方介绍了另外一家实力不错的公司。

后来项目得以顺利完工，项目方对杨林大加赞赏，认为杨林为人公正、大度，在两家公司出事的事情上，他手脚干净，没有参与。

杨林在三县的名声极好，除了他做事方正、讲原则有分寸之外，他还乐善好施，经常捐助养老院、孤儿院，是远近闻名的慈善家。

许多人并不知道的是，杨林为项目方介绍的公司，其实背后的实际掌控人，还是他。

杨林的为人极有迷惑性和欺骗性，他总是对外展现他低调、纯朴和公正的一面，而他真正的一面却隐藏在背后，不为大部分人所知。如果说生活是一个大飙演技的超级舞台，那么杨林的演技堪称影帝级别，骗过了99.99%的人。

但却骗不过单一糖！

第六十二章

单一糖的手段

单一糖在三县多年，也和杨林打过几次交道，开始时她也认为杨林是一个堪称完人的企业家，有善心有爱心，做事公正，行事低调，不出风头，也一度视他为偶像。

后来才慢慢发现了不对，大奸似忠、大佞似信正是杨林最真实的写照。让单一糖发现了杨林的真面目，还是缘于她和杨林的一次短兵相接的较量。

在单一糖的服装厂落地容县的第二年，县里的政策突然调整，要收回她工厂的土地。单一糖震惊之后又百思不得其解，当初和县里签订的协议就是五年，五年后可以继续以原有的价格再承包五年。

单一糖直接找到了主管的县领导了解情况，县领导无奈地告诉她，根源在于一个来自北京的开发商看上了单一糖工厂的地皮，想要开发房地产。县主要领导觉得开发房地产比她的服装厂收益更大，就有了收回的想法。

但有了想法离具体实施还有一段路要走，县里想采取调整规划的方式，将单一糖工厂所在地由以前的工业区调整为居民区，然后再以单一糖的工厂有污染为由叫停。一系列的动作过后，再把工业用地改为居民用地，走招投标，把土地再卖出去。原本签订的协议上有漏洞，并没有注明五年内土地性质不变，所以，县政府也不算违约。

单一糖哭笑不得，县里的政策虽然不能说是朝令夕改，她的损失谁来弥补？更不用说她的工厂帮县里解决了几百人的就业！

主管领导表示他也无能为力，主要领导拍板的事情，他反对也无效。不过他告诉单一糖，来自北京的开发商是一家名不见经传的小公司，叫落科房地产开发有限公司，注册时间不到两年，而且从来没有开发过任何项目。

单一糖为了保住自己的工厂，就通过关系找到了主要领导，希望县里不要撕毁合同，要有契约精神。主要领导先是耐心地解释了一番，又苦口婆心劝单一糖放弃现在的工厂，县里可以补偿她一处更大的地皮，并且可以免税一年。县里既得了实惠，她又节省了资金，是两全其美的好事。

单一糖不同意，新建一个厂房至少需要一年以上的时间，停工期间的损失怎么算？更不用说停工一年多的话，原有的工人就会各自谋生，到时再想让他们回来，估计没有可能。而培养新工人，又需要时间和精力。

再加上订单的损失、没有履行合同被索赔的巨额赔偿，等等，她的工厂只要搬迁其实就等于黄了。她不明白的是，工厂所在的地皮并不适合开发房地产，为什么会有房地产公司看上非要开发？而且又是一家既没名气又没有成功项目的新公司，背后是不是有什么猫腻？

当然，她不可能在主要领导的嘴里得到想要的答案，单一糖见此路不通，决定自己另辟蹊径，暗中查明真相。

她从落科房地产开发公司入手，顺藤摸瓜一路深挖，终于让她发现了蹊跷之处——注册在北京的落科房地产的股东，是北京人不假，法人代表也是北京人，但二人都不控股，控股股东是一家名叫银沙的投资公司。

银沙的投资公司控制股东，是叫樊振东的自然人。樊振东是什么来历，又是何许人，单一糖一无所知。

最后只好求助于温任简，由温任简出面找到朋友帮忙调查了樊振东的身份，发现他是一个农民！

一个来自雄县的农民，50岁，他名下除了有银沙投资公司之外，还有两家公司。

再深入调查樊振东的背景，就更让单一糖啼笑皆非了。樊振东是土生土长的雄县人，从小在白洋淀打鱼、放羊。今年50岁的他，是一个孤寡老人，无儿无女，也没有家人，住在一间破旧的房子里面，家徒四壁，一贫如洗。

现在的樊振东不再打鱼也不再放羊，还不种地，但却有吃有喝，不知道从哪里来的钱，反正他现在除了家里脏乱一些之外，日子还过得去。

单一糖就让人去暗中接近樊振东，和他吃饭、打牌、聊天，用了两个月的时间才取得了他的信任，最终他透露了真相——他每月有3000块的工资，什么都不用干，就有人给他发钱，因为发钱的人拿他的身份证，让他当了法人代表。

他不理解法人代表是什么意思，只知道有人为他养老，他就很是开心了。

为他付钱的人叫郭鱼。

也幸好单一糖是三县人，否则线索到了郭鱼的身上就断了。郭鱼是安县人，有公司，主要从事中介、饭店等业务，生意做得不大，但也算是有见识有头脑的一类人。

一般人查到郭鱼是樊振东的幕后老板，就会先入为主地认为郭鱼是想借樊振东的身份注册几家公司，再利用关系拿些项目，也不会往其他方向多想。至于郭鱼到底有多大的本事多深的背景，别人肯定不会再去深挖。

单一糖偏不，因为她认识郭鱼，了解郭鱼是比周围人头脑灵活，也有想法，但还没有膨胀到暗中注册公司敢打她的工厂主意的地步，更不用说借一家北京房地产公司的壳来容县开发房地产了。

县领导既然相信落科房地产公司，以他们的见识，应该是已经见到了落科的实力，否则，也不会真的要动她的工厂。现在的基层领导经过改革开放几十年的洗礼与历练，早就成熟起来了，不再像当年一样轻易就被港台的所谓富豪骗得团团转了。

郭鱼是有钱，但对比对象是本县和身边人。如果让他调动资金来开发房地产，没有可能。那么郭鱼的背后，肯定还有一个更大的幕后老板……

那么到底是谁呢？

郭鱼可不像樊振东那么容易突破，太明显接近他的话，容易打草惊蛇，单一糖就采取了循序渐进的方法，让自己的姐妹曲小婷帮她打听虚实。

曲小婷在县里开了一家KTV、两家酒吧，郭鱼喜欢去唱歌，和她KTV的小妹们都很熟。在有意无意的引导下，一次郭鱼喝多了，兴奋之下说出了他的后台是杨林。

郭鱼得意地告诉曲小婷，杨林是个隐形的大富豪，比县里首富韩守本有钱多了。不，应该说三县所有的有钱人加在一起，也没有杨林的钱多。

曲小婷只当郭鱼的话是醉话，回身就转告了单一糖。

单一糖却记在了心里！

不说杨林是郭鱼的幕后老板的消息已经震惊了她，郭鱼对杨林是三县最大的富豪的认知，也颠覆了她对三县所有企业家的了解。难道说，郭鱼没有胡说，杨林真是三县之中最有实力但也隐藏最深的超级富豪？按理说郭鱼透露了杨林是幕后老板的真相，后面的信息也应该是真的。

单一糖猜测归猜测，她喜欢凡事落到真凭实据上，就开始深入调查杨林。不调查还好，一查之下，顿时大吃一惊！

杨林表面上只是三江集团的常务副总，在三江持有的股份并不多，充其量就是一个高级打工者，拿的是年薪，好吧，就算千万年薪也终究有限。再深挖下去，才发现实际上他直接或间接控股的公司多达十几家，遍布北上广深等一线城市，产业规模保守在几十个亿以上。

说他是三县第一富豪毫不为过，即便是把他放到全省，也是相当厉害的成功人士。

但谁能想到如此有实力的一人，居然还是三江集团的常务副总，凡事不出头，总是躲在董事长董三江和总经理程午的身后，让别人冲锋在前，他如影子一般暗中遥控台前的傀儡。

杨林才是真正的聪明人，他从一开始就为自己铺好了退路，一旦势头不好苗头不对时，迅速抽身转身就跑，等别人抽丝剥茧查到真正的幕后老板是他时，他肯定早就转移了资金跑到国外逍遥了。

单一糖既佩服杨林，又看不起他。商场上，最可怕的对手不是真小人、泼皮无赖，而是伪君子，尤其是潜藏极深并且名满天下的伪君子！

因为他欺骗了所有人，让所有人相信他塑造的人设就是他的真实面目，当有人再揭露他时，就没有人会相信真相。

单一糖一连苦思了好多天，才终于想到了应对之法。她不可能直接找到杨林，让杨林收手，不要再染指她的服装厂。杨林肯定会矢口否认，而她又没有直接证据证明事件和杨林有关，到时说不清的是她，被无数人指责加谩骂的，也是她。

杨林行事周密且隐蔽，她也得学习他的手法，以其人之道还治其人之身，单一糖制订了一个反制计划。

第六十三章
除非涉及了不可调和的利益矛盾

第一步,先是请人在服装厂提取了泥土进行化验,得出结论是由于她接手服装厂以来,改进了技术,改善了排污,目前排放标准完全符合国家规定。但由于之前的污染过于严重,导致污水渗透到地下,形成了污染层,至少需要十年左右的时间才能彻底消解。

在污染层消解之前,服装厂的地块不适合开发房地产,对人体健康不利。

第二步,服装厂周围的土地,有许多是坟地。现在虽然在大力推广火化,但县里根深蒂固的观念还是入土为安,即便是火化后,也要埋到地里。久而久之,周围形成了一大片墓地,如果开发房地产的话,势必要破坏墓地。

第三步,公开向杨林喊话,希望优秀的企业家、慈善家,三江集团的常务副总杨林先生出面,制止北京开发商的破坏性开发行为,保护好家乡的青山绿水和蓝天白云。

第一步,就在县里引发了轩然大波,不少人讨论起服装厂的土地时,都说那里盖的房子不能住,有污染,家里人会得病。

第二步后,话题由得病上升到了风水不好,要是住进去,家里人都不会好。

最后风声形成了台风,席卷了容县,人人都说谁要买服装厂地皮的房子,谁是傻瓜谁是冤大头。

声势之下，土地还没有变更，房子还没有盖，就已经臭了大街。不用想就知道，项目肯定黄了。

第三步之后不久，就得到了杨林的公开回应。杨林在一次公开活动中露面，对单一糖的公开喊话表示认可，表态他也反对在服装厂的地皮上开发房地产，房地产开发一定要符合安全、环保的理念，并且要尊重当地的风俗习惯。

在单一糖明里暗里、双管齐下的还击下，事情就这么还没有形成正面对抗就悄然过去了，之后，县里再也没提收回土地一事，所谓的北京的开发商，也就再也没有兴风作浪。

事后，杨林在一次回家探亲之际，特意来服装厂一趟，说是要向单一糖取经、学习。在亲切友好的气氛中，单一糖和杨林就双方关系以及双方共同关心的问题全面深入交换了意见，初步达成了一些共识，并强调，以后有必要加强合作，建立及时有效的沟通机制。

此事过后，单一糖和杨林再也没有过沟通和见面，不过也没有再有矛盾和冲突。双方相安无事，都见识到了对方的手段与能力，如无必要，谁也不愿意再主动挑起战争。

除非涉及了不可调和的利益矛盾。

在得知了单一糖和杨林交手的经过之后，夏向上既佩服单一糖的智慧与手段，也惊叹于杨林的隐忍与伪装，都是厉害角色，都有高招。因此，在董三江通过杨林和他取得联系并见面时，他就很快得出了判断——董三江邀请他加入三江集团是真，想要将他扶到总经理的宝座也是真，看上了他的才华和名气也是真，但将他扶到总经理的宝座之后并非是为了三江集团进一步的发展，而是为了平衡内部斗争，为了赶走程午以及打败支持程午的另一派。

他不过是一个支点或者说是一个抓手罢了。

董三江之所以不扶杨林上位，多半是因为杨林在三江集团内部名声不佳能力不显，难以服众。

所谓物以类聚人以群分，董三江如此重用杨林，说明董三江也是一个善于玩弄权术、喜欢精心伪装之人，夏向上当时就委婉地拒绝了对方，不过他也没有完全把路堵死，还留了一个小小的口子——和杨林保持了接触。

当然，是以老乡的名义。

远远看到接康大道的汽车驶来，夏向上和李继业站了起来，刚要去迎接时，一个人影从旁边闪了出来，挡在了二人面前。

"呀，这么巧，你们也在等人？"

是一个40多岁的男人，身材保持得挺好，短发，长脸，精神状态不错，穿着一身运动服，气喘吁吁的样子应该是刚跑步结束。

正是杨林。

杨林出现得真不是时候，夏向上一愣，又一想，不对，应该说真是时候，不知道是巧合还是故意为之，不重要，他上前握住了杨林的手："杨哥不管走到哪里都不忘健身，值得学习。不行，从明天起我就像你一样每天早起跑步。"

"不急不急，我也是从40岁以后才开始跑步的，年轻的时候不觉得锻炼身体有多重要，年纪一大，就明显感觉到体力不如从前了。"杨林打量了李继业几眼，"李继业对吧？"

李继业受宠若惊地接过了杨林伸过来的右手，呵呵一笑："难得杨总居然也认识我，瞬间感觉身份都提升了。"

杨林摆了摆手，哈哈一笑："家乡出去的人才，我都多少了解一些。你又和别人不一样，毕竟是程午和余强想要挖的人，不深入了解一番，显得我对他们的一举一动太不重视了。"

李继业脸色一沉，程午做事也太不严谨了，他和余强的一举一动都被杨林了解得清清楚楚，等于是杨林在暗处而程午在明处，输了一着。

此时，康大道的车已经停在了路边，夏向上几人忙迎了上去。

有一段时间没见康大道了，他精神状态还不错，上来用力握住了夏向上的手，哈哈一笑："上次来，还是容县。今天来，就是雄安了。"

天翻地覆的变化,开天辟地的机遇,向上,一定要抓住。"

康大道又依次和李继业、杨林握手,和李继业简单说了几句,和杨林只是握了握手,不等夏向上介绍,随后放下,转身时才想些什么,问道:"我好像认识你,你叫杨林……三江集团的常务副总对吧?"

杨林点了点头,一脸仰望的表情:"没错,我是杨林,很荣幸康总能认识我。在您面前,我不是什么常务副总,您叫我小杨就行。"

康大道的脸色瞬间变了一变,下意识看了夏向上一眼,这是一唱一和要演戏?夏向上淡定从容地一笑,丝毫没有紧张和心虚:"杨总是老乡,新区成立回家看看,正好就遇到了。"

一行人一起回到农场,停下车,温任简放心不下单一糖,听说单一糖正在和康小路、杭未聊事情,就告别康大道急急过去了。

康小路并没有第一时间过来面见康大道,她只是发了个消息让夏向上先陪康大道聊一会儿,她忙完了就过来。康大道也没在意,只坐下喝了一口茶就提出到处转转。夏向上就亲自开车带着康大道,先去了南拒马河。

李继业、关月和齐吴宁随行的同时,杨林也自告奋勇要当导游,康大道也不好拒绝他的好意,就同意了。

容县三面环河一面环淀,北有南拒马河,东有大清河,白沟引河从容县东部南北穿过,南靠白洋淀,西有萍河流过,从地理位置来说,是平原腹地少见的多水之县。

南拒马河位于河北省境中部,上游为拒马河,为河北省内唯一一条不断的河流,自涞水县满金峪村北铁锁崖以下分为两支,以居南得名南拒马河。

据《大清一统志》记载:巨马河在定兴县西一里,自涞水县流入,至县南河阳渡与易水合,自下通名白沟河。以宋辽分界于此,又名界河,俗又名北河。

源出易县境,入南拒马河的易水,就是"风萧萧兮易水寒,壮士一去兮不复还"的易水。

春暖花开，南拒马河的坚冰已经融化，河水奔涌。岸边向阳的地方，有迎春花在怒放。虽然依然微有萧索之意，但春天强大的生命力已然呈现，站在阳光下，可以感受到阳光带来的暖意。

康大道双手叉腰站在河边，无限感慨地说道："很多年前我来容县的时候，南拒马河就是这个厼样子，这些年过去了，一点儿也没变。你们离北京这么近，离天津和石家庄也不远，怎么就没什么发展呢？"

李继业对家乡深有感情，忙说："县城还是有发展的……北方的河，没法开发旅游资源，主要是河也不大，没什么名气，除了用于农田灌溉取水之外，基本上没别的用处。还有就是夏天钓钓鱼、弄个烧烤，冬天溜冰……"

第六十四章

能够回馈以丰厚的未来

康大道兴致颇高,讲起了他当年走南闯北勘探石油的经历,尤其是他在容县三县时认识温任简、李继业和夏向上的往事。真的是人一上年纪就爱回忆过去吗?也许是因为过去比未来更长,才对过去更有感情而对未来少了期许。

也是因为过去都是激情燃烧的岁月,而未来是可见的衰老与平淡,荣光永远留存在岁月的深处。有时想想也很无奈,人生就如河水滚滚向前,义无反顾地奔向了大海,而大海就是永远不能回头的归途。

然后在康大道的要求下,一行人又去了大清河。

大清河,中国海河流域支流之一,一称上西河,因相邻的永定河、滹沱河两河均为多沙河流,而居中的大清河,河水清澈,得名大清河。历史上,大清河中下游洪涝灾害频繁,随着中华人民共和国成立的多年治理及气候变化导致的流量缩减,大清河成为保定、东淀农业区的主要灌溉水源,也是白洋淀补水的重要来源。20世纪60年代以前,大清河是保定地区至天津的主要航道,航运价值很大。

现在,大清河已经没水了,裸露在外的河床不是沙土就是被种上了庄稼,康大道依旧是双手叉腰,豪情万丈地说道:"当年我还去过桑干河,现在好多年没有去过了,听向上说桑干河也干了?"

桑干河,旧作桑乾河,相传每年桑葚成熟的时候河水干涸,故得名。古称漯水,漯涫水。为永定河的上游,是海河的重要支流,从石家庄开车去张家口走张石高速，就会路过桑干河。

站在桑干河大桥之上远眺已经干涸的桑干桥，有厚重的历史沧桑感，河两岸直立的黄土如同悬崖一般，直上直下，带来强烈的视觉冲击力。河床之上种满了庄稼，平整如掌，整齐划一。

"世事巨变，短短几十年，中国走完了一段相当艰辛但精彩的路程，完全就是天翻地覆的变化。"康大道再次感慨一番，和夏向上等人一起在三个县城转了一转，感受到了新区成立之初强有力的冲击力，有一种时代的脉搏在强力跳动的感觉。

中午时分，杨林非要做东请康大道吃饭，说他仰慕康大道已久，康大道是他的榜样、人生导师和偶像，盛情难却之下，康大道也有意进一步了解杨林到底意欲何为，就同意了。

席间，齐吴宁坐在了夏向上的旁边，趁人不备小声说道："喂，你什么意思你，怎么和杨林混一起了？他可是三江的常务副总兼一糖姐的敌人，是我们大道之行的对手，你让他一路跟着，还让他请客，是想向康董暗示你要跳槽到三江了吗？"

"暗示？"夏向上轻描淡写地笑了，"连你都看出来的事情还叫暗示吗？明明是明示好不好？"

"真的假的？夏向上，你太让人上头了。"齐吴宁差点惊叫出声，唯恐被人察觉，又压低了声音说道，"你到底是怎么想的？为什么想到要离开大道之行？是康董对你不够信任，还是小路拒绝了你的求爱，又或者是我让你厌烦了？"

"滚你。"

"别呀，我的意思是如果真去三江的话，能不能带上我？"

齐吴宁的脑回路让人总感觉世界是荒诞而滑稽的，夏向上摸了摸齐吴宁的脑袋，"孩子，该长点心了，明年就上幼儿园大班了。"

"我没开玩笑。"齐吴宁推开夏向上的手，"你又不是不了解我，对我来说，人生重在体验而不是胜负，成功和失败对我来说都一样，只要是不同的感受，我都愿意去玩一把。"

"别闹。"夏向上拍了拍齐吴宁的肩膀，"我这么做只是一个策略，而不是真的要付诸行动。等下你记得帮我打配合就行。"

"没问题，随时补刀，随时替你挨刀。"齐吴宁义无反顾的神情像是要慷慨赴死一般。

在征求了康大道的意见后，杨林点了一大桌子菜，热情、大方、敞亮、面面俱到，基本上没有短板，展现出了一个场面人强大的社交能力。

康大道坐在了首位，夏向上在左，杨林在右。

康大道先是对杨林的热情款待表示了感谢，他此时还沉浸在新区成立的喜悦与激荡之中，举起酒杯说道："中午就不喝酒了，以茶代酒。我走南闯北多年，可以说走遍了祖国的大江南北，见多了各地风土人情。又正好经历了深圳特区的发展、浦东大开发以及雄安新区的成立，这辈子亲眼目睹了太多的历史大事件，值了。有幸在一个波澜壮阔的时代亲身经历重大变迁，是我们这一代人的幸运。当然，你们更幸运，你们生下来就是国力蒸蒸日上的好时候，你们的未来，将更加光明。"

夏向上最先响应，他能理解康大道的肺腑之言确实是真情实感，生于60年代的他个人经历和国家改革开放的时期吻合，而到了"70后"一代，则正是更进一步的国力上升以及复杂多变的国际局势，好在中国有定力，从惊涛骇浪中杀出了重围。

到了"80后"一代，生下来就是改革开放，成长在中国加入世贸、成功举办亚运会的时期，以及大学扩招、经济腾飞、特区成立和城镇化进程加快的阶段。

相比之下，夏向上和齐吴宁作为"90后"，他们的童年已经没有了饥饿和困苦，从记事时起生活就一天好过一天，少年时期国力迅速上升，青年时期社会财富迅速积累，经历了中国经济总量超越日本成为全球第二、深圳经济总量超过了香港以及奥运会的成功举办。

不同时代的人身上有不同的时代烙印，是一生无法磨灭的痕迹。

夏向上举杯回应康大道："感谢国家，感谢时代，感谢康队长。

小时候，是康队长点亮了我前进的方向。现在，是康队长带领我走向了人生的前方。康队长对我来说是明灯是灯塔，是贵人。"

康大道摆了摆手："不要这么说，人和人都是相互成就的，没有单方面的帮助。从人性的角度来说，所有的爱与付出，都期望得到回应和回报。从商业的出发点，所有的投资都会计算收益率。我看好你，希望你走出乡村，是基于你本身的才能和诉求。我投资你，希望你经营好大道之行，是认为你可以接得住我的厚爱，能够回馈以丰厚的未来。"

停顿片刻，康大道语气猛然加重了几分："如果你现在觉得大道之行不再适合你，束缚了你的发展，想去更大的舞台，可以，我不会绑住你的翅膀。"

此话一出，语惊四座。

从杨林出现的一刻起，康大道心里就猜测肯定不是巧合。至于三江集团是不是私下接触过夏向上，想要挖他，他不得而知，不管是温任简还是关月，都不曾向他汇报过此事。但可以想象的是，三江集团绝对在关注夏向上的成长，对夏向上有想法也正常，因为如夏向上一样优秀的年轻职业经理人，并不多。

夏向上是借助他的力量才得以迅速成长，但康大道也清楚的一点是，不管是借助谁的力量，夏向上都可以成长起来，他的力量并不是唯一的支点，而夏向上的能力与眼光，才是最有价值的筹码。他不过是得了先机，抢先一步投资了夏向上。再加上十多年的认识，就近水楼台先得月，省去了前期的沟通成本。

人和人最大的成本就是沟通成本。

康大道安排温任简、关月监督并平衡夏向上，并不是他不相信夏向上的能力与人品，他只是想将一些事情扼杀在苗头阶段。夏向上成长起来之后，早晚会被业内视为重点猎物，会有不少人打他的主意，想要挖走他。一旦有其他公司接近夏向上，他希望第一时间知道。

可惜的是，不管是温任简还是关月，都没有尽到监督的职责，更不用说平衡了。平衡不了夏向上还可以理解，毕竟小路和夏向上走得越来越近，几乎事事和夏向上一致，董事长和总经理只要不出现分歧，下面的人很难有机会左右逢源。

温任简和关月完全没有三江接触夏向上的消息，不代表就没有事情发生，杨林的出现以及他和夏向上并不生疏的言谈举止，康大道再不清楚背后发生了什么，他就太不专业了。就说明一点，如果不是温任简和关月故意知情不报，就是夏向上行事过于周密，瞒过了二人。

从夏向上派齐吴宁、温任简和关月前去机场接他，康大道就已经猜到了夏向上此举的含义——明白无误地告诉他，夏向上已经完全猜透了他的布局，猜到了他们三个人就是他安插在大道之行的三个眼线！

康大道当时的感觉是哭笑不得，转念一想又释然了，他在大道之行还有眼线，夏向上肯定不知道是谁。齐吴宁三个人能让夏向上猜到，是他并没有真心想要瞒他，只是当他们之间的一次明面上的过招，又不是他真的要对付夏向上。

说实话，杨林从出现到请客，康大道多少有几分生气，如果说夏向上借齐吴宁三人接机来含蓄回应他在眼线上面的安排，那么杨林的出现就是夏向上公然向他喊话——再不相信他，他可以跳槽！

既然夏向上出招了，康大道不还招就不是他的风格了。

第六十五章
人所在的位置决定了他看问题的边界

短暂的震惊加沉默过后,夏向上微微一笑,站了起来,举杯朝康大道示意:"感谢队长的开明与大度。"说完,他又不动声色地坐下了。

就这?康大道一愣,他以为夏向上会据理力争或是会解释一番,不想夏向上如此淡定,不承认不否认不争辩,反倒让他有一种有力无处使的感觉。

李继业见气氛有些不对,知道该出场了,他得是居中的立场,忙出来圆场:"向上在大道之行是董事长,是一家之主,去了别家,哪怕再家大业大,也只能当副手,他才不会去。放心吧队长,就算别家开出几倍的条件,他也会坚守理想与情怀。"

"理想和情怀只能管一时,不能管一世,毕竟人是会变的,就像我……"齐吴宁就及时打配合了,"我的兴趣很广泛,但都不专注也不持久,让一个人长期而专一地从事一件事情,是折磨。如果向上真的动了心思想要离开大道之行,借雄安成立的浩荡东风,我也可以理解他的心情,并且愿意助他一臂之力。"

李继业觉察到了氛围不对,碰了碰齐吴宁的胳膊:"你别捣乱成不?你怎么助他?"

齐吴宁笑了笑,理直气壮地挺直了胸膛:"如果他跳槽,我给他摇旗呐喊。如果他创业,我帮他找来投资人,包括我自己也会投资。"

故意拆台是吧?李继业算是明白了齐吴宁就是夏向上的托儿,他不知道该怎么演了,还想说什么,康大道咳嗽一声,缓声说道:"向上,是三江集团给你开出了优厚的条件吧?"

"是。"夏向上老老实实地承认,连带还出卖了李继业,"他们也接触了李继业,相信还和公司的更多高管有过交流。"

李继业立刻一脸紧张,当即表明立场:"程午和余强确实找我聊过,当时我的公司还没有并入大道之行,他们看重我多年经营电子产品的经验,想让我担任三江集团即将成立的电子产品分公司的总经理,我当即就回绝了。"

康大道面无表情,丝毫没有流露出赞许还是不满的神色,只是淡淡地看向了杨林:"杨林,该你了。"

在刚才几人你来我往时,杨林安然不动,犹如置身事外,只顾埋头吃饭。不过从他蓄势待发的状态就可以看出,他随时做好了出面的准备。

康大道一点名,杨林就放下筷子,抽了一张纸巾抹了抹嘴巴,又拿了一张湿巾擦了擦手,才不慌不忙地说道:"刚才继业说的事情,我也知道。三江集团前段时间是讨论过成立电子分公司的事情,程总和余强很有兴趣,也有动力,但董事长和我,包括其他几个副总对此兴趣不大,后来就搁置了。现在新区成立了,三江的主要业务还是集中在房地产上面,另外也有意涉足农业,电子产品等业务,应该短时间内不会再有想法了。"

李继业的脸色微微一变,忙喝了口水掩饰不安。

"康董是我最主要的几个偶像之一,也是陪伴我长大的人生榜样……"

"别这么说,我比你大不了几岁。"康大道打断了杨林,轻松地摆了摆手,"我是'60后',你是'70后',我们差不了一代人。"

"不,我不这么认为。"杨林依旧是斯文的笑容和温和的语气,"我们虽然只相差了十几岁,但正好是中国飞速发展的十几年,思潮变化巨大的十几年,我们的世界观相差了肯定得有一代人。我能理解康董对向上的态度,既当成接班人培养,又怕他成长得过快而失去控制,所以您的内心满是矛盾纠结,很难受。您是想让他在您的手心跳舞,在手心长大,又不想让他飞出您的手心,可惜的是,向上不是您的儿子,也不是您的女婿,好吧,就算他成了您的女婿,他也不会只想在巴掌大的地方施展才能。"

康大道脸色不变,轻轻喝了一口茶,点了点头:"接着说。"

"雄安新区的成立,是许多人都想象不到的重大布局。许多人认为雄安这三个县不具备成为新区的潜力和地理优势,实际上他们只是看不到那么长远,不知道千年大计的意义是什么。人所在的位置决定了他看问题的边界,就像当年深圳刚成立特区的时候,有多少人不看好深圳的未来,第一时间逃离了深圳?最终时间会证明谁更有眼光。"

康大道微微露出了一丝不耐之色:"你到底想要说什么?别绕弯了,赶紧直说。"

"好,我就直说了,三江集团比大道之行更适合向上,所能提供的舞台更广阔。没有束缚,不怕他成长过快,也不担心他会失去控制,我们会有更好的激励机制来让他一心扑在三江。"杨林的神色凝重了几分,双手握紧了拳头,"三江开出的条件是6%的股权激励以及总经理的位置,还有千万年薪。"

李继业惊呆了,也双手握紧了拳头,杨林握拳是表明决心,他握拳是震惊。

齐吴宁倒也没有惊呆,而是会心地一笑,点了点头,向上值这个价,三江的开价很有诚意。

康大道终于动容了,不得不说三江确实下足了血本,开出的条件比他设想的还要好上太多,在他看来顶多是300万年薪加3%的股权激励,以及副总的位置。没想到,三江直接一步到位,如此魄力,倒是让他对董三江高看一眼了。

又一想,也想通了几分,三江内部的斗争他也知道一些,董三江和程午不和在业内也不是秘密,董三江想拉夏向上入局,并且许以总经理之位,明显是将夏向上当成了支点来撬动程午。从某种意义上讲，董三江此举虽有冒险之意，但如果能借机赶走程午，收获也是巨大的。

夏向上充当的不只是一个总经理，还是支点，是枪，是董三江打向程午的子弹。成了，他有可能真的坐稳三江集团总经理的宝座。败了，也会被卸磨杀驴，成为牺牲品。

站在夏向上的角度，他还年轻，年富力强就是最大的资本，输得起就赌得起……康大道沉吟片刻，看向了夏向上："向上，倒是费心你安排这一出了。"

杨林的出现确实是意外，他刚才的配合，不管是补刀还是助力，也都不在夏向上的安排之内，但可以猜得出来，杨林是有意出现在他的面前，至于又和康大道偶遇是不是也在杨林的算计之中，就不得而知了。

不重要，重要的是杨林突如其来的出招让他的计划提前了，而且还加大了力度，说来也得感谢杨林的神助攻。现在，最大的难题抛到了康大道面前。

康大道充满怀疑与不满的一句，夏向上不能不作答，他很是平静地一笑："队长，有几件事情我需要澄清一下：第一，安排齐吴宁、关月和温任简去接您，是我的主意。第二，和杨总的相遇，还有现在的饭局，都是插曲。不信，您问关月。"

关月虽然一路跟在身边，却始终沉默不语，像是不存在一样。不管谁抛出什么震惊的消息，她都是一副置身事外的姿态，安然地坐在一旁。

"是。"关月抬头迎上了夏向上的目光，神情落落地点了点头。她有苦难言，康大道对她有知遇之恩，在她最困难的时候提携了她，相当于拯救了她，她理应知恩图报。但让她暗中监督夏向上的一举一动，她做不到。她擅长的事情是和农作物打交道，而不是人。

是有不少人认为她举止得体，待人接物落落大方，很有条理，但她真的不喜欢在背后监督一个人，等于是时刻盯着他的短板，很累也很消耗，更不用说在和夏向上接触以后，她认可夏向上的为人，觉得夏向上就算背叛了康大道也没有什么。

好吧，她承认她的想法有点离经叛道，是对康大道的不公，对不起康大道的信任和嘱托，但又有什么办法呢？她真的不适合当间谍，她都不敢面对夏向上真诚而帅气的双眼。是的，她承认她对英俊的男人有天生的好感，谁又不是对长得好看的人没有抵抗力呢？

第六十六章
时间才是最宝贵的部分，谁也没有办法绕过时间

尤其是在和温任简经常一起工作后，听温任简提及夏向上的种种，她更是不由自主地偏离了自己应有的立场，越来越倾向于夏向上了，更不用说康小路对她也很好。从另一个角度来说，康大道终将老去，未来属于康小路和夏向上，如果她真的做出了对不起夏向上和康小路的事情，以后还要不要在大道之行待下去呢？

别看现在大道之行是康大道的，但早晚是康小路的，而康小路早晚是夏向上的，那么不用想，一切早晚都是夏向上的……作为女性，关月虽然站康小路的立场，但也能理解康大道身为老父亲的患得患失的心理，只是理解归理解，个人情感不允许她偏向康大道太多。

谁能左右自己的喜欢呢？没有人，人都是感情动物，都会被情绪牵着走，关月如是安慰自己。

康大道沉默了片刻，站了起来，"吃好了，回农场。杨林你也一起吧，我还有话和你说。"

杨林却见好就收，以还有事情为由，告辞了。他的目的已经达到，在夏向上和康大道之间种下了嫌隙的种子，再待下去也意义不大，关键时候留下空白更好。

夏向上陪同康大道回到农场，刚坐下，康小路几人急匆匆赶到了，她只来得及和康大道打了个招呼，拉起夏向上就走。

"快，一糖姐的工厂出事了，你得帮忙解决。"

"队长在呢……"夏向上心想康小路对康大道的热情比对待陌生人强了一些，但有限。

"等回来再说，他又不是外人……"康小路回头看了康大道一眼："老康，你让他们先陪你转转，别客气，当自己家一样，该吃吃该喝喝，我和向上忙完就回来了。"

康大道注意到康小路拉夏向上的手不是拉住手腕，而是直接拉住了手，不由一皱眉头："事情重要，细节也重要，注意你的形象和……"

康小路顺势抱住了夏向上的肩膀，呵呵一笑："好，我注意，以后会更注意。"

康大道气得一屁股坐回了沙发上。

路上，夏向上得知单一糖的工厂停工了。

本来单一糖正在和康小路、杭未还有温任简谈合作事宜，康小路和杭未决定投资单一糖成立品牌服装，立足新区，品牌营销与设计放在深圳，借机将新区和深圳连接起来。

基本上谈到细节上的合作阶段时，单一糖接到了副总宋带的电话，工厂出事了，她赶紧和温任简一起先行一步回了工厂。

康小路以为单一糖和温任简能够解决问题，结果刚刚又打来电话说，事情失控了……

夏向上简单了解了一下情况，等他和康小路赶到工厂时，工厂已经狼藉一片，机器停工，工人停工，整个形势已经乱成一片。

"发生什么了？"康小路火急火燎，拉过单一糖。

看着来往的工人人群，夏向上猜到了什么："应该是工人们听到了什么风声，都着急回家。多半跟拆迁补偿有关，还有征地。"

还真让夏向上猜对了，经过了解得知，工人们听说新区成立后，许多村庄要搬迁，许多土地要被征用，唯恐不能第一批拿到最好的条件，就纷纷辞职回家了。

一个人辞职，就引发了第二个人的辞职，然后形成了连锁反应，传开之后，都排队辞职。

开始时宋带还能控制住局面，后来辞职的人太多了，他就只能采用威胁的手法，警告工人们辞职不会拿到补偿，还会扣掉当月的工资和所有的奖金。

结果工人们算了一笔账，即便是不要工资和奖金，早一步回家，也许补偿能比后面的人多不少。多出来的部分，远超工资和奖金。

于是，辞职的工人越来越多，到最后，意志最坚定的工人也被感染了，生怕晚走一步就会损失巨大。然后……就变成了现在的局面，工人们集体辞职，脾气好的还好，拿不到补偿就拿不到，反正是自己的选择。脾气不好的，有人就搬走了一些东西，还有人砸坏了一些东西，就一地鸡毛了。

单一糖平常很镇静心理很强大的一个人，遇到眼下的局面，她一时无法接受，哭了起来。温任简只能轻声安慰。

夏向上上前安抚了她几句，又向宋带了解了一下情况，心中就有了主意。

现场的工人大概还有十几个，有的在收拾行李，有的在搬东西，还有的人在张望，似乎还没有下定决心辞职。

夏向上来到工人们的中间，清了清嗓子，大声说道："我知道你们都想早一步回家，好在拆迁的时候抢占最有利的位置，拿到最好的条件……但你们想过没有，如果制定政策的时候考虑到先来后到，表面上公平，实际上不是鼓励谁跑得快谁就能占到便宜吗？你们觉得国家允许这样的情况出现吗？"

混乱成一片的工人们，没有几个人听夏向上的讲话，都还在忙着各自的事情。

夏向上加大了声音，嗓门洪亮，声音嘹亮："我明确地告诉你们，最终决定你们在拆迁时能够补偿多少的，不是先后顺序，而是你们家里原有的面积。放心，在政策公布之前，你们家的土地、宅基地还有登记人口、居住面积，都已经测量好了，不管你们是现在回去还是再晚一些回去，结果都是一样的，不会因为先来后到而有差别。"

有些正准备离开的工人停了下来，一脸的不相信："真的假的？

你是在骗人吧？"

夏向上背负双手，跳到了一个台阶上，好让他的形象更伟岸几分，声音传得更远一些："骗人？呵呵，我夏向上从来不骗人！你们现在离开，可以，不但拿不到公司的补偿，以后想要再回来，也没有可能了。而且，也不会先拿到拆迁款，更不会比别人拿得更多，最后是两头落空，何必呢？"

"那我们留下来又有什么好处？"一个40多岁的中年妇女大着嗓门问道，"听说厂子早晚要关，现在走和晚几天走，又有什么区别？早走，回家也许还有好处。晚走，留下来没好处，回去后又错过了好处，才是两头踩空。"

思路还挺清晰，夏向上顿时对她刮目相看："大妈，不，阿姨，你叫什么名字？"

中年妇女白了夏向上一眼，没理他，转身就走。

夏向上立刻意识到了问题所在："不，姐，您怎么称呼？"

中年妇女马上停下了脚步："这还差不多，我叫王小一，你叫小一就行。"

"小姨？"夏向上笑了，"还是叫你一姐吧，一姐，你说得对，厂子确实要关了。"

"我就说嘛……"王小一起身就走，还招呼大家，"赶紧走吧，厂子马上就要关了，留下来也没用。"

本来已经停下来的工人们，又开始走动了。

"但是……"夏向上提高了声音，"单总刚刚和几个投资人达成了合作意向，接下来厂子将会搬迁到新区以外的地方，不但会继续办下去，还会提高产量，提高工人待遇，并且还要打造自己的服装品牌。在此，我代表单总郑重承诺，凡是留下来的工人，在新公司成立后，都工资翻倍，奖金提高三倍，还能得到公司的股权奖励。"

夏向上很清楚，熟练的技术工人是宝藏，需要花费大量的时间和精力才能培养出来。如果仅仅是花钱就能办到的事情，自然不难解决。问题是时间，时间才是最宝贵的部分，谁也没有办法绕过时间。

必须得想方设法留下一些老工人，他们的技术与经验，是新工厂最富贵的财富。

王小一又站住了，半信半疑："你又是在唬人吧？要是你不给我们加薪升职，我们又没有抓住拆迁补偿的机会，不等于又摔了一个狗啃泥？我信你个鬼，你个糟老头子坏得很。"

夏向上哈哈大笑："一姐，我可以给你立个字据。"

"你谁呀你？立什么字据？"王小一斜着眼睛，一脸不屑，"你的字据不值钱，不管用，立了也白立。"

众人哄笑。

温任简就及时站了出来，他大声说道："他叫夏向上，是大道之行的创始人、董事长，在三县投资了三个农场，几年来，先后投入了几个亿。他也是工厂的投资人之一，他的话，就是保障！在他的产业中，我们的工厂是最小的一个，信了他，你们就能得到绝对的保障。人生的路有时就在于关键的一两步，别人回家去赌可以多拿拆迁补偿款，你们留下来，也是赌以后可以拿到高薪和股份……"

第六十七章
留住人才不能靠道德绑架

夏向上接过温任简的话:"如果你们因为留下来而错失了超额的拆迁补偿款,我给你们补足。总之,留下来的人,旱涝保收,两头可以拿到好处。"

"真的吗?"人群爆裂了。

夏向上重重点头:"男子汉大丈夫,一口唾沫一个坑,说话算话!我是容县人,如果我今天扔这儿的话以后没有兑现,你们去我家里指着我的鼻子骂我!"

"好!"王小一被说服了,第一个带头扔下行李,"不走了!就冲夏兄弟这股男人劲儿,长得好看的人说话不会有假,我信他是一个有担当的男人。我不走了,谁愿意跟我留下来?"

"我!"

"我也留下来!反正两头都有保证,为什么要走?"

"我也是!"

一时群情激奋,剩下的十几人都留了下来,场面得到了控制。

单一糖大为感慨,暗暗点头,留住人才不能靠道德绑架,而是要靠实打实的实惠以及规章制度。夏向上懂人心知人性,不说假话大话空话,只说真话实话硬话,凭借真诚和实力,帮她化解了危机。

如果工人们真的走完了,不但还有的订单没有办法准时交付,就连许多后续事宜都无法开展。总不能去外地办厂,只有她和几个管理层过去,一个工人都没有,从头开始吧?

只要有十几个熟练工人，在他们的传帮带之下，很快就能形成规模……单一糖暗中长舒了一口气。

夜深了，安顿好了剩下的工人之后，夏向上就离开了，留下了单一糖和温任简善后。

康大道在雄安待了三天。

三天来，他在夏向上、康小路的陪同下转了不少地方，除了新区规划的范围之外，他还重走了他当年勘探石油时所走的路，还特意去了夏向上老家一趟，见了见夏向上的父母夏想明和曹书丽。

夏想明已经退休，在县城买了房子，老家的房子也还在，就是很少回去住了。

当年夏向上从单位出来，夏想明一时想不开，还骂过夏向上，甚至还郁闷了很长一段时间。现在夏向上事业有成，成了县里的名人，就连县委主要领导都想争取夏向上的投资，他才意识到夏向上当年的决定很有远见。

新区的成立，让一辈子没有离开故土的他第一次感受到了发生在身边的天翻地覆的变化，感觉像做梦一样。听说不但老家的房子得拆迁，就连县城才买不久的房子，也有可能被推倒重建。曹书丽很担心到时他们无家可归，夏想明则是充满了期待与兴奋，没想到在有生之年还能亲眼见到又一个奇迹的诞生。

深圳太陌生浦东太遥远，而雄安，就在身边。现在夏想明每天都早起锻炼身体，还非要拉上曹书丽不可，要么跑步，要么步行五公里，每天必须得走够一万步，就被曹书丽骂他魔怔了，多大岁数了还折腾自己，劳累了一辈子还不嫌累？

夏想明的想法很朴实，他要多活几年，活到雄安新区成为大城市、现代城市的一天！至于什么智慧城市、绿色城市和生态城市的概念他全不懂，他只知道雄安以后肯定和深圳、上海不一样，和北京、广州也不一样，因为雄安很新，新到一切都可以从头设计。雄安的未来，肯定不是高楼大厦林立，也不是堵车和拥挤，而是干净、整洁、高效、井然有序的新型城市。

不亲眼见到容县变成雄安的一天,他死不瞑目!所以,他必须身体健康,必须跟上儿子的脚步。

夏想明知道康大道的名字,但和他见面还是第一次。多年来,康大道在夏向上的心目中始终是神一样的存在,不管是小时候对他的影响还是长大后创业时对他的提携与帮助,夏想明就对康大道无比热情,拉着康大道的手,一口一个老哥叫个亲热。

康小路平常和夏向上接触,表现得也很正常,分寸感拿捏得恰到好处。自从康大道出现后,她就有意无意地寸步不离夏向上左右,有时挽着夏向上的胳膊,有时拉着他的手,主动了几次之后,就习惯成自然了,甚至在夏想明和曹书丽面前也不避讳她和夏向上的频繁互动。

夏向上开始时还有点害羞——主要也是演给康大道看,康大道从生气到烦躁再到无可奈何,到后来只能无奈地接受,他也就坦然地接纳了康小路的主动。尽管说来康小路和他亲近有故意气康大道的成分在内,但一个女孩愿意抱你的胳膊拉你的手就足以说明她喜欢上了你。

有时想想夏向上还多少有点于心不忍,一下子让康大道面临着两大难题,一是三江集团杨林的正面出击和挖人,等同于当面挑衅,二是和康小路就差官宣恋爱了。两件事情都是康大道不能容忍并且忌讳的软肋,康队长该有多痛心呀?

也许痛呀痛呀一段时间后,就慢慢习惯了,夏向上承认他的想法有点坏。

夏想明和曹书丽看出了夏向上和康小路的互动,二人私下一碰,就猜到了什么,立马对康大道更加热情了,像是对待亲家一样。康大道原本还想多坐一会儿,突然就觉得胸闷气短,决定赶紧走人。

回到北京,康大道第一时间召开了全体会议。

北京大道之行总部,会议室坐满了人,除了夏向上、康小路之外,还有温任简、关月、齐吴宁、杭未、李继业、唐闻情、易晨、孙宜以及宋前飞，中层和高层悉数到齐。

康大道坐在首位，他扫了众人一眼："大道之行发展到今天，确实已经壮大了，人才济济，很好，向上和小路功不可没。"

他喝了口茶，翻开手中的笔记本——在电脑时代，康大道还是习惯手写记录，他清了清嗓子："据我了解，新区建立多元化住房供应体系，包括商品住房、共有产权住房、机构租赁住房和保障性租赁住房四类住房。其中，商品住房和共有产权住房为销售型住房，机构租赁住房和保障性租赁住房为租赁型住房……

"在销售型住房方面，销售政策适用于容东片区、启动区、高铁站片区等新建市场化项目。销售价格实行备案制，按照成本＋税费＋合理利润方式测算备案价格，严格落实稳地价、稳房价、稳预期目标，保障新区住房市场平稳健康发展。此外，新区实行住房限售政策。商品住房自取得不动产权证书满五年后可按规定上市交易；共有产权住房自购房之日起满五年后可按规定取得全部产权，再满五年后可上市交易；一个家庭只能购买一套商品住房或共有产权住房。

"新区始终坚持'房住不炒'定位，实行'租购并举'，落实'租售同权'，树立'长租即长住，长住即安家'住房消费新理念。坚决不搞大规模商业房地产开发，严厉打击炒地炒房违法违规行为，促进住房保障工作健康持续发展。基于以上，新区不再适合发展房地产业了，农场以及吴宁的清淤工程，将会大有可为。"

夏向上坐在康大道的左侧，他目光低垂，认真听讲，还不时记录着什么。既然清晰了新区对房地产的定位，说明之前的布局至少有一半是正确的。

不过他也相信前期会对房地产开发有一些约束，是为了规范市场，估计五年后会适当放开一部分。

第六十八章

实际上是为下一个五年在下注

康大道的声音继续响起："容县的定位是中央商务组团，政务组团都在这边，是央企国企的聚集地。雄县的定位主要是承接北京搬迁过来的高端教育资源，小学、中学、高中和知名大学等。安县的定位也很清晰，因为白洋淀主要在安县，全县的土质比较松软，所以说，安县的土地储备不具备承接北京非首都功能的土地需求供应，用来发展农业再好不过了。安县肯定不是雄安的核心区了。"

他停了下来，目光从众人的脸上一一扫过："如何借新区成立之际让大道之行继续和时代同行，是你们每一个应该当下就思索就要有答案的重大课题。我布置一个任务，你们每个人都要写一份策划案，内容就是怎么结合新区的成立让大道之行的发展空间更加广阔。写好后，都交给我。"

众人先是点头，随即一愣，为什么不是交给夏向上或是康小路，而是交给康大道呢？莫非要有什么变故不成？

康大道回应了众人的疑问："接下来，我有重要的人事调整要宣布，即日起，由我来亲自担任大道之行的董事长，总经理依然由康小路担任。李继业、唐闻情担任总公司副总……"

什么？康大道亲自担任了总公司的董事长，夏向上被免职了？不对，夏向上还担任着房地产公司的总经理，但如果只有一个分公司总经理的头衔，夏向上不就等于被康大道冷落了？

康小路是总公司的总经理兼房地产公司的董事长！

不只康小路大惊失色，所有人都震惊莫名，消息来得太突然，让人猝不及防，怎么突然间就罢免了夏向上，夏向上到底做了什么事情惹怒了康大道而让康大道下如此狠手？

这还没完，康大道不顾众人的震惊，继续抛出了重磅炸弹："即日起，夏向上不再担任房地产公司的总经理，改任农业发展公司的董事长。如果对以上人事调整有意见，可以向我反映。"

康小路第一个站了起来，气势汹汹："我不同意！坚决反对！为什么事先不和我商量，老康，你要明白一点，现在大道之行我才是最大股东，得由我说了算，而不是你。"

如此直白而不留情面的对抗，让所有人都一颗心提了起来，似乎一场大战不可避免了。

康大道没有正面回应康小路的质疑，而是看向了其他人："你们……谁还有意见？"

李继业张了张嘴巴，话到嘴边又咽了回去，还是明哲保身为好。

易晨低下头，摆弄手中的笔。唐闻情假装没听见，在纸上画着什么。关月和温任简对视一眼，二人同时暗暗摇头。

没想到第二个站出来发声的人是孙宜。

孙宜猛然站了起来："我不是反对康董的决定，我只是觉得在面临新区成立的大考时突然换将，是兵家大忌。当然，如果康董有相当充分的理由，就当我没说。"

有勇气，但不太多，夏向上暗暗点头，对孙宜微有赞许之意。

尽管说来康大道突然宣布的决定让他也是始料未及，他能猜到康大道会有所动作，但还是没想到他下手会如此之狠。但也可以理解，康大道应该是想破釜沉舟背水一战，也是要逼他无路可退，只能做出二选一的选择？

夏向上震惊归震惊，还不至于手足无措，正好也借此机会暗中观察一下哪些人才是他的真正嫡系或者说是支持者。

易晨因性格软弱的原因，没敢站出来说话，不代表她心里没想法。孙宜想到说到，虽然用最硬的态度说最厌的话，也算在关键时候没有后退。李继业、关月以及唐闻情的表现，在意料之中。只是温任简的态度，让他捉摸不透。

按理说温任简应该当众替他说话才对。

现在，只剩下齐吴宁、杭未和宋前飞了。

让人想不到的是，宋前飞竟然替夏向上出头了，他站了起来，声音不高，表情也有些畏惧，但语气却很坚定："领导的决策我不敢质疑，也不揣测背后到底发生了什么，我只知道大道之行如果没有向上就不行！如果向上要离开大道之行的话，我会跟他一起，就这样。"

唐闻情一脸讶然地看向了宋前飞，她怎么也没有想到一向含蓄内敛的宋前飞居然有如此男人的一面，不由对他刮目相看。

"还有谁？"康大道并没有多看宋前飞一眼，示意他坐下，"吴宁、杭未，你们有话要说吗？"

"当然有。"杭未站了起来，"说来我顶多算是半个大道之行的人，我有自己的事业和投资理念，对康董的决定，我不去怀疑也不去问为什么。如果向上想要离开大道之行去创业，我会支持他，和他一路同行。"

齐吴宁把杭未拉回了座位："你坐下！把我的话都说了，让我说什么去？康叔，我这个人耳根子软，谁的话都会听，以前听杭未的话，后来听您的话，现在更听向上的话……"

康大道依然一副淡定的表情，仿佛一切都在意料之中，他微微点头："都说完了吧？好，散会。"

会后，康大道来到了夏向上的办公室，坐定后，看着跟进来的康小路和夏向上，轻松地摆了摆手："谁为我倒杯茶？渴死了。"

康小路气呼呼地来到康大道面前，双手支在桌子上，俯视康大道："你为什么要这样？你到底想要怎样？"

康大道安抚康小路："向上都没急，你就先别急了，听听他的想法再生气也不迟。"

康小路才不干："他生不生气是他的事情，我该生气还就得生气。老康，如果你不能说服我，对不起，我要辞职。"

夏向上端着茶杯走了过来，将茶递给康大道："小路，别意气用事。我理解并尊重康队长的安排，并愿意接受。"

"你……"康小路更气了，她酝酿了半天要跟康大道干一架的情绪瞬间被夏向上刺破了，让她有一种失重感，"夏向上，你有点出息好不好？离开了老康，我们也照样活得很好！你告诉我，只要你辞职，我就跟你一起去闯荡。"

夏向上欣慰地笑了，当着康大道的面儿抱住了康小路的肩膀："有你这句话就足够了，我虽败犹荣。"

康大道脸色铁青，闷哼一声，将茶杯推到一边："不喝你的茶，肯定苦。"

刚才夏向上还想不通康大道为什么这么安排，现在他想开了许多，如果他一气之下就跳槽到三江，似乎是取得了反抗性胜利，其实是将他多年来经营所得的成果拱手让人了。康大道安排他主攻农业，表面上是贬职，实际上是为下一个五年在下注。

新区成立之后，对全国的影响先不说，至少对京津冀的生态会有一定影响。新区所倡导的生态，也是未来发展的方向。房地产市场在以后不敢说一定会是大幅下降的趋势，至少前些年突飞猛进的发展势头不会再有了。

毕竟人均居住面积、居民杠杆率、城镇化率都上来了，世间万事万物都有一个规律，房子也是。夏向上预测以后房地产市场会是平稳有序的发展，缓慢上涨，并且房子不再具备金融和投资属性，只用来自住和改善。

当房子失去金融属性后，炒房者离场，房价就会回归到合理区间。虽说一线和强一线城市的核心区域房子仍然会保持上涨，但只是极少数地方的特色，不具有普遍性。

因此康大道决定将大道之行的重心放到农业上面。

但他故意不明说，还来了一出当众换将临阵换帅，夏向上现在明白过来了，一是当众敲打他和众人，让所有人都意识到大道之行幕后真正的掌控者是他康大道。二是锤炼他，看是不是抗压以及有没有领悟力。还有一点，夏向上其实很明白康大道表面上对他当众一刀，其实是温柔一刀，是看不惯他又干不掉他的无奈之举。

康小路没夏向上想得多，她端过茶杯一口喝干："老康，向上的茶不管是有多苦哪怕是毒药，我也会喝下去。还有，我现在正式通知你，我和向上恋爱了。你如果同意，就祝福我们。如果不同意，就自己去生闷气好了。"

康大道一拍桌子站了起来："太过分了！夏向上，你答应过我什么？"

第六十九章
成为棋手，是每个不甘于平凡的棋子的觉悟

"是我主动追的他。"康小路丝毫不怕康大道，挺直了胸膛，"他对我一见钟情，等了我这么多年，我不能辜负他的期待，就应该主动。只要是我喜欢的，我都会努力去争取。"

康大道转身，手指夏向上的鼻子："夏向上，我一心帮你提携你，你的回报就是娶了我的女儿然后继承我的全部资产？"

夏向上无奈地一笑，摊开双手："我本来没这个想法，我更愿意去挑战更大的难题，比如和小路一起出去创业，一起打下属于我们自己的江山。但小路生而有钱也不是她的错不是？要不这样，队长，您现在立一个遗嘱，以后您名下财产不归小路，我和小路都没有意见。"

康小路立刻挽住了夏向上的胳膊："对，老康你要有种就别给我留一分钱。"

都说女儿外向，没想到康小路外向起来能把人气死，康大道气得坐下又站起来，然后又坐下。虽说明明知道夏向上其实从来没有想过打他的家业的想法，也清楚小路和向上在一起真的很般配，但看到小路真的要被夏向上抢走了，他还是难以接受现实。

难道每一个老父亲都不忍心看到心爱的女儿视别的男人为珍宝？康大道又气又好笑，他无力地摆了摆手："你们都出去，我不想再见到你们。"

到了办公室外，康小路忽然停下脚步，悄悄折回门口，俯身在

门上倾听了一会儿,然后又蹑手蹑脚地回到夏向上身边,悄然一笑:"他没事,自己喝茶去了。活该,谁让他跟我们玩心眼,我就是要气他,让他知道他的父权在我这里起不到什么作用。"

男人和男人之间需要默契和配合,夏向上理解康大道的爱女之心,更理解他以对他的降职作为心理平衡以弥补康小路喜欢上他对他造成的伤害,其实也是相当于夏向上的降职是康大道为自己准备的台阶,反正不同意也得同意他和康小路的恋爱,找个台阶下总比直接跳下来舒服对吧?

"接下来我们真的要出去创业吗?"康小路拉住夏向上的手,抬头望天,脸上写满了向往,"放心,我有足够的资源,能够找到投资,再拉走公司的几个人,完全可以另起炉灶大干一场了。"

"谁说要单干了?"夏向上伸了伸懒腰,4月的天气,正是舒适的时候,他握紧了康小路的手,"我不会离开大道之行的,未来几年,我已经有规划了。"

"什么规划?"

"娶妻、生子、过平淡生活。"

"祝你幸福。"康小路脸一红,转身就跑。

"别跑,上面目标的实现得你配合并且深度参与才行。"夏向上追了上去。

人事调整风波很快就过去了,康大道表面上担任了大道之行的董事长,其实并没有深度参与管理,在宣布任命的第二天就回了深圳。夏向上知道的是,在和他、康小路争吵之后,康大道晚上又见了温任简、关月和李继业、唐闻情等人,对他们耳提面命。

夏向上担任了农业发展公司的董事长,他在大道之行北京总部的办公室也改为康大道专用办公室了,他也没有要求重新为他再安排一间,而是将办公地点常驻在了雄安。

从5月起,夏向上就一头扎在了雄安,精心管理与经营三家农场,齐吴宁也是和他一起常驻雄安,每天挖泥挖得不亦乐乎。康小路和杭未不定时过来住上几天，大道之行运转良好，关月改任了房地产公司的总经理，配合康小路继续推进项目。

夏向上虽然不再兼任房地产公司的负责人，但大主意还是得他拿，康小路事事征求他的意见，他只是没有了公开的职务，暗地里整个大道之行都清楚，夏向上其实是康小路背后的男人，依然是棋手。

成为棋手，是每个不甘于平凡的棋子的觉悟。

很快，雄安就迎来了大规模的建设潮，几十万建筑工人汇聚雄安，形成了一股时代的浪潮，带动着雄安滚滚向前。夏向上之前布局的信息咨询公司一时火爆，为无数人提供了各种有用的信息，也借新区的浩荡之风，打开了全新的局面。

2018年的元旦，夏向上和康小路举行了婚礼。

婚礼办得简朴，只邀请了部分好友。康大道也出席了婚礼，全程板着脸，直到夏向上和康小路向他敬茶时，他才脸色稍缓。当夏向上改口叫爸时，他鼻子一酸，突然就流泪了。

"你小子……"康大道回首往事，从容县的初识，到后面夏向上的不断成长，再到现在成熟起来，并且成为了他的女婿，他才是笑到最后的一个，不由感慨万千，"不要辜负了小路的信任，也要对得起我的托付。"

夏向上完全理解康大道矛盾的心理，他恭敬地磕头："谢谢爸，我们爷俩儿接力照顾小路，一定让她有一个幸福圆满的人生。还有，大道之行一定会一直行走在康庄大道上。"

从2018年起，中国的房地产开始走进了平稳发展期，房价上涨幅度不大，销售面积也在逐年下降，更主要的是人口下滑的趋势越来越明显了。林海中和张达志的海达最后还是没能被三江集团收购，董三江阻止了交易，并得到了董事会大部分人的认可，因为人人都看到了未来房地产市场的不确定性。

而海达好不容易筹集到了一笔贷款，虽然渡过了第一笔还债危机，到2019年房地产寒冬初步来临之时，第二笔和第三笔债务相继到期，再也无力偿还时，林海中和张达志又求到了夏向上门上。

夏向上委婉拒绝了二人，毕竟他都不再是大道之行的董事长了，没有决策权。其实也是形势比人强，现在再收购海达，不符合大道之行的未来规划，是包袱而不是助力了。

张达志走投无路，一气之下透露了严凌是在大道之行卧底的秘密，夏向上却并没有什么表示，因为严凌是卧底的秘密他早就知道了，而严凌也在不久前向他和康小路坦白了。

之前由于夏向上被免了大道之行董事长之位，严凌作为董事长助理，不能再继续为夏向上工作了。她面临着两个选择，要么跟夏向上一样降职成为农业分公司董事长的助理，要么调到其他岗位，或者干脆离职。

严凌选择了调到其他岗位，担任了总公司的行政总监兼房地产分公司的副总。在任命下达之后，严凌主动向夏向上坦白了她来大道之行的目的不纯，是想打探商业机密。但在工作了两年之后才发现，大道之行并没有什么商业机密，一切都很透明，所凭借的是对市场的预判以及高度专业的知识，海达学也学不来。每个公司都有独特的基因与公司文化，是由公司的创始人的最高分和最低分平均之后得出来的平均分。

人和人大不相同，公司和公司也是一样。

夏向上和康小路原谅了严凌，严凌并没有给公司造成多大的损害，相反，她还用自己的感染力为公司做出了不小的贡献，尤其是在团结公司的单身男性上面，功不可没。

海达房地产于2020年年初倒闭了。林海中成为了被执行人，张达志卷了一笔钱逃向了海外，据说现在钱花完了，过得很惨。

也是巧了，就在海达破产的当天，李继业和唐闻情总算完成了几年的爱情长跑，举行了婚礼。

唐闻情对李继业的感觉总是时好时坏，有时觉得李继业值得托付,有时又觉得他年纪大、大男子主义严重、投机心理重,等等,就和他的关系时近时远时断时继。在2017年雄安新区成立不久,二人确定了恋爱关系。一年后,分手。分手半年后,复合,又谈了一年,分手。再复合后,就持续到了结婚。

不管怎样,二人的结婚也是公司的第二对新人,是好事。

第七十章
实际上是赚到了

夏向上一直以为温任简和单一糖会比李继业、唐闻情更早修成正果，不料几年下来，二人的感情始终没有进展。要说感情，二人也互有好感，只不过因为温任简始终醉心于研究，常常一个人闷在温室大棚中一两个月可以不出来，而单一糖喜动，经常出差，二人聚少离多，感情就始终没能达到临界点形成持续效应。

温任简也没有强求，凡事顺其自然最好。感情上没有突破与进展，在种子研究上面，温任简却获得了一项又一项的成就，不但拿到了许多国家大奖，还都投入到了实践之中，在农场的成功种植验证了他的研究成果的可行性。

单一糖在深圳有了男友，比她还小了两岁，活泼好动，嘴甜手快，深得她的欢心，婚礼也提上了日程。温任简得知后，只淡淡地笑了笑：“每个人的幸福定义不一样，她有她的，我有我的。也许，我根本就不适合婚姻。”

从植物学的角度来说，如果只是单一的传承，就不会有现在的绝大多数的食物，包括各类水果，因此，在植物界的背叛，反倒是一种进化，是一种基因突变。

不管是动物还是植物，在进化的过程中，都会出现基因不按照原定的程序发生突然变化的事情，有些是自身的突变，有些是和其他同类杂交的突变，不管是哪一种，都有可能出现更优良的品种。

我们目前所食用的食物中，包括小麦、大米、西瓜、西红柿，都是基因突变的产物，都经过了许多代的改良，才有了今天的口感与风味。

自然界制定了规则，世界才平稳有序地运行。但在规则之外，往往有突破规则超越规则的存在，不管是好是坏，进化永不停止。

温任简以前研究哲学，现在研究农学，他从形而上转到形而下，对人性和植物学都深有感触，人的一生，都在永不停息地追求幸福感。幸福感的来源很多，有精神层面的，有物质层面的，也有精神和物质双重层面的，但有一点，基本上我们所认定的幸福感都来自外面，而不是内心。

其实从哲学的层面来说，真正的幸福感是内心的充实。大多数人做不到，只好求助于外力。而人类社会的规则就是约束，就是圈定范围，不管是房子、车子，还是婚姻、家庭，都是用一个规则来限定归属，保证双方的利益一致。

但当规则对另一方来说觉得超出了限定，限制了他的发展和自由，他就会寻求打破规则。打破规则的方式有两种，一种是明面上打破，以婚姻为例，就是离婚，就是分开。另一种是暗中打破，就是出轨，就是背叛。如果没有婚姻，就没有背叛了。

人类一方面为自己制定规则，好保障利益。另一方面，人类的天性又自由奔放，不喜欢被限制，就造成了我们在规则之外的背叛。背叛，其实是一种被规则限制之后的挣扎与不满，是一种对天性的释放，是人性的本能……

也许了解了太多自然界的遗传秘密，知道了传承的伟大意义和毫无意义，对于婚姻等事情就没有了期待，夏向上就不再去想着怎么说服温任简了。

单一糖在康小路、杭未支持下的依托新区的服装品牌，经过几年的宣传、推广与运营，已经打开了局面，凭借互联网时代的优势，以电商为突破口带动了销量，前景还算不错。对康小路和杭未来说，既拥有了自己的品牌服装，又救活了单一糖的梦想，还让她们的投资得到了回报。

杭未和齐吴宁的爱情长跑总算坚持到了终点，在2021年元旦两人步入了婚礼殿堂。齐吴宁是觉得杭未中间的犹豫只是一个女孩年轻时应有的幻想，她始终没有离开他的视线和人生轨迹。而杭未却是感觉她嫁给齐吴宁也许真是上天有意的安排，从小认识他，一起长大一起创业，她虽然没那么爱他，但又离不开他，有他的存在，她的人生才圆满，毕竟没有一个人可以替代他成为她生命中一直未曾离开的同行人。

在婚礼的当天，齐吴宁宣布恒长贸易将会在北京和雄安同时成立分公司，两家公司也以工程施工、农业和智慧城市建设为主。

齐吴宁和杭未的婚礼盛大而隆重，特意选在了雄安新区举办，除了夏向上和康小路带着一岁多的儿子夏安参加了之外，大道之行的全体成员都到了，无一缺席。就连李继业和唐闻情虽然各自的脸上和胳膊上有伤，一看就是互相家暴所致，也参与了全程，没有中途离开。

温任简和单一糖在婚礼上相遇了，二人相视一笑。单一糖又恢复到了孤身一人，恋爱脑的她特别容易被一时的新鲜感冲昏头脑，三天相恋，一周定终身，一个月就觉得可以天长地久，三个月后激情退却，半年后相看两厌，一年后一别两欢。也就只有温任简和她相处这么久，从来没有让她觉得厌烦。

也可能是她对温任简从未有过心动的原因。有求者有所累，无求者无所谓，单一糖决定就和温任简以朋友以上恋人以下相处，她发誓再也不相信爱情不再去尝试爱情了。

温任简更是对爱情没什么期待，他接受了单一糖和他的约法三章——不恋爱、不在一起、不分手。离婚的必要前提条件是结婚，分手的核心因素是在一起，只要他们不在一起不结婚，就永远不会分手和离婚，从哲学上来讲，倒也说得通。

从2019年开始，中国的房地产进入了下行期，一直持续到2023

年，房地产市场还不见起色，国家出台了许多救市政策，还是有不少大型房企相继暴雷，其中就包括三江集团。

经过几年的内耗再上加上外部环境的影响，三江集团也走到了破产倒闭的边缘，而程午和董三江的较量也以程午的主动辞职而告终。

2023年4月1日，雄安新区成立六周年之际，春暖，北京向南一百多公里，白洋淀碧波荡漾，"千年秀林"绿意盎然，启动区建设热火朝天……一座现代化新城雏形显现。

在大道之行的一号农场，夏向上和康小路接待了程午一行。

程午不是一个人前来，除了余强之外，还有杨林。

经过几年的发展，一号农场已经郁郁葱葱，果树成林、田园阡陌，身在其中只觉横平竖直，如果从空中俯视的话，农场规划得十分方正，颇有建筑的美感。

正是建筑师出身的夏向上的杰作。

夏向上几年来坚持在农场的一线，亲自参与了规划与布局，具体到技术层面由温任简负责，但在打通农业产业链和绿色高效农业与下游产业的渠道上，则由他亲自出马。在他的推动下，农场与各大饭店、各大酒店达成了共识，为他们供应有机蔬菜，提供专用培植基地，同时，大道之行也直接下场开拓了酒店、生态旅游、有机蔬菜等中下游产业链的布局，深入到了社会消费层面。

当然，大道之行的房地产也在继续开发，不过收缩了战线，每年就一两个精品楼盘，打造高端住宅，着力为高端客户重新定位豪宅。

夏向上认为随着生活标准的提高、眼界的提升，未来人们对住宅的要求不再是投资以及数量，而是质量。现如今二十层以上的高层在以后将会成为负资产，一是维护费用过高，二是折旧太快，三是居住环境差并且过于密集。未来人们会更在意安静、隐蔽和环境，因此十五层以下的小高层或是七层以下的洋房，将会是需求的主力。

再以后，随着人口的进一步下降，大量大型小区和超高层住宅会被空置，卖不掉租不出去还要花钱养护，会成为包袱。人们对住宅的要求进一步提高，到时叠拼、联排以及独栋别墅，又将会成为新的增长点。

也幸好是几年来夏向上将主要精力用在了农业上面，在房地产上面持续收缩，才让大道之行在几年来的房地产下滑中，侥幸逃过一劫，没有被拖下深渊。不少人此时才看明白康大道和夏向上二人当初像是联手演了一出好戏，现在大道之行依然保持着良性循环的态势，夏向上不但帮农业公司理顺了方向并且扭亏为盈，还顺利娶了康小路生了儿子夏安，其实是什么都没有耽误。

不，实际上是赚到了。

第七十一章

未来之城的未来

才几年时间，程午就显得衰老了不少，当年意气风发的他，现在满头白发，不但面容憔悴，走路都少了几分精气神。

余强的头更光了，他气色还好。

气色最差的却是杨林。

杨林一副老态龙钟的样子，和几年前相比判若两人。想起几前年新区刚成立时的相遇，他在田间小路的奔跑，还有一股迸发的力量，现在倒好，犹如步入了暮年，暮气沉沉的样子，像是退休的大爷。

不对，退休的大爷反倒个个容光焕发。

夏向上为他们泡茶，康小路带着孩子打了个招呼后，就离开了。

程午无限感慨地说道："真羡慕你呀向上，在房地产最艰难的几年里，你隐居在雄安，安然渡过了危机，你是有神机妙算，还是通了天机？"

杨林吃力地咧嘴一笑："你错了，程午，向上可不是隐居在雄安，而是蛰伏，是君子藏器于身，待时而动……他几年来和雄安一起成长，切身感受雄安的变化，暗暗积蓄成长的力量，同时，他还规划了农业打开了新的局面。我们都不如他！开始时我们都觉得他是被贬了，是步入了人生低谷。现在才知道，他不过是顺应大势，沉浸在了新区的建设中，让自己变得更强大了。"

只是低谷才能反弹，夏向上为三人倒了茶，摆了摆手："说得太玄乎了，我没那么厉害。这几年不过是以建筑师的眼光来设计农场罢了，因为从事建筑的人，最喜欢的就是规划，是力学，是不可变更的规律。而中国的农业，千百年来一直靠的是农民的自觉与自发，所以进步缓慢。农业需要规划和设计，需要科学和配比。我是一个农民出身的建筑师，正好两方面都懂一些，就很巧地做了一些事情……"

"看，说他胖，他还喘上了，哈哈。"程午哈哈一笑，笑到一半突然咳嗽起来，他努力止住了咳嗽，"向上，我过来看你，是要和你告别。"

说来和三江集团有过正面的竞争和背后的挖人，不管怎样，有一个可敬的对手可以促进公司的良性发展，夏向上敬重程午是个厉害角色，正要以茶代酒敬他，程午却挥了挥手，惨笑："不是离开北京，也不是出国，而是进去。"

余强咧嘴一笑，补充说道："坏消息是，职务侵占罪，估计最少十年。好消息是，我估计能和程总分到一起，有个伴，多少有个照应。从同事到狱友，也是缘分。对了，还有柯幻羽是五年，唐闻情是三年。"

夏向上愣了愣，董三江够狠，非要置程午于死地不可。程午也是，非要和董三江分出胜负，不斗一个你死我活就不放手，结果还是输得很惨。话又说回来，程午毕竟是犯罪了，只是职务侵占罪的严重与否，全在公司的责任追究与认定上。

只是柯幻羽和唐闻情可惜了……在夏向上常驻雄安之后，柯幻羽和唐闻情心思浮动，被余强挖走。李继业当时还坚决反对唐闻情离开大道之行，一度和唐闻情闹到离婚也没有阻止唐闻情毅然决然的脚步。柯幻羽更是，在面对余强开出更好的条件之后，义无反顾地从大道之行跳走，走之前，连招呼都没有和康大道打。

康大道气得不行，最信任的人背叛了他。

二人到了三江才没多久，怎么就被牵连进去了？夏向上暗暗摇头。一个人最大的悲哀就是高估自己的能力，错把野心当能力，把好高骛远当高瞻远瞩。

程午即将被捕，是程午一系的重大失利，杨林作为董三江一派，应该大为高兴才对，为什么他是如此颓废的状态？

杨林注意到了夏向上疑问的目光，勉强一笑："合则两利，斗则两败……斗争，哪里有单方面的大获全胜？董三江是在公司内部打败了程午，还把程午送了进去，但是，他也查出了癌症，晚期。人啊，总以为能打败这个战胜那个，却没想到最终让自己一无所有的是最爱惜的身体。人心别太要强了，要不，天不容你。"

夏向上不由默然，杨林的感慨是发自真心，他自身又经历了什么呢？

杨林继续说道："我早些年送老婆孩子出国，现在他们都定居在了国外，还拿到了绿卡，自以为多了一条退路。谁想到，孩子不好好学习，天天乱混，前几天出了车祸……老婆悲痛之下，也没了。"

真是悲惨世界，怪不得杨林说人心别太要强了，要不，天不容你，想想杨林一生精明，没想到最后落了这样一个下场，夏向上想安慰他，却不知道该从何说起。

"前几天我捐了一大笔钱……"杨林嘿嘿一笑，笑容中有说不出来的落寞与悲伤，"我一辈子钻营，在三江集团是常务副总，自己又暗中经营公司，可以说是左右逢源便宜占尽，自以为自己是天资聪明，没想到，人有千算，天只有一算。到头来，我是赚了很多很多钱，几十辈子都花不完，但又有什么用呢？我一个人要这么多钱有何用？"

人生就是一个平衡方程式，这方面要多了，那方面就会减少，以达到平衡与稳定。所以往往一个某方面才能特别突出的人，其他方面的表现有时会像个傻子。真正的智者是大智若愚，藏其锋收其锐，"良贾深藏若虚，君子盛德容貌若愚"才是人生正确的状态。所以当时康大道让夏向上前来雄安专注于农业，夏向上欣然接受，就是因为他清楚当时他锋芒太盛了，年纪轻轻就坐到了高位，别说别人会嫉妒，天也会用其他短板来平衡他。

回顾历史，我们经常发现一件事情在蓬勃发展的过程中，往往在开始时就孕育了自身衰落的种子。期望它在发展的中间做出改变是不现实的，因为如果它能改变的话，也许它从一开始就不会存在。还是《左传》里的一句话说得好——君以此始，亦必以终。

短短十几年时间，人生浮沉，潮起潮落，夏向上也算是阅尽了人间的悲欢离合。他重新为三人泡了茶，朋友一场，不管未来如何，当下心安才重要。

"聊聊新区，你们肯定想知道我几年来蛰伏在新区，都有什么感受。"夏向上知道今日一见，和三人怕是再难重逢了，就有意转移到了轻松的话题上。

"对，对，向上快说说看，我们过来，就是想听听你对新区的真实感受和看法。等我出来后，新区应该已经日新月异了。"程午开始时还在笑，说到最后，脸色迅速黯淡了下去。

一个时代有一个时代的标志。改革开放初期，作为率先突破的深圳经济特区，创造出"深圳速度"。在今天，在推动新一轮改革开放进程中，又迎来"雄安质量"，夏向上几年来对新区感受最深的就是和以前模式的不同。

深圳的发展，早期靠速度和低廉的人力成本取胜。中期靠规模和效率取胜。发展到现在，深圳得靠质量和品牌取胜了。新区没有再走深圳的老路，新区要高起点高质量的发展。随着中国人口增长的速度减缓，我们的人口优势最终会消失。但是，取代的是人才优势，是每年都要新增的一千多万应届大学生。

新区有很强的示范作用，所以新区的千年大计，是慢慢来的意思，要高质量的绿色发展，有别于我们国家前几十年所建的任何一个新区，而会是一个大型的试验田。

夏向上所理解的大型试验田，是高级人才的试验田，是破解大城市病的试验田。大城市的各种问题，如车辆过多导致拥堵、居住人口过于集中、青山绿水难以融入市中心等等问题，都会在新区得到解决方案，从而为全国新型城市化建设提供发展方向和思路。总之，适合在新区发展的人，是踏实做事的实干家、是有真才实学的技术人员、是在学术上有成就的专家学者。新区是首都的分流区、是技术型官员的摇篮、是大资本集团的科研基地、是学生们读书学习的超级大学城……

"我对新区的设想，是不是跟上了国家的方向？"夏向上微微一笑，看向了几人，"雄安新区是北京高新产业的后花园，是为了承接已经成规模的高新技术公司，而不是让普通人创业的基地。所以，雄安新区的定位和深圳、浦东完全不同。"

从一张"白纸"、一份蓝图，到吊塔林立、热火朝天，六年来，雄安新区日新月异：一座座民生工程相继兴建；一个个治理项目陆续实施；一家家大型企业引入落地；一处处生态公园建成投用……雄安建设者们昼夜奋战，"日新月异"可观可感。身在其中，夏向上每天都能感受到身边的巨变，这种和新区一起成长的经历，放眼全国，估计也没有多少人可以恰逢其时。

"一路走来，确实能感受到新区热火朝天的气氛。"程午点了点头，他认真研究过夏向上的履历，发现除了夏向上是踩对了时代的鼓点搭上了时代的便车之外，其他人要么是二代，要么就是追随者。所以夏向上最终成为所有人的中心，不是因为他长得帅，而是因为他能够和时代同行，抓住了时代的脉搏，才让所有人都信服他。

送走了程午几人之后，夏向上一个人坐了半晌，想了许多。有些教训可以避免，但有些经验必须得切身体验。

到现在，新区成立有一段时间了，他的激情慢慢消退，并且回归了冷静，最近一直在思索新区的前景。和深圳、浦东不同的是，雄安新区的成立，是中国的改革开放已经进入了深水区，是整体经济发展水平已经上升到了一定阶段，时代不同了，发展模式也会随之改变。雄安新区等于是再建一座人口超百万的城市，哪怕是举全国之力，也需要相当长的时间，不可能一蹴而就。

许多人对雄安的建设过于乐观了，认为三年五年就能见到成效，夏向上从事房地产多年，很清楚一栋大楼从拿到地皮到动工再到建成，至少需要两到三年。小区内的景观从种下到蔚为壮观，也需要三到五年。

以小见大，新区想要拔地而起一座新城，三到五年不过才有雏形，五到十年或许才能形成初步的气象，十到十五年以上估计才能见到欣欣向荣的场景，想要跟新区一起成长的企业，必须做好持久战的心理准备。

而农业发展，也是一样，所谓守正笃实，久久为功，夏向上很庆幸他在新区成立之初就深入农业，并且与新区一同成长。他有长远的计划，也有深远的目标。

康小路的理念是，只有中国的奢侈品品牌走向了全球，才是中国文化输出的强有力证明。奢侈品的溢价就是文化的力量，就是信仰的价值。

现在的大道之行，在新区的布局全面开花，除了房地产、农场、服装、信息技术之外，还有饭店。饭店的主要作用是打造产业链，保证农场的产品的终端销路，借饭店的口碑慢慢带动农场的农产品，从而培育市场。

夏向上现在越来越意识到了一个问题，真正的有社会责任感的公司，在服务社会的同时，还有一件非常重要的事情要做——就是改进人们的生活方式，让生活更加便利和健康。

只有全方位服务于市场，成为消费者信赖和依赖的公司，才是一家长盛不衰并且有远景的公司。

2024年4月1日，春天的夜晚，春风沉醉，夏向上一行人漫步在新区的街头，人头攒动，好一派繁华热闹景色。万家灯火、喜庆祥和。流光溢彩，璀璨迷人。

在一处不起眼的小吃摊前站住，夏向上大方请每人一串羊肉串，并强调如果谁不够吃，可以自费，引发了众人一阵嘲讽。依稀记得七年前新区刚成立时，夏向上请大家吃早饭就是人均10元的标准，这么多年过去了，他方方面面都进步了许多，就是在请客的大方上面，他还在原地踏步。

七年了，现在雄安新区启动区，环城市外围道路、内部骨干路网、生态廊道、城区水系城市建设的四大体系基本形成。科学园、互联网产业园、大学园、创新坊、总部区、金融岛等功能片区的建设工地热火朝天……今年以来，雄安新区紧抓项目建设生命线，重点片区和重大项目建设加速推进。从一张白纸到现代城市雏形初显，在广袤的冀中平原，一座承载千秋大业的未来之城正拔节生长，正在向世界宣告中国一个新的奇迹的诞生。

七年来，夏向上第一次彻夜不归，和众人在饭店一直喝到天亮。还记得七年前，当国家宣布雄安新区成立时，有无数人期待，也有无数质疑的声音。如今的雄安，用成绩证明了决策的正确，用即将展现的蓝图宣告了明天还会有更了不起的奇迹。

图书在版编目（CIP）数据

向上 / 何常在著 . -- 北京：作家出版社，2025.6.
（新时代山乡巨变创作计划）. -- ISBN 978-7-5212-3218-9

Ⅰ. I247.5

中国国家版本馆 CIP 数据核字第 2025R0N217 号

向　上

作　　者：	何常在
责任编辑：	袁艺方　王　烨
特约编辑：	陈晓帆
装帧设计：	天行云翼・宋晓亮
出版发行：	作家出版社有限公司
社　　址：	北京农展馆南里 10 号　　邮　编：100125
电话传真：	86-10-65067186（发行中心）
	86-10-65004079（总编室）

E–mail: zuojia@zuojia.net.cn
http://www.zuojiachubanshe.com

印　　刷：	唐山嘉德印刷有限公司
成品尺寸：	152×230
字　　数：	280 千
印　　张：	22.5
版　　次：	2025 年 6 月第 1 版
印　　次：	2025 年 6 月第 1 次印刷
ISBN	978-7-5212-3218-9
定　　价：	68.00 元

作家版图书，版权所有，侵权必究。
作家版图书，印装错误可随时退换。